劍舞輪迴

Sword Chronicle

Vol. 3

Setsuna　著

CONTENTS

第十迴－Zehn－

雙子－GEMINI－

1

對夏絲妲來說，艾溫曾經是她的全部。

是他拯救了那個一直活在生死邊緣的自己，是他給予她現在的身分，也是他改變了她的一生。

但同時，他也是夏絲妲一生中最大的夢魇。

⚔

「這個小偷！你別走！」

在灰暗又冰冷的北方街道上，沒有太陽的位置，眾人似乎都忘記了陽光的顏色，就連衣服也是低沉的深色，烙印在他們心中的好像就只有灰與黑。但就在這道死灰之中，有一道鮮艷的紅，正在人群中左右穿插，其速度之快，體態之小，看起來就像一道在眾人腋下閃過的火焰。

聽到背後喝止的聲音，再一看那道紅，人們都不禁發出厭惡的聲響，唯獨那道紅視若無睹，只是繼續穿插。紅，一位紅髮女孩，她手上抱著一條長麵包不停奔跑，麵包是從那個追趕她的人的店裏取來的。

女孩雖然擅長跑步，可是她已經幾天沒吃飯，加上追趕她的是位成年男性，體格和體力的差距已經令二人的距離逐漸拉近。她預計到將會發生甚麼事，但依然不讓自己停下來。

被他抓住的話，我定要被送到牢獄……

但沒有這個麵包，我也活不下去。
所以無論如何，都要逃掉！
她不斷狂奔，直到跑出小巷，猛然迎面撞上一個人為止。一時沒有留意前方的女孩被撞到雙腳朝天地跌在地上，連剛才一直小心緊抱的麵包也弄掉了。
「啊！小女孩，你沒事嗎？」一回過神來，女孩首先看到的，是一隻伸向她的手，以及一把溫柔的聲音。女孩記得，她抬頭第一眼看到的，是一道自己不認識的溫暖顏色。
「你這混蛋！惡魔！這回我終於抓到你了！」
但這時，那位一直追趕她的男士，麵包店的店主的聲音頓時打斷了她的思考。她知道自己完了，被追上了。
女孩連忙站起來，打算逃跑，卻被男士喝住：「偷了我那麼多次麵包，這次終於被我抓到你了！你這個墮落的惡魔，就到牢中好好享受吧！」
他充滿自信地向女孩走去，卻被那個擁有「溫暖顏色」——淡金髮色的青年擋住去路。
「這位先生，用不著這麼憤怒，幾個麵包而已，就由她去吧，我看她已經幾天沒吃東西了。」青年掛著同情女孩的微笑，試圖勸止男士。
「你懂甚麼……威、威爾斯大人！」男士本來想駁斥這個不知從哪裏冒出來的蠢材爛好人，怎知一看，才發現眼前的竟是整個郡裏無人不知，無人不肅然起敬的未來領主。他立刻鞠躬：「實在失禮了，但那個惡魔是慣犯，我一定要抓住她，再向大人稟明她的罪！」
「你別『惡魔』前『惡魔』後的，我根本就不是！」女孩忍不住高聲駁斥，同樣的說話她從懂事開始幾乎每天都會聽到，已經聽到生厭了。就算她知道這次是自己不對，也忍不住這道氣。她常常在想，是不是只要自己站在這班人之上，比所有人都強，那麼整個世界的人都不會再敢欺負她、傷害她？

她深知自己的力量之小，所以清楚知道那只是來自遠方的夢而已。

「那把紅髮就是最好的證明！你還想裝不是？」麵包店主也不是好惹的人，面對「惡魔」的質疑，他毫不動搖。

「我看你根本沒見過惡魔吧？那又怎知道帶有惡魔之血的人一定會留有紅髮？」

「你……」女孩一句頓時令麵包店主語塞。他找不到駁斥的話，惱羞成怒，一步繞過青年，舉起手，欲給女孩一記耳光——

但下一瞬間，他的手便停在半空不動。店主驚嚇地張望，只見那位「威爾斯大人」單手緊緊握住他的手腕，無論他怎樣掙扎，青年都保持著微笑，不為所動。下一秒，他的手輕輕一反，再一推，便把店主整個人弄到雙腳朝天，狠狠跌倒在地上。

目睹一切的女孩相當驚訝。她曾看過這個店主用類似的方法把別人打倒，但像青年那樣迅雷不及掩耳的倒是第一次看見。她完全想不到青年是怎樣做到，心裏登時萌生出一絲佩服。

「可以好好說話的吧，不用出手的，」把人狠狠打倒在地上後，青年又笑著伸手扶起店主，彷彿剛才的事都沒發生過一樣。青年提議：「不如這樣吧，我幫她付這些年來的麵包費用，這樣可以吧？」

「那可是惡魔啊，威爾斯大人！」縱使身體因為青年剛才的攻擊而害怕地顫抖，但男士的心依然堅定，堅稱女孩是惡魔。

「紅髮的人是惡魔，這個只是古老的傳說。應該是因為這一帶比較少有紅髮的人，而紅色又是傳說中惡魔的顏色，所以紅髮的人才會被視為流著惡魔之血的人吧。」青年一番說話令男士語塞，完全找不到地方可以反駁。見男士不作一聲，青年便從大衣中取出錢包，把幾枚金幣遞到他面前，微笑著說：「把錢收下吧，多餘的就當作是小費。」

男士起初雙手叉胸，別過頭去，暗示拒絕，但過了一會後回望，發現青年仍然寸步不移，維持同樣的動作。他的笑容依然溫柔，但此刻男士終於覺得他有點恐怖。想起剛才反抗後的結果，加上懼怕於青年的身分，男士只好接過金幣，並死死地氣離去。

待男士走後，青年走到女孩面前，在她身前跪下，親切地問：「沒事嗎？」

他欲拾起地上的長麵包遞給女孩，怎知她用左手接下後，不是道謝，而是不加思索地用它狠狠揮向青年的頭——

青年驚呆的同時，俐落地側頭避開女孩的攻擊。女孩沒想到他閃避得這麼快，嚇了一跳，但仍不死心地再往青年的頭揮去。青年正想用手接著麵包，怎知女孩在快要打中他的右頭側之際，突然改變方向，改往他的手臂快速揮去。青年被她的假動作騙到，反應不及，其後臂被堅硬的麵包畢直打中。長麵包就這樣斷成兩截掉到地上，而被打中的位置則傳來些微麻痺感。

「你以為這樣做，我就會感謝你嗎？」一面對眼前的救命恩人，女孩毫不客氣。她絲毫不擔心出手打未來領主會有甚麼後果，只是想發洩心裏的那一口氣。

被身分低賤，而且是自己救助過的人攻擊，理應會感到憤怒吧。但青年只是盯著抓了個空的右手、地上的麵包殘骸、再一摸被打中的手臂，呆愣了一下，然後似是發覺甚麼，雙眼閃亮起來。

「你有興趣來我家練劍嗎？」青年帶著真誠懇切的眼神，向女孩提問。

「哈？你在亂說甚麼？」女孩一口拒絕，回以一副鄙視的眼神。

這傢伙突然間在說甚麼啊？是被麵包打到變傻了嗎？看著青年閃亮得發光的眼神，她心裏滿是無奈。

「對不起，我剛才太興奮，說得太快了，」青年似乎看不見女孩的鄙視，只是一臉傻笑地道歉。他握緊女孩的手，問：「但我是認真的，你有興趣來我家練劍嗎？」

「無故練甚麼劍？你不是以為自己救了我，我就一定要聽你的話吧？」女孩不加思索地甩開他的手，態度更加不滿。

「照那位男士的說話看來，似乎你已經有一段長時間成功躲過那個人的追趕，對嗎？別看那個人外表老邁，他以前當過軍的，不是每個人都能在他手下逃得掉的。我看你……大概十歲左右？跑速不差，而且剛才揮麵包的假動作很不錯，居然能夠騙到我。你是有才能的，那麼不如把它用在更好的地方上吧。」青年仍然沒有被嚇怕，也沒有被激怒，他換上一副認真的口吻，詳細解釋為何覺得女孩適合練劍。說完，他再次提出邀請：「你一定能成為好劍士的，怎樣，來我家住下，我教你劍術吧？」

青年一而再，再而三地無視她的回應，只顧自說自話，女孩的忍耐到極限了。「別用那種高高在上的貴族眼光去看我！那只是你認為而已，別強加到我身上！」

能成為好劍士？我連能否活過明天也不知道啊？為甚麼一定要相信你的話？

女孩的確覺得青年很厲害，能夠一手打倒壯碩的店主，這是她未曾見過的。只是眼前人似乎是個只活在自己世界裏的傻人。他覺得她有才能，就想收留她，絲毫沒有考慮她的想法，似乎整件事的目的只是為了娛樂他自己。

她不願成為任何人的玩物，不想依靠任何人。她能依靠的，一直都只有自己。

「也是呢，你說得對，抱歉。」聽見女孩辛辣的指責，青年收起了笑容，似是真誠地感到不好意思。但他沉默片刻後，還是不想放棄：「但真的不考慮嗎？」

「你到底煩不煩啊？沒聽人說話的嗎？」要不是長麵包斷成兩截用不著，不然女孩早就拿來打他一下了。

「我明白了，也許你需要考慮的時間吧，」見女孩態度依然堅決，青年想了想，終於想出問題所在——她正在氣頭上，自己的話是不會聽進去的。他從口袋裏取出懷錶，這才發現自己在這裏耗了那麼多的時間，便立刻站起來，道出去意：「我差不多是時間要走了，假若你考慮過後想來的話，就到這條大街盡頭的奧德莉婭城堡，對侍衛說要找艾溫·威爾斯，便可以的了。」

「鬼才會來啊！爛好人貴族少爺還是回家睡覺發個好夢算吧！」女孩還是嘴巴不饒人，似是恨不得要用言語刺死青年似的。

「我不會逼你的，只是希望你能好好想想，」名為艾溫的青年換上一副認真的口吻。他思考片刻，想到女孩的景況和態度，突然靈機一觸，留下意味深長的一句：「如果你有想超越的人，有想達成的目標，便來吧。」

「甚麼……」

女孩正想問下去，但艾溫甚麼都沒說，只是留下一抹微笑，便轉身獨自離去。

她在那一天知道，擁有那道溫暖顏色的人，名叫艾溫。

⚔

三天後，女孩站在奧德莉婭城堡門外附近，來回踱步，看來猶疑不決。

那天之後，雖然她偷麵包的事因為艾溫的介入而被一筆勾消，但她當眾得罪德高望重的皇家直屬騎士團團長的樣子被眾人看得一清二楚。大家都覺得她此舉會惹來艾溫的怒火，而且一介惡魔之子居然敢對長年守護北境之地的「天鵝騎士」一族出言不遜，簡直是大膽至極。女孩因此被一些本來就看她不順眼的人追打，昨晚更被房東從暫居的地方驅趕出來。她知道自己沒法再在這個城市混下去了，但自己身無分文，而且她的紅髮去到哪裏都遭人討厭，就算到別的城鎮討活也只會落得一樣的下場。正在煩惱之時，她突然想起艾溫說過的話，便靈機一觸，來到城堡門前。

但在到達後，她才醒覺自己的愚蠢。

大家都說貴族是沒有心的人，那個叫艾溫的人所說的話應該也只是一時興起的玩笑，說完之後便會立刻忘掉吧，她心想。看啊，他那副傻瓜樣，一定是說完話便立刻忘掉的人吧。

但艾溫問過她，有沒有想超越的人，有否想達成的目標，這句話一直在她心裏纏繞，久久不能忘懷。

女孩一直討厭身邊的人，討厭那些只因為一把紅髮而對自己惡言相向、指手劃腳的人。她不時會幻想，既然那些人都是因為她弱小而欺負、傷害她，那麼若果有一天自己站在他們之上，擁有他們所沒法跨越的實力的話，就可以向他們證明自己沒有錯，也再沒有人敢對自己指手劃腳吧？

就像艾溫那樣，輕易扳倒那個可惡的店主，令他有口也難言。

他那麼強，假若我跟隨他練劍的話，是不是就可以變得像他一樣那麼強大？

哪會這麼容易，女孩心裏的希冀很快被現實淹沒。

我這種身分的人，貴族又怎會願意收留，就算他神經大條，也不代表他家裏的人會輕易聽從吧？

算了吧，命運早就注定，機會不是留給我這種人的。

她轉過身，嘆了口氣，準備離去。

「咦？你來了？」

這時，一把熟悉的聲音從她的身後傳出——是艾溫。

她轉過頭，只見艾溫一如三天前，微笑地向她打招呼。他頭上的短髮顏色看起來仍是那麼的溫暖，身上的衣服比幾天前所穿的來得簡單，只有簡便的襯衫和長褲。他從剛打開的城堡大門走出來，女孩猜想他應該是出來散步的。

但散步要走出城堡外的嗎？她的直覺告訴她這一切不是那麼簡單，但不敢胡亂猜想。

對他人抱有希望是給自己的毒藥，走吧，她在心裏對自己說。

「呃，只是路過而已，要回去了。」女孩冷淡地轉身，打算就此離去。

「要回去哪裏？」艾溫的一句，止住了女孩的腳步。

沒錯，她能回去哪裏呢。

城裏沒有人接受她，現在就連死守幾年的住處也被摧毀了，在這個天寒地冷的冬天裏，她又能走到哪裏呢。

她怔住不動，直到艾溫走到她面前，伸手搭她的肩膀。

「我命人打聽過你的事了，你好像已經輾轉在幾個小城鎮居住過了吧？這裏很快要有一場暴風雪，既然你已經沒有住的地方了，那不如來我家吧？」艾溫半跪下來，令自己和女孩有著一樣的視線高度，並用柔和的語氣對女孩說。

再次聽見艾溫的邀請，女孩一瞬間心裏動搖，但一聽見「來我家吧」四字，她的腦海裏反射性想起以往曾經受過的相似邀請，以及需要出賣身體的下場，頓時激動地撥開他的手，不想跟他有任何身體接觸。

「不要！無緣無故要收留人，我看你一定是有甚麼目的。例如要用我的身體來滿足你的奇怪趣味？還是想把我賣給別的奇怪貴族？對吧？」女孩激動地怒吼，但沒有留意到自己在說話的同時，眼角忍不住流下幾滴淚珠。

見她那受傷的表情，艾溫頓時猜到她似乎曾經受過不止一次的不好對待。他收起笑容，心裏難過。

「對不起，勾起你的不好回憶，十分抱歉。我沒有那個意思的，真的只是誠懇地覺得你是可造之才，才想幫你一把的。」艾溫向女孩道歉，並認真地再一次解釋他的心思。「我相信你是有想超越的人，或者目標，才來找我的吧？」

女孩頓時愣住。她記起為何自己會前來，因為她想變強。

她親眼見識過艾溫的身手，覺得他是自己見過最強的人。

她希望想強過所有人，那麼就沒有人敢對她指手劃腳。如果這個人真的願意給自己一個機會，那不就應該去試嗎？

女孩在心裏向他給予肯定，但不敢作聲。同樣的說話，艾溫並不是第一個對她說的，她因為類似的理由被騙過太多次了，所以沒法完全相信他。

艾溫留意到女孩眼中流露的猶疑，猜想她可能因為過往的經歷而仍對自己存有不信，決定改個方法遊說：「如果你覺得無條件付出是可疑的，那麼不如這樣，先住下幾天，待暴風雪過了，再決定去留吧。」

女孩抬頭仰望，天色確是暗示著將要有暴風雪的來臨。她再望向艾溫，他的眼神流露出真誠和同情。

這些年來她看過很多眼神，所以能夠判斷這眼神是真心的。

但真的可以相信他嗎？

「……好，是你說的，先住幾天。」她最後還是決定接受。畢竟自己走到城堡來，不就是為了這個原因？而且現在自己甚麼都沒有，也沒有甚麼可怕的了。但她仍然嘴硬：「但如果我要走，你也不能攔我！」

「嗯！」見女孩終於同意，艾溫雙眼發光，看起來十分高興。「那麼進來吧……對了，你叫甚麼名字？」

「我沒有名字，」女孩淡淡地說，彷彿不是甚麼大事似的。「『安娜』、『莎夏』、『塔蒂亞娜』……很多人用很多個名字叫過我，但都只是一時的稱呼而已。」

「你不會覺得傷心嗎？」艾溫聽畢卻為她感到憂傷。於他，名字是一個人最重要的證明之一，沒有名字，而且被不同人以不同名字稱呼，就好像一個不存在的人在隨波逐流一樣，一直迷失，這種事讓他覺得悲傷。

「傷心又怎樣，還不是要過活？」女孩嘴上是這樣說，但她是看到艾溫那雙憐憫自己的眼神的。

「那你想我怎樣叫你？」艾溫想，那就不如讓女孩決定自己的名字吧。

但女孩早就習慣了被他人以不同名字稱呼。對她來說，多一個，少一個，又如何。「隨便，你想怎樣叫，就隨意吧。」

「那麼……」一定要為她取一個適合又動聽的名字，艾溫心裏暗暗決定。他盯著女孩的長髮，苦苦思索。良久，才從口中擠出一個詞：「『夏絲妲』。」

「『夏絲妲』？甚麼來的？」女孩未曾聽過這個字詞。她告訴自己不應該在意，但就是忍不住。直覺告訴她，眼前的人跟以前遇過的人不同，是特意用這個詞為她起名的。

「是一種紅玫瑰的名字，你的髮色跟它很像，也是美麗的緋紅。」艾溫笑著，簡潔地解釋。

「紅髮……！」一聽到是跟自己的頭髮有關，女孩立刻用雙手掩頭，似是想蓋著那惹人生厭的紅，閃縮地問：「你不會怕嗎？」

她從來沒有喜歡過自己的頭髮，還曾經多次怨恨過帶這道紅給她的神和素未謀面的父母。如果人生可以重來，她一定會首先選擇捨棄這個礙事又招人厭惡的麻煩源頭。

「不會，我反而覺得它很美呢！」艾溫的回答令女孩驚訝不已。他笑得燦爛，見女孩沒有反抗，嘗試伸手溫柔地摸她的頭髮，並稱讚道：「像是在雪地裏綻放的玫瑰之色。」

女孩聽畢，垂下頭，不懂得該如何反應。人們都只會說她是惡魔，或者魔女，從來未有人把她跟以高貴相稱的玫瑰拉在一起。她未曾見過玫瑰，但聽別人說過，是一枝姿態優雅，美麗絕倫的紅色花朵。

我是玫瑰嗎？她的臉頰頓時變得紅潤，一直下撇的嘴角終於慢慢向上彎了。

見她似乎喜歡自己起的名字，艾溫開心地拉起女孩的手，把她請進城堡裏。

「進來奧德莉婭城堡吧，夏絲妲！」

「……嗯！」

從那天開始，無名的女孩便獲得一個新的身分——「夏絲妲」。

就這樣，過了四年，本來十歲的夏絲妲搖身一變，成為亭亭玉立的少女；而艾溫也從二十出頭的未來領主，變成已經當了三年領主的有為青年。

當年，艾溫把她帶進城堡後，便立刻開始教她劍術，還教她讀書識字。而在暴風雪離去後，他果真遵守承諾，讓夏絲妲自己決定去留。在幾天的相處下，女孩明白這個奇怪的爛好人是真心想幫她的，不求她任何回報，而他也願意給無人喜歡的自己一個住處。在他的指導下，她也許真的能夠成為自己所希望的強大存在吧。因此，她決定順著艾溫的意願留下來，一留，就是四年。

在這些日子裏，艾溫把他懂得的都毫無保留地教給夏絲妲，見她是左撇子，就教她如何能夠左右開弓，以及把自己的速度特點融合到劍術裏。漸漸的，女孩從只懂得偷竊和逃跑的過街老鼠，慢慢進步成知書識禮的年輕女劍士。

夏絲妲曾經多次問過艾溫，為何要教她這麼多，畢竟怎樣想都太奇怪了，但艾溫每次的答案都是一樣，「因為覺得你有才華」。

她覺得，其實艾溫是同情她吧，她在艾溫對待安德烈的方法裏確認了這個想法。

安德烈是比她年長一年，艾溫同父異母的弟弟。因為是私生子，所以他在家中並沒有任何地位，尤其在威爾斯這種恪守傳統的古老家族，就連僕人都會理所當然地當安德烈不存在。只有艾溫，他會把安德烈當作親生弟弟看待，給他一切想要的，教他所有自己知道的，正如他對待夏絲妲那般。

她和安德烈都是因為出身和外表，這些先天的因素而被歧視，而艾溫就是罕有地會對他們一視同仁的那個人。

他曾說，這是成為最強之人的必經道路。

要比任何人都強，首先要懂得理解一切，並以平等的標準接納一切。武力只能令人屈服，唯有思想才能令人佩服，因此最強者，必須兩者兼備。他的目標是成為世上最強大的人，所以一定要學懂這一切，並運用自如。

那時候的夏絲妲並未完全明白艾溫話裏的意思，只是覺得他正如那一頭溫暖的金髮一樣，耀眼又溫柔。在她眼中，他甚麼都懂，樣樣皆精，性格又好，是一個「人類」應有的榜樣。如果她成為了像他一樣，比任何人都要強的人，那麼就不會再有人敢對她的身分、外表有所質疑，或者因此而欺負她。

她想向全世界證明，自己並沒有錯，是那些比她弱、曾經歧視過她的所有人有錯。

為了成為像艾溫一樣的人，夏絲妲每天都鞭策自己，勤奮練劍，努力學習書寫，為的只是能趕上他的腳步，甚至超越他。就算艾溫因為領主的繁忙工作而無法再像以前一樣每天陪她練劍，她還是會自動自覺在清晨起來，一練就是半天。

四年了，應該追近了一點吧，抱著這個心態，她在某個晴朗的冬日下午相約艾溫到城堡的庭園裏，想跟他比試。

「被莉璐琪卡邀請比試，我很高興呢。最近自己都疏於練習，搞不好會是你勝出。」艾溫輕輕一笑，看來對自己的勝算沒有太大信心。

「這種事，不比試過又怎會知道？」被暱稱為莉璐琪卡——這是艾溫替她取的別名——的夏絲妲反問，似乎胸有成竹。「你說得對，那麼就讓我看看你的練劍成果如何吧。」

說完，艾溫從腰旁的墨綠劍鞘拔出一把尖銳的長劍，長劍的護手和劍柄皆為墨綠色，而劍柄末端則有一玫瑰花苞狀的裝飾；劍身尖銳而幼長，銀白之光純潔又優美。夏絲妲記得，這把劍名叫「荒野薔薇」，是艾溫去年從一個市集裏買回來的，爾後便成為他的常用劍。

夏絲妲的手上就只有一把普通的單手劍，但這無阻她的信心。她以右手握劍，把劍放到左膝前舉著，劍尖直指艾溫的前胸。

「三招。最多三招的機會，只要你有一次能夠成功擊中我，便算勝出，可以嗎？」在宣布規則的同時，艾溫也擺出起手式。他把劍尖朝上，劍身扁平正對夏絲妲，是能夠迅速應對不同攻擊的架式。

「嗯！」

表示同意的同時，夏絲妲畢直衝前，往艾溫的頭顱刺去，但被他以一個側身和後踏避開，拉開距離。她並沒有放棄，立刻轉了半個圈再使出前刺，可惜被艾溫在胸前用劍擋下。正當艾溫把劍側向右邊，打算卸開她的攻擊之際，夏絲妲卻收起了劍，銀劍轉了半圈後，朝著艾溫的左肩砍去——

艾溫在側踏的同時，劍往左一揮，趕及在銀劍碰到肩膀前壓下其劍刃。他立刻捲劍，從下往上揮斬的同時往前一踏。夏絲妲還未穩住重心，就已經感覺到胸口被劍尖輕輕劃了一下——艾溫擊中她了。

切，夏絲妲心裏有點不忿。居然在攻擊被彈開的時候被抓到中門大開的一瞬間，實在難看！

「調整攻擊的速度和反應都不錯，只是你砍向我的肩膀時，應該沒猜到我能側移反擊而大意了吧。要注意一下，一時的大意已經足以致命。」艾溫不忘為夏絲妲剛才的攻擊給予評語。他退後數步，拉開距離：「那麼還有兩次，你會想用左手嗎？」

「不！右手就好。」

艾溫聽畢一笑，他知道這少女在對決場上用右手握劍所代表的意思。見夏絲妲把劍拉到右肩側，他也把劍舉到顏面高度，劍尖稍微向下，並搶在她之前，一步踏前，從上而下刺下。夏絲妲一驚，急忙往上揮劍，勉強擋下「荒野薔薇」的攻擊。眼前兩劍的交纏位置對自己不利，她立刻擊開「荒野薔薇」，劍在半空一轉，轉到艾溫的右邊，要斬向他的頸項——

艾溫輕輕一笑，後退半步的同時以一個反手側斬，架開了夏絲妲的斬擊。他先是把劍往上推，解開交纏後便立刻改往斬向夏絲妲的左腳。夏絲妲早有料到此著，她一個滑步原地旋轉四分一個圈，避開斬擊的同時往前刺，但因為艾溫拉開距離後退而攻擊落空。對峙片刻後，她再上前，把劍轉了一個圈後便往前斬，正當艾溫要從下而上擋開攻擊時，夏絲妲的劍突然轉了方向，從右側擊開「荒野薔薇」，並收劍往前刺向他的頸項——

她的劍快要碰到艾溫時，左腳傳來被銀劍敲中的痛楚，宣告了她第二次的敗北。艾溫剛才在劍被擊開的時候往側閃避，而且他的劍更快，比夏絲妲早一步攻擊，因此博得先機。

「只剩下一次機會了呢。」一臉上掛著一樣的微笑，彷彿不為所動，但艾溫心裏卻想著別的事。剛才的夏絲妲是認真想刺中他的，他能感受到她的殺氣。

她接下來應該會打得更狠吧，那麼我也是時候認真一點了，他暗暗決定。

果不其然，夏絲妲的攻勢比前兩次更為進取。刺擊、收劍、橫砍、交纏、滑劍，這些動作之間一點猶疑的時間都沒有。艾溫雖然每次都俐落地化解了她的攻擊，但也漸漸地感到了壓力。

長久以來都未曾有過，勢均力敵的壓力。

夏絲妲一步踏前，往前揮劍，擋住了艾溫同樣的攻勢。見艾溫把劍往後抽，往側方砍來，她也立刻收劍，再橫砍向他的頭。二人的劍在夏絲妲的劍的護手交錯，夏絲妲盡力把劍伸前，不讓艾溫有砍中自己的機會，但艾溫的力氣也不是說笑的。見他步步進逼，她放手一搏，抽劍往後，待艾溫以為她要解開交纏時，她竟把劍尖轉向上方，把和「荒野薔薇」的接觸點改為較易用力的劍身中央，並成功在艾溫瞬間的遲疑之間取回這場力之對決的主動權。

「很強大的執念……你有想達到的目標呢，那是甚麼？」在交纏的同時，隔著劍刃，艾溫問。

「跟你的目標一樣，要成為最強！」

未等艾溫反應過來，夏絲妲立刻解除交纏。她先是後退，劍在其身側轉了半圈後，便再次上前，同時從上方朝著艾溫的左肩斬去。艾溫立刻從下往上斬打算抵擋，怎知夏絲妲在這時突然改變劍路，未等艾溫擋下便把劍從揮斬改為前刺，未等艾溫反應過來，已經迅速把劍抵向他的頸項。

「甚……」

但夏絲妲的攻擊還未有完結。她的右腳往前一踏，踩在艾溫的腳後跟，手再一推，便把艾溫整個人給扳倒到地上。

「這樣算我贏了吧！」夏絲妲言語間流露出喜悅之色，與她臉上燦爛的笑容一致。花費數年，她終於第一次成功打中艾溫，她心目中的目標。這樣一來，她真的離他近一步了。

「哈哈，居然被抓住愣住的一瞬間，莉璐琪卡果然厲害，我認輸了。」艾溫躺在地上輕輕笑著，眼神帶點欣慰又落寞。剛才夏絲妲的攻擊令他想起當年二人相遇時，那個拿著法包的小女孩利用假動作成功擊中自己的往事。那動作是多麼的相像，但比四年前更為熟練。艾溫不禁感嘆，四年過去，眼前的少女進步了許多。「相信不久之後，你應該會追過我吧。」

「我、我還差得遠！」聽到艾溫的稱讚，夏絲妲頓時不知所措，臉頰變得紅潤。

「不，不會差得遠。雖然劍技還有可以改進的地方，但基本技術和反應力都很穩實，而且你的執念很強，這是成功的關鍵。」在說的同時，艾溫緩緩地坐起來，並把劍放回鞘中。「不禁令我想起以前的自己呢。莉璐琪卡，你剛才說自己的目標是要變得最強，對吧？」

「嗯！」夏絲妲大力點頭。

但艾溫似乎不以為然，他繼續問：「那麼變得最強之後，你想做些甚麼？想得到些甚麼？」

「呃……如果成為了所有人眼中的最強，那就不用被別人說三道四了……」艾溫的一問考起夏絲妲，她托著頭思考片刻後，才回答。「也不是想得到甚麼的，能夠成為『最強』就可以了。」

「是嗎，」聽畢，艾溫嘆了一口氣，換上了一副認真的眼神：「聽我說，這只是虛無飄渺的夢想啊，莉璐琪卡，放棄它吧。」

「為甚麼！」夏絲妲沒想到艾溫會對她說這樣的話。她雙眼睜大，快樂換成了憤怒，急忙激動地問：「為甚麼你要這樣說！」

可是艾溫卻很冷靜，冷淡地回應：「要成為最強甚麼的，只是美麗的幻想而已。」

「幻想……？」他的一句令少女的心情更為激動，一直追隨的目標居然要自己放棄，她頓時有種被背叛的感覺。「你怎可以這樣說！」

「輸贏只是一瞬間，如此虛無縹緲，贏了，輸了，都沒有甚麼意義。『要成為眾人中最強的人』，但就算成為了全國最強，外面的世界又是另一個挑戰，時間又會帶來更多的挑戰者，這條路的終點到底在哪裏？」艾溫問，言語間藏著許多只有他才懂的回憶與辛酸。

夏絲妲被問題考起，遲疑了一會才答：「那……一直追尋到最後，不就是這條路的目標嗎？」

「花費一生去追求一個不存在的目標，真的有意思嗎？早日醒來，選個更好的目標吧。」艾溫勸說道。

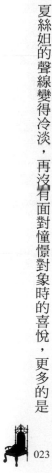

夏絲妲呆住了。那個曾經親切溫暖如陽光的路標，此刻變得遙遠非常，就像冬日的冰雪，是陌生而冷酷的顏色。她努力按捺自己的心情，嘗試質問道：「你之前不是說過嗎，『我呢，在比任何人都要強之前，是不會停下自己的腳步的』，那麼現在呢？」

「也許我已經累了吧，」艾溫的笑裏流露著夏絲妲看不明白的苦澀：「已經受夠了，那種迷茫，那種孤獨。我不想你嘗到那個味道之後才來後悔。所以莉璐琪卡，放棄這個目標吧，你不值得為它而努力。」

「是嗎，」聽見艾溫的回覆，夏絲妲的聲線變得冷淡，再沒有面對憧憬對象時的喜悅，更多的是對異路人的鄙棄和失望。她站起來，用劍指著他，冷冷地說：「沒想到你也會被世俗同化了呢，既然如此，我就更有理由要超越你。我會讓你知道，是你的想法有錯，而不是我。」

說完，她頭也不回地離去，沒有看到艾溫用一副百味雜陳的表情目送她離去。

從此，艾溫的背影在她的心中多了一層恨意。年輕的她不理解那些艾溫沒能，或者不知道該如何傳達，只有長期作為強者被崇拜的他所能感知的孤獨和迷茫。她只知道，這個當初為她指明前路的人墮落了，背叛了她，並否定她的一切。既然如此，她更要在成為最強的道路上堅持下去，因為只要超越這個人，才能證明自己是對的。

她更起勁地練劍，更專心去學習，所走的每一步都帶著對艾溫的恨。而每跨越一步，她對他的厭惡便更深。

終於在一年後，十五歲的她在一個初冬的下午再次約艾溫在一個山丘上對決——這次約定的是賭上生死的對決。

她帶著自己的愛劍與艾溫的「荒野薔薇」對決，起初夏絲妲以速度和左右開弓的靈活性取得上風，但當她快要刺中艾溫的頸項時，全身一陣麻痺傳來，令她無法動彈，她那一刻才知道，自己一直以來都沒有完全了解過艾溫這個人、他的一切。

「能夠令人中毒，並且能夠以藤鞭的狀態攻擊的劍鞘……為甚麼之前的對決沒有用上！你就這麼看不起我嗎？」就算全身被毒影響，疼痛非常，跌坐到地上不能動彈，夏絲妲仍然咬牙切齒地問。

「不是，只是上次練劍時並不需要動用到這個功能。」艾溫回應得淡然。

「那時候明明說會用全力，即是說那是騙人的吧，」艾溫的解釋猶如火上加油。夏絲妲質問：

「你到底要鄙視人到甚麼程度？」

「才沒有鄙視，能夠讓我出盡全力，連『荒野薔薇』的能力也用上，你已經很厲害了。」說完，艾溫伸出手，手上有一枝解藥。「勝負已定，這毒是會致命的，喝下這枝解藥吧，你不值得為這場對決而死——」

「所以就說你鄙視人啊，艾溫．威爾斯。長久都用俯視的目光注視人類，自以為沒有人能勝過你了嗎？」夏絲妲把解藥狠狠撥到地上，然後忍痛取回掉在身旁的劍。「誰說對決勝負已定，別小看人，我還能繼續！」

她踉蹌地站起，同時把劍往前一劃。遲一步反應過來的艾溫臉上被劃中一刀。他急忙反手擋住朝其頸項斬來的第二刀。夏絲妲的攻擊比未中毒的時候更快更準，她要殺死眼前人的戰意表露無遺。

因中毒帶來的疼痛反而令她更為集中，艾溫幾乎找不到重奪主動權的時機。他終於切身體會到，一直以來自己都小看了眼前的少女。她的執念比任何人，甚至比他更強，更認真。勉強接下從上斬往頭顱的一刀後，艾溫問：「你真的就這麼想成為最強嗎？就算前方甚麼都沒有？」

「也許因為你已經處於成果之中，所以才覺得一無所有，但這不等於我也會迎來一樣的結果！」

見艾溫格開她的劍，她立刻改為刺向其腰。被刺中的艾溫登時掩著傷口退後，鮮紅的血不停從手指縫中流出，似是傷得不輕，但他還是俐落地接下斬往其胸的一劍。

見交纏難分高下，夏絲妲一個側轉，一腳大力踢中艾溫的腹腔。接著她一個箭步衝前，飛快地在艾溫的兩臂劃下深長的血痕。

「停下來看看周圍的景色，這真的是你想要的……」

艾溫氣喘連連，防禦的力道越來越弱，但仍然會依照迎來的攻擊作出反應，大概是本能驅使的動作。他用「荒野薔薇」的藤鞭綁住夏絲妲的腳，阻止她前進，卻在下一秒被她一劍切開。

「不……」她再次衝前，從下而上大力砍開艾溫的劍，令他中門大開：「在變得比任何人都要更強之前，我是絕對不會停下的！」

從心而發的憤怒所形成的強烈宣言與毫無猶疑的長劍一起，刺穿了艾溫的胸膛。他虛弱地倒在地上，從傷口湧出的血液把雪白大衣染成鮮紅，曾經耀眼的翠綠瞳孔漸漸失去光彩，但他仍然努力睜開雙眼，用盡最後一分力伸手撫摸夏絲妲的臉頰。

「聽我說……莉璐……夏絲妲，放棄它吧，你不值得為它而努力。」就算敗在她的劍下，他仍然用一樣的說話奉勸她。有很多心思，很多話，他都沒法仔細傳達。時間無多，他只能在彌留之際把最後的話留給她，讓她不要落得跟自己一樣的下場。

「你贏了我，但得到甚麼嗎？」他的聲音虛弱，但依舊溫柔，「甚麼都沒有吧，對嗎？」

但在夏絲妲看來，艾溫的話都只是無情的表現，直到最後他還是不願意理解她，就算輸了也要否定她。

「我得到甚麼，這是我的事；我要怎樣走，也是我的事。」她冷冷地撥開艾溫的手，拒絕他的心意。

艾溫似乎早就猜到結果，他虛弱一笑：「是嗎，也是呢。那麼希望你不會後悔。」

把「荒野薔薇」交到夏絲妲手中後，他就閉上眼睛，再也沒有醒過來。

對決之後，夏絲妲離開了威爾斯家，開始多年的旅行和逃亡生活。在旅途之初，她沉浸在勝過強者，成為最強的喜悅，但慢慢的，空虛感開始湧至，她才醒覺自己到底做了甚麼好事，並理清自己所持理想的愚蠢。

成為人皆懼怕的「薔薇姬」，練成不輕易敗給任何人的強大劍術，站在艾溫曾經站過的高度，體驗他曾體驗過的孤獨和無盡迷茫，夏絲妲慢慢明白了他那些說話的意思。她到處旅行，繼續增進知識，又與人決鬥，為的是想觀察人在絕望中的反抗，以及與不同地方的強者對決，並尋覓一條問題的答案。

她一直極力否定艾溫對其人生的影響，嘗試把他忘掉，但他就像亡魂一樣不停纏繞著她。雖然嘴上把他的路批評為虛無縹緲，心裏總是覺得自己所走的路比他實際多了，但在心深處，她其實知道二人的差別並不大。

夏絲妲一直以為自己早就尋覓到一條新的出路，但被愛德華一語中的後，她才發現這麼多年過去了，自己好像都仍在原地打轉。直到今天她才發現，那個曾經被她視為夢魘的人，那個以為已經捨棄並改變了的目標，其實仍然存在於她的心裏，藏於她的行為裏。她依然記掛艾溫的身影，會把他的形象和對他的感情投射到他人身上，更會因此而愛上別人。

「因為喜歡，所以討厭；因為討厭，所以喜歡」，這是她曾經對愛德華說過的話。

也許她對艾溫的恨，只是證明了她到底有多愛他。

2

「你不過是通過我，注視著那個夢而已。」

愛德華冷淡的一句話，喚醒了夏絲妲那些塵封了的記憶。她驚訝地站起來，望向仍躺在草地上的愛德華，眼神裏閃過許多複雜的感情。

相反，愛德華卻很淡定，他輕輕撥掉衣服上的泥土，緩緩站起來，冷冷地說：「你討厭他，因為你跟他相像；你喜歡我，因為我跟他相似。你只是把對艾溫的感情投射在我身上而已，你喜歡的是他，不是我。」

被一語道中的夏絲妲沉默不語，沒法再像平時一樣以自信和故弄玄虛的態度把事情蒙混過去。她知道，就算今天能夠蒙混過關，日後都將要面對同一問題。

經由愛德華一句話的刺激，她終於記起「在變得比任何人都要更強之前，我是絕對不會停下的」這一句說話原來不是艾溫所說，而是自己。

在橋上對決的當晚，她誤以為這是艾溫的說話，一時間誤認愛德華是艾溫，才失去了冷靜似的要殺死他。她對艾溫的恨之中，也藏有對自己的恨；當晚她在愛德華面前展現的怒氣，也是直指自己的。

啊，她不禁在心中嘆了長長一口氣。想到這裏她終於明白，她在愛德華身上看到的，除了有艾溫的影子，更多的是自己。

那個她最討厭，可恨又愚笨的自己。

「你一直都只是看著他，看著你自己，沒有看過我吧。」見夏絲妲沒有回應，愛德華再補上一句。

夏絲妲不敢望向愛德華，但她聽得出，少年說這句話時很是受傷。他一直把自己當作目標努力著，總是希望可以從自己身上得到注意和稱讚，怎知道最後卻發現那個人只把自己當成一個滿足自我的替代品——

「不是這樣的……不是這樣的。」

她從來都沒有把愛德華當作任何人的替代品，唯獨這一點是很清楚的。這些日子裏，她對他說的所有話都是出自真心的，但現在說這些又有甚麼用呢？有誰能夠證明自己對他的心思裏完全沒有對艾溫的投射？更重要的是，她的確已經傷了他的心，這是無法補救的。

她沒法決斷地否認，只能低頭，不讓愛德華看到自己這副落寞又失敗的表情。注視著腳下的影子，她只覺得可笑。

自己之前那麼冷酷地否定了別人的夢，但到頭來活在夢中的人，不就是自己嗎。

哈哈……哈哈哈哈，她不禁在心中大笑起來。

甚麼「薔薇姬」，甚麼夏絲妲，一切都只是展現在人面前的幻影。這裏有的就只有那個愚笨的無名女孩，那個一直在原地打轉的人而已！

「對不起。」良久，她終於抬頭望著愛德華，小聲地擠出一句話。「有很多話我不知道該如何傳達，也許連我自己也不了解自己。我現在只能對你說句，對不起。」

看著眼前這個不再剛強，在自己面前把軟弱一面表露無遺的夏絲妲，愛德華心裏也不是滋味。他只是想把說話說清楚而已，卻沒有猜想到自己的一番說話會引來如此反應。他也想相信夏絲妲並沒有把他當作他人的替代品，但那怕只有一丁點，打在他身上的感情投射，還是令他很受傷。

「對不起，我不應該這樣說……」

愛德華想道歉，卻被夏絲妲打住：「沒關係的，真的沒關係，不是你的錯。」

說完，她嘗試微笑，試圖緩和氣氛，只是向上彎的嘴角裏混雜了幾絲苦澀。

二人的心裏都有對方——未必是浪漫情感，可以是師徒、朋友，或者幾種關係混雜而成的複雜感情。但當不堪的真相被揭曉，這些情感反而成為傷害他們最深的利器。

事到如今，也許對雙方都最好的解決的方法就只有一個。

「夏絲妲，不如……」當夏絲妲轉過身去，示意要離去之際，愛德華叫住了她。「我想，既然身上的傷都已經好了，也不好意思再打擾你，是時候跟諾娃回去阿娜理了。」

夏絲妲心裏登時百味雜陳。果然來了嗎，她嘆氣。

「才沒有打擾，你想留多久都隨便你——」

「也許分開一段時間，對我們都是好事吧。」

夏絲妲欲挽留，卻沒猜想到愛德華居然直截了當把話中話說出來。她先是一驚，然後才發現眼前的少年比她看得更開。她忍不住心裏一笑，他果然把事情看得很清楚，甚麼時候都是。

她知道他的選擇是正確的，既然如此——

「也是呢，就這樣吧。」她點了點頭。

⚔

第二天早上，吃過早餐後，愛德華和諾娃站在木屋門前，穿著鞋子，準備出門。二人都沒有行李，身上的衣物都是來木屋時身穿的那一套，只是那些破爛的位置都已經用針線勉強縫好，而兩肩也縫上了形似肩章的布料和鈕扣來遮蔽破爛的地方。

除了鞋跟碰地所發出的聲音，整所房子安靜非常。夏絲妲只是凝視著二人穿裝打扮，不發一言，而愛德華也只是在專注穿鞋，一句話都沒有說。諾娃在前一夜已被愛德華告知事件大概的來龍去脈，雖然她不忍心見到關係很好的二人以這樣可惜的方式告別，但她知道這不是自己能插話的事，也不知道該說些甚麼，所以沒有作聲。

屋裏的氣氛僵硬非常，大家的心裏都不好受。畢竟幾星期前三人一起踏進這所木屋時，沒有人會預料到事情的結局竟是如此。

穿好皮靴，愛德華先是整理一下外衣衣領，再查看有沒有未修補的破損位置。之後他又從錢袋開始逐一檢查，再檢查衣物，甚至連靴上的污垢也要管，就算已經沒有問題但還是要再從頭再看一遍。半晌過後，他終於停下手上的動作，並呼了一口氣，先是面向大門，隔幾秒後再轉身望向背後，夏絲妲所在的方向。

「那我走了，」愛德華的一句話打破了整個早上的異樣沉默。「這段時間，感謝你的照顧。」

夏絲妲只是一笑，沒有回應。從昨天開始，她就一直不知道該怎樣去應對，此刻聽到愛德華的話後更是傷心，只是努力抑壓著，沒有把感情流露出來。

見夏絲妲沒有回話，愛德華也不知道該怎樣接下去。正當木屋又要再回歸到沉默時，諾娃突然走到夏絲妲面前，笑著對她說：「謝謝你給我做的甜點！桌上有幾個剩下的泡芙，是留給你吃的！」

看見諾娃的笑容，夏絲妲也不由得被感染，輕輕微笑：「你吃得快樂便好了，不會想把那些泡芙帶走嗎？」

「聽說吃甜的東西會令人快樂一點的。」諾娃直言不諱。

夏絲妲先是一怔，之後似是發現了甚麼似的，忍不住開懷大笑了起來。

「謝謝你，」暢快地笑完一陣子後，她剛才的繃緊表情便消失不見，取而代之的是一副放鬆的笑容。她抬頭望向愛德華，像以前一樣輕鬆地說：「你啊，再見之前別先死了啊。要是真的發生了，別對人家說是我教你劍術的！」

愛德華先是一僵，但看到重新回到夏絲妲臉上的自信笑容後，他似是想通了甚麼，立刻雙手抱胸，換了一個挑戰的口吻說：「就看看會怎樣？」

縱使心中仍有芥蒂，但起碼在走的時候仍要美好地說句再見吧，他猜到夏絲妲一定也是這樣想。二人相視並微笑，而在一旁的諾娃看到，也總算放下心頭大石。

「總而言之，保重了。」

在木屋外再次道別後，愛德華和諾娃便走進樹林，一邊走，一邊計畫回到阿娜理的方法。

「最安全可靠的方法應該是先去蘭弗利，再判斷前往阿娜理的方向吧……」他喃喃自語。

「甚麼？要用走的回去嗎？」諾娃驚呼。

「這是最不引人注意的……是誰！」

就在愛德華思考之際，他突然聽到樹林裏有異樣的草聲。感知道有接近的氣息，愛德華下意識地擺出戒備姿態，並用手勢叫諾娃站到自己身後。

不過一會，樹林的另一方冒出兩個身影，愛德華看清楚時來者身分時，登時一驚。

如同月光一樣閃耀的銀髮、如夜空一樣漆黑的衣裝和眼罩，就算只見過一面，他也絕對不會忘記這張臉孔，也不會錯解他出現所代表的意思。

「好久不見，雷文勳爵。」

「早安，奈特勳爵。」

3

「你怎麼會在這裏出現？」看見奈特，愛德華很是驚訝。夏絲妲的藏身處是無人知曉的，為甚麼奈特能夠找到這裏？

「就是來找你，很顯而易見吧。」奈特冷淡地回應，同時右手從背後伸出，手上正握著雪白長劍「黑白」。

「為甚麼你會知道我在這裏？」看見「黑白」，愛德華立刻吞了一口口水；而聽見奈特的話，他更為吃驚。

在世人眼中，他是已經死亡的存在，為甚麼奈特會知道可以在這裏找到他？

奈特沒有回答，只是用「黑白」指向愛德華的臉，冷淡地命令：「將『虛空』交出來，不然你只有死路一條。」

「我拒絕。」愛德華不假思索地回應，同時後退一步戒備。

他不明白奈特為甚麼指名要「虛空」，而不是要求對決，但清楚知道現在沒有空閒時間思考這些事。舞者出現了，那麼接下來會發生的只有一件事。

「是嗎，」奈特的語氣就如早就猜到愛德華的反應一樣，不感驚訝。他繼續舉劍，並說：「那就只有一戰了。不過，你能打嗎？」

「諾……甚麼？」

愛德華正要轉身從諾娃身上取劍時，奈特神祕的一句打住了他的話。與此同時，他感覺到在附近有另一道氣息出現。他急忙循著氣息的方向轉過頭去，這才發現奈特的劍鞘少女居然無聲地突然出現在他身後不遠的地方，並慢慢接近。

「很久不見，姊姊，不過我想你已經忘記我了吧，真是殘忍。」奈特的劍鞘少女——莫諾黑瓏掛著燦爛的笑容，揮手對愛德華身後的諾娃打招呼。她的態度輕鬆得就像在路上碰見友人一樣，彷彿不是來戰鬥，而是來相認的。

「你到底是誰！」但諾娃一見到莫諾黑瓏，立刻緊張起來，並質問她的身分。她不認識莫諾黑瓏，也不明白為何她以「姊姊」稱呼自己，但不知為何，看著她一步一步接近的身影，諾娃突然想起惡夢裏那個追殺她的黑影。莫諾黑瓏那雙與諾娃幾乎一樣的紅瞳令她本能地感到懼怕，並下意識地慢慢退後。

「真是無情，居然連親生妹妹也忘記了，不過不要緊，姊姊無情的這一點我也喜歡啊。」

諾娃前一刻明明看見莫諾黑瓏和自己還有二十步的距離，但一眨眼過後，她居然瞬間來到身前。諾娃本能地拔腿就跑，但腳還未踏出去，便被莫諾黑瓏捉住右手，推到身後的樹幹上，沒法反抗。

莫諾黑瓏把臉湊近諾娃，距離近得能感受到莫諾黑瓏的吐氣。她的白皙手指插進諾娃的長髮裏，往下滑落至下巴，再伸手仔細撫摸其臉頰，動作十分曖昧。

「也許這樣你便能記起我吧。」撫摸的同時，她在諾娃的耳邊細語。

說完，無視諾娃的驚恐眼神，莫諾黑瓏閉上眼，在諾娃的嘴唇上親了一口。

諾娃先是露出驚訝的眼神，爾後好像看到甚麼似的，雙眼睜大，神色驚恐，然後便昏了過去，倒在地上。莫諾黑瓏正要俯身抱走諾娃，這時愛德華一個箭步趕到。他先是揮出兩記空拳趕走莫諾黑瓏，再用雙手抱起諾娃。

「諾娃！諾娃！你聽得見嗎？」愛德華焦急地呼喚，見懷中人雙眼仍然緊閉，他立刻憤怒地抬頭望向莫諾黑瓏，怒吼：「你到底做了甚麼！」

「我？我只是跟姊姊打個招呼而已。」莫諾黑瓏卻回以一副單純無辜的眼神，彷彿在說她只是單純地想打個招呼，沒猜到諾娃會就此昏倒。

「你……！」

「『虛空』失去意識時你會沒法取劍吧？那麼看來勝負已定了。」就在這時，愛德華身後的奈特作聲了。他十分鎮定，似乎一切都在其掌握之中。

奈特用「黑白」指著愛德華，並逐步靠近。

愛德華抱著諾娃，戰戰兢兢地慢慢站起來。奈特每往前一步，他就後退一步。就這樣對峙一陣子後，愛德華突然快速轉身，果斷地逃進樹林，很快便不見了蹤影。

「啊，逃走了呢。」莫諾黑瓏一臉無奈地看著已經了無人煙的方向嘆氣，語氣可惜。

「是個聰明的判斷，但他可以跑到哪裏？」奈特沒有立刻追上，只是停下腳步，注視前方茂密的樹林，若有所思。

「一切都在計算之中。」

他露出自信一笑。

⚔

在樹林裏左穿右插，愛德華心裏很是焦慮。他不知道可以逃到哪裏去，也清楚知道奈特隨時都可能會追上來。

在飛奔的同時，他低頭看了一眼諾娃，她仍未有要醒來的跡象。他想叫醒她，但又怕發出聲音的話會暴露自己的位置。

正如奈特所說，如果諾娃失去意識，愛德華就沒法取得她體內的「虛空」——他猜，想必奈特是因為擁有同樣配備人型劍鞘的「黑白」才知道這個祕密吧。由於舞者不被允許使用在起始儀式上沒有得到確認的武器，所以他從來都沒有其他武器旁身，就連一把小刀都沒有。因此，在諾娃不省人事的現在，他只是個手無寸鐵的普通人，在奈特面前別說勝算了，絕對會丟命。

他本來打算逃往蘭弗利，但奈特一定會猜到並有所防備，所以便改為前往其他方向。他不清楚在樹林的另一方到底有甚麼，但只能全力地逃。逃進附近的村莊，甚麼都好，總之不能死在這裏。

跑了一會，四周的樹木數量開始減少，看來快要到達樹林的邊緣。

他們沒追上來吧……愛德華回頭察看，不見人影。但當他把頭再轉回來時，一道黑影突然在他身前衝出來，嚇得他急忙停下，並不小心跌倒在地上。

「你果然如我所想的一樣行動呢，愛德華，」那是奈特的聲音。

愛德華急忙轉身，但發現莫諾黑瓏站在不遠處，封住他的去路。

他不知道奈特為何會猜到他往這個方向逃跑，但這些都不重要，重要的是他沒法再輕易逃走了。面對朝向自己的雪白劍光，他緊皺眉頭，緩緩站起來。

他明白自己完蛋了，但直到最後一刻，都不會放棄。

「那麼，這就完結了。」

奈特提劍上前，無情的白劍畢直刺向愛德華的頸項。

愛德華要側身避開之際，突然一道疾風從他的身後吹來。有人從後抓住他的肩膀，並把他推後。在那一瞬間，他看到眼前閃過一片緋紅——

接著「鏘」的一聲，響徹整個樹林。被推到後方的愛德華，以及攻擊被格開的奈特，都驚訝地望向同一身影。

「『薔薇姬』？」奈特不可置信地驚呼。

「夏絲妲？」愛德華也不敢相信。

擋下奈特一劍的，不是別人，正是夏絲妲。

剛才「黑白」快要刺中愛德華時，她先是把愛德華推後，再精準地擊開奈特的劍，力度之大迫使他要退後幾步。愛德華從後打量夏絲妲的背影，只見她身穿在家裏才會穿的那條紅白長裙，而非以

「夏絲妲」一身分示人時常穿的緋紅外衣；她的頭髮略為凌亂，看似是因為長時間高速奔跑而做成的；而最重要的是，她的紅白長裙撕開到大腿位置，平時被裙蓋著的大腿就此暴露在空氣裏。撕裂位置十分粗糙，應該是為了不阻礙奔跑而緊急用人手撕開的。

為甚麼她會來？她或許是急忙追上來保護他的，愛德華猜想。但他不明白。

「『薔薇姬』！為甚麼你會出現？」奈特持防禦姿態的同時問道。

但夏絲妲沒有搭理他。她只是轉頭望向愛德華和他懷中的諾娃，焦急地問：「諾娃怎樣了？」

「他們不知道給了她甚麼，令她昏倒了。」愛德華簡潔地回答。

「是嗎，」聽畢，夏絲妲立刻轉身對奈特擺出架式，同時對愛德華說：「愛德華，快點帶諾娃走！我會搞定這邊。」

「『薔薇姬』夏絲妲居然會救人，真的很意外。」奈特冷笑一聲。

「呵，說得你好像很認識我似的。」明明形勢劍拔弩張，但夏絲妲仍不忘在臉上掛上微笑。

「但你以為一個人能夠擋得住兩個人嗎？」說完，奈特向莫諾黑瓏打了個眼色。正當後者要上前時，一條墨綠藤蔓突然從其腳下竄出，緊緊綁住她的雙腳。

「這是甚麼啊！」莫諾黑瓏立刻俯身，欲把礙事的藤蔓扯斷，但藤蔓卻繼續往上纏繞，把她整個人牢牢綁住，令她動彈不得。她忍不住高聲求救：「奈特！」

奈特想上前解救，但被夏絲妲擋著去路。他一笑：「是你做的好事吧。」

「別小看我，忘了我是誰嗎？」夏絲妲架劍在身前，充滿自信地笑著的同時爽快地肯定奈特的話。「我『薔薇姬』要救人，沒人能夠阻止。直到他安全離開之前，沒有人能夠傷得到他。這個規矩，從來沒有人能破。」
「那麼我不介意成為第一個打破它的人！」
語畢，奈特一個箭步衝前，斬向夏絲妲的前胸，但被她一劍擋下。
「快點走！」在雙劍交纏的同時，夏絲妲大聲對身後仍未離開的愛德華喊話。
「但……」愛德華有點遲疑。
「快點！有甚麼事日後見面時再說！」夏絲妲猜得出愛德華心裏在想些甚麼，立刻打斷他的思緒，命令他儘快離開。
「別先死了啊！」夏絲妲拋下一句。
「好！」頓時明白意思的愛德華回復往日的果斷，留下一句後便立刻抱著諾娃離開。
「別阻住我，『薔薇姬』！」見愛德華在自己的眼底下成功逃離，奈特憤怒得加重壓劍的力道，欲藉此逼走夏絲妲，並追上愛德華。但夏絲妲只是把劍往上滑，抓住最佳用力點，再把他壓回去。
「別急，你的對手是我啊，」見雙方不相伯仲，夏絲妲果斷把劍快速往上滑，再捲劍刺向奈特的頭顱。奈特側頭避開的同時往左後方後退，然後再上前刺往夏絲妲的左腰側。夏絲妲俐落避開了他的兩次相同攻擊，但他在第三次刺往同一位置時，卻突然在半路改變手勢，刺向夏絲妲的右腰——
正用左手握劍的夏絲妲急忙推開白劍，並接住在空中劃了半圓後要砍往她的肩膀的另一劍。正當她要改守為攻之際，奈特此時卻後退防禦，躲到大樹旁，藉地理之勢拉開雙方距離。
這種時攻時守，兩者兼備的劍法好像在哪裏看過……夏絲妲心裏閃過一陣疑惑。在她苦苦思索之際，奈特抓準時機，從下而上刺往其肩。夏絲妲立刻把劍壓往左邊，再往上刺向奈特的臉頰。他立刻側身閃避到右邊，雖然衣袖被劃破，但無阻他再次上前斬向夏絲妲。夏絲妲也立刻轉身並擋下這劍，出乎她的意料之外，奈特居然立刻把劍往上推至銀劍劍尖，解開交纏的同時借力把她推開。

「我們有見過面嗎？」夏絲妲肯定自己見過這套劍法，但也很確定自己未曾跟眼前人交過手。

奈特只是一笑：「不知道呢。」

「不過，我今天還是第一次知道，原來『黑白』是長這樣的啊。」後退並架劍防守的同時，夏絲妲居然打量起整把劍都是雪白色，只有中央的血槽部分是純黑的「黑白」來。

「甚麼意思？」奈特閃過一陣疑惑。

「沒甚麼，只是跟我聽說的不一樣而已。」

話音一落，不讓奈特搶先，夏絲妲飛快上前，從上而下斬向奈特的胸膛。見奈特接住攻擊，並要壓過來之際，她立刻收劍後退，並踏前刺往他的胸口。奈特急忙側身避開，但夏絲妲依然成功劃破其左臂，留下一條長刀痕。

奈特不忿地「切」了一聲，忍著痛楚上前要刺向她，怎知兩條藤鞭突然從後同時刺來，劃破他的兩邊側腰。抓住這一瞬間，夏絲妲斬向奈特胸膛，但被他在千鈞一髮之間勉強擋下。

「真驚訝，還以為你不能再用到藤鞭的。」隔著銀與白的劍光，夏絲妲看到奈特那略為吃驚的表情——事情在自己預料之外而有的驚訝。他補上一句：「猜不到你居然還藏有這一招。」

「誰知道呢，似乎你知道不少。」夏絲妲回應得輕鬆，心裏卻苦惱著。

作為「荒野薔薇」劍鞘的藤鞭，可以從本體延伸出幾條較幼的小藤鞭作出攻擊。不過因為較幼的關係，它們的攻擊力和毒量也會有所下降，所以她平常都不會使用這招。但她苦惱的，是奈特似乎知道藤鞭跟她有關係。

只有和她交過手的人才會知道「荒野薔薇」藤鞭的事，她不清楚奈特到底從何得知，以及到底知道藤鞭的多少底細。

到底他所知道的會對我既用的戰鬥流程帶來甚麼變化？這種未知的感覺令她心中萌生出久久未有的興奮之情。她立刻抽劍換邊，帶著微笑斬向與剛才相反的攻擊區，見奈特再度擋住，她再次抽劍，刺向他的頸項——

奈特身子往後踏的同時以劍卸勁，顏面被一刀劃破，卻換取到白劍處於交纏的有利用力點。他在彎下身子的同時稍微捲劍，並從下大力擊開夏絲妲的劍。趁她未及收劍反擊之際，他往前一刺，在她的臉上還了一刀。

「哼！」夏絲妲一笑的同時，一條藤鞭從她身後冒出並刺向奈特。他立刻側頭躲避，但藤鞭仍是留下了一條劃痕，並削斷他的數根髮絲。奈特憤怒得立刻反手斬斷藤鞭，但被夏絲妲抓準時機，趁機把「荒野薔薇」交予右手並往前一斬，從上方壓下白劍。奈特甚麼都沒有表示，只是在夏絲妲要上前刺向他頸項時往左側一踏，把其劍卸往右邊。

居然沒有一絲遲疑，他知道我懂得左右開弓吧——

劍鋒一轉，夏絲妲往左轉的同時，本來被卸開的「荒野薔薇」轉了個圈後便大力往上抽斬。奈特急忙用「黑白」擋住，但夏絲妲無意交纏，她只是把劍滑到白劍的劍尖，再收劍直刺——

奈特也不甘示弱，他靈活地閃到樹幹後避開，再從側邊閃出，直刺向夏絲妲的肩膀——

白劍快要碰到夏絲妲肩膀時，兩條藤鞭再次從地上冒出，刺穿奈特的左右腰側。因痛楚而失衡跌倒的他，一抬頭，就看到銀劍從上朝著他的頸項斬來——

他急忙滾到一旁閃避，站起來後再往前刺。夏絲妲俐落地側頭避過的同時推開「黑白」。她欲上前一刺，但被奈特以後退避開。

「呵，似乎很忍得痛呢。」見奈特的動作絲毫沒有因為身上的傷口而變得遲緩，夏絲妲不禁讚賞，但心裏卻在數算著時間。

兩分鐘，他會知道嗎。

對峙片刻，再次由奈特先攻。夏絲妲不停後退，引奈特上前，直至退到一棵大樹前。奈特從上斬來，她一笑，在快要被斬中的瞬間側身閃開，令「黑白」斬進她身後的樹幹。趁奈特拔劍的空隙，她一劍橫掃向奈特的頸項。只是奈特也不是省油的燈，他在察覺到夏絲妲要做甚麼時減慢了劍速，「黑白」沒有深陷樹幹，把劍拔出後他立刻順勢閃到樹幹後面，見夏絲妲剎停動作，便從樹後衝出，從下劃向她的頸項——

夏絲妲上身仰後，讓「黑白」從其臉上方的空氣劃過，再用右手碰地，一腳踢中奈特的腹部。見奈特被踢飛，她乘勝追擊，一個箭步追上，從上而下，又從下而上連續使出斬擊。這些攻擊都被勉強穩住站姿的奈特悉數接下，但在刀光劍影之間，夏絲妲留意到他臉上開始冒冷汗，反應也有變慢的趨勢。

二十秒。

在連續的斬擊裏，奈特以一次壓劍以及緊接其後的前刺奪回先機。他使力從下往斜上揮斬，逼使夏絲妲退後，正當夏絲妲以為他又要從另一邊的下方使出斬擊時，他居然往她的臉頰刺去。她用上身仰後避開，但避不過奈特接下來的左拳。

半跪在地上，腹部隱隱作痛的夏絲妲，只能眼睜睜看著奈特手持「黑白」上前，要往自己斬來——

走到一半，奈特突然頓住，半跪到地上，樣子很是痛苦。夏絲妲見狀，一揉肚子後，便緩緩走到他面前。

時間到了……甚麼？

她走到奈特面前，正要像在其他對決時對對手說明中毒的狀態之際，手臂突然傳來一陣刺痛，緊接著冰冷和灼熱。她一瞥，驚覺自己的右臂被劃下重重一刀，而傷口，正是那把純潔如雪的長劍做成的。

她驚訝地望向已經站起來的奈特。明明已經到了中毒時間，但他卻似乎一點事都沒有。那冰冷的眼神和堅挺的身姿完全不像是強忍著毒發的模樣，那即是說——

「原來剛才是裝的嗎，真令人驚訝。」夏絲妲在掩著傷口後退數步的同時苦笑。這人居然在她預計毒發的瞬間裝出毒發的模樣，以抓到她鬆懈的一瞬間作出反攻。她心想，他到底是懂得精準計算毒發的時間，還是懂得從我的動作判斷出正確的時機？不論如何，能夠做到這一點的，必須是曾經跟自己交手過，又能夠全身而退的人。

而這些人，在這世上不超過十個。

「沒想到『薔薇姬』居然會被如此簡單的演技騙倒，是對自己的實力過分有信心嗎？」奈特自信地反問。

「口氣很大呢。你到底是怎樣做到……原來如此，忘了你是『吸血鬼』呢。」

夏絲妲說的同時打量奈特的全身，這才發現他在決鬥中所受的傷都正在一一復原。較輕的刀傷已經痊癒至不見痕跡，而比較嚴重的傷也都止血了。

是「吸血鬼」的復原能力讓他克服「荒野薔薇」的毒嗎，她猜想。但這卻引申出她的一番疑惑：

「但這就奇怪了，根據我打聽回來的『吸血鬼』傳說，雖然他們的確有復原能力，但跟你的並不一樣。」

「這是甚麼意思？」奈特皺眉的同時不忘舉劍，提防的同時提醒夏絲妲戰鬥仍未完結。

「吸血鬼起源於此國以東一帶地區，他們雖然擁有高超的復原能力，但不能在日光下行走，也必須在吸收血液過後才能激發復原能力。你不怕陽光，也不需要吸收血液來激發復原能力，所以你的復原能力到底是怎樣來的？」

「這有甚麼關係？」奈特一劍斬向夏絲妲，打斷她的話，但被她輕鬆擋下。

「如果你有完全的復原能力，那麼根本就不用害怕受傷，但你在剛才對決時依然避免受傷。而且就算沒有毒發，你現在的體力也比剛才下降了不少，」說畢，夏絲妲使力把劍壓過去，令「荒野薔薇」快要碰到奈特的臉。「你的『復原』，是伴隨著一定後果的吧。」

「你覺得我會說嗎？」奈特好不容易才使力推開夏絲妲，但他沒有乘勝追擊，只是站著防禦，不停地喘氣，額頭冷汗直冒。夏絲妲見狀，立刻從下往前揮斬，被奈特擋下後，她立刻把「荒野薔薇」往右壓，再把劍抵向他的頸項，同時右腳一踏，把奈特扳倒在地。

「奈特！」莫諾黑瓏的擔憂尖叫從遠處傳出。

奈特回過神來，只見夏絲妲冷冷地俯視著她，她的銀劍正指著自己的頸項。他認知道自己無路可逃，只能喘著氣，等待眼前人的發落。

而夏絲妲打量著奈特越發蒼白的臉色，回想起這十數分鐘以來所觀察到的事，心裏推導出幾個關於其身分及能力的可能性，但沒有一個能夠得出肯定的答案。

但這些不肯定性又為她帶來一個有趣的猜測。

她把劍收起，以眼神示意奈特站起來。

「為甚麼？你不怕我去追愛德華嗎？」讀懂眼神意思的奈特略為驚訝地問。

「他應該已經逃到你追不到的地方了，而且你現在不是能夠去追人的狀態吧。」夏絲妲淡淡地回應。

「那麼你為甚麼不殺我？」奈特問。

「沒有，只是突然察覺，繼續觀察下去的話也許會有有趣的事情發生。」說完，她露出一個耐人尋味的笑容。

奈特卻高興不起來，他看不清眼前人到底知道些甚麼，又到底猜中了多少。這種感覺雖然懷念，卻不是甚麼好東西。

夏絲妲的手輕輕一揮，本來綁著莫諾黑瓏的藤鞭本體隨即回到她的身邊。望著小心扶起奈特的黑白髮少女，她悄悄在其耳邊細語：「你不只是這麼簡單吧。」

「甚麼意思？」莫諾黑瓏頓時轉身望向她，警戒起來。

「你其實有能力自行解開綑綁的吧。」夏絲妲一笑。

莫諾黑瓏先是望向奈特，再回頭否定：「不知道你在說甚麼。」

「不要緊，遲早你會知道的。」

目送奈特和莫諾黑瓏走往和愛德華相反的方向，夏絲妲輕輕一笑並回頭，慢慢消失在森林的另一盡頭。

如果事情正如我的猜測一樣，我倒是想看看你們會作出甚麼反應呢，愛德華。

4

很暗……這裏是哪裏？

諾娃一張開眼，便發現自己身處黑暗之中，甚麼都看不見。她記不起自己是怎樣到這裏來的，想伸手確認周圍的時候，被甚麼拉扯著的感覺、從頭頂傳來的一記清脆金屬碰撞聲，以及從手腕傳來的異樣冰涼感，三者令她發現自己的雙手被放在頭頂上方，用鐵鏈綁起來了。

她嘗試用術式破壞鐵鏈，但無論她如何默念咒語，鐵鏈都沒有變化。看來這條是不會輕易被術式破壞，以特別材料製成的鐵鏈，她得出這樣的結論。

能夠使用這種特殊物質的組織，就只有——

「到底是誰？」突然，從空氣的流動裏感應到人類氣息的出現，諾娃警覺起來，並焦急地向漆黑質問。

「已經醒來了嗎，真快。」

這時，一把甜美的聲音從黑暗的另一端傳出。伴隨著她的話，一個又一個的火把依序被點亮，驅走黑暗。藉著火光，諾娃終於能夠認清自己身處的地方。憑藉凹凸不平的牆邊、冰冷又潮濕的空氣，以及地上那些水窪和泥土，她判斷自己正身處一個地下洞穴，或者地下室。

隨著聲音的主人悠閒地往她的方向前進，諾娃終於記得眼前人的身分。

擁有罕見的白黑短髮，如同寶石般閃耀的紅瞳，這是她的雙胞胎妹妹，黑白。

諾娃知道這不是她的真正名字，但不知為何，她記不起來，腦海只記得妹妹作為劍鞘，其配劍的名字。

「早安，姊姊，睡得好嗎？」黑白掛著天真的微笑對諾娃打招呼。

「黑白，為甚麼要這樣？」諾娃問的同時企圖掙扎，但不成功。

黑白沒有要為她鬆綁的意思，只是冷冷地說：「你犯了錯，背叛了神，這是你應得的懲罰。」

諾娃一聽，再想起黑白的身分，頓時猜到自己為何被綁起來。她頓時反駁：「我沒有！只是『八劍之祭』的背後實在太多謎團……」

諾娃記起，自己本來正在調查關於「八劍之祭」背後的事。這個在數十年前首次舉辦的祭典打著保護國家平安的名號，她起初也沒有覺得奇怪，只是憑著一股好奇心去探究詳細。但在某個階段開始，她發現神在策劃此祭典的背後似乎有不為人知的盤算，而真相有機會動搖其神性。身為神官，還是未來的宮廷祭司長候補人選之一，她不應該做這些會影響神的事，所以只能暗地裏調查。她記得自己在找到最重要的線索的同時，突然被不知名的人從後攻擊，醒來之後就在這裏了。她怎樣都沒有想到，一直與自己相依為命，比任何人都更親的妹妹，居然跟攻擊自己的人是一夥的。

「敢質疑神的那一刻開始便已經是對祂的背叛了！作為祂的屬下，我們只需要聽從祂的話，行祂認為對的事。」面對諾娃的辯解，黑白只是義正辭嚴，以神之名作出反擊。

「但如果神的行為光明正大，又豈需要懼怕人去挑戰祂呢？」諾娃反問。她知道作為異教審判者一員的黑白，因為背負太多不為人知的黑暗，她必須維持對神的信仰，才能正當化自己的行為，不讓心智崩潰。她自己本來也對神忠心不二，但現在知悉祂的真意後，覺得必須告訴妹妹，這個神並不可信。

「夠了！」怎知黑白卻激動地打斷諾娃。「就是因為你這種行為和思想，我才會同被牽連成為背教者！我親愛的姊姊，你為何要如此背叛我？」

背教者？諾娃驚呆。我何時開始變成了？連黑白也是？

一直只集中在調查「八劍之祭」的背後真相，諾娃對此消息完全不知情，一時間十分困惑。

「黑白！別被人利用了！我沒有背叛，到底是誰跟你說……」

「是神。」黑白冷冷地用兩隻字打斷諾娃的話。

「甚麼？」諾娃不敢相信自己所聽到的內容。

但黑白對她的驚訝沒有反應，並告知：「是神直接下達神諭，要我處理你這個背教者。」

聽畢，諾娃恍然大悟地倒吸了一口氣。黑白的一句令她頓時搞清楚事情的來龍去脈，是神命令黑白把她打暈並帶到這裏，並將以異教徒之名處決她。即是說，祂要滅口。

換言之，她之前所查到的資料都是真確的。那些資料會對祂做成威脅，所以祂才需要出手解決自己。

「黑白！難道你就看不清神下達神諭背後的理由嗎？」諾娃開始焦急起來。她一心覺得妹妹是被神利用了，心裏暗暗決定，絕對不能讓祂輕易得逞。

「處決背教者，是審判者的任務；神之光必有暗，而我就是活在其暗之使者。」但諾娃的話似乎傳不進黑白的心裏去，後者以審判者的規條作反駁，堅決不讓姊姊的話語動搖到自己。冷淡的宣言過後，黑白立刻換上一副溫柔模樣，彷彿變了個人似的，上前把自己的頭放在諾娃胸上，右手則輕輕來回撫摸她白皙的臉頰，並親暱地說：「我最愛的姊姊，我一直視你為榜樣，怎知連你也墮落了呢。」

撫摸臉頰過後，黑白又把手一路往下摸，從頸項、胸前，到雙胸，她都仔細溫柔地輕撫，就像撫摸心愛的人偶一樣。對於黑白這些超越姊妹之情的舉動，諾娃毫不在意，就算被摸到敏感的地方也忍住不作反應，整副心神都只想勸說：「黑白，你聽我說，神跟康茜緹塔家訂下契約，舉辦『八劍之祭』的原因並不是為了守護國家，而是有別的理由！」

但這番話卻沒有改變黑白的想法，也沒有打斷她的動作：「那又怎樣？神做事一定有祂的理由，我們作為神官的，只需要依照祂的旨意行事便可。」

「如果祂的行事違反其既定神性，並影響人世呢？」聽畢黑白的話，諾娃靈機一觸，嘗試改以挑戰「神」的定義去說服她。「我明白你是異教審判者，不緊守神的旨意便沒法維持自己行動的正確性，但也要想想——」

「你到底明白甚麼……」一聽到姊姊的話，黑白立刻收起了剛摸到腰的手，收起了溫柔的表情，像變了個人似的，冷冷地看著她。「你一直都是這樣，受眾人祝福，卻對這一切都不屑一顧，不顧他人的感受任意妄為。我在你的光之下甚麼都不是，總是被視為詛咒魔女，總是被拿來跟你比較。在教會我也是被唾棄的，是總是被交付骯髒工作的審判者。現在我又要因為你，而被當成背教者？」

「黑白……」諾娃一時不懂得反應。一直只集中在自己想做的事，她直到這一刻才開始理解到妹妹一直背負的事物到底是些甚麼。

「我那麼愛你，但為甚麼連你也要背叛我？為甚麼你就不能一直保持著那個純潔美麗的模樣？」黑白質問。

「你是我最親的妹妹，是我的另一半，我又怎會背叛你呢？」諾娃把重點放在背叛一詞上，沒有留意黑白的另外半句話。「聽我說，黑白，這個神真的不值得信任。祂想利用你把知道真相的我滅口，再坐在高處看著我們姊妹二人互相殘殺，以此為樂，你願意看到這樣嗎？」

「你也不過是想利用我為你鬆綁而已……」見無論如何，諾娃仍然不願悔改，黑白的臉色一沉，放棄了爭辯。「背教者都必須被制裁，你逃不掉的。」

說完，黑白的手一揮，一把尖銳的血紅長劍頓時出現在她手上。諾娃雙瞳一縮，她認得那是異教審判者在裁決異教者時才會用的劍。

「黑白！」她大聲呼喊妹妹的名字，但黑白充耳不聞。她只是輕輕在諾娃的嘴唇上留下一吻，再小聲地在其耳邊細語：「是你背叛了我，這是對做錯事的你，所應得的懲罰。」

「黑白！」諾娃焦急地再次呼喊妹妹的名字。

「只有你死了，我才能正常地活下去！」

話音一落，未等諾娃反應過來，長劍已經刺進她的心臟——

「啊！」

諾娃一臉驚恐地從床上彈起。夢裏的恐懼還在，她氣喘連連，冷汗直冒，心跳快得令她感到痛苦。她環望四周，一切盡是漆黑，夢裏那股令人懼怕的黑暗頓時浮現，心裏一時閃過驚恐；但當她低頭一看，看見正趴在床邊睡著的愛德華身影，才終於慢慢冷靜下來。

原來是宿舍的房間。靠著熟悉的棉被和床的質感，以及愛德華趴睡的身姿，諾娃明白自己正身處安全的地方，總算放下心來。但這引起她的另一點疑惑。

我到底是怎樣回來的？

她嘗試整理腦海中那些零碎的記憶。她記得自己本來跟愛德華在夏絲妲家附近的森林行走，突然有兩個人出現，其中一個人是跟她一樣的人型劍鞘——

「啊——」記憶一浮現黑白的臉，她又再想起夢的內容，立刻驚恐地叫了一聲，並嚇得把頭埋進被褥裏，不住地喘氣。

「嗯……」這一連串的動作和聲音，喚醒了在床邊的愛德華。他睡眼惺忪，搓揉著眼睛的同時懶洋洋地問：「諾娃你醒了？」

「愛德華？」聽見愛德華的聲音，諾娃立刻驚訝地從被褥裏抬頭。

「你有沒有哪裏不舒服？」愛德華醒來時起初還有點迷糊，但一看到諾娃，他頃刻回過神來，焦急地抓著她的肩膀追問，同時打量她全身，生怕她受了傷卻說不出似的。等愛德華亮起火燈後，諾娃這才發現，少年頭髮凌亂，樣子憔悴，雙眼下方掛著兩個明顯的黑眼圈，想必是擔心自己而沒法睡得好。

「我沒事。」諾娃努力擠出一個微笑，想讓他安心。她心裏盡是愧疚。「我睡了多久？」

「三天，」愛德華盡力平靜地回答，但諾娃從他那輕微顫抖的雙手感應到，他的焦慮仍未完全平息。「不過不要緊，你醒來就好，我多麼擔心你出了甚麼事。」

說完，他立刻衝前緊抱諾娃。未曾在愛德華身上見過如此激動的情感表達，諾娃有點困惑，遲疑了幾秒後才猜想到原因。

應該是因為連日來自己未曾醒來，令他積累了不少焦慮，而自己醒來後這些焦慮和心裏的感動在一瞬間同時爆發，讓他一時間情感超越了理智，作出如此少見的舉動。

愛德華甚麼都沒有說，諾娃卻隱約感覺到他的身體在顫抖。

他這幾天都在未知的恐懼中渡過吧。諾娃知道，那些顫抖既是恐懼的爆發，也是感動的表現。只是她現在沒有心情回應他。

她愣了一會，才想到應該要回他一抱，給他安慰。

「你是怎樣逃走的？」等愛德華冷靜下來並鬆開擁抱後，諾娃問。

「夏絲妲幫我擋住了那二人，我才能逃掉的。」愛德華的聲音雖然冷靜，但音量比平時降低了不少，似是仍未回復狀態。

「是嗎……」諾娃答得心不在焉。

「那個劍鞘……對你做了甚麼？」這時，愛德華一針見血地問。

諾娃一聽，登時一縮，但停頓幾秒後，又好像想通了甚麼似的，呼了一口氣。

要鼓起勇氣面對，她對自己說。要克服恐懼，像愛德華一樣，自己不是說過的嗎。

「她只是給了我一點衝擊而已。」諾娃低聲平淡地說出事實。

「甚麼？」愛德華聽不明白。

「我記起了之前那個惡夢的全部，」再呼了一口氣後，諾娃決定全盤托出，「那個在夢中追殺我的黑煙，是『黑白』，也是她殺了以前的我。」

5

「為甚麼你要放『虛空』走？」

在阿娜理郡某處的一所殘舊木屋裏，幾乎空無一物，只有兩張簡陋的床和一張破爛的餐桌。莫諾黑瓏坐在某中一張床的床邊，雙手抱著胸，憤怒地責問坐在桌邊椅子上的奈特。

這裏是二人其中一個藏身處，當天他們被夏絲妲放走後，便回到距離森林不遠的這裏。順帶一提，他們當天也是從這裏出發到森林，截住愛德華和諾娃的。

藏身處是奈特選的，是不是湊巧就不得而知。

「我哪裏有，只是追不上而已。」面對莫諾黑瓏少見的怒氣，奈特答得冷淡。

但他的答案卻說服不到她，一向脾氣很好的莫諾黑瓏此刻在奈特面前展現激動的一面：「別作祟！如果你真的想抓『虛空』，區區甚麼『薔薇姬』根本不會阻到你！」

但這一句似乎把奈特激怒了。他提高音量反問：「那我又想問，一開始我們不是說好不對諾……『虛空』出手的嗎，那麼你又在做甚麼？」

「你原來知道那個人叫姊姊作『諾娃』的嗎？」莫諾黑瓏抓到奈特一瞬間的失誤，並反問，表情甚是不滿。

「只是聽到愛德華這樣子叫她，才知道的。」但奈特卻沒有絲毫的動搖，彷彿早就準備好答案一樣，簡短精確地回應。

「是嗎，我倒覺得不是，」莫諾黑瓏沒法從奈特的回答中找到能夠反駁的位置，但她的直覺卻覺得他是在說謊。她氣呼呼地轉過頭去，但又偷偷回眺，等待奈特像平時一樣，以溫柔的話安慰她。

但奈特卻絲毫不順她的意思，他只是繼續質問：「你答我，你到底對『虛空』做了甚麼？」

見奈特沒有順自己所想的行事，莫諾黑瓏也沒有客氣，只給了一個簡短的回答：「我只是跟很久不見的姊姊，用她會記起我的方式打個招呼而已。」

「她可是昏倒了，會是『打招呼』那麼簡單嗎？」奈特略為激動。

奈特在很早之前就已經從莫諾黑瓏口中得知二人在生前是姊妹的關係，也從她的態度和言語大概猜出她對諾娃有著超越姊妹關係的感情，但卻不知道詳細。他不知道是莫諾黑瓏殺了生前的諾娃，也未曾得知二人生前的職業，以及她們和「八劍之祭」的關連。他先後追問過幾次，但每次莫諾黑瓏都會以「記憶不齊全」作回應，表示自己只記得一些普通的回憶，對「八劍之祭」的事毫不知情。

「難道你覺得我下了毒？連你也這麼不信任我嗎？」這時，莫諾黑瓏拋出一句質疑，並帶點傷心地看著他。

「呃，不是，你別誤會。」奈特的態度頓時軟化。

他清楚莫諾黑瓏正利用情緒勒索他，但如果自己繼續追問下去，只會為二人的關係帶來不能磨滅的損傷。他曾經從莫諾黑瓏口中聽說過她以前被歧視、背叛的經歷，知道信任和背叛是她不能觸碰的底線。他還需要她，需要她持有的劍和力量，所以決定這次也順著她的意思去做好了。

見奈特屈服，莫諾黑瓏立刻搶過主導權，質問道：「說起來，你跟我訂契約的時候不是說要殺死愛德華和姊姊的嗎？為甚麼現在又變為要奪走『虛空』？」

奈特頓時語塞，過了一會才低聲地說：「途中改變了主意。」

「我是因為你說要破壞『虛空』，才跟你訂契約的，別忘記了。」莫諾黑瓏冷冷地提醒。

奈特聽得懂莫諾黑瓏的言下之意，但他也沒有打算因為她而改變自己的決定：「沒有忘記，把她奪過來不等於要留她活口的。先把她奪過來，再殺死其契約者，到時候可以做的事便多了。」

「那我就期待那一天吧，」奈特的說辭似乎成功說服莫諾黑瓏。但轉眼間她突然想到一件一直以來都感到疑惑的事：「為甚麼你要如此執著於愛德華？」

莫諾黑瓏沒有忘記，約兩個月前，當奈特收到確認舞者身分的信後，他便對她表示自己的目的是要殺死愛德華，勝出只是其次。他走去跟路易斯達成同盟關係，也聲稱是打算利用他除去愛德華，只是不知為何忍不住要自己先出手而已。

「他就是個禍端，」一提到愛德華，奈特的語氣頓時冷酷了許多。「不除去他，我就沒法前進。」

「你跟他以前是認識的嗎？」莫諾黑瓏好奇地問。

依她的觀察，奈特顯然是見過愛德華的，但後者對他的認識似乎只限於「舞者」的身分。二人之間到底發生了甚麼事，以至奈特要對他如此執著？

「有點緣份吧，不過都已經過去了。」說完，奈特別過頭去，似是不想讓莫諾黑瓏看到他的表情。不想莫諾黑瓏繼續追問，他趁機轉換話題：「不過我真的想不到，夏絲妲居然會出手協助愛德華逃走，看來我低估了她的心思。」

他似是從自己的話語裏想起了甚麼，收起了冷酷，換上了一副若有所思的落寞笑容。

「看來你有很多事都沒有告訴我呢，」莫諾黑瓏的語氣聽起來有點不滿。奈特並不是以稱號，而是以姓名直呼夏絲妲，看來二人是認識的，她的女性直覺敏銳地告知。她試探地問：「你跟『薔薇姬』是舊識？」

「嗯，以前受過她的關照吧。」奈特淡淡一笑，沒有詳細說下去。

那片森林，那些穿梭在林間的風聲，都仍然清晰地記載在他的腦中。他不曾忘記這一切，也未曾忘卻那些鏗鏘的刀劍聲。他清楚，那些都是不能重回的回憶，但心裏一角仍然任性地覺得，如果可以重來，那有多好。

看見這個未曾出現過在自己身上的表情，莫諾黑瓏不滿地「呼」了一聲，但很快便收起了表情，不讓奈特察覺。

「不過也沒有甚麼特別的，一切都已過去了……！」奈特正要站起來的時候，突然身體傳來閃電般的痛楚。握著椅背的手突然一鬆，腳一軟，整個人便重重跌到地上。

「奈特！你怎樣了？」莫諾黑瓏立刻衝上前把奈特扶起來。只見直到剛才為止還沒事的他冷汗直冒，嘴唇蒼白，身體不停不受控制地抽搐，樣子甚是痛苦。知道是甚麼事所引起的症狀的她焦急地問：「毒還未完全散去嗎？」

「看來是呢……」奈特忍著痛說，一說完，一陣痛楚再次襲來。他只能依偎在少女的胸前，手痛苦地握著自己的心口，靜靜地等待身體的自癒機制把痛楚壓下去。好不容易地等到痛楚沒那麼厲害後，他才能虛弱地評價一句：「『荒野薔薇』的毒果然不是說笑的……」
正如夏絲妲當日猜測，奈特是利用了身體的復原能力來抵消「荒野薔薇」的毒效，但真相是，他的復原能力只是抑壓潛伏在體內的毒，每次當毒要發作之時，復原能力便會清除發作的部分，令身體回到發作前的狀態，就像循環的淨化系統一樣，因此需要一段時間才能讓這能力完全消化並根除毒素。他的能力每次發動之時，都會伴隨著極大的痛苦，所以這幾天以來，他都一直強忍著因為復原能力持續發動而帶來的痛楚，有時候當痛楚超越他所能抑壓的程度時，便會像現在那樣，突然倒在地上抽搐。
看著奈特虛弱的臉孔，莫諾黑瓏的心很是憂傷，剛才的不和和妒忌就像沒有出現過一樣，現在心裏有的只是對奈特的憂心，和對毒發元兇而生的憤怒。
「那個『薔薇姬』……」她說得咬牙切齒。「下次絕對不會放過她！」
奈特只是把手疊在她的手上，虛弱一笑：「謝謝你。」
低頭凝視著奈特辛苦的臉容，莫諾黑瓏的心裏閃過一絲高興。無論是夏絲妲、愛德華，甚至姊姊，都沒有人見過奈特虛弱的一面。這一面是她們二人的祕密，奈特只會在她面前展現這樣一面，也就同時表示自己是被需要的，一想到這點，就不禁感到高興。
有時候她會寧願奈特多受傷一點，那麼她就更能被依賴，更能證明自己對他的重要。
依照奈特的要求，小心翼翼把他抬到床上後，莫諾黑瓏貼心地為他蓋好棉被，又細心地幫他擦去冷汗，無微不至地照顧他。慢慢的，奈特的呼吸開始平復，莫諾黑瓏總算放下心來。
「謝謝你，」雖然身體仍有抽搐，但沒有那麼厲害了。奈特帶著些微感激地說：「沒有你我果然不行。」

「傻瓜，」莫諾黑瓏只是一笑，並親吻他的額頭。她就是在等這一句話。「那有這樣說的。」

「不，我是真心的。」奈特的眼神十分認真，眼都沒有眨一下。「謝謝你。」

莫諾黑瓏聽畢更是高興，並回了他一個真心的吻。

「之後你有甚麼打算嗎？」長長的吻過後，低頭看著奈特，溫柔地用手梳理他的銀白瀏海，莫諾黑瓏溫柔地問。

「等毒全都散去後，就去冬鈴城吧。」奈特立刻回答。

「冬鈴城？北面？為甚麼？」莫諾黑瓏一臉疑惑。冬鈴城可是位處比精靈之國更北的北面，在寒冷的北面有甚麼可以做？

奈特露出一副若有所思的微笑，說：「去找愛德華。」

「甚麼？」莫諾黑瓏感到驚訝。

「愛德華將會去那裏。」他補上一句。

你逃不掉的，愛德華，奈特心裏一笑。無論你到哪裏去，我都會知道。

6

早上九時，剛好是學院第一堂課和第二堂課中間的休息時間，愛德華走在學院的紅色走廊上，四周向他投來的都是驚訝的目光和言語。

今早他起床後不久，正打算找個人少的時間到院長室找院長時，同班同學葛拉漢突然走來敲門，告知院長有事找他。因此他在更衣後，便跟隨這位曾經的路易斯跟班，一路從宿舍走到校園的院長室去。

一看到愛德華的出現，四周的學生紛紛發出驚呼。很多人都驚訝他竟然還活著，紛紛討論他是何時回到學院的；有些人則感到害怕，生怕自己是不是看見幽靈了。但有趣的是，不知是否因為愛德華的眼神一直很冷淡，又沒有跟任何人的眼神對上，似乎沒有要跟人說話的意思，或是他的「死而復生」實在太令人意外，因此沒有人敢直接跟他搭話，只敢以竊竊私語來「歡迎」他的回歸。

走在這些人之間，愛德華心裏一點起伏都沒有。換著是以前，他會十分在意他人的視線和對他的看法，但現在卻覺得沒有所謂。

人家怎樣想都是他們的事，我只需要專注在自己要做的事上，做好本份，做到最好便可以了，愛德華對自己說。

這是他在夏絲妲身上學回來的。一想到夏絲妲，他的心又是一陣難過。

不能再拘泥於她的事上，現在還有很多重要的事要處理！他在思緒中賞了自己兩巴掌，讓自己醒過來，再藉著走路的空閒時間，重新分析昨晚諾娃告訴他的一切。

因為「黑白」劍鞘的行動所帶來的衝擊，諾娃的記憶恢復了不少，主要都是成為劍鞘前的生前記憶。

雖然記憶未完全回復，但諾娃最少記起自己生前是一名侍候神的神官。她曾以未過二十歲之姿成為宮廷祭司長的候補人選之一，因此也解釋了她在術式上的天賦——在生前她就以術式的天才而有名，如此年輕被選為宮廷祭司長候補也是因為其能力強大。「黑白」的人型劍鞘是她當時的雙胞胎妹妹，同樣是神官，不過跟負責表面工作的諾娃不同，「黑白」隸屬專門負責審問異教徒、處理教會骯髒事的異教審判者。因為一些契機，生前的諾娃開始調查「八劍之祭」的真相，而最後則是被接受神諭的「黑白」襲擊，最後被殺。

她不清楚為何自己現在成為了劍鞘，就連當初遵守了神諭的「黑白」也落得一樣的下場。可能是被神滅口，或者是其他原因，她不敢胡亂猜測。只是憑著自己是被祕密處刑一事、「虛空」是以世上極其稀有的物質做成、其劍的能力是屬於術式裏一般人無法使用和擁有的「神的力量」和「虛無」，集合這三點混在一起推斷，她覺得只有一個存在會是「虛空」的制造者，同時也是把死去的自己變為人型劍鞘的元兇——

就是神自身。

她不清楚「黑白」的劍的能力是甚麼，也許得知這一點後會推翻自己的推論，但就連愛德華聽完之後也覺得，諾娃的推理並不是無中生有的。最簡單的一點是，既然是神下命令要把諾娃滅口，但事件又牽涉到自己的祕密，那麼為了保守祕密同時防止因為死靈召喚等方式流出外界，諾娃的屍首一定不能隨便讓普通人接觸，甚至直接拿來改造成劍鞘。愛德華自問從小就對宗教沒有太大的興趣，對這個守護國家的神沒有太多的認識，不明白為何他要拿人——還要是自己下令處死的人來當劍的劍鞘。但祂居然拿雙胞胎來製作性質相對的雙子劍劍鞘，就這一點來看，這神的性格也夠惡劣的。

不過可惜的是，雖然諾娃記起了自己死亡的原因，卻仍未記起生前她尋覓到的「八劍之祭」真相。對此她深感愧疚，覺得自己令愛德華擔憂了數天，現在卻又幫不上忙，但愛德華只是叫她放心，先休息好身體，其他事等之後再思考計畫便好。

單憑諾娃現時擁有的記憶，愛德華可以肯定的是，那些真相一定不是甚麼好事。既是舞者，又是諾娃的契約者，他清楚知道終有一日麻煩和危險將要降臨到自己身上。換著是以前，他早就在抱怨為何會遇上這些事，並一臉厭煩；但現在，他選擇與諾娃共同面對。

反正都逃不掉，剩下唯一的選擇就是正面面對，這是他另一件在過去幾星期所學到的事。

穿過課室所在的走廊，上了兩層樓梯，轉入另一棟大樓，不知不覺間二人便走到一條空無一人的走廊。地上的鮭紅地毯對愛德華來說十分熟悉，一個多月前他要去院長室時，就是經過這條走廊的。

「愛德華……」就在這時，在他身前的葛拉漢突然停住了腳步。

「甚麼事？」愛德華有點疑惑，並伸頭望向前邊。

但葛拉漢只是低著頭，不敢與愛德華的視線交匯。他吞吞吐吐地問：「你……是怎樣活下來的？」

「甚麼意思？」愛德華一臉呆滯，不太明白。

「你到底是怎樣從『薔薇姬』的劍下活過來的！」面對愛德華呆滯得令人火大的反應，葛拉漢終於忍不住，激動地回頭望向他，但一看到他的雙眼，又立刻低下頭，眼神閃縮，似是害怕跟他對上眼。「大家都說，有人看到你跟她決鬥，明明應該死了，現在卻又回來……」

「所以？」愛德華問得簡單直接。

「你到底是怎樣做到的？今早院長跟我說要把你帶過去，我都嚇呆了。還以為是甚麼惡作劇，看到你出現在房門後時，我差點嚇死了！」葛拉漢的聲音大得整條走廊都聽到回音。

「啊……那是因為我是在幾天前的午夜回來的，之後幾天一直都沒怎樣離開過房間，我倒是有興趣知道為何院長知道我回來了。」愛德華只是思索了一會，再平靜直率地答。

「這個不是重點！你別打算轉移視線！」葛拉漢越發激動，他開始懷疑愛德華是不是在故意耍他。

但愛德華卻不理解他的行為：「你剛才不是想問這個嗎？」

「才不是！我是想知道，你是怎樣沒死的？贏了『薔薇姬』嗎？」葛拉漢不明白，剛才那些暗示那麼明顯，這個人是要逼自己直接明白地說出來才罷休嗎？

原來是這個，愛德華這刻終於恍然大悟。也許從起床之後就一直在思考諾娃的事，他從剛才開始就就有點呆愣，反應稍微遲鈍，現在才終於回過神來。他沒有避諱，說得直接：「沒贏，但總之沒死。」

「甚……」聽畢，葛拉漢更為驚訝了。輸了，但沒有死，但中間又消失了幾個星期……不不不，那個可是「薔薇姬」啊！要怎樣才能從她的手下逃走？他衝口而出：「你是在耍我嗎？」

愛德華眉頭一皺：「才沒有，倒是你，是想找碴嗎？」

葛拉漢這才意識到自己過分激動了。他呼了幾口氣控制好情緒，再問：「但那場對決是幾星期前的事，這幾星期你到哪裏去了？」

「你知道這些有甚麼用？」愛德華這時警戒起來。

「呃不……」葛拉漢又再吞吐。他想說的話，冒出的思緒太多了，一時間腦袋混亂，不知該選哪句才好。

「唉，」見眼前人又回到欲言又止的狀態，愛德華不禁嘆了一口氣，有點不耐煩地說：「你有甚麼想說的，便說吧。」

「你就不會……想趁機報仇嗎？」過了一會，葛拉漢才小聲戰戰兢兢地問。

「甚麼？」但聲音太小，愛德華聽不清楚。

「我以前對你做了那麼多的事，例如破壞你的劍，或者在你午餐裏下小手腳，又或故意誣衊你，現在路易斯大人不在，你就不會想報復嗎？」

愛德華先是一驚，然後心裏一笑。他沒法確切形容自己現在的心情，看到曾經欺負自己的人親口承認自己的過錯，他理應感到高興，心裏也確實有一點暗爽，畢竟這事是以前他想在變強後達成的事之一。但此刻，他居然覺得沒有所謂，彷彿已把一切看開，又對葛拉漢心懷感慨。

他不清楚這幾個星期到底發生了甚麼事，令葛拉漢性情大變。可能是路易斯的休學，令他頓失靠山，因此現實迫使他思考以前所做過的事的對錯；又或是自己曾經和夏絲妲對決過的事，令葛拉漢害怕自己會來取他性命。但這些都不重要了。

愛德華的心意外地平靜。他只是呼了一口氣，並說道：「事情都過去了，就由它吧。」

本來正等待發落，並低頭望向一邊的葛拉漢，頃刻激動地抬頭，但同樣又避開愛德華的眼神。

「你是想說些好話，讓我自行道歉而已吧。」他嘲諷地笑著。

「你想道歉與否，是你的決定，我只是覺得事情已成過去，就不要再作計較吧。」愛德華平淡地說，一字一句，毫無虛假。

「甚麼？」葛拉漢聽到後卻很驚訝。在他的認知中，愛德華平時雖然不作聲，但在眼神動作之間看得出，他其實對路易斯和身邊許多人都感到不滿，也會在不少行為上作出輕微反抗的態度。這樣的人居然會說不計較過去？鬼才會信。

愛德華也覺得神奇，自己為甚麼會這麼好脾氣跟葛拉漢繼續解釋，但他就是想說：「以前的事也許都有對錯，但太拘泥於過去只會令自己停滯不前。你的選擇是你自己的，只是我不想再沒完沒了地算下去。」

雖然口上是這樣說，但愛德華清楚，自己還有最少兩筆「過去的事」未能放下，要去算清楚——那就是父親和路易斯。

葛拉漢一時驚呆，覺得眼前的愛德華成熟得有點陌生。用一些時間消化他的話後，葛拉漢不禁脫口而出：「你改變了不少呢。」

愛德華聽畢，只是一笑：「走過生死之關，人很難不改變的。」

二人走到院長室門前，葛拉漢敲響大門，告知愛德華已到。門一打開，院長便立刻熱情地走到門前歡迎愛德華。看到愛德華的一瞬間，他的眼神閃過一刻驚訝：「愛德華同學，你果然活著回來了！」

說完，院長高興地拍了拍愛德華的肩膀。愛德華未曾見過如此熱情的院長，一時間不懂得反應，呆了幾秒後才點了點頭。

待葛拉漢把門關上後，院長便把愛德華請到椅子上坐下。愛德華很想告訴他不用那麼恭敬，但又找不到開口的時機。

「歡迎你回來，離開了一個月，學院的環境還熟悉嗎。」剛坐下，院長便立刻問。

「嗯……好像甚麼都沒有變。」愛德華附和。

我一直都留在房間，怎會知道有甚麼變化啊，他心裏閃過一陣無奈。

見愛德華回應了他，院長便繼續他的寒暄：「的確，你班別的話，除了齊格飛公爵和彼得森同學休學回家，以及教授歷史的洛克教授因私人原因辭去教席以外，就沒有甚麼改變了。」

洛克教授嗎，愛德華還記得這位一臉嚴肅的年輕教授。沒有記錯的話，他好像是幾個月前才來到學院，接替快要退休的老歷史教授的教席。愛德華還記得有一次，洛克教授把自己和路易斯叫到同一個班房去，藉講解歷史為由被念了幾句關於二人相處的問題。從那時候開始他就不太喜歡這個人，不過這些在現在都不重要了。

他沒有意思和心情和院長繼續閒話家常。未等院長開口說下去，他便立刻搶過先機：「聽說院長有事找我，我也有事找院長。」

「甚麼事？」見愛德華的語氣認真，院長也立刻收起閒情，換上認真的模樣。

「我希望院長能批准我的休學申請。」愛德華堅定地說。

院長一聽，一時驚訝，爾後又凝重地點了點頭：「情況我大致上明白的，但還是想聽你講解一下原因。」

「我本來認為就算成為了舞者，仍然可以兼顧學業，但經過這一個月，我理解到自己當初的想法實在天真。我不希望自己的存在為同學老師們帶來危險，所以決定暫時離開學院。不過我並不打算從此暫停學業，所以希望院長能讓我暫時休學，待祭典後如果有機會回來，請再給我一個學習的機會。」

休學一事，其實愛德華仍跟夏絲妲同住的時候便已大概決定好，只是今早終於下定決心。之所以在祭典開始後不選擇休學，一來是因為不想浪費已經交出去的學費，二來是想繼續使用宿舍作為自己的居所。但這一個月，以及幾天前奈特的襲擊令他意識到，事情並沒有他想像中的簡單。

他不知道奈特和「黑白」會否再找上門來，而諾娃的身分和其擁有的情報也許會招來更多不速之客，還未計潛伏在各地的其他舞者們。他的學生身分和藏身地很容易會被查出，要是他留在這裏，一旦有舞者潛入學院要取他性命，整個過程有機會波及到其他人。他不希望因為自己的執著而令學院的其他人陷入危險，所以唯一的選擇就是自己離開。

但他選擇休學而不是退學，是因為他相信自己會再回來。藉著留自己一條後路，以行為來祝願自己不會回不來。

「原來如此，」院長聽畢，滿意一笑，「要是你真的能夠從祭典中全身而退，也許這個學院也沒有甚麼能夠教你的了。」

「並不是的。學海無涯，世界上要學的知識多著。」愛德華認真地回應道。

「我欣賞你的想法，」院長認同地點頭。「希望能夠再次迎接你的歸來。」

愛德華點頭表示答謝後，再問：「請問院長找我是所為何事？」

「啊，對了，」經他一提，院長才想起這件事。他立刻打開抽屜，並取出一封信遞給愛德華。

「這封信是前幾天從皇宮送來的。我並不知道信的內容，但信使表示，當知道你回來後，要立刻把它交給你，並請你盡快到皇宮晉見皇帝。」他解釋。

聽到是皇帝給的信，愛德華先是一驚，用院長提供的開信刀在火漆印底下一劃，打開信封後一看，發現這是一封皇帝的親筆信。信上文字簡潔，除了上下款和一兩句禮貌寒暄後，就只寫上「關於

『八劍之祭』，有要事想跟汝討論，見信請從速到皇宮來。」

皇帝要召見他，依信上文字的感覺猜測，似是私人會談，到底他想談些甚麼？

「八劍之祭」的事……皇室在規矩上不能幹涉祭典的進行，那麼他想談的事是甚麼？路易斯、諾娃，還是其他？

愛德華的心裏充滿重重疑惑，但他把這些都收到表情底下，沒有讓院長看見。從院長的角度看，他只是木訥地閱覽過信件後，直接把信件摺起並放到衣袋裏，甚麼都沒有表示。

皇帝召見他，他不得不去，只是這一行會否有危險？

「感謝院長告知，請問使者還有提及過其他事嗎？」見院長一直不發一言，愛德華思考了一會，才想到要說甚麼打破這寧靜。

「沒有甚麼特別的，」說到一半，院長突然想起了甚麼：「對了，今天皇帝的信使也來過一遍，詢問信件傳達了給你沒有。他現在應該還未離開校園，你會否有甚麼需要幫忙傳達的？」

愛德華立刻回答：「麻煩請院長幫忙轉告，我明天便會前往皇宮晉見皇帝。」

第十一迴－Elf－

談判－NEGOCIATION－

1

在前往皇宮的馬車上，愛德華和諾娃相視而坐，但二人卻心懷不同的思緒，表情都很凝重。

馬車穿過人來人往的阿娜理大道，筆直往皇宮走去。愛德華依偎在窗邊，注視著車外的風景，心情很是複雜。才隔了一個月，他又再前往皇宮。但不同的是，上次是自己走過去的，而這次則是有皇室派來的馬車載自己過去。他突然想起，上次走在阿娜理大道時，諾娃還跟他嘟囔過想坐馬車；現在乘馬車去皇宮的事成真了，但二人都沒有那個心情去享受。

他靠在窗邊，凝重地思考為何皇帝要召見他。其實這個問題他已經想了一整天，昨午甚至去了國家圖書館找以前「八劍之祭」的皇室記錄檔案來看，嘗試找出一些線索，但還是想不通皇帝為何要召見他。他知道自己這樣做，大半是為了求個安心，想找些資料來穩定那個因為面對未知而感到不安的心，但有小半是真的覺得事情不尋常。

皇室，以至皇帝本人，在「八劍之祭」裏的角色只是舉辦者，立場中立，不被允許直接介入祭典，以及干預任何一方的行動。不過有趣的是，祭典的結果之一「國家風調雨順」——如果將此當作確實會出現的結果來計算的話，的確，最大得益者是皇室；而每次祭典都一定會有三大公爵家的人列席，或是家主，或者未來繼承人，每死一個人，該家族對皇室的威脅就會減少一些。皇室明明是最大既得利益者，卻只安於站在中立面，甚麼都不做？愛德華覺得不可能。

不一定需要暗殺特定的舞者，只要影響某些舞者的行動，那麼祭典的結果就有機會傾向皇室所希望的方向。從以前留下的資料裏，愛德華不太能看到時任當權者在祭典中曾經做過手腳，但這可能只是因為當權者命令銷毀相關記錄，或者實在做得很謹慎，才沒有留下明顯的足跡。

而令他如此懷疑的還有因為現任皇帝的行事作風。如果一位皇帝昏庸，或者平庸，沒能看穿「八劍之祭」對自己的利處並加以利用是可以理解的，可是亞洛西斯素來聰敏，定下的每一項政策都看得出他有預視國家未來的能力，而且自從他上任後，一些艱難的改革，例如把稅收改由中央統一，這些以前曾經有皇帝想推行，但都因為貴族勢力的阻撓而沒法實行的政策，他都一一成功推行。雖然只是推測，但憑藉這些事蹟，可以猜到這人應該都有不錯的支配力。如此聰慧的皇帝一定會看中「八劍之祭」所帶來的機會，必定會想藉祭典去完成一些事，而愛德華猜想，自己或許就是被亞洛西斯挑選中的執行橋梁。

說實話，他不喜歡被利用，也不想捲入甚麼陰謀；但他清楚，有時候事情不由得他選擇。他沒有足夠的實力去擺脫支配，這是自己未成熟的證明。一想到這裏，他又不其然想到那位不受任何事物所束縛影響的女士背影。他的心不禁揪了一下，有些憤怒，但更多的是沮喪。

果然……追不上她呢。

只是簡單的一個想法，就令愛德華再次感受到自己和夏絲妲之間的距離之遠。他不禁再一次在心中自嘲，這樣的自己居然還去裝聰明否定她——雖然當天所說的，的確是他的心底話。

也許夏絲妲一直把他當作艾溫的替代品，但也不完全是吧？這幾天，愛德華一直回想並後悔幾天前自己說過那些話。那些無情的話語，有一半是因為察覺被騙而生的恨。就因為仰慕她、喜歡她，才會有此恨意；但這份恨意的存在，又反向證明了自己心裏對她抱有的感情。想必，夏絲妲以前說過的「因為喜歡，所以討厭；因為討厭，所以喜歡」就是這個意思吧。

想到這裏，愛德華在心裏沮喪地嘆一口氣。他想再次跟夏絲妲道歉，也想再次平心靜氣地把事情問清楚。如果這些事都能在道別前做到便好了……

憑藉一句話，愛德華的思緒飄到記憶中見到夏絲妲的最後一刻。那個站在自己身前，替自己擋下長劍攻擊的背影再次浮現，而同時，劍光彼端的黑與白也同樣出現在腦海之中——

奈特和莫諾黑瓏。對了，這二人的問題……

「愛德華。」

經由夏絲妲的背影，愛德華記起自己仍然需要思考奈特和莫諾黑瓏二人為自己所帶來的問題，以及相應的對策。正當他又要陷入另一番沉思時，諾娃凝重的聲音把他喚回現實。

「呃……嗯？有甚麼事嗎？」

自今早到現在，二人幾乎一句話都沒有說過。愛德華一時間反應不來，又覺得氣氛奇怪，反射性望向她後，雙眼又尷尬地望向別處，良久才擠出一句詢問。

「現在你還可以選擇，真的要繼續我們之間的契約嗎？」諾娃問。

此時的諾娃眼神認真，與平日的她截然不同。雖然聲音和樣貌依舊，但愛德華總是覺得取回多一點記憶的她，感覺上比以前成熟了一些，更符合她生前曾經是神官的身分和形象。

「對，正如我們立約時所說，直到人生最後一刻，我都不會放棄這個契約。」一聽到諾娃的問題，愛德華就猜到她如此說的背後因由。他收起尷尬的眼神，堅定地回應，絲毫沒有猶疑。

但諾娃見愛德華如此堅定，反而急了起來。她捏著裙腳，提高音量追問：「你明白嗎？我可是知道『八劍之祭』背後的祕密，並因此被神滅口的人。你與我在一起，終有一日當我的記憶全數回歸後，神一定不會放過你，你也會有危險的！」

「我明白。」愛德華回應得淡定。

「那你為甚麼……」

「我已經是舞者，就算與你解除契約，與『八劍之祭』的關係仍在，那麼總有一天定會以某種形式接觸到其背後的祕密吧？況且如果神真的要讓每個知道的人都不存在的話，那麼就算只有丁點資訊，已經從你身上聽說生前記憶的我也會受罰，這一刻解除契約並無幫助。」愛德華認真地向諾娃分析情況，以及解釋自己的想法。

「但除了神，還有莫諾黑瓏！」只是愛德華的冷靜沒能平伏諾娃的焦急，反而火上加油。「我還不是很記得她的事，但感覺她一定不會輕易放過我們的！」

諾娃焦急得快要失去控制。自從醒來以後，她就一直努力思考有甚麼方法可以令愛德華遠離麻煩。她不想愛德華有事，不想他因為自己而賠上性命，解除契約就是她想到的唯一方法。

但愛德華仍然維持冷靜，而且堅決不退讓：「誰說過她只會針對我的，搞不好就算我離開你，她仍然會對我有敵意呢？況且她現在是奈特的契約物，奈特有機會以後還會找上門，到時候她也一定會跟著來，所以對我來說情況沒有太大改變。」

「但……」

這時，愛德華呼了一口氣，輕輕把手疊在諾娃的手上，換上一副溫柔的眼神看著她：「之前不是說了，有甚麼事都會陪伴你嗎。我們都互相陪伴大家，一起面對一切，難道你忘了？」

感受到從手心傳來的溫暖，以及字裏行間流露的溫度，得知道些話都是眼前人難得說出的真心話，令諾娃不禁眼泛淚光。「這……我的確說過，但……」

她明白，但仍然恐懼。

「不用擔心我，總之以後發生甚麼事，我們都一起面對。」愛德華依舊沒有把手移開，甚至握得更緊。「由我來說可能很奇怪，但都是這些日子學到的……一件麻煩事，兩個人比一個人會更容易解決。」

看著說到一半因為難為情而把視線移到一旁的愛德華，這個略為可愛的小反應令諾娃不禁破涕為笑。就連平時不習慣「同伴」概念的他也說到這個份上，自己竟然還在猶疑，這不是浪費了他的心意嗎。

也許他是對的。既然不能逃避，那就一起面對。

「嗯，一起面對吧。」她用手帕抹去淚珠，輕輕點頭。

這時，馬車緩緩駛進皇宮大門。見狀，二人不約而同地收起笑容和話語，立刻整理儀容，收拾心情。

一起面對的第一個難關，就在眼前。

2

愛德華和諾娃剛下馬車，一抬頭，便看到一位身穿雪白軍服，外披海藍絨毛披風，腰旁掛有長劍的淺褐髮男士正站在皇宮入口的階梯等待他們。愛德華一時怔住，花了幾秒時間才認得眼前人是誰。

「午安，威爾斯勳爵，感謝你在百忙之中抽身迎接我們。」

眼前人不是他人，正是皇家直屬騎士團團長安德烈．約翰．威爾斯，他身上的白和藍是威爾斯家的代表顏色，而其腰旁正掛著一把長劍。

望向其劍，再抬頭注視安德烈本人，愛德華一時間感到有些陌生。上次他在起始儀式遇見安德烈時，安德烈是手握長槍的，所以便認定安德烈是喜愛用槍之人，沒想到他居然也會用劍。愛德華起初嚇了一跳，但當他思考一下後，又覺得事情合理。

安德烈的哥哥艾溫是聞名安納黎全地的著名劍士，既然是「天鵝之王」的弟弟，那麼他會劍術也不是甚麼出奇事吧。而且劍術是騎士的必修技能，身為騎士團長的安德烈沒可能不擅長。

可能因為今天不是正式場合，所以安德烈才沒有拿他平時常用的槍，而改拿較為輕便的劍吧，愛德華猜測。

他和諾娃沿著鮮紅地毯走到階級前，向安德烈問好。

「午安，雷文伯爵，歡迎來到蕾露妲城堡。皇帝正在等待，請跟我來。」

愛德華本來以為安德烈會形式上寒暄幾句，像安納黎的貴族一樣先談兩句天氣，再繼續正事，怎知安德烈平淡地說完歡迎辭，未等愛德華回話，就已經轉身走上階梯，以動作示意愛德華跟上。

北方人都是這麼冷漠的嗎？

「請問我們要去哪裏？」愛德華心裏有點納悶，但沒有想太多。他從後追上，並嘗試以發問緩解這尷尬的氣氛。

「翠綠會客室。」但安德烈只是輕輕回頭，平淡地回應過後，又再轉身繼續引路。

一聽到「翠綠會客室」五字，愛德華心裏閃過一陣驚訝。他曾經聽說過，屬於皇帝起居所空間之一的翠綠會客室是亞洛西斯與親密親友見面，或者與重臣私下見面時所用的地方，專門用來討論私人事務，一般貴族要覲見皇帝，最多只能到皇座廳，或者是書房等被劃分為公眾地方的房間會面，不得輕易踏進皇帝的私人空間。此資訊又再加深他對亞洛西斯動機的懷疑，他想多問些資料，但感覺安德烈似乎不想跟自己對話，又不知該從甚麼問起才不會顯得太直接，因此作罷。

走上階梯後，迎來的是一條漫長的走廊。三人規律的腳步聲響徹整條走廊，但除此之外就甚麼都沒有。愛德華左右張望，牆上的都是上個月來皇宮時看過的風景畫，那時因為心情焦急，沒有細心留意，現在才發覺這些畫所描繪的不只是普通的安納黎每郡風景名勝，它們無一不是該郡的重要之地。從因為是重要水源而被視為神山的寧芙米亞山脈，到齊格飛家的心臟之地威芬娜海姆，以至與鄰國亞美尼美斯接壤，經常爆發佔地戰爭的妮惇妮亞郡村莊風景，都一一被記錄在這些畫框之內。上一次來，愛德華以為這些畫表達了亞洛西斯對風景畫的喜好，但現在卻覺得這些畫被挑選掛在這裏，並不是裝飾那麼簡單。

他試圖想像亞洛西斯每日在皇宮行走，駐足欣賞這些畫時的情景。亞洛西斯腦裏想的到底是讚嘆風景的美輪美奐，還是這些地方所代表的郡或管理者對整個帝國，以至他的權力帶來的隱憂？愛德華專心地一邊走，一邊沉思，絲毫留意不到安德烈一直偷偷地向後瞄，正仔細留意他的一舉一動。

當三人快要走到長廊的盡頭，正要轉入位於皇帝起居所前面的守衛大廳前，安德烈突然停住腳步。

「有甚麼事嗎，威爾斯勳爵？」愛德華察覺到有異樣，思緒頓時從畫作回到現實。

「你跟『薔薇姬』對決一事，是真的嗎？」安德烈不知為何，仍然不願意回頭看著愛德華發問。

「威爾斯勳爵是想確認些甚麼嗎？」愛德華嘗試試探。

「從來沒有人能夠在那個人的劍下生還，你能夠站在這裏，不是贏了她，就是有別的原因。所以，你是哪個原因？」安德烈開門見山地問。

「威爾斯勳爵想知道答案的原因是甚麼？」愛德華沒有回答，只是回以一句反問。這些日子，類似的問題他聽過不只一次，但他知道安德烈跟其他人不同。他認識夏絲妲，也是負責追捕她的人，想來應該對她有一定程度的熟悉，他問這條問題，一定不是跟外人一樣，只是單純地想八卦為何自己可以保命。

「我是保護皇帝安危的人，所以要知道眼前的舞者有否被花瓣染紅，才能讓他覲見。」安德烈編作出一個冠冕堂皇的理由解釋。

想說我是否想對皇帝不利，藉激將法讓我自行透露出與夏絲妲有關的資訊嗎，愛德華心裏一笑。才不會輕易讓你得逞。「威爾斯勳爵太多慮了，倒是我聽說過，勳爵跟『薔薇姬』是為舊識？」

「畢竟是多年追捕的對象，這個層面上算是熟悉吧。」安德烈對愛德華的反問略為驚訝，但很快便找到理由解釋。

只是這個解釋在愛德華的意料之內。正當安德烈要起行帶他到皇帝面前時，他追問：「但我聽說，『薔薇姬』跟勳爵的兄長，艾溫．威爾斯勳爵有所關連，此話當真？」

一聽到艾溫二字，安德烈整個人頓住了，從未正面看過愛德華的他居然激動地轉身，一改剛才為止的冷酷，用兇狠的眼神瞪著少年，質問道：「你是從那個女人身上聽回來的吧？」

「只是從字裏行間聽過一點。」愛德華沒有被安德烈突如其來的改變嚇倒，只是輕描淡寫地回答，而回答裏也稍微暗示了他和夏絲妲的關係。

「那麼她有沒有說過，是自己殺死了艾溫？」安德烈立刻追問，言語間充滿怒氣和恨意。

愛德華聽後一驚。這個可能性他不是沒有猜想過，但沒想過是真的。

他只知道夏絲妲與艾溫相識，而夏絲妲對他存有仰慕之心，但並不知道他是死在她的手上。既然是她殺死艾溫的，那麼把自己當作艾溫的替代品看待時，是帶著甚麼感情的？愛德華不禁思考。

他以沉默作回應，安德烈見狀，立刻不屑地哼了一聲：「果然是狡猾的蛇蠍，以為不說就能瞞過自己的過犯嗎？只要我一天在，就一天都不可以！」

「勳爵親眼見到嗎？」愛德華問。

「我全都見證過。」

藉著一句話，十年來幾乎每天都會重播的回憶又再在安德烈的腦海中浮現。直到現在他還清楚記得，當天他在宅第尋找兄長不果，依照下人提供的指引，好不容易到達艾溫和夏絲妲所在的山丘，眼前迎來的卻是最愛的兄長被刺的畫面。至今他仍然沒法忘記，親眼看著仰慕至深的兄長倒地一刻，世界在一瞬間崩坍，一切都變得空虛。當時，看著那個奪取了自己一切的少女在自己的眼前拾起本屬於兄長的長劍，安德烈立刻追上去想殺死她，但奈何對方逃得太快，自己手上又沒有武器，他只能眼睜睜看著仇人在自己眼底下逃走。至今他仍未能忘記，當時少女在自己的追喊下驚恐離去的模樣，以及他那因為最珍愛的人被無情奪走而生的強烈憤怒。

「不過是從不知哪裏冒出來的孤兒，就這樣搶走了我最愛的兄長！那可是我的唯一，她就在光天化日之下在我面前搶走一切！這種人不配活著！」安德烈激動地大吼。

愛德華覺得安德烈在字裏行間流露對艾溫的情感似乎跟一般兄弟情有些差異，但他並不打算細究。他只是從起始儀式上便得知安德烈十分討厭夏絲妲，而夏絲妲每次提起他也是一臉不滿的樣子，因此猜到二人有些芥蒂，但沒想到二人之間居然是有著仇人的關係。

他沒法附和安德烈的情感，正打算說別的話轉移話題，怎知安德烈突然把臉靠近，仔細打量他：「你似乎是跟我的兄長長得有丁點相似，才被她放了一條生路吧……哼，真是嘔心。」

「威爾斯勳爵，請注意你的用辭。」愛德華略為不滿地退後一步，以強烈的語氣提醒安德烈注意。

「抱歉，」嘴上是這樣說，但愛德華完全感覺不到安德烈有道歉的意思。安德烈很不客氣地質問：「那麼她現在身處哪裏？」

愛德華輕輕搖頭，裝作不知道。他才不會把木屋的事說出去。

愛德華的表情從來到皇宮之後就一直沒甚麼改變，就算安德烈說甚麼，他都不曾放下防禦。安德烈無法從表情猜測眼前的少年是否真的不知道夏絲妲的身處地，也無法估計這少年和她的關係到底去到甚麼程度。但無論他如何裝扮，都對自己沒有太大影響。

「不過不要緊，反正我知道她的一舉一動，藏身在何地，偶然會去公會接些委託的事，我都大概清楚。那頭討厭的紅髮，無論到何處都是那麼的顯眼。」說完，安德烈神氣地哼了一聲。

這樣看來，安德烈並不知道夏絲妲「雪妮」身分的偽裝，愛德華忽然有點想笑。連這個也不知道，怎會算是「知道她的一舉一動」吧。

「既然勳爵一早知道『薔薇姬』的行蹤，為甚麼不抓住她？」愛德華在表面仍然保持冷靜，以發問引導正氣在頭上的安德烈說出更多心裏的想法。

安德烈不屑一笑，並答：「單單抓住只會便宜了她，我要讓她在最不經意的時候被抓，並讓她以最慘烈的方式死在我手下，這樣才能替兄長報仇。」

說時，他的右手大力握緊劍柄，表情越發扭曲，似是在想像自己百般折磨著夏絲妲的模樣。愛德華對安德烈的這一反應有點意外，但仍然不打算停止試探。他淡淡地回應：「除『八劍之祭』的舞者外，其餘人等是不得干預祭典的。」

他想看，安德烈會否打算趁祭典期間，這段夏絲妲相對會更常現身的時間帶抓住她，並將之殺害。

「反正我早晚都會幹掉她，幾個月的等待並沒有太大差別。」安德烈直截了當說出自己的計畫。說完，他居然還警告愛德華：「我不知道你跟『薔薇姬』之間有甚麼關係，但假若你協助她，就別怪我不客氣。」

愛德華只是處之泰然，以鎮定化解威脅：「我還是那句話，祭典是舞者的事，外人不得插手。」

「呵，是嗎，那我就看看你能守住這個想法到甚麼時候。」安德烈先是遠眺不遠處皇帝起居室的走廊入口，再對愛德華回以不屑的眼神，似是看不起他這番過於理想化的話：「搞不好兩個小時之後，你就會輕易背叛此刻的自己了。」

「隨你怎樣說。」愛德華不打算再跟他糾纏。

「那麼進去吧，」讀懂愛德華的意思，而且要說的話都說完了，安德烈總算把二人帶到走廊入口，伸手指向兩個房間後面的會客廳。

「祝你好運，南方的小黑渡鴉。」

3

經管家帶領進入會客室後，第一眼映入愛德華和諾娃眼簾的，是正在認真處理文件的亞洛西斯。

「陛下日安。」二人同時低頭並微微鞠躬。

聽到聲音，亞洛西斯的雙眼從書桌的文件中抽離，抬頭望向愛德華時，因政務繁煩而勞累的雙眼頓時發亮起來：「雷文勳爵，你終於來了。」

「要陛下久等，實在不好意思。」愛德華恭敬地回應。

「不，不需要感到抱歉，」亞洛西斯說時笑得溫和，看起來沒甚麼架子。說完，他立刻放下手上的筆，並離開書桌，走到前面的沙發上，對二人說：「請坐吧。」

待亞洛西斯坐在其中一張沙發上後，二人也緊隨坐在他對面的另一張沙發上，三人互相對望，中間相隔一張茶几。愛德華趁機打量整個會客室，只見會客室的牆紙和一些裝飾都以翠綠為主調，就連沙發所用的絲綢也是祖母綠色的，不難令人理解這個房間的名字由來。會客室裏沒有很多家具，除了兩張沙發、一張茶几和牆邊的兩張矮桌外，面積最大的就是在窗前的書桌。愛德華不太明白把書桌放在會客室的用意，可能是方便亞洛西斯在等待客人時也能辦工，善用時間吧。

二人的坐姿直得有點僵硬，緊張得不敢碰到背墊之餘，連呼吸也不敢太大動作。

「卡森先生，端茶給兩位客人。」才剛坐下，亞洛西斯便立刻命令管家。

愛德華立刻推卻：「陛下，我們不需要……」

「所有來到翠綠會客室的人，都會有茶喝。這是我訂的規矩。」亞洛西斯雖然說得輕鬆，但言談裏卻帶著強勢，讓人不易拒絕。

「既然如此，我們就恭敬不如從命了。」那麼就順著他的意思吧，愛德華不想在剛見面不久便製造風波。

待卡森離開房間後，亞洛西斯便說：「恭喜你回歸，雷文勳爵，你能回來實在是太好了。」

「陛下言重了，我們都只是普通人，沒甚麼了不起。」愛德華有禮地回應。

「其實我一直都想見你，以前經常在齊格飛公……路易斯口中聽說過你的事。」亞洛西斯本來想用正式的頭銜來稱呼路易斯，但說到一半，覺得既然愛德華和他的關係不淺，就決定改用名字稱呼，多一點親切感。

原來那傢伙跟皇帝說過我的事！愛德華知道路易斯還在學院當學生時，不時會趁假日到皇宮裏去。要說怎樣知道的，當然是因為他本人每次去完皇宮後都愛在愛德華面前炫耀一番，但愛德華一直不知道原來路易斯是去找皇帝。

說起來，在起始儀式上，好像聽到路易斯稱呼皇帝為「亞洛哥」。愛德華突然想到，有可能二人從小就是認識的？

那麼對自己十分不利！誰知道那傢伙說過些甚麼？

他略帶無奈地問，同時試探：「那一定不是甚麼好故事吧？」

亞洛西斯一笑：「不，我倒是覺得有趣，畢竟能讓他說到那麼激動又誇張的就只有你一人，所以我一直好奇他口中的『愛德華』到底是個怎樣的人。」

「就只是陛下眼前所見，一介平庸之人而已，有失陛下的期待，實在抱歉。」愛德華猜不出「激動又誇張」的意思是好是壞，他嘗試以退為進，以謙遜來試探亞洛西斯。

「你太小看自己了。你不是與稀有長劍『虛空』成功交換契約，又在舉國聞名的『薔薇姬』劍下存活的人嗎？」怎知，話題卻被亞洛西斯以抬舉的形式轉到夏絲妲那邊去了。

「陛下認識『虛空』嗎？」愛德華留意到亞洛西斯對「虛空」似乎有所充認識，趁機詢問。

「聽說的程度而已，只知道是一把漆黑的長劍，」亞洛西斯毫不保留，直率地說出自己所知道的。接著，他把目光投向愛德華身旁的諾娃：「在起始儀式時沒能騰出太多時間去留意，原來這就是人型劍鞘啊。」

面對亞洛西斯似乎想要探究自己的眼神，諾娃表現得十分平靜，按捺著心中的不舒適，問道：「不知道皇帝陛下有甚麼好奇的嗎？」

沒想到諾娃會回話，亞洛西斯頓了一會，才回答：「果然像真正的人類一樣呢，到底是誰以甚麼方法製造出來的……」

「這些都不重要，重要的是作為劍，『虛空』擁有出色的實力，這就足夠了，不是嗎？」聽得出亞洛西斯想藉機引自己說出關於「虛空」的情報，諾娃當然不會讓他得逞，先行搶過來總結，並以反問把問題拋回給他，以終結話題。

「的確沒錯，嗯……請問我應該稱呼你為？」亞洛西斯問。

「請叫我『虛空』便好，陛下。」諾娃說的時候輕輕點頭，以示恭敬。

亞洛西斯有禮地一笑：「好的。那麼『虛空』小姐，再次歡迎你來到這城堡。」

這時，卡森回來了，並為三人端上熱呼呼的茶。是黎明安凡琳茶，愛德華憑顏色和味道便猜到。

黎明安凡琳茶是由價值不菲的稀有茶葉泡成，最上等的價格相等於一座小城，皇帝居然把它拿來酬賓，可見他的用意之深。而盛載著此等名茶的茶杯也毫不遜色，它們以深藍為底色，用閃亮的金箔在瓷面繪上玫瑰與茉莉，盡顯奢華之色。

見愛德華一直盯著茶杯不動，亞洛西斯大概猜到他在想甚麼，立刻解釋道：「這些茶杯，甚至昂貴的黎明安凡琳茶葉，都是揮霍的父親留下的。」

「利奧波德二世嗎？」愛德華問。

「沒錯，父親生前只顧揮霍，不理政事，所遺留下來的禍根不是一朝一夕便能解決的。每次我看到這些奢華的收藏品，再想到人民生活艱苦，就不禁覺得憤怒。」亞洛西斯的語氣裏帶有歉意，也有幾分憤怒。

利奧波德二世生前以揮霍為名。他每天只顧著風花雪月，用國家的錢不停收藏價值連城的藝術品，私生活又混亂，而且不理政事，任由貴族不作為，中飽私囊，弄得當時安納黎烏煙瘴氣，民不聊生，國庫也面臨破產邊緣。正當眾人以為這個國家是否要完蛋之際，彷彿是神聽見人民的哀怨，並決定出手似的，利奧波德二世在七年前的某天突然中風去世，皇位就這樣傳給他的長子亞洛西斯。亞洛西斯一上台，便一改前任的手腕，先是大刀闊斧更改國家政策，取消無謂的稅收，又會嚴懲貪污的貴族，並推行大量有利經濟的措施，而且他也售出不少父親生前的收藏品，把亂花的錢放回到國庫裏。

因為如此，亞洛西斯登基短短幾年，已將安納黎的財政民生回復至利奧波德二世登基前的八成。人們每當談起此事時，都覺得驚訝，為甚麼身為兒子的亞洛西斯性情跟父親相差那麼多。但事實就擺在眼前，而且亞洛西斯想做的不只是重整國家，他還想一改安納黎多年的規定，實現中央集權，權力集中，推行政策和管理時便能更得心應手。

「陛下的用心，民眾們都感受得到。」見亞洛西斯皺眉，愛德華連忙以言語安撫。

「是嗎，」怎知，亞洛西斯嘆了一口氣後，一收怒氣，改問愛德華一條問題：「告訴我，雷文勳爵，對於近期的政策改變，作為貴族，你怎樣看？」

「貴族分權在以前的確是穩定領導者位置的方法，但長久會做成皇權鬆散，地方貴族權力過大也會引來貪污等問題，令民眾受苦，國家得不到應有的稅收，變相沒法令國家富強。中央集權雖然可能會令某些地區的需要因領導者對當地的認識不足而得不到適當的對應政策，但稅收、軍權等可以集中到中央再統一分配，令國家的資源能夠分配均衡、用得其所。尤其現在我們有鄰國大敵當前，這是必須實行的政策。」愛德華思索一會後，詳細地向亞洛西斯說明自己的看法。這確實是他的真實想法，他早就看安納黎的貴族分權制度不爽很久了。

「你不怕集權會影響到家族的既有利益嗎？」亞洛西斯立刻問。

「我們都是侍奉陛下、替陛下管理子民的貴族，國家利益理應排在個人利益之先。」說時，愛德華不忘低頭鞠躬，以示敬意。

亞洛西斯聽畢，感到有趣地輕輕一笑：「有趣，果然是父子，你們說的話都是一樣的。」

愛德華眼神閃過一絲驚訝：「陛下見過我的父親嗎？」

「前陣子有些機會跟希蕾妮亞勳爵碰面，談話之間問了同一條問題，而他的答案跟你剛才的一模一樣。」亞洛西斯回答。他回想起兩個多星期之前的事，那時候他問基斯杜化同一條問題時，除了語氣更為謙遜外，二人無論在理據和用字都幾乎一模一樣，不說還以為他們事前商量過回答的方法。

父子真有趣呢，觀察愛德華的行為反應，並將之與基斯杜化的比較，亞洛西斯越發覺得眼前的少年十分有趣。

「是嗎……」聽到自己的答案居然跟父親一樣，愛德華心裏有點扭捏，但強忍著不表現出來。

「不愧是『月下黑鴉』雷文一族，有你們在，南方就安心了。」亞洛西斯感嘆。

「陛下太過獎了，我們都只是盡了本份而已。」

愛德華嘴上說著謙遜的話，但心臟卻跳得厲害。他看得清楚，作為推動中央集權的本人，亞洛西斯剛才的話並不是普通的寒暄，而是藉著父親的事切入問題，並暗中試探他到底是支持其集權想法的人，還是對立的貴族集團。剛才自己只要一不小心說錯話，就算只說錯一隻字，後果都不堪設想。

現在他知道了我和父親站在同一陣線，但正題還未被提及。他到底想怎樣？

看著亞洛西斯休閒地喝著茶的模樣，愛德華感覺自己如坐針氈。

「剛才是威爾斯勳爵帶你們到來的吧，很少聽見他那麼激動的聲音，你們在談些甚麼事嗎？」喝完一口茶，亞洛西斯又掛上微笑，像寒暄般輕鬆地打探。

「只是一些關於『薔薇姬』的事而已。」愛德華並不希望主動提及夏絲妲，因為他猜到亞洛西斯接下來將會問些甚麼；但同時他又不知道亞洛西斯會否是聽到整段對話但裝作不知。瞞騙事實是欺君之罪，所以他決定簡略地回答事實。

「原來如此，每逢有關『薔薇姬』的事，威爾斯勳爵……還是在你面前稱他為安德烈好了，都會有點情緒起伏的，」看來亞洛西斯並不清楚安德烈和夏絲妲之間的仇怨，愛德華從這句話裏獲得確認。怎知，亞洛西斯接著問：「那麼，『薔薇姬』是個怎樣的人？」

「甚麼？」愛德華一時驚訝。

「你跟她交過手，一定對她有點認識吧。」亞洛西斯說。

愛德華本來以為亞洛西斯跟外人一樣，問及夏絲妲的事時主要都是想八卦自己為何沒死，沒想到他想知道的居然是夏絲妲的為人。

「是個冷酷的劍士，美麗、看似平易近人，卻帶著猛毒。」愛德華思索一會，以他對夏絲妲的第一印象回答。

「大家都說是你在她手下逃過一劫，我倒不認同。是她認同了你吧？」亞洛西斯問。

愛德華登時一驚。

見愛德華沒有回話，亞洛西斯補上一句：「我未見過她本人，但覺得喜歡與不同人對決的強者如她，絕對不會輕易放人走。殺人對她來說談何容易，能在她手上活著離開的一定都是被她認同實力，希望觀察其後續發展的人。」

「為何陛下如此認為？」愛德華試探。

「因為換著是我，也會這樣做。」亞洛西斯坦然地說。

說完，他安穩地喝了一口茶，但愛德華卻完全不敢動。

「對了，雷文勳爵，不知道你對冬鈴郡有所認識嗎？」把茶杯放下後，亞洛西斯提出另一條問題。

正題來了，愛德華的直覺告訴他。

「安納黎中北部的一個小郡，郡如其名，盛產鐘和鈴鐺。」他簡短地以冬鈴郡的資料回答。

「你有去過冬鈴郡嗎？」亞洛西斯問。

「一兩次，但都是小時候的事，不太記得了。」愛德華記得自己是沒有去過冬鈴郡的，因為父母小時候很少會帶他到北方，更不要說家道中落之後了。但為免麻煩，還是先說有去過為好。

「不清楚你是否有聽聞過，冬鈴郡的前任郡主在上個月離世了。因為沒有繼承人，根據新的法規，郡的管理權會回到我手上。」

愛德華記得，這條法規是上年頒布的。以前在安納黎，如果一位貴族死後沒有任何直系親屬或親戚作繼承人，郡內當時的權力最高者將擁有繼承的權力。但在新法規下，繼承權會回到亞洛西斯手上，再由他指派新的繼承人。當時法規公佈後，牽起了一陣反對風聲，但最後亞洛西斯以「此為保護貴族免受郡內權力者的暗殺之苦」為由，強硬地壓下了一些反對的聲音。

「現在我需要一個合適的人選管理她，而我希望你能幫忙。」亞洛西斯表明他的用意。

「陛下，這是……」愛德華禁不住心中的驚訝。給他一塊領地？

他本是男爵的獨生子，將來已決定會繼承父親的希蕾妮亞郡。先把在祭典的生還問題放在一旁不管，現在把冬鈴郡交給他的話，意味著未來他可以同時擁有兩塊領地，這樣一來會擴大雷文家的經濟實力。同時，冬鈴郡面積雖小，卻是北方交通樞紐的中心之一，其經濟活動也是北方內陸郡中最好的。即是說，亞洛西斯不單單是想給愛德華一塊領地，讓他成為名副其實的伯爵，更是把一塊福地交給他。而冬鈴郡在北方的地位之重要，有雄心的當權者如他當然不會隨便把福地送人，背後的意圖顯而易見。

「伯爵不都需要領地嗎，雷文勳爵，不，冬鈴勳爵？」見愛德華愣住未有回應，亞洛西斯便故意改變對他的稱呼，表明自己決定要把冬鈴郡給他的意向。

愛德華終於回過神來，並推卻：「不，陛下，我還太年輕，恐怕並不適合……」

現在當務之急是祭典的事，就連未來是生是死也不知道，愛德華並不想在此時被亞洛西斯收編，成為其權力遊戲裏的一隻棋子。

「剛才與你的對話，我看到的是一名有想法又有能力的未來領主。路易斯跟你同樣年齡，也當上了領主，你怎麼就覺得自己不行呢？」亞洛西斯巧妙地拋出路易斯的名字，試圖引起愛德華的反應。說完，他一轉語氣，試探地問：「難道你想說路易斯作為領主並不合格？」

「並不是，陛下請不要誤會。」愛德華聽得出這一句是個陷阱，立刻回絕。「只是我不過是一介微不足道的小人物，未有資格接手這塊土地，也不清楚陛下的背後想法。」

「背後想法……哈哈，說得這麼直接呢，你果然是個有趣的人。」不僅沒有輕易中計，還斗膽直接說出自己的決定有背後想法，亞洛西斯忍不住笑了起來。每個人對他說話時都總是小心翼翼，他對此並不介意，這種一瞬間被直言直語快速反攻的爽快感很久沒出現過了。他問：「雷文勳爵，你就沒有想過『八劍之祭』到底是為了甚麼而舉辦的嗎？」

「向這個國家所信奉的神獻上祂最喜愛的劍舞，祈求國家風調雨順——大家都是這樣說。」愛德華回以一個無論在安納黎，或是在學院要考試時，這條問題的最標準答案。

「那麼你呢？你是舞者，你想在祭典達成些甚麼呢？」亞洛西斯問道。

愛德華本想用「大家都是這樣說」引導亞洛西斯說出他似乎想說，祭典背後的祕密，怎知亞洛西斯話鋒一轉，問起了愛德華想在祭典達成的願望。

「只要勝出，我的願望就此達成。」愛德華簡短地回答。

這是他在與世隔絕的三個星期之間所得出的答案。他還是不想放棄成為最強，但比起以前「想證明給世人看」的動機，現在的他想把重心放到自己身上，面向自己心目中定義的「最強」一步一步邁進。不為尋求他人的認同，只為自己的目標而努力。而第一步，就是在祭典中勝出——畢竟不勝出就會死，等於不能把路走下去。

也許他不為意，但他確實被夏絲妲影響了不少。

「原來你的願望是這種類型的。」愛德華的答案跟亞洛西斯想像中的有點出入，但大致方向還是一樣，所以他並沒有感到太大驚訝。「但要達成這個願望，就必須先通過其他舞者的關卡。其他的我先不說，龍族後人和精靈女王，你覺得有勝算嗎？」

「起碼面對齊格飛公爵，我還是頗有信心的。」愛德華如實作答。

亞洛西斯聽後一笑：「因為你贏了他一次嗎？」

「我對他甚是熟悉，無論來多少次，結果都是一樣。」愛德華說得很肯定。

他心想，說實話，自己對「神龍王焔」的能力仍然有不清楚的地方，但覺得無論如何，他都會有一定的勝算。因為他熟悉的不是路易斯的劍法，而是更基本的，路易斯的為人行事。

「很有自信呢，那麼安凡琳女公爵呢？聽說她的能力在歷代水精靈中，只亞於開國女王萊茵娜。」亞洛西斯追問。

「我跟她只見過一次面，也未曾到過安凡琳郡，對精靈的認知也只停留在圖書館裏有的簡單記載。不過如果要贏，無論勝算是大是小，都只能迎難而上。」

也許「虛空」的力量能派上一點用場，但對方可是能夠自由操縱元素之力的種族之首，攻擊打來，「虛空」只能中和打到劍身的攻擊，不能幫自己作全方位防禦，換言之「中和」的能力沒法在安凡琳公爵前取得任何優勢，愛德華很早之前就已經想過這一個實力之差的問題。要是真的遇上安凡琳女公爵，唯有靠戰術和即時反應去扭轉劣勢吧，他在心裏如此盤算。

「不錯的答案，不愧是被神選上的舞者，」亞洛西斯欣賞愛德華的勇氣，「正如在戰場上，無論事前偵察做得多完整，都總會有未知的情報和突如其來的狀況改變，所以到最後還是要依靠指揮官的判斷，以及下決定的勇氣。」

「陛下所言甚是。」愛德華附和。

「我聽說你提出退學申請，那麼之後會留在阿娜理嗎？」這時，亞洛西斯又轉換話題。

「可能會留在阿娜理郡，但暫時未清楚。」愛德華不明白為何他突然要關心這個，便簡略地說出了實話。「始終要在全國各地走，留在阿娜理郡會相對方便。」

「如果你住到冬鈴郡去，不就方便前往齊格飛公爵和安凡琳女公爵的領地嗎？」說時，亞洛西斯神情絲毫不變，眉毛都沒有抖一下，嘴角也沒有上揚。

居然用這個方式把話題回歸到領地的問題上，愛德華的心倒抽了一下，有點害怕。從見面一開始，亞洛西斯就一直用閒話家常的方式慢慢把愛德華引導到他想達到的目的裏。最要命的是，如果在那些閒話家常的話題都答得保守，就會顯得過份拘謹，在看起來沒有架子的主子面前，反而令自己的防人之心表露無遺；但只要一放鬆，亞洛西斯就會立刻抓到主動權，也因為他問的語氣較為親和，實在很難找到方法直接回拒。短短十分鐘的對話，他切身感受到眼前人為何能在如此年紀成為全國幾乎無一貴族能威脅的年輕皇帝。

回到亞洛西斯的問題，剛才愛德華才答過關於要與齊格飛家和安凡琳家敵對的問題，如果在這個時候說不，亞洛西斯定會追問他是否真的有要跟兩大公爵家對決的覺悟，然後他定會在繞過幾個話題後再次回到成為冬鈴郡伯爵的提議裏。臣下不能在同一段時間拒絕主子太多次，那麼與其再花時間繞圈迴避，倒不如省點時間，問出自己想問的，改變整個話題，愛德華決定。

「陛下，恕我直言，你是希望藉著我達成甚麼目的嗎？」他問。

亞洛西斯心裏嚇了一跳，但他的表情沒有改變，依然是一副遊刃有餘的樣子：「為甚麼你這樣認為？」

「恕我直言，在起始儀式上被封爵的六位舞者，現時就只有我一人被賜予領地，時間還要在祭典舉行期間，難免不讓人有遐想，覺得陛下是為了達成一些目的，選擇在這個時機把領地交給一個未來不知是生是死的人。」雖然說是直問，但愛德華還是拐了一個圈說。

亞洛西斯一笑：「的確，那麼雷文勳爵，你覺得我的目的是甚麼？」

「我不敢猜測太多，但應該跟齊格飛公爵和安凡琳女公爵有關吧？」愛德華直接問。

亞洛西斯沒有回話，只是站起來，並走到窗前，凝重地問：「雷文勳爵，你有否想像過，這個國家被龍或精靈統治的一天嗎？」

「在千年前我國差點就被龍統治了。如果真的被牠們統治，相信全國人民都會變成龍的奴隸吧。不過現在龍已滅絕，此情況不會發生，」愛德華明知道亞洛西斯想說的是齊格飛家而不是龍，但故意根據字面回答。「聽說精靈覺得他們比人類高一等，讓他們統治的話，國民也免不了成為被奴役的對象。但就算沒有龍與精靈，我們還是有外敵。」

「我的想法與你相近。雖然國家被龍或精靈統治是沒可能的，但隱憂一直都在。現在我們的國家有外敵，也有內憂，」亞洛西斯嘆了一口氣。「所以需要『八劍之祭』保障國家平安。外敵的話，只要祭典完滿結束，就能暫時鬆一口氣；但內憂，就要看這次祭典的結果。有時候我會想，如果我能在這次祭典被選為舞者之一，就不用這麼煩惱了。」

「如果我能成為舞者，就能親手解決權力的兩大威脅——龍族和精靈家，但我因為契約所限而不能這樣做，所以想找你來幫忙」，愛德華聽得出來。亞洛西斯依然不直接說出他的意圖，但這次其暗示十分明顯。他一時不懂得回應，於是問：「所以『八劍之祭』真的是神與人之間的契約產物？」

「沒錯。」亞洛西斯肯定地回答。「是康茜緹塔家的祖先在幾百年前與神立下的契約。」

愛德華登時想到諾娃生前的經歷，一時懷疑皇室是否對她的祕密處決知情或有關連，不過這不是現在該理會的事，所以他沒有深究。

「有時候我會想，到底『八劍之祭』真的是這個國家需要的東西嗎？」正當愛德華在沉思之時，亞洛西斯提出了一條問題。

「陛下？」愛德華嚇了一跳。這是甚麼問題？

「的確，這個國家今日的富強和平，不少都是依靠和神訂立契約所得到的恩典。我有時候會想，也許四百年前開國初期，國勢不穩，那時候『八劍之祭』是必需的；但四百年過去，今天的安納黎已經比當初成熟了不少，那麼我們仍然需要神的力量扶持嗎？」亞洛西斯詳細解釋他的意思。說完，他回頭望向愛德華，拋出一副期待的眼神，問道：「雷文勳爵，你有甚麼看法？」

這是甚麼大陷阱！愛德華在心裏驚呼。

亞洛西斯剛才明明想請自己幫他藉著「八劍之祭」解決龍族和精靈兩大勢力，但怎麼話鋒一轉，便談起了「八劍之祭」的必要性來了？

雖然照字面判斷，亞洛西斯似乎是對「八劍之祭」的必要性存疑，並想得知愛德華的想法，但天知道這到底是真話還是試探。亞洛西斯算是「八劍之祭」結果的既得利益者之一，他支持維持「八劍之祭」是很正常的事，而且他剛才也有暗示想成為舞者，那麼如果身為舞者的愛德華在這個時候懷疑「八劍之祭」的用處，那就跟亞洛西斯的意見分歧，甚至可能會因為思想不同而被扣上叛逆的帽子。但另一方面，如果亞洛西斯的意見真的如他的字面意思一樣，愛德華錯判並答錯了的話，可能會被他當成支持老派貴族思想的人，下場也不會好得到哪裏去。

亞洛西斯仍然把目光投放在他身上，等待他的回覆。愛德華煩惱得不得了，現在絕對沒法搪塞帶過的，那麼該如何回答才好？

「雷文勳爵？」見愛德華一直皺著眉頭沒有回應，亞洛西斯喚他一聲。

「正如陛下所說，『八劍之祭』在本國建國初期是必需的，而放到現在，亞美尼美斯帶來的威脅也令我們更需要神的保佑吧。但一味依靠神，依靠每八十年選出的八人是不足夠的，這個國家本身也要裝備好去應對不同挑戰。也許在未來某天，我們便可以強大到不再需要契約吧。」愛德華想了想，決定交出一個比較中立的答案。

他戰戰兢兢地留意亞洛西斯的反應，懼怕自己的回答會令他不悅。

「有趣，我很喜歡你的答案啊，」亞洛西斯的笑容令愛德華放下了一小件心頭大石。但前者還未打算完結這個話題。他露出一副有深意的樣子，繼續問：「那麼對身為舞者的你來說，『八劍之祭』

是必需嗎？」

「被選上的舞者都有自己想達成的願望，他們都是心懷目的在神的眼下互相戰鬥，我也不例外。」這時，愛德華忽然想到可以趁此機會旁敲側擊地回應亞洛西斯以冬鈴郡作交換，想他除去路易斯和布倫希爾德的要求。「祭典既是國家的事，也是舞者之間的事。也許這場祭典背後的目的有利於國家，但在舞台上揮劍的我們都更在意當下發生的事，未必喜歡其他人影響我們的行動。我只是平凡之輩，連自己在祭典期間的前路也沒法看清，可能沒法堅持到最後，到時只會有失陛下的期望。」

「哈哈，不被他人影響，只走自己的路，正是純高的劍士之心。擁有如此想法的雷文勳爵才是不凡之輩啊，」愛德華本來以為亞洛西斯聽到自己的回絕後會發怒，或者會逼他答應，怎知他竟然開懷大笑。

亞洛西斯想當然聽得出愛德華剛才是在回應自己的要求。他似乎想通了甚麼，又或是確認了甚麼，立刻轉了一副口吻，解釋道：「我其實只是想給這種純高的人一點協助而已。」

「陛下的意思是？」愛德華心裏疑惑。協助？但你明明剛才一直就在暗示是想我幫助你做事？

「我確實有我的目標，但那是我的事，你剛才的話點醒了我，舞者的願望是祭典中最重要的。」說完，亞洛西斯轉身，回到沙發上坐著。「我想給我所欣賞的你一點微不足道的協助，你依照自己的意志行事便可。」

「但陛下剛才……」為何突然那麼大的轉變？愛德華完全跟不上。

「那些你就當我自言自語，不用理會的。」亞洛西斯如此一言帶過剛才那些暗示的話語。「我想把冬鈴郡交給你，在祭典剩下的日子裏，你要怎樣利用，都是你的自由。無論如何，我都不會收回我的決定，也不會改變我對你的評價和看法。在祭典裏，人在取悅神的同時，也可以為自己爭取利益，不是嗎？」

利益……對，利益。這組詞令愛德華頓時想通。

得到一個郡，得到的是據點和最重要的金錢，這對空有頭銜，沒有經濟實力的他來說是十分重要的。亞洛西斯有他的算盤，他可以甘願成為其棋子，也可以利用算盤為自己爭取好處，看來這是亞洛西斯想見到的。

亞洛西斯的意思很清楚，總而言之他已經決定把冬鈴郡交給愛德華。愛德華認為既然他逃不掉，那麼可以做的，就是把所得到的好好運用，幫助自己一步一步前進。

「既然陛下說到這個份上，我也沒法拒絕。」思索一會後，愛德華決定答應。

聽到愛德華終於答應，亞洛西斯笑顏逐開：「實在是太好了！那麼冬鈴勳爵，明天我會替你辦個簡單的授勳儀式，今晚你就在皇宮作客吧。」

「謝陛下的好意，但祭典時間無多，我必須與『虛空』回去準備以後的安排，希望陛下諒解。」愛德華婉拒了亞洛西斯的好意，說完便向諾娃打了個眼色，並一同站起來：「若然陛下容許，我們就先離去。」

亞洛西斯點頭同意。在愛德華二人正要推門離去時，他對二人說：「願你們能在祭典裏，獲得屬於勝者的獎勵。」

對上一次聽到這句話，愛德華覺得它只是空虛的寒暄；但此刻由亞洛西斯說出，卻多了百分重壓和深意。

「也願安納黎安泰，直到永遠。」他留下這一句後，便和諾娃一起離開了會客室。

4

時間回到兩天前。自從歌蘭回去首都工作後，路易斯除了每天一直堅持練劍兩小時，以及花費數小時處理公文外，其餘時間他都留在家的圖書館裏翻看資料。

畢竟是擁有上百年歷史的家族，威芬娜海姆城堡的圖書館藏書量多得嚇人，差不多等於半個安納黎國家圖書館的書那麼多。在如此巨大的書海裏，路易斯決心要尋找的，是關於精靈歷史的記載。

歌蘭的要求，以及奈特的警告，都令他開始稍微對精靈這一種族起疑。他懷疑的原因，是因為自己以前在書上學到的、在學校聽過的，都似乎跟父親和奈特的認知有所出入。父親視溫蒂妮家如仇敵，而奈特則隱晦地提醒他要注意布倫希爾德，這一切都有背後因由，但他卻沒有足夠的知識去知道是甚麼。他要知道的話，唯一方法就是細閱家裏關於精靈的書——不是那些人人都看過的童話書，而是只有曾經與精靈作為敵對國的齊格飛家才有流傳下來的，秘密資料。

因此，本來不喜歡看書的路易斯，居然每天準時到圖書館報到，而且一坐就是五六個小時，廢寢忘餐，每次都要彼得森來提醒進餐和就寢時間。支撐他的動力就只有一句話——他要證明自己所愛的布倫希爾德才不是如父親和奈特所想的一樣邪惡又有害，是他們誤會而已。

雖然他已經把搜索範圍縮小至圖書館的資料記載室，但始終裏面有的是近千年的文件，書架高得要架長梯才能拿到高層的書和文件，加上一直以來沒有專人仔細分類不同的資料，更不要說列明關於精靈的資料放在何處了，所以找了幾天，依然沒有甚麼像樣的收穫。

今天也是一樣的光景。路易斯已經在圖書館的階梯上坐了近五個小時，圍繞他身邊的都是幾天以來讀過的文件和書籍，數量之多，快能疊成一道保護他的小城牆了。他仔細地翻閱手上的紅皮厚書，從頭到尾，每一行快速閱讀，過了一會便合上書本，並沮喪地嘆了一口氣。

剛才那本書是甄珮莉娜曆前六百年，多加貢尼曼王國的日誌。他本來以為這本書會記載王國和精靈之國的對峙，以及對方的情報，畢竟那段時候正值精靈之國和多加貢尼曼王國衝突最厲害之時，總會有點關於敵國的情報記載在日誌中吧？怎知在日誌中寫的都是極其普通的衝突報告：例如X月X日精靈之國派使臣來表達對東北土地主權的主張，要求交還，而多加貢尼曼王國則派出外交大臣以「土地自古以來屬於龍族」作回應，拒絕精靈之國的一切要求，絲毫沒有提及路易斯想要的精靈歷史。所以看到最後，他發現這又是一本沒用的書。

就真的沒有資料嗎？我又浪費了一天……到底還要找多久？

他望向窗外那片快將融入黑暗的夕陽，想到不久過後彼得森就要前來提醒他進餐，再望向身後那個放滿文件的巨型書架，就又嘆了一口氣。

祭典的時間不容再浪費，當別人都在外面戰鬥時，就我一個人每天在這裏看書？他覺得要是這事傳出去，一定會被笑死。他很想放棄尋找資料的計畫，但一想到自己已經花了幾天時間在這裏，現在放棄，就會浪費這些日子的心機；而且他有種直覺，自己很快就要找到想要的東西，現在不應該放棄。

算了，再堅持多兩天好了！他在心中跟自己約定，如果真的找不到，那就算了。

他把剛才的日誌小心放回書架後，便站在書架前發呆，思考接著該選哪一本書閱讀，作為今天的收尾。

在這裏，是你想尋找的事物。

突然，一把未曾聽過但具有引導力的聲音傳進路易斯的腦海裏。他不知為何，頓時感到如夢初醒，望向聲音的方向，赫然發現在幾層書架下有一本陌生的綠皮厚書。

這層的書我明明都看過了，怎麼好像沒見過這本書？

他帶著疑惑，緩緩取出這本書，本以為那把聲音只是自己的幻聽，這本書已經看過，內容會令自己再次失望，但一打開封面，裏面的內容令他不禁驚呼。

「這、這些是……！」

書名是「溫蒂娜史詩」，從名字就看得出是講述水精靈溫蒂娜一族的歷史。書的起首章就已經開始講述水精靈二千多前的歷史，還詳細列明了精靈四大種族之間的關係，這些都是路易斯從未看過的。

路易斯一直以為，精靈的四大種族在萊茵娜女王統一四大種族之前，一直維持各自為政、種族之間和平共處的狀況，但書中卻寫著，其實風精靈西爾芙一族一直在背後控制著其餘三大種族。火精靈莎羅曼達一族因為早就表態順服風精靈西爾芙家，因而被他們眷顧；而土精靈諾姆一族因為太弱，而且生性純樸，雖然他們效忠水精靈，但風精靈不覺得他們會對自己做成任何威脅，所以放置不管。而剩下來，最常被風精靈欺壓的，便是水精靈溫蒂娜一族。

水精靈看起來是四大種族中最弱的，但其實不是。能夠控制水，以及能量流動的他們，之所以比其他種族弱，是因為他們生來沒有靈魂。沒有靈魂，就不能完全發揮自己的力量。

第一位決定欺壓水精靈的風精靈族長決定這樣做不無原因，因為她知道，只要水精靈得到靈魂，他們的力量將會凌駕其餘所有種族。要維持風精靈一族的統治，就要把隱憂完全掌控在手中，也就是要令水精靈不會有翻身的一天。

路易斯驚呆了。不是說精靈都是全知的高智慧存在嗎？為何他們仍會執著於骯髒的權力鬥爭？

不，這一定是書本作者的偏見吧？

為了證明自己是正確的，他立刻翻到下一章，怎知看到的卻是更為驚訝的內容——

萊茵娜當年因為目睹身為水精靈之王的父親被風精靈女王抓走，並以不合理的理由殺死，因此決定復仇，打算推翻風精靈的專權局面。她從出身之時就被譽為祝福之女，其操縱元素之力是歷代水精靈之冠，就算沒有靈魂也能勉強和時任風精靈女王鬥個不分高下。當時有傳言，彷彿是大地之母聽見水精靈們的哭泣，於是讓萊茵娜誕生，讓他們不再受欺負。

水精靈獲得靈魂的方法是精靈界最大的禁忌，因此從來沒有水精靈敢嘗試。但萊茵娜性格固執，她決定了無論用甚麼方法都一定要為父親報仇，就算是旁門左道，只要能夠帶來成功便可以。她當時藉著替身的協助，成功逃離風精靈女王的監視，進入人類世界，並成功與一名人類結合，獲得靈魂。

這是甚麼……

路易斯沒法形容此刻的心情。他想不明白為何四大精靈就只有水精靈沒有靈魂，更不明白為何他們需要與人類結合才能得到靈魂。

溫蒂娜小姐與我一起，目的是為了甚麼？他的心裏不禁冒出這條問題，還忍不住打了個顫抖，但還是決定繼續看下去：

不幸的是，雖然萊茵娜終於如願獲得靈魂，但同時也得了身孕。精靈與人類結合的話，其後代一定會是半精靈。半精靈在精靈界的地位等同貴族的私生子，是不受待見、被視為雜種般的低等存在。更甚的是，與人類結合本來就是精靈界的最大禁忌，因此萊茵娜在生下孩子後，立刻把仍在襁褓中的他殺害。

雖然因為得到靈魂而犧牲了精靈的長壽特權，讓萊茵娜以及她的直系後代壽命變得跟人類一樣短，但既然力量已經到手，也就是時候反抗了。萊茵娜在挑起戰爭反抗風精靈的統治時，親手殺死了風精靈的族長，並在過程中得到能夠號令精靈的神石「精靈之冠」。在得位後，一反以往表面上各自為政的狀況，萊茵娜稱自己為王，正式把精靈之鄉全地統一為一個國家。她因為害怕西爾芙一族會有所反抗，以及為了替同袍多年所受的苦難作出復仇，便決定把他們滅族，只留下一個遺孤。她的計畫是等待遺孤長大，到時候大地之母會為了平衡而生出一位風精靈給二人結合生子，那麼在新的後代誕生後，她會把結合的兩位風精靈殺害，並再次留下遺孤。這樣做既不會令精靈世界的力量平衡崩潰，也能讓風精靈一族失去反擊的能力。這個循環一直繼續著，直到今天。

而在四百年前，正當安納黎王國的前身亞凡嘉利—諾威登王國要與鄰國多加貢尼曼王國開戰之時，精靈之國也面臨由火精靈莎羅曼達一族掀起的內戰。時任女王亞絲特蕾亞與火精靈族長夏妮莎本為摯友，卻因族人意向的關係而變得對立。內戰的結果是亞絲特蕾亞親手殺死夏妮莎，重新掌握四大種族的控制權，戰爭才得以平息。

至於前任精靈女王荷拉德古娜，在其女兒布倫希爾德十七歲，剛好達至水精靈界的成年之齡時突然因病去世。有精靈曾經懷疑此事是否某些人的弒親之舉，只是一直沒有證據，事情才不了了之。

書上寫的就到此為止。路易斯看完後，輕輕合上這本綠皮厚書，但他久久沒有回過神來。太多問題在他的腦海盤繞，衝擊著他的既有認知。

書上所寫的那些水精靈歷史，他都未曾聽過。在路易斯的印象中，溫蒂娜一族是純潔美麗，與世俗無關的標誌，沒想到她們居然有著如此血腥的歷史。他不敢想像，那些美麗的童話背後都是用血堆砌起來的故事，但這本書的內容又不得不逼他去相信。

他不禁猜想，父親說精靈都是妖孽，除了因為兩族長年對立，會否也是因為他知道萊茵娜當年獲得靈魂的方法？

書中只寫著萊茵娜成功與人類結合，但沒有提及詳細。會有可能是她利用術式迷惑人類，並與之結合，事後又怕麻煩，所以才殺掉自己的孩子嗎？

奈特要他小心布倫希爾德，是因為他認為她是為了權力而謀殺母親的兇手嗎？

路易斯有一半的意志仍然希望相信布倫希爾德與這一切都無關，但另一半的意志卻開始傾向相信書中的內容。

對了，這本書到底是誰寫的？到底是哪一個齊格飛家的人對水精靈的祕密事瞭如指掌？還知悉不過是兩年前發生的事並記錄下來？

醒覺問題所在，他立刻低頭一看，卻發現本來放在大腿上的書居然不見了蹤影。以為是自己一時失憶，他立刻走到放置這本書的書架查看，發現它並不在書架上。

這麼奇怪的？路易斯很肯定剛才自己是看過那本書的，絕對不是幻覺。

但書會無故憑空消失的嗎？

他心裏疑惑著，並對那本書多了一層懷疑。

「路易斯大人，是時候用餐了。」正當路易斯仍在懷疑書的來歷時，遠方傳來彼得森的聲音，打斷了他的思路。

「我這就來……你手上的是甚麼？」當彼得森走近，路易斯才發現他手上正拿著一封信件。

彼得森立刻遞出，並報告：「安凡琳女公爵剛派人送了一封信來。」

一聽到「安凡琳女公爵」六字，路易斯的手下意識地縮了一下，但仍強裝冷靜地接過信。「是嗎，我看看。」

主人怎麼不像平時一樣，一聽到安凡琳女公爵的名字便興奮莫名的？彼得森心裏納悶，但沒有作聲。

路易斯走出資料記載室，隨手在圖書館的某張書桌上拿起一把開信刀，俐落地把信打開。一如既往，這是布倫希爾德的親筆信，她在信上邀請路易斯再次到訪安凡琳，表示希望在訂婚典禮舉行前能再有相聚的機會。

不同於以前，路易斯遲疑了。對於精靈一族的事，他仍然有很多不清楚的地方，而且剛才讀過的資料仍未在腦中完全梳理，但他的直覺告訴他，一切都不簡單。

既然我還有很多未清楚的事，如果現在跟溫蒂娜小姐直接交談，或者可以獲得確認某些事的真假？

這時，他想起奈特教導過他的事。

正如奈特說過的，我可以利用交談去獲取，或者確認對方所有的信息，路易斯在心裏對自己說。

既然對方主動邀請，那麼我就利用這個機會，去證明真偽吧。

「三天後我們將啟程再前往安凡琳郡，彼得森，你開始作準備吧。」決定好後，路易斯平靜地交代，並把信交回彼得森手上，率先走往圖書館的出口。

「好的。」彼得森點頭，但接過信後，他卻沒有跟上路易斯的腳步。

「為甚麼還站在這裏？不是吃飯嗎？」走了幾步後，不見人跟上來，路易斯覺得奇怪，便回頭問。

彼得森少見地閃縮，過了一會才回應：「其實還有一件重要的事。」

「甚麼？快點說吧。」還有甚麼事要說？路易斯心情已經不太好，加上肚子餓，他覺得自己的脾氣快要接近爆發邊緣了。

「剛剛收到歌蘭大人的僕人來信，愛德華他……真的活著回來了。」彼得森說得吞吞吐吐，顯然連自己也未能接受這件事。

一聽，路易斯立刻情緒激烈地反問：「甚麼？你確定沒有錯嗎？」

「沒有錯，葛拉漢今天也派人寄信來，說愛德華已經回到學院去，還跟他有過交談。」說時，彼得森從口袋中取出另一封已開封的信交給路易斯，路易斯認得，那的確是葛拉漢的字跡。

這傢伙居然這麼命大，真的還活著……慢著！

這時，路易斯想到一些事，未等彼得森叫住，甚麼都沒說便飛奔出去。

彼得森一邊追著路易斯，跟著跟著，怎知道了他的書房去。他一進去，只見路易斯匆忙地從抽屜裏取出一封已封蠟的信件，並拿出開信刀準備打開。

「這封是？」彼得森問，他沒有見過這封信。

「奈特走前留給我的信，說是要等愛德華在生的消息傳出後才可以拆開來看。」準時打開信時，路易斯突然想起一些事，問彼得森：「說來，今天是奈特離開後的第六天吧？」

「對，有甚麼事嗎？」彼得森點頭。

「果然又被他說中了……」路易斯還記得，奈特把信交給他時，曾經說過六天內便會傳出愛德華仍在生的消息，結果真的又被他說中了。

他抱著期待又懷疑的複雜心情打開信封，一打開信，又是另一番驚訝——

致　路易斯：

希望你別介意我省略稱呼，直呼你名。這是較為私人的信件，是我想對路易斯・齊格飛這個人，而不是威芬娜海姆公爵說的。

當你看到這封信時，想必愛德華活著的消息已經傳開了吧。根據你打開信件的時間，他可能仍在路特維亞學院裏，或者已經被皇帝召進皇宮見面。

我這封信是想告訴你，之後愛德華會到冬鈴郡，成為那裏的領主，要打敗他，就要親身到冬鈴郡的郡治冬鈴城找他。你現在先知道了，那就可以提早部署，殺他一個措手不及。

只要運用我教過你的東西，就能夠勝出。記緊，愛德華的劍有著中和龍火的能力，你要做的是在未碰到他的劍前使出龍火，對他做成傷害。另外，要小心他身邊的少女，她是人型劍鞘，也擁有中和的能力，能夠隨時對你的龍火攻擊作出影響。最後，如果你在場見到「薔薇姬」，就一定要逃。

有緣再見。

奈特

「冬鈴郡領主？他為甚麼會知道的？」和路易斯一同看畢信件後，彼得森不禁驚呼。「的確冬鈴郡的領主之位仍在懸空，但現在還未傳出皇帝陛下屬意誰接手管理啊？」

路易斯也隱約記得冬鈴郡領主位置懸空一事，但如果奈特信中所寫，亞洛哥會召見愛德華一事屬實，想必他成為冬鈴郡領主也不會是謊言吧。

「只有相信了吧。」他嘆了口氣。他現在唯一有的實感，就是身邊的事情都超越他的想像和控制，而自己則是被這些事拉著走。

等了一個月，終於等到愛德華再次出現，他終於有機會扳回之前的恥辱；但現在他還需要去見布倫希爾德，兩件事都同樣重要。

「我們先到安凡琳去，之後再前往冬鈴郡。彼得森，把『神龍王焰』帶上。」思前想後，路易斯很快得出了結論。反正愛德華現在還未到達冬鈴郡，那麼就先去找布倫希爾德，之後再到冬鈴城去便好。

「這樣好嗎？」彼得森卻有懷疑。「不是先去找安凡琳公爵，回家休息一會後才去找愛德華會比較好嗎？」

「沒有那麼多的時間，等不及了，」說時，路易斯握緊拳頭。「我要快點把多年來的恩怨榮辱劃上一個句號。」

5

在愛德華這邊，被亞洛西斯召見後的隔天中午，他和諾娃準時來到蕾露妲城堡的皇座廳，接受冊封。

同樣的地方，幾乎一樣的封爵儀式，上一次來，少年擁有的心情是期待，但這次，他有的只是沉重，以及對未來的不安。

亞洛西斯今早已經發出公文公告天下，告知國民愛德華將會是新的冬鈴伯爵，而因為愛德華早就是伯爵，因此現在的儀式，只是一個簡單的交接。

整個皇座廳裏就只有愛德華、諾娃、亞洛西斯、宮內大臣歌蘭、騎士團長安德烈，以及作為第三見證人的老霍夫曼公爵。不知道是否未從失去三子的悲傷走出來，愛德華總覺得看著同樣是舞者的自己時，老霍夫曼公爵的眼神好像總是帶些怨恨和怒氣，但沒有明確的敵意；相比之下，歌蘭和安德烈眼神之間傳來的敵意都十分明顯。

歌蘭的敵意十分易懂：眼前這傢伙是令他兒子落敗，丟了家族名聲的元兇，現在外面還有些人在嘲笑堂堂公爵之子居然敗給一介男爵之子的事。愛德華看他這個人眉頭總是緊繃著，覺得他沒可能不介意別人對自己家和家人的評價。而且就算沒有那場決鬥，愛德華和路易斯依然是敵對，現在要歌蘭眼白白見證敵人多添勝出的籌碼，更可能因此在未來勝過路易斯，自然不會好受。

安德烈的憤怒倒是只有愛德華本人能懂。皇帝居然為這個與夏絲妲有關係的人賜予領地，他想必是氣炸的。在亞洛西斯未進到皇座廳時，每次當他與愛德華的眼神遇上，都會給愛德華一雙怒目，愛德華每次都會回他一記瞪眼，暗示要他不要亂來。

愛德華今天一反平時的習慣，穿上了以絨布製成的漆黑軍服大衣。衣上繡有金邊和金扣，兩肩旁也掛有金黃吊穗肩章，而腳上所穿的是帶有暗紅長條的深藍長褲。因為今天是莊嚴的正式儀式，除了外衣，他也披上象徵伯爵身分的深藍披風，在披風上戴著五角星紋章，並帶上以金結與琺瑯圓章製成的領環。

諾娃的裝束也比平時更為華美，她把頭髮束成兩個麻花髮髻，垂在兩邊耳後，髮髻之間掛有一條水晶長鏈。她身上所穿的是一條墨綠長裙，袖邊都繡有美麗又簡約的蕾絲。這些新衣都是昨天二人到以前曾經光顧過的裁縫店裏，取回委託他修補的衣物的同時，裁縫先生鄭重交給他們的。裁縫表示，這些衣服都是一位名叫梅樂蒂・諾頓的女士三個星期前親自前來訂製，指明要留給愛德華的禮物。她在留下禮物時叮囑裁縫，自己與愛德華有過一面之緣，希望他還活著，要是愛德華真的活著回來，就把衣服交給他，當作是自己送給他的賀禮。

愛德華不記得自己曾經跟這位諾頓女士見過面，但倒是聽說過全國貴族裏有一個諾頓子爵。他不清楚這位諾頓女士的用意，但感覺應該是沒有危險的，所以便決定收下衣服，並在今天的冊封儀式期間穿上。

就在此時，鐘聲打響，意味著舉行儀式的時間到了。

「現在開始雷文伯爵，愛德華・基斯杜化・雷文的冊封儀式。請雷文勳爵上前。」

當歌蘭宣告完畢，愛德華便緩緩踏上階梯，雙膝跪在紅色的皇室枕櫈上，以半跪的姿態，低頭等候亞洛西斯的冊封。

本來在冊封儀式開始前，都會先由宮內大臣在會眾面前簡單宣讀被冊封者的生平，但由於今天沒有會眾，所以這一部分便被省略。

「愛德華・基斯杜化・雷文，我，亞洛西斯・艾洛特・S.・L.・康茜緹塔，以安納黎皇帝之名，現冊封你為冬鈴伯爵。」

亞洛西斯先是接過安德烈遞過的家傳封爵長劍，再像封爵時一樣，依次在愛德華的右肩和左肩上拍了一下。

「你是否願意發誓，從今效忠安納黎，代皇帝管理子民如兄弟，並於國家有需要時出力幫助？」

之後，亞洛西斯收起了劍，並凝重地問。

「我謹在此宣誓。」愛德華說時微微點頭，表示效忠。

聽畢，亞洛西斯滿意地點了點頭，接著歌蘭便從一邊的皇室僕人手上接過一個深藍木箱。他把深藍木箱遞給亞洛西斯後，便從另一位僕人手上取過一個紅色寶箱，而亞洛西斯也在這時叫愛德華抬頭。

「冬鈴伯爵，現將象徵冬鈴郡郡主身分的公文箱，」說完，他先是把深藍木箱小心交給愛德華，之後再從歌蘭手上接過紅色寶箱，並將之打開，露出裏面的一條金鑰匙。「以及這條象徵權力的鑰匙交給你。願你能履行剛才的誓言，終生效忠國家。」

「感謝陛下。」

愛德華把深藍木箱交給身邊的皇室僕人後，便雙手接過鑰匙，並站起來。他向亞洛西斯微微鞠躬後，冊封儀式也就完成。眾人都在鼓掌，聲音讓巨大的廳堂顯得不那麼安靜；愛德華先是望向台上各人，再轉過身去望向台下，看見鼓掌最大力又真誠的，就只有諾娃一人。二人雙眼對視，她頓時露出近日少見的笑容。

讀懂諾娃眼神中暗示的話語，他也向她回以微笑。

儀式過後，是一個簡單的酒會，但因為只有愛德華一人冊封，大家各懷心事，亞洛西斯又貴人事忙，重要的是身為典禮主角愛德華也不想久留，所以眾人在祝酒後，寒暄數句便把酒會劃上了句號。既然時間差不多，愛德華便帶著諾娃，慢慢地走向皇宮的出口。

走到皇宮大門的階梯盡頭，有一輛馬車正停泊在該處，等待二人。見愛德華已經到達，站在馬車旁的車伕恭敬地把門打開，並鞠躬。

「你就是達維斯？」愛德華問。

「是的，我奉陛下之命，從今開始服侍冬鈴勳爵。」名為達維斯的二十出頭小伙子鞠躬回應。

達維斯言語間所提及，他本來是皇宮僕人，現在被亞洛西斯挑選成為愛德華的馬車車伕，從今開始服侍他。不只車伕，亞洛西斯給愛德華的還有這輛用桃木製成的精美馬車，以及數十枚金幣，說是為了方便愛德華北上前往冬鈴郡而瑰贈的小禮。

這時，四位皇室僕人從一旁走到馬車前，他們正提著兩箱行李。達維斯心領神會，跟他們點個頭後，便退到一旁，讓僕人把行李放進車廂底部的行李架。

其實那些都是愛德華和諾娃的行李。二人在今早完成路特維亞學院退宿手續後，便立刻帶著所有行李來到皇宮參加冊封典禮。因為前來時二人所乘的是皇家馬車，因此抵達後行李先由皇室僕人保管，再在二人離開前轉送到愛德華的新馬車去。

二人的行李不多，合共兩個長箱：諾娃的行李裏都是衣服和一點吃剩的甜點；而愛德華的行李裏則只有衣服、在學院就讀以來買過的書、以及紙筆墨等必要用具。

二人都是節儉之人，也是低調之人，走的時候不會帶走一片雲彩。

見行李放置好，愛德華點了點頭，示意滿意後，便進到車廂，諾娃也緊隨其後。

達維斯輕輕把門關上。見愛德華一直望著窗外發呆，諾娃突然想起了一件事。

「愛德華，你決定好要去哪裏嗎？」她輕聲問。

「呃……」本來發著呆的愛德華不知為何，居然露出一副別扭的樣子，過了一會才吞吞吐吐地小聲回應：「決定好了。」

諾娃心裏一驚。昨天她得知愛德華決定好在冊封儀式後立刻離開阿娜理時，便已經不停問過同一條問題近十次。每一次，愛德華都是擺出一副沉思又猶疑的樣子，說自己正在兩個地方之間考慮中，但沒法決定。

她小心地問：「是冬鈴城，還是？」

「不……是月詠城。」愛德華搖頭，並說出一個讓諾娃意外的答案。「我想在名正言順成為冬鈴伯爵之前……回家一趟。」

第十二迴－Zwölf－

月詠－LUNACAROLA－

1

離開阿娜理，再越過阿娜理郡，跨過阿娜理郡和蒂莉絲莎璃郡之間，橫跨下蒂莉絲莎河的大橋，花了整整一天，愛德華和諾娃的馬車終於到達雷文家世世代代所管理的地方——希蕾妮亞郡。

希蕾妮亞郡位處安納黎的西南岸邊，安納黎兩大河流之一的下蒂莉絲莎河入海口，與西邊的普加利珍海接壤。「希蕾妮亞」在當地一帶的古語意為「月亮」，從古到今，很多人都盛讚在這裏看到的月亮特別優美，因而得名。

進入希蕾妮亞郡的範圍，並不等於愛德華已經到達目的地。他還要再花兩個小時，乘車到希蕾妮亞郡的中心，也是雷文家宅第的所在地——月詠城去。

馬車正在全力奔走，窗外風景雖然清一色都是樹林，但景色清雅優美，令人感到心曠神怡。在這樣的風景之中，愛德華只顧著低頭閱讀手上的書，絲毫不在意外面的景色。他的靜態跟外面移動的景色成了鮮明對比。

諾娃注視著他，心裏一直煩惱著。從今天早上起床，到離開下榻的旅館，直到現在，愛德華一直都是這個狀態，不發一語，埋頭閱讀。

無論諾娃如何努力，例如像平時一樣請他吃甜點，或者開展關於風景等的話題，愛德華都心不在焉，只是隨便搭理兩句，便繼續回到書本裏去，一副想用文字封住耳朵心靈的模樣。而自從進到希蕾妮亞郡後，諾娃感覺到愛德華那副不想與人交談的氣場就變得更加明顯。

平時的愛德華不是這樣的，她看得到他在這些行動表達出的不安，也猜到這份不安背後的原因。

她理解，卻覺得這樣下去並不是甚麼好辦法。

「愛德華，那邊！那個莊園看起來很美，是你家的嗎？」

這時，諾娃看到不遠處有座美麗的莊園，便拍拍愛德華的肩膀，著他為自己介紹一下地方。

她拍了數次，愛德華才一臉不耐煩地抬起頭來，湊向諾娃那邊的窗戶。「那是達普頓爵士家，小時候曾經去過他的莊園一次，真的挺美的。」

說完，正當愛德華要轉過身回到自己的座位時，諾娃立即接著問：「最美的部分是花園嗎？」

「對，花園都是他老人家一手打理的，雖然不知道現在怎麼樣了。」因著諾娃的提問，愛德華止住了回去的動作。

「你們家跟他們家不熟嗎？」難得成功讓愛德華願意多談兩句，諾娃才不會輕易讓機會溜走，她立刻想出下一條問題。

「怎可能不熟……他們家是歸屬我家管理的。」但愛德華的語氣開始有點不耐煩了。「父親應該跟他熟一點吧，但這些事哪輪到我來管。問完了沒有？沒有的話就讓我安靜一下。」

「我們快要到月詠城嗎？」明明愛德華已經那麼明顯地表示不滿，但諾娃還是堅持要繼續對話。

「剛剛經過達普頓莊園……再過半個小時便會到吧。」愛德華在心裏數算一下後回答。只有半個小時……一想到這裏，愛德華心裏頓時緊繃起來。他的臉色頓時一沉，立刻別過頭去。

「你有很長的一段時間沒有見過家人吧？」諾娃繼續問。

「嗯。」愛德華的回應很敷衍。

「你……會掛念父親嗎？」

底線。

「才不。」

「那麼你為甚麼要回來？」諾娃並沒有注意到他的反應，連環發問，同時也讓愛德華的耐性到達底線。

「你就不能讓我安靜一下嗎？」

這條問題瞬間觸動到愛德華的神經。他忍不住爆發，但一看到諾娃驚呆的樣子，便立刻知道自己闖了禍。他立刻收起怒氣，低頭道歉：「……呃，對不起。」

「不要緊，」諾娃心裏也覺得自己有錯，她或許不應該問得這麼直接的。「但我真的想知道，你為甚麼決定要回來？」

「……我不知道。」沉默了一會後，愛德華才小聲回答。他坦誠心聲：「我不想回來，但又覺得應該要回來一趟。」

「因為……怕父親見不到自己的最後一面？」諾娃小心地問。

回想起來，自祭典開始至今，愛德華幸運逃過了兩次死亡。雖然他想贏，也有相應的實力，但諾娃認為冷靜如他應該知道，自己還是有機會輸的。他會否是想趁自己還有時間，去見父親一面呢？還是害怕父親以為他死了會傷心，所以想親自去告訴他，自己還活著？

他知道愛德華不會介意這些問題，但問的時候還是很小心。畢竟這是關乎生死，未必人人想面對，而且愛德華看起來很大方，其實內裏是有一顆敏感的心。

愛德華沉默了一會後，小聲呢喃道：「也許，是想為一些事作個了結吧。」

「了結？」這句話出乎諾娃意料之外。

「我對你說過父親的事吧。」愛德華低下頭，雙手緊握。「以前，我恨他，恨他把家族變成今天的樣子，恨他為甚麼要那麼軟弱，不想再見到他。但在這些日子，我漸漸明白了，那些憤怒，其實都是源於自己。我有些說話想對他說，只是……還未知道該怎樣做。」

「是這樣啊……」諾娃思考片刻後，把手疊在愛德華的雙手上，鼓勵他：「放鬆一點就好，你可以的。」

愛德華看見諾娃的手，先是一呆，接著似乎想起了甚麼，居然笑了出來。

「感覺我們最近不停重複著類似的對話呢。」他放開雙手，整天第一次以放鬆的狀態直視諾娃。

「總是互相提醒著。」

「的確，」經愛德華一說，諾娃才發現到這個事實，她也不禁笑了。「也許這就是一起前進的證明吧。」

過了一會，馬車停下了。愛德華深了三口呼吸，在心裏倒數了三次後，才緩慢地離開車廂。站到地上後，諾娃這才發現她們正身處樹林的中央，四周沒有其他建築，只有在前方有一所看似是目的地的小房子，更不要提人的氣息了。看來他們並未到達月詠城的中央。

「不是去月詠城的中央嗎？」她有點疑惑。

「我家之前為了還債，把大宅給抵押了，自此就住在近郊的一間森林小屋裏。堂堂一地領主居然不能住在管理之地的中央，很諷刺對吧？」愛德華一邊走到房子的門前，一邊解釋。說完，他還自嘲地一笑。

諾娃不懂得該如何回應，便甚麼都沒說地跟在愛德華身後，來到小屋的門前。

愛德華輕輕敲響三次大門後，門便被打開。開門的管家一看到來者是愛德華，臉上頓時露出驚訝的表情。

「愛德華少爺！我沒看錯吧，是愛德華少爺！」管家看起來已過六十，歲月的痕跡在其臉上表露無遺，但他聲如洪鐘，腰板挺直，看起來還十分健壯。

「是我沒錯，很久不見了，道森先生，最近安好嗎？」這個看到自己時會露出的驚訝反應，愛德華已經習慣了，不過這次面對的是曾經照顧過自己的人，他頓時感到有點不好意思，視線別過一邊。

「還是那副老骨頭，不值一提。」留意到愛德華的小反應，道森確信眼前的確實是從小看著他長大的少爺。「少爺，你真的還活著嗎？聽到外面傳來的死訊時，老爺和夫人都十分擔心，茶飯不思，見到你回來，他們一定會感到很高興。」

「父親……」說到父親，愛德華反應有點閃縮。他深了一口呼吸，便鼓起勇氣問：「他今天在嗎？我是回來找他的。」

怎知道森先生搖頭：「他不在，夫人也是，他們前幾天回到大宅居住了。」

「甚麼？」愛德華一聽，十分驚訝。「我家的債務應該短期內沒法償還才對……為甚麼可以回去的？」

「我也不太清楚，兩星期前老爺被召到皇宮去，之後皇帝便以詐騙罪抓了納特托爾先生，將其財產充公，同時晉升老爺的爵位至伯爵。因為納特托爾先生的財產被充公，老爺終於能夠拿回多年來借出去的錢，又取回大宅，所以便搬回去居住了。」道森解釋時托著頭，愛德華猜想，他未必清楚事件的全貌。「老爺夫人搬回去不過是幾天前的事，所以還需要我在這裏打點一些後續事宜。」

這個消息對愛德華來說很是震驚。納特托爾就是當年那位不停向愛德華父親借錢不還，間接導致雷文家家道中落的人。他大概知道這人之後也有欺騙其他人，但完全不知道這人竟在自己留在夏絲妲家時被拘捕，更不知道他們家居然在這個短時間內變成伯爵家了。

就算道森未能說出事件的詳細，但他提及到的一個人名已令愛德華猜到這一切改變的背後都是有用意的。亞洛西斯，他不只是想拉攏愛德華本人，連他父親也在考慮之中。難道他早就想拉攏我，所以先接近父親，並給予他好處的嗎？

他打的算盤還真的不輕。就算未清楚詳細，愛德華已經清楚感覺到，亞洛西斯的手段之強。但無論如何，米已成炊，而且依照亞洛西斯的一貫作風，愛德華覺得他的行動考慮理由應該不只有愛德華身為舞者一事，還可能包括希蕾妮亞郡身處入海口的戰略地理考量。

「明白了，謝謝你告訴我，那麼我便前往大宅。」心裏雖是震驚，但愛德華在臉上完全沒有將心情展現出來。他向道森道謝，打算就此離去。

「祝少爺一路順風……」愛德華轉身離去時，道森這才注意到他身後原來一直站著一位陌生的少女。他好奇地問愛德華：「咦？這位小姐是？」

愛德華這才記起他一直沒有跟道森正式介紹過諾娃。他回頭解釋：「她名叫諾娃，你應該聽說過我現在是『舞者』吧？她……有點複雜，算是我的同伴吧。」

「原來如此，剛才我只留意到少爺，沒看到諾娃小姐，真是失禮了。」向諾娃鞠躬道歉後，道森向愛德華露出一個可疑的微笑：「愛德華少爺，要是艾芙蕾小姐看見諾娃小姐，她一定會鬧脾氣的。」

「道森先生，你別誤會了。」愛德華猜到他話裏的意思，但只是平靜地回應：「我們不是那種關係。」

「哈哈，我老人家看人可是挺準的。」只是道森看來並不相信。他知道愛德華是時候要離開了，便一笑，再鞠躬：「那麼少爺，在大宅再會吧。」

「艾芙蕾是誰？」愛德華一轉身離開，諾娃便立刻追上前問。

「是我的表妹。」愛德華直接解釋。「是我母親的妹妹的女兒，因為雙親經常不在家，所以自小便會不時來我家暫住。沒想到她今天也在家裏。」

「你喜歡她嗎？」在愛德華踏進車廂的同時，諾娃直率地問。

「說甚麼傻話，她只有十三歲啊。」愛德華坐下的同時，沒好氣地回應她。

「誰說十三歲不可以？」諾娃緊隨其後回到車廂，她沒有放棄追問下去，還補上一句：「不是有些貴族在這個年紀已經可以嫁人了？」

「我真的只當她是我的表妹，別想歪了。」愛德華卻毫不搭理，看來他真的對艾芙蕾沒有感覺。他用手一敲車廂頂部，向車伕示意可以出發。

「那麼，我們真的要回家了。」

2

從進入樹林的路原路折返，再在中途轉進另一大道，不消十五分鐘，馬車便到達希蕾妮亞郡的郡治，月詠城。

「月詠城」的「月詠」意指「月亮歌詠」，即銀月賜下的最美歌謠。此處能夠看見的月亮被譽為全國最美，自古以來便得到不少詩人讚賞，因而得名。

現在仍是日間，無法看見月亮，但街道兩旁那些統一以當地獨有的灰白大石「月銀石」建成的樓房，其在陽光下折射出的色彩彷彿就像月光在大地的顯現，讓人們在日間也能一窺銀月之色，完全符合「月亮之城」之名。

月詠城的街道規劃也十分整齊。不同的生活區都是從作為城市中心的月詠大道伸延開去，例如食物市場在大道的右邊，衣服等日常必需品店鋪則集中在大道左邊的區域，而住宅區則集中在距離大道遠一點的地方。街道們都很寬闊，橫直相間，走在其中不會輕易迷失，而且街道十分乾淨，一切井然有序，很難想像這是一個已經有幾百年歷史的城市。

「這就是月詠城……跟阿娜理很不一樣呢。」從馬車窗戶欣賞外面的風景，諾娃的眼神一直都是閃亮的。在阿娜理看慣了錯綜複雜、空間狹窄的橙褐街巷，沒想到只相隔了幾個郡，景色居然能有如此不同。雖然記憶十分模糊，但她隱約感覺生前的自己也未曾見過月詠城的景色，倒是阿娜理的景色比較熟悉一點。

「畢竟是地方郡治和國家首都，有分別也是正常的吧。」愛德華倒是顯得很淡定，眼前的一切對他來說都是陪伴自己成長的景色，三年沒回來，景色仍像昨天一樣，沒有大變動。「不過月詠城的外貌聽說幾百年來都沒有甚麼大變動，起碼在我爺爺那輩時已經是現在這個樣子。」

「你們家在安納黎立國前，就已經是這裏的管理者，對嗎？」諾娃問。

愛德華點頭：「對，在幾百年前開始，我們家已經是支持康茜緹塔家的家族之一……或者說『被他們管治』更為正確吧。」

說到這裏，他立刻再次想起家裏的變動，和亞洛西斯那副若無其事地以手段拉攏別人的樣貌，一道怒氣慢慢湧上心頭。

為甚麼要屈服？你這個人，為甚麼這麼輕易接受亞洛西斯的條件？他在心中不停質問著父親。

「這裏的街道跟阿娜理那麼不同，你剛到阿娜理時有試過不習慣嗎？」諾娃似乎察覺不到愛德華正在想些甚麼。她只是突然想到，阿娜理和月詠城如此不同，想必愛德華剛到新地方時應該會不適應吧。

「還好吧，起初不太習慣街上總是人山人海，與人肩摩踵接，但很快便習慣了。」諾娃的一問，消散了愛德華心裏那道小小的怒氣。他說得若無其事：「這裏又不是鄉下，跟阿娜理相比只是大同小異吧。」

「我猜，你一定有過迷路的經驗吧？」怎知，諾娃卻湊近，並笑著問。

「別胡說！我哪裏會迷路？最多只會因為記錯店鋪的位置，而花了更長的時間到達而已。」愛德華立刻慌張地回應，他還雙手抱胸，強裝鎮定。不讓諾娃有機可乘，他決定轉移視線：「倒是我還記得，你某天堅持要自己外出買吃的，結果不是迷了路，要我出來找你嗎？」

「我幾乎都沒有出門的機會，怎會記得路啊？」你怎能拿一個失憶又剛到新地方的人來比較的啊？諾娃鼓著腮抗議。這時，她靈機一閃，立刻說出自己剛剛想到的結論：「那即是說，我們都擁有過迷路的經驗吧。」

「你……！」被一語中的的愛德華沒法回話，正想說些甚麼反駁，但又覺得執著在這些小事上並沒有甚麼大不了，便慢慢平靜下來，反問道：「算是吧。誰人不會迷路？」
「感覺夏絲妲應該不是會迷路的人吧，她像是那種第一次去到某個城市就能立刻把路摸熟的人。」這時，諾娃居然提起了夏絲妲。
「哼，我覺得她一定也有過迷路的經驗，只是裝著沒事不讓人察覺而已！」她一說，愛德華的腦中頓時有了畫面。他也覺得這位總是自信滿滿的女士不像是會迷路的人，不過心裏那道氣卻讓他覺得她一定是在裝而已。
「那即是跟你一樣呢。」這時，諾娃微笑地說。
「你說甚麼？」愛德華頓時警覺起來。
諾娃只是輕鬆地解釋：「沒有，只是有時候覺得，你們二人在某些地方上有點相似而已。」
「也許吧，」聽畢，愛德華頓時放鬆。「所以她才會留意我。」
說完，他不禁低頭，自嘲似的一笑。
察覺到愛德華那個似是心有傷痕的笑容，諾娃心裏很不是滋味。自從與夏絲妲分別後，每次提起她，愛德華都是這個樣子。她想知道二人之間到底發生了甚麼事，但又隱約察覺到現在未是詢問的時機。
「對了，之後有機會可以帶我到大街逛逛嗎？」不讓愛德華留在那些傷心的回憶裏，她又轉了一個新話題。
「有時間的話就……但我並不打算在這裏長留。」只是這個話題卻沒法讓愛德華提起神來，「可能留個兩天便會走的了。」

諾娃很是驚訝：「為甚麼？難得回來，不多留幾天嗎？」

「先別說這個，」這時，愛德華打斷她的話，並指著前方。「我們到了，這就是雷文家族的大宅，嘉勒鸞大屋。」

⚔

愛德華的馬車緩緩駛進嘉勒鸞大屋的花園，並在大屋前的門口停下。因為沒有事先告知家人自己的到來，自然就不會有人站在門外迎接自己。看著空無一人的門口，愛德華反而感到安心，如果一下車就要見到熟悉的人，他大概會立刻跳上馬車離去吧。

他和諾娃一同往緊閉的大門前進，但他卻在距離大門五步的位置停下腳步，沒有再往前。大口呼了十次氣，並對自己默念百次「怕甚麼啊，要去面對」後，他才硬著頭皮繼續往前走。正當他要伸手敲響大門時，門後卻傳來解鎖的聲音，未等他的手碰到門框，大門就先被打開了。

「我剛才看到馬車進來莊園，但管家剛好外出，未能及時發現，不知道是哪一位……愛德華？」

門後傳來一把愛德華熟悉得不再熟悉的聲音。

打開門的不是別人，正是愛德華的父親，基斯杜化。他有著一頭跟愛德華一樣的漆黑短髮，年月的痕跡在他的臉上和頭髮上以皺紋和些微白髮的方式展現出來。他一看到門外的愛德華，驚訝得整個人頓住，完全作不出反應。

「父、父親？」愛德華也是一臉驚訝。在他本來的預想裏，開門的應該是家裏的僕人們，或者母親，沒想到他最不想面對的父親居然是第一個迎接他的人。他跟基斯杜化一樣整個人頓住，幾乎說不出話。

「愛德華……我沒有看錯吧？」過了好幾秒，基斯杜化總算回過神來，醒覺自己並沒有看錯人，眼前人的確是他那位三年沒見的兒子。

「對……是我。」愛德華有點不情願地回應，並別過頭，避開他的視線，小聲說：「我……回來了。」

雖然聲量很小，但親耳聽見兒子的聲音，還是令基斯杜化頓時眼泛淚光。那位三年沒見，以為這輩子也沒法再見面的獨子，現在真確地、活生生地站在自己面前，像以前一樣跟自己打招呼。他按捺不住心裏的感動，立刻衝上前擁抱緊緊愛德華。

「感謝上天……你真的回來了。」基斯杜化激動地呢喃著。

面對父親突如其來的親密舉動，愛德華感到很不自然，他身體僵硬，但沒有掙扎，只是在父親看不到的背後，悄悄把視線移到一旁。

過了一會，基斯杜化總算願意鬆開擁抱，並請愛德華進到家裏來。

「你怎樣知道我們搬回來的？」他問。

「剛才我去了羅森達爾大屋，是道森先生告訴我的。」愛德華回答，他仍然不太願意與基斯杜化四目交投。

「嗯，」基斯杜化察覺到兒子的小動作，但他並沒有甚麼反應。他問候道：「愛德華，你最近過得怎麼樣？」

「還不是那個樣子。」愛德華一副不想詳細說的模樣。

「咦，你身後的這位是……」這時，基斯杜化留意到跟隨著愛德華進到屋裏的諾娃，對她投向疑惑的眼神。

「伊迪！剛才是誰的馬車來到……」就在此時，不遠處的大樓梯上傳來一把高昂的少女聲音。少女一邊像平時一樣大聲呼叫自己的女僕，一邊衝下樓梯，但在雙腳碰到大廳地面，看見來者是誰後，便立刻止住腳步，表情慢慢從呆然轉為不敢置信。她掩著嘴問：「愛德華表哥？真的是你嗎？」

「艾芙蕾。」愛德華對艾芙蕾輕聲打招呼。對上一次叫艾芙蕾的名字是多久之前的事呢？他心裏突然萌生出一種懷念的感覺。

眼前的青春少艾，正是愛德華唯一的表妹，艾芙蕾・安祖麗娜・威福特。她是愛德華母親那邊的親戚，是鄰郡蒂莉絲莎璃郡威福特子爵的獨生女。她把一頭閃亮的淡金長髮束成雙馬尾，身上那條繡滿荷葉邊的淡藍長裙讓她看起來十分可愛，但高昂又有自信的聲線又令她在可愛之上多了幾分強勢。只是這些強勢在她尊敬的愛德華表哥面前，一瞬間全都消失。

「愛德華表哥，真的是你沒錯嗎？很多年沒見，我很掛念你啊！」認出是愛德華的聲音沒錯，艾芙蕾立刻衝上前握緊他的手。她其實想緊緊抱著表哥的，但考慮到禮教，才因此作罷。

「三年沒見了，我也很掛念你，艾芙蕾。」愛德華一改剛才氣呼呼的樣子，立刻換上一副微笑，半跪在地上，跟以前一樣，像個哥哥似的輕撫艾芙蕾的頭。「最近過得好嗎？」

「嗯！表哥你回來了，實在太好了！沒有你，我在家都沒人陪我玩啊……嗯？這個女人是誰？」

說到一半，艾芙蕾突然留意到站在愛德華身後的諾娃。

「威福特小姐您好，我是愛德華在『八劍之祭』的同伴，叫我諾娃便可以了。」諾娃走上前，學愛德華那樣彎下腰，親切有禮地向艾芙蕾打招呼，嘗試跟她建立好關係。

怎知艾芙蕾一聽「同伴」二字，以及發現諾娃直呼愛德華的名字而不是以姓氏稱呼，立刻展現敵意：「同伴？哼，我看你是喜歡表哥才跟著他的吧？」

愛德華立刻像個兄長一樣制止：「艾芙蕾！不可以那麼沒禮貌！」

「但是……」被表哥責備，艾芙蕾立刻露出一副委屈樣子，但她並沒有改變想法的意思。

「說來話長，總而言之，諾娃是我在祭典裏很重要的幫手，沒有她，今天你大概見不到我。」說完，愛德華向諾娃打了一個抱歉的眼色，諾娃也明白事理地輕輕點頭。

見愛德華和諾娃眉來眼去，艾芙蕾心裏很不是滋味，但愛德華的一句挑起她這幾星期以來最大的擔憂。她戰戰兢兢地問：「大家都說你死了，你為甚麼……」

「一言難盡，總而言之，我還活著。」說完，愛德華給艾芙蕾一個微笑。這些日子要這麼小的孩子為他擔心，這是他能為她做的小小補償。

「三年不見，你變了很多呢……」在一旁觀察著的基斯杜化，這時不禁感嘆。

但愛德華一聽見這句話，頃刻收起笑容，站起來沒好氣地回應：「這是當然的，不然我為甚麼要出外讀書？」

基斯杜化對兒子的態度絲毫沒有不滿似的，他繼續直白地表達心中的感嘆：「的確，聽說你在幾星期前與『薔薇姬』對決了？可以活下來，真不是愧愛德華，越來越厲害了。」

「所以？我都是靠自己的力量，不像你，總是靠別人。」只是這句感嘆卻燃起愛德華心中積存已久的無名火。艾芙蕾從下而上看著愛德華，看到表哥的眼前在一瞬間變得銳利，長年住在這個家的她頓時知道接下來將會發生甚麼事，心裏滿是憂慮。

「愛德華！」察覺到形勢不對的諾娃立刻拉住愛德華的手，並對他搖頭，嘗試阻止他說下去。但愛德華卻一把撥開諾娃的手，繼續激動地說：「以前因為當爛好人而導致家道中落，現在要靠亞洛西斯皇帝才拿回失去的財產和這所大宅，你就不會覺得羞恥嗎？三年了，還是一個樣，枉我特意回來一看，以為會看得到甚麼改變，現在真覺得浪費時間了！」

諾娃立刻喝止他：「愛德華！你回來不是為了吵架對吧？」

因著諾娃罕有的激動舉止，愛德華頓時醒覺自己在理應高興的團聚之時到底說了些甚麼。一股歉意頓時湧上他的心頭，但其心裏的怒氣仍未消散。他一聲不作，但雙拳緊握。

大廳頓時變得安靜，在場的人都不敢作聲，像是等待愛德華接下來的反應。

「總之，我只是在前往冬鈴城途中順道回來幾天，住一會便走的了，就這樣！」在一輪異樣的寂靜過後，愛德華充滿怒氣地宣布。說完，未等大家反應過來，他便大力握著諾娃的手，在眾目睽睽之下拉她一起回房間。

諾娃沒法，也不打算反抗，只是在離去之時向基斯杜化微微鞠躬，表示抱歉。

而基斯杜化只是回以一個充滿歉意的微笑，彷彿表示「不要介意，總是這樣的」。

3

第二天的早餐過後，諾娃獨自在愛德華家的庭園裏散步。明明是第一次來的地方，但她卻沒有像以往一樣好奇地到處張望，相反，她的心神似乎都不在風景裏，煩惱的心情在其臉上表露無遺。

她煩惱的不是其他，正是愛德華的問題。

自從昨天一入門便跟父親吵了個架後，愛德華便把自己關在房間，一直不出來。昨晚的晚餐，和今天的早餐，他都沒有列席。不跟愛德華睡在同一房間的諾娃沒法得知他是否在所有人都離開餐桌後才到飯廳進餐，還是請僕人把飯直接送到他的房間裏去。總而言之，她曾經數次到過愛德華的房間找他，但他都是一副沒離開過，也不想離開房間的氣呼呼模樣。

諾娃知道他躲避著家人，尤其是父親。她曾經嘗試跟愛德華傾談此事，希望能令他心情好一點，放下憤怒，好好跟基斯杜化說一次話。但無論她說甚麼，他就是不聽勸。她明白他心裏那份憤怒卻又內疚的複雜心情，愛德華心中還是原諒不了父親的過去，但同時對破壞了昨天難得一聚的時刻而感到內疚，不過一回家就整天把自己鎖在房間不見人也未免太過分了吧。她有點看不過眼，但又不想直接在他面前指出來，因此獨自煩惱了一整天，直到現在決定出來散心。

走著走著，她走到一棵巨大的榆樹下。她突然想起，愛德華曾經提過家裏有一棵有著數百年樹齡的巨大榆樹，是第一任雷文男爵種下的。眼前這棵榆樹枝幹粗大，靜心感受的話，會感受到跟年輕大樹截然不同的高純度力量——只有百年以上的生物才會散發這等力量，所以想必這就是他說的那棵榆樹吧。

她跪在樹下，注視自己的雙手，近日煩惱的另一件事頓時浮上心頭。

「『Lapika』（風鎖）。」

她呼了一口氣，再閉上眼隨意說出一句咒語。再張開眼後，雙手範圍的草都停止擺動，證明「風鎖」的咒語成功了。

「『Asileada』（激活）。」

她解除了風鎖，再隨意依照腦海浮起的另一句咒語，對榆樹某條剛長出來的小樹枝施以「激活」術式，當她張開眼睛，正如她所料，樹枝已被術式活化，長成一枝茁壯的粗樹枝。

這些術式，以至感應和辨別生物力量的方式，夏絲妲都沒有教過她，但諾娃都清楚記得它們，並可以熟練地操縱之。這一切令她更肯定，那些越來越清晰的過去記憶，以及以前的「神官」身分，都不是假的。

就在這時，莫諾黑瓏刺死她前的那副可怕面容突然在其腦海中出現。她頃刻感到呼吸困難，全身顫抖而無力，勉強用雙手支撐才不至於倒在地上。她嘗試調整呼吸，但全身都被驚恐的感覺控制，無論她如何想把意識集中到現實去，但整個人都好像陷在惡夢裏，就像沒有出路的迷宮，沒法逃離，只能越陷越深。

「——總之以後發生甚麼事，我們都一起面對。」

忽然，一句話閃過她心頭。她頓時像抓住救生繩一樣，慢慢依著繩索的引領爬出迷宮，奪回身體的控制權。呼吸漸漸回復暢順，她背靠樹幹坐著，雙手按著自己的胸口，藉著從那裏散發開去的安心感讓自己平伏下來。

剛才在腦海中冒出的那句話正是愛德華對他說的。不知怎樣，最近無論她遇上甚麼難題，只要想起愛德華，心裏都浮現出一種溫暖的感覺。她覺得，只要有愛德華在，一切都可以解決。想到這裏，她的臉上頓時浮起一個微笑。

「諾娃？你在這裏做甚麼？」就在這時，一把熟悉的聲音在她背後傳出。

「嘩！」諾娃嚇得立刻尖叫，並站了起來，轉過頭後才發現來者是愛德華，頓時鬆了一口氣：「……是愛德華啊，別在背後嚇人吧。」

愛德華不明白諾娃為何反應如此驚嚇，語氣帶點不滿：「我哪裏有嚇人了？只是打招呼吧？」

「呃……對不起。」諾娃充滿歉意地低頭道歉。

「沒關係，又不是甚麼大事，」愛德華搖頭表示不介意，並逕自坐到樹下，再拍拍身旁的草地，示意諾娃可以一起坐。她坐下後，他便問：「那麼你剛才在這裏做些甚麼？練習術式嗎？」

諾娃點頭。這時，她想起一件要跟愛德華相討的重要事。

「愛德華，從今以後的對決，請讓我以術式助你一臂之力吧。」諾娃說。

「不行，我拒絕。」愛德華立刻否決。

「為甚麼？」諾娃不接受這個答案，立刻追問。

「舞者之間的對決是堂堂正正的刀劍決鬥，使用術式的話就不是公平的決鬥。」愛德華簡單直接地說明自己的看法。

見愛德華似乎沒有讓步的意思，諾娃有點焦急，忍不住說出自己的心底話：「但我不想再當旁觀者，只能看著你受傷而沒有作為。我也想為你出一分力！」

「我明白你的心意，但還是不行。」聽畢，愛德華的態度軟化了一些，但仍然堅持不改變自己的決定。

「為甚麼不行？每位舞者都會盡用他們的劍和劍鞘的能力，例如夏絲妲的攻擊模式就充分運用到其劍鞘的能力，路易斯則會在對決上利用『神龍王焰』的龍火能力。我是你的劍鞘，術式算是我的能力之一，那麼我在對決上用術式輔助你，在『八劍之祭』裏是公平的，不是嗎？」見動之以情不行，諾娃決定說之以理，以愛德華最著重的戰力差距這一點切入。解釋完後，她再精警地加上一句：「能夠利用的力量的都要用上，才能贏到最後，不是嗎？」

「但……」愛德華欲想反駁，但諾娃的話卻令他陷入沉思。他認為諾娃說的話並沒有錯，而且跟其他舞者比較，他們二人組合的不利條件實在太多了。如果不把術式用上，恐怕很難收窄與其他舞者的力量差距。但讓他猶疑的，除了是想儘量堅持堂堂正正的決鬥，更多的是不想見到諾娃因為輔助自己而受傷，他不想有這種事發生。

但這些都是他的意願而已，那麼諾娃呢？我不能因為想保護她，而把自己的想法套在她身上。愛德華思考的時候望向諾娃，只見她眼神堅定，很是認真。他再仰望頭上的榆樹，頓時想起二人互相向對方多次承諾過的話語。

「沒錯，說過要一起面對的呢……」獨自呢喃過後，他輕笑了一聲，再望向諾娃，心裏有了決定。「就依照你的意思吧。不過只能在我陷於劣勢的時候使用，還有要小心，不要讓自己陷入危險，明白了嗎？」

「嗯！」見愛德華終於同意讓自己出力幫忙，諾娃立刻高興地點頭。她的甜美笑容令愛德華忍不住嘴角上揚。

「對了，可以把『虛空』給我嗎？差不多是時候練劍了。」安靜地坐了一會後，愛德華問。

「這就是促使你離開房間的原因啊……」諾娃忍不住小聲呢喃。

「你在暗示甚麼？」愛德華聽得出諾娃話中的意思，頓時追問。

「沒有，沒有甚麼事，」諾娃搖頭，輕輕帶過話題，同時轉過身去，面向愛德華：「那麼你拿去吧。」

二人互相靠近，正當愛德華快要吻到諾娃時，不遠處突然傳來人類女性的尖叫聲，緊接著，是重物掉落到地上的巨響。

「啊——！」

二人嚇得趕緊停止動作，愛德華立刻向聲音傳來的方向望去：「是誰？……果然是你嗎，艾芙蕾。」

愛德華的話音一落，不遠處的樹後便有一個嬌小的身影走出來。她身上的美麗洋裝都黏滿枯葉和草，本來束得整齊的髮型都變得蓬鬆凌亂。

「我知道你在附近，但為甚麼要這麼危險爬上樹去？」愛德華一見那人是艾芙蕾，便沒好氣地問。他早就感覺到艾芙蕾在他的背後跟蹤著自己，只是沒有太在意她的行蹤。

艾芙蕾沒有回答愛德華，也沒有要在接近他之前整理自己外表的意思，她只是急忙上前，焦急地質問愛德華身旁的諾娃：「你……你剛才想對愛德華表哥做些甚麼？」

「我們只是要練劍，沒甚麼大不了的。」愛德華搶著解釋，他說得很冷靜。

艾芙蕾完全沒法接受這個理由，她剛才看到的根本不是這回事：「但你們剛才不是要接……接……」

經她一說，二人瞬間恍然大悟，理解到問題所在，愛德華還下意識地感嘆了一聲。

「為甚麼你們現在可以擺出一副若無其事的模樣？」親眼見證最愛的表哥在自己面前公然和別的女人行親密之舉，被撞破了居然還可以維持一臉冷靜的模樣，未曾見過世面的青春少艾激動得快要哭了。

看來在木屋的幾星期生活，令自己在不知不覺間習慣了接吻取劍這回事，而且習慣得把這件事當作理所當然，忘了理應會有的羞恥感。發現是自己一時神經大條而出錯的愛德華頓時感到難為情，立刻微微別過頭去。

見愛德華別過頭去不想回答，艾芙蕾立刻再次把矛頭指向諾娃，質問道：「你真的是表哥的同伴嗎？看來不是簡單的同伴吧？」

「威福特小姐，剛才的事情實在一言難盡，但我和愛德華並不是那種關係……」雖然知道大概幫不上甚麼忙，但諾娃仍然試圖解釋。

「居然直呼名字……」這小舉動在艾芙蕾面前等同展示二人的親密關係，以及諾娃和她的差距，令她十分不服氣。她突然靈機一觸，神氣地表示：「不過我要告訴你，我和表哥其實有婚約在身，就算你們多麼要好，也只能是朋友而已。」

「不，我們沒有訂過婚約吧。」怎知愛德華立刻平淡地否認了。

「表哥！」沒想到自己的虛張聲勢被表哥的一言瞬間瓦解，艾芙蕾鼓著腮看著愛德華，一副快要哭的可憐模樣。

「可能有點難以置信，但請你先聽我說。諾娃並不是普通的人類，她是一把劍的劍鞘，而把劍取出來的方法就是你見到的那樣。剛才我只是想把劍取出來練習而已，你別想太多了。」愛德華本來並不想向艾芙蕾透露太多，但見事情進展下去只會越來越亂，便決定簡潔地向艾芙蕾解釋事情的來龍去脈，試著看她會不會明白。

「不是這樣……我想要的不是這樣……」艾芙蕾聽不明白愛德華所說的話，一心認為他是為了袒護諾娃，才編造這個顯而易見的謊言。一直抑壓的情緒無從發洩，艾芙蕾的忍耐終於到達了極限，衝口而出：「表哥你一直把我當小朋友耍，為甚麼就是不明白，我是真的喜歡你！」

「甚麼？」愛德華聽後立刻怔住。

「自從我八歲，長期在這個家居住開始，我就已經喜歡上你。我喜歡你平時不怎樣說話，但會以行動向身邊人表達關懷的溫柔性格，又喜歡你安靜又聰敏的一面。自從表哥你到首都讀書以後，我都一直在等你回來，就算外面的人都說你死了，我還是每天祈求你會某天突然出現在家宅門口，給我們一個驚喜。現在你真的回來了，但卻帶著她……」艾芙蕾忍不住激動地向愛德華表白，但到後面卻漸漸說不下去，只能轉過身去，不讓最愛的表哥看到自己抽泣的樣子。

表妹的突然告白，出乎愛德華的意料。他心裏一陣驚訝，但很快便回復平靜。就算沒有聲音，只憑不停抽搐的雙肩，愛德華已經知道艾芙蕾正在哭。他半跪在地上，右手輕輕放在艾芙蕾的肩膀上，示意想她轉身望向自己。

「謝謝你，艾芙蕾。這些年來，你都是我最愛的表妹，也是陪伴我最親近的朋友之一，但就是這樣而已。」愛德華清楚知道現在艾芙蕾想聽到的是甚麼說話，也不想傷害她，但他也不會因此而欺騙她。「而且我現在是舞者，隨時都會丟掉性命，像你這樣擁有美好前途的少女，沒有必要把幸福託付給一個可能明天便會死的男人。聽我說，去找一個更好的人吧。」

「不！就算你明天會死，我依然願意與你在一起！」愛德華直率的話並沒有打消艾芙蕾的心意，她反而更緊緊地抱著愛德華的手臂。但愛德華只是輕輕撫摸她的頭，嘗試慢慢拔出手臂，掙脫她的擁抱。

「真實的情況要比你想像的危險更多。」他勸說。

「那你是不是因為有心上人才拒絕我？」但愛德華的回答只讓艾芙蕾有更多的幻想。她激動地問完後便指著諾娃說：「例如她？」

「不，我沒有，是你想太多了，」愛德華頓時搖頭否認，但又露出一副若有所思的樣子，似是想起遠方某副臉孔：「真的沒有。」

「嗚、嗚……愛德華表哥你這個大笨蛋！」見無論自己怎樣說都沒有用，艾芙蕾再沒有任何辦法，留下一句似是責怪但更像是沮喪的話後，便流著淚在二人面前跑掉了。

目送她離去的背影，諾娃小聲問愛德華：「這樣好嗎？」

「我不想再把無關的人牽扯進自己的危機裏去了。」愛德華心裏也有內疚，但還是狠心地作出決定。這是他能守護她的唯一辦法。

「沒有心上人，是真的嗎？」這時，諾娃問。
「對啊。」愛德華想都沒有想便回答。
「那麼夏絲妲呢？」諾娃再問。
愛德華的語氣頓時變得緊張，並追問：「你說甚麼？」
「沒有，只是有種感覺。」諾娃解釋，她真的只是憑感覺去問的。
「沒有啊，」愛德華搖頭否定，「都沒有了。」
諾娃一看，只見他在搖頭的同時，臉上掛著一副略為釋然的微笑。雖然是釋然，但在此之上又帶點孤寂，和有點受了傷的影子。她頓時機警地猜到二人之間大概發生了甚麼事，心裏為愛德華感到同情。
雖然現在一副沒事的樣子，但想必這件事對他帶來很大的打擊吧。
「諾娃？」經愛德華一叫，諾娃回過神來，這才發現自己竟然正擁抱著他。
我……我在做甚麼？諾娃心裏頓時一片混亂。
剛才我只是覺得愛德華心裏一定很辛苦，希望可以分擔他的痛苦，但怎會變成現在這樣的？我的身體居然自己行動了？
「你沒事吧？」愛德華也被諾娃突如其來的舉動嚇住，他整個人愣住，但沒有立刻掙脫。過了半晌，他才想得到該問些甚麼。
「沒有……只是……我不知道……」愛德華一問，諾娃立刻縮起雙手，並閃到一旁，低頭捏著裙腳，羞愧得抬不起頭。過了一會，為了解圍，她結結巴巴地小聲問：「你……你不是要取劍吧？那便快點，我、我還有地方要去……」

「也、也對，時間不早，不能再浪費了呢……」愛德華說話也是結結巴巴的，同時別過頭去。看來他的心情跟諾娃不相伯仲，一樣覺得尷尬。

尷尬地取過劍後，二人一句話也沒有說，立刻向相反方向離去。諾娃飛快急促地急步行走，渴求盡快逃離現場。她的臉又紅又熱，這是她未曾有過的感覺。

「我到底在做甚麼……為甚麼心會跳得那麼快？」她不理解這種感覺是怎樣來的。

「——我看你是喜歡表哥才跟著他的吧？」

這時，她的腦內冒出艾芙蕾問過她的話。

「不、不是這樣的！」她忍不住出聲否認。

4

午後，在嘉勒鸞大屋庭園後方的一個圓頂亭前，愛德華正獨自進行他的日常劍術鍛鍊。

午後溫煦的陽光把草地染成金黃一片，以大理石建成的圓頂亭也受到太陽的恩惠，雪白的身軀染上了些微橙黃。在如此美景之中，很多人都會選擇坐下來靜心享受吧，但愛德華卻像是看不到周圍一切似的，只是專心地練習劍術。

在旁人的角度望去，他正對著空氣練習不同的劍法，但其實在他的腦海裏，他一直想像著自己正與一位特定的對象交戰，而他使出的劍法正是化解那人的攻勢。

那位對象不是路易斯，也不是夏絲妲，而是奈特。

自從在樹林被奈特偷襲後，愛德華就對這個神祕的男人越來越在意。上次一戰，奈特已經表明自己是衝著諾娃而來的，無論他的目的如何，只要諾娃一天仍在愛德華身邊，他就一定會再次找上門。愛德華到現在還是沒法猜透奈特到底是怎樣得知他的藏身處，但這一點放到現在已經不重要。自己現在成為了名副其實的領主，居住地會被公告全國，就更加容易被人找到。所以他現在能做的，就是做好準備，在奈特再次出現時不被他打敗。

他憑藉自己帶著諾娃逃走前，看過那一丁點的奈特劍法，從而想像並推斷他的劍法模式。雖然資料並不充足，但他的直覺不停訴說著，奈特的劍法跟自己的有些相似。

攻擊被擋下後的快速轉換反擊，以及輕盈的步伐，這兩個特點愛德華都同樣擁有。根據這兩點，愛德華有一個獨斷的推測，就是奈特跟自己一樣，也是攻守兼備的劍士。雖然提到攻守兼備的劍士，夏絲妲也是其一，但她的是以攻為守，以守為攻，兩者之間切換自如，但奈特的也許是攻時有力，守時精密，但兩者並非一體。而愛德華有自知之明，自己的劍法也有著同樣的特點，或者該說是缺點。他唯一不清楚的是，奈特會如何把「黑白」的能力融入到自己的劍術之中。

關於這一點實在沒有任何根據可以用來推測，唯有暫時放在一旁不管，先集中思考克制對方劍術的方法吧！愛德華在心中早已排好事情處理的優先次序，並把問題分拆成不同部分，逐一解決。

當然，他沒有忘記要繼續練習對應雙手劍的劍術，自己從來沒有忘記再次勝過路易斯的目標，只是那方面的劍術已經練得七七八八，他覺得現在應該把時間先投放在練習應對奈特的劍術，以防不時之需。

愛德華全身投入到練習當中，絲毫沒有留意到基斯杜化正在一棵樹後靜靜地觀察著他的一舉一動。直到他完成一系列動作，正要轉身坐下稍作休息時，才看到父親那副十年不變的微笑。

「你……在的嗎？怎麼不作聲？」被父親看見自己練劍的模樣，愛德華頓時覺得羞愧極了。他差點想把羞愧轉換成憤怒的質問，但又覺得不對，硬生生地吞下怒火，變成了略為溫和但又有些彆扭的詢問。

「見你那麼專心地練習，不好意思打擾呢，」見愛德華釋出願意和自己對話的態度，基斯杜化心裏很是高興。但他深知兒子脾氣，對話必須一步一步來，不然只會前功盡廢，所以明明心裏有想說下去的話，但都沒有說出口。

「有事叫我便可，不用太介意。」說完，愛德華走到亭前的階梯坐下，他沒有坐在階梯的中央，而是留空了右邊的位置，並抬頭望向左上方。基斯杜化輕輕一笑，走到愛德華預留的空位坐下。二人幾乎要碰到大家，但基斯杜化硬是留了一絲空隙，他知道這是兒子需要的空間範圍。

「很多年沒有看過你在這裏練劍了。」見愛德華沒有表現出抗拒，基斯杜化便決定主動打開話題。

「你離家之前，總是在這裏練劍的。」

「嗯，習慣了。」愛德華輕聲回應。他沒有把頭轉過來，心裏其實有點抗拒這種回憶的話題，但仍然給予回應。

基斯杜化沒有回應，只是沉浸在回憶之中。以前他就是在這裏開始教導愛德華劍術的，沒想到時間過得那麼快，一眨眼十年便過去了。當時那個連劍也握不穩的小男孩，今天已經成為獨當一面的少年劍士。想到這一點，他的心裏不禁有點感觸。

無獨有偶，愛德華也想起了往事。他想起那個曾經站在這裏，懇求父親教他劍術的小男孩。當年心中滿懷的憧憬，現在回看是多麼的愚蠢；但以前與父親練劍的回憶，又令人格外懷念。

「有點掛念以前在這裏和你練劍的日子呢。」基斯杜化感嘆。「今天天氣那麼好，令人很想耍兩招呢。」

「那麼不如現在來一場？反正我有多帶一把劍出來。」愛德華看了看身旁的「虛空」和另外一把普通銀劍，突然提議。

「甚、甚麼？真的嗎？」基斯杜化感到不可思議。這個對自己態度一直別扭的兒子居然主動提議要和他對打一場？他不是聽錯了吧？

「呃……是啊！你不想打就算了！」愛德華這才意識到自己剛才脫口說了些甚麼。他想收回提議，但太遲了，卡在尷尬的位置，最後決定硬著頭皮讓事情繼續進展下去。

就短短一場而已，算得了甚麼！

「當然想打，只是我有一段時間沒揮劍，可能很快便敗給你了。」基斯杜化心裏很興奮，沒想到愛德華真的願意跟他對打，就算只是短短一場，他也滿足。他接過愛德華遞過來的劍，打量了一下，發現手上的銀劍是他在愛德華十三歲生日時所送的生日禮物。銀劍沒有甚麼華麗的裝飾，最亮眼的是鋒利的劍尖和整把劍都沒有生鏽的痕跡。他還記得，當時自己把劍交給愛德華時，愛德華那一副不滿意的樣子，沒想到他一直留著這把劍，而且保存得那麼好。

基斯杜化握著劍，後退幾步與愛德華拉開距離。雖然已經有一段時間沒練劍，但當劍在手上，他整個人便立刻進入認真狀態，腦袋瞬間開始分析和預測愛德華的行動。依照目測，基斯杜化推斷愛德華手上的黑劍應該比自己的銀劍要重一些，但兩者長度相若，即是說對方的優勢將會是重量。作為愛德華首位劍術導師，他很清楚兒子劍術的優缺點，但不知道這幾年來他在外面學到多少，學到的知識又會對他的劍術風格帶來多少改變。

「像以前一樣嗎？」在十步之遙的愛德華大聲問。

「對，一盤決勝，斬或刺都可以，只要碰到對手的手或身前的部分便算贏，不用真的斬下去。」基斯杜化聽得懂愛德華的意思，並再次說明他們沿用了十年以上的對決規則。

這個規則自他教導愛德華練劍時便一直沿用在二人的對決之中。基斯杜化記得，這些年來的對決裏，幾乎八成以上都是他贏，而大多數時間他都有放水給年幼的愛德華，令他得到些成就感。現在兒子成為了舞者，那麼他應該要拿出全部的實力與之對決了，但現在自己這副老骨頭，還能像年輕時一樣揮劍嗎？

但可以拿出全部的實力跟兒子對劍，這是他多年來的夢想之一。

「這是當然吧！」愛德華心裏無奈，你難道覺得我當舞者後，習慣了真正的戰鬥，怕我不小心斬傷你，所以才多加最後一句嗎？基斯杜化只是輕輕一笑，像他以前教愛德華的那樣，舉劍向對手鞠躬，以示敬意。愛德華也回以同一動作，接著便擺出架式，準備開始對決。

二人的架式幾乎一樣，都是右腳踏前，左腳在後，只是基斯杜化的手放在左邊，劍尖朝上，而愛德華則是把手放在右邊，劍尖朝地。基斯杜化放眼望去，看見愛德華的架式沒甚麼破綻。他的站姿端正，重心穩固，以前自己教過他的重點都有記住，心裏很是滿意。

愛德華從前便是一握劍眼神便變得很堅定的類型，但基斯杜化留意到今天他的眼神比以前有不少分別。以往愛德華在握劍防禦時，視線會不時在對手和劍之間游走，有種兩邊都想戒備但不知道該把重點放哪邊的感覺，但現在他的視線十分穩定地放在基斯杜化的劍上，靜心戒備著，不會心急。那雙眼神，基斯杜化不會認錯，是經歷過生死才有的戰士眼神。

有趣，那就讓我看看你現在的實力！

基斯杜化把手改為放往右邊，愛德華也立刻把劍尖改為指向左下防備。二人都向右踏步，不讓對方在方位上有任何優勢。對峙一會後，愛德華首先往前，在劍快要碰到基斯杜化的距離時從下而上揮斬。

劍沒有揮中基斯杜化，愛德華再從右下往上揮，兩擊逼使基斯杜化退後。正當基斯杜化以為第三擊會是刺擊，並往上刺要擋下攻擊時，愛德華居然捲劍換邊，上前的同時從右上斬向基斯杜化的肩膀。

基斯杜化往左後側一退，避開的同時改往前推劍，擋下愛德華的斬擊。深知自己形勢不利，基斯杜化立刻把劍往上推至劍尖，用力把他推開後再抽劍退後防禦，不給愛德華輕易追擊的機會。

愛德華平時愛用的這個推劍方法正是基斯杜化教他的。看得出兒子想要上前進攻，基斯杜化搶先半拍再次搶走主動權。他快速刺向愛德華的左上腰和左中腰側，兩發都被對方順利避開，正當他要再往前刺時，突然在半路收劍，旋轉半圈後再從左上向下斬去。

愛德華嚇了一跳，立刻舉劍橫架擋下斬擊，再立刻抽劍前刺，沒有刺中基斯杜化，但成功逼他後退。為了不給父親再次有主動攻擊的機會，愛德華一個箭步上前，高速從左右上下連續使出四次揮斬，被基斯杜化擋下的話便立刻捲劍再抽擊，不給他喘息的時間。在連擊間抓到空隙，愛德華立刻改往前刺，怎知中了基斯杜化的計，「虛空」被銀劍狠狠擊開並往下跌。基斯杜化立刻乘贏追擊，上前就是一刺。

銀劍劍尖快要碰到愛德華的肩膀時，突然被「虛空」從左邊大力擊走，力度之大令其劍尖頓時朝地。未等基斯杜化回過神來，愛德華立即上前，同時向左上側一揮，「虛空」抵在基斯杜化的頸項上，宣告這場小對決的結束。

「如果這場對決是認真的話，我大概已經死了吧。」基斯杜化輕輕一笑，承認了自己的敗北。他把目光投到愛德華握劍的左手上，感嘆道：「沒想到你居然習得了左右開弓，剛才一瞬間看呆了。」

「這些都是基本吧。」不知道該如何回應父親的稱讚，愛德華板著臉冷淡地回了一句，並收起「虛空」。

基斯杜化早就料到自己很大機會敗北，但沒想到居然是敗在左右開弓之下。愛德華能在那電光火石之間換手反攻，這個技能就連基斯杜化自己也做不到。三年不見，現在兒子已經青出於藍勝於藍了。身為父親，基斯杜化心裏很是感慨。

「一定是跟隨過一位厲害的劍術老師學習了吧。」回想起愛德華剛才的劍技，基斯杜化依然看到熟悉，屬於自己以至家族的影子，但愛德華的劍術在這之上多加了靈敏，以及那左右開弓，這些都完美地融入到他的劍術裏，化成屬於他的獨特風格。基斯杜化以前就有嘗試過教愛德華用左手握劍，奈何自己在這方面道行不深，沒法教他太多，沒想到現在兒子居然學成了，便認為一定是在學院遇到好的劍術老師，引導他完善這技能吧。

「算是吧，」愛德華不敢說太多，難道要說自己是跟隨「薔薇姬」練習劍術了嗎？但這時，他想起別的事，立刻轉換話題：「對了，想問一件事，我有過其他兄弟嗎？或者你有收過其他劍術學生嗎？」

「嗯？沒有啊，我沒有教過誰劍術，就只有你而已。」基斯杜化對愛德華的問題不明所以。「有甚麼事嗎？」

「沒事，好奇而已，」不想基斯杜化深究，愛德華立刻搪塞過去。

剛才對打時，基斯杜化使出的刺擊佯攻令愛德華想起奈特。他那天在樹林裏看到奈特曾對夏絲妲用過同一樣的招式，那招式無論在手法、節奏和步法，都跟基斯杜化剛才的招式幾乎一模一樣。當然可能只是巧合，但他的直覺卻不這樣認為。加上奈特似乎對他的事瞭若指掌，所以他才想，這個銀髮傢伙會否因為是父親的徒弟，或是甚麼自己沒有印象的兄弟，才會那麼清楚自己的事，而劍術又跟父親相像。

但現在看來，應該真的是自己想太多吧。

小對決完結後，父子二人便回到亭前的階梯坐下。微風輕輕吹拂，他們注視著同一片風景，心懷萬千言語，卻都不說出來。

「這三年在外面，生活還習慣嗎？」良久，基斯杜化問。

「生活……還不是那個樣子吧，」愛德華覺得沒甚麼好提的。那些每天都要精打細算的日子，以及為了生活費而打工的過去，這一切基斯杜化都不曾知道。他不想讓基斯杜化知道的背後原因，除了是因為不想讓家人管自己的事，更是不希望家人擔心自己。

「聽見你被選上為舞者時，我嚇了一大跳，怎麼不寫信告訴我們？」基斯杜化再問。

「我也是很遲才收到通知，忙著準備，沒有時間做其他事。」這句解釋有一半是謊言。忙著準備是真，但愛德華也是故意不寫信告知家人的。

「如果早一點知道，我便會來皇宮參加起始儀式了。」基斯杜化感嘆。

「皇帝有把邀請函寄來嗎？」愛德華略為驚訝。

基斯杜化點頭肯定：「但當時郡內有一些緊急事務要處理，想著反正在這些大場合，少一個人並不會有太大影響，就沒有去了。事後回想，真是後悔。」

如果自己當初有參加起始儀式，便能看見自己引以為傲的兒子站在皇座下被封爵的模樣，更可以在兒子死前見他一面，這個想法在基斯杜化聽見愛德華死訊傳言後，便一直在他的腦內盤轉。他對自己當天的決定感到後悔，並在祈求愛德華平安的同時感到自責。所以他親眼看見愛德華的人時，整個人頓時如釋重負。幸好，還能再見到他。

「還真的是這樣……」不知道父親心思的愛德華聽到後卻有些不快。幾星期前他對諾娃說過的推斷果然成真，對此他略為不滿，但沒有浮於表面。他小聲呢喃道：「會後悔的話，當初去做不就好了。」

「愛德華？你有說些甚麼嗎？」基斯杜化留意到愛德華說了些甚麼，但聽不清楚。

「沒有。」愛德華小聲回應，活生生把心裏的氣給吞回去。

「你之後打算怎樣？會搬回家住嗎？」基斯杜化轉移話題。

「我多住兩天便會去冬鈴城，」沉默了一會後，愛德華才說。「你可能聽說了吧，我成為了冬鈴郡的領主。」

「真的？」基斯杜化十分驚訝，似乎消息還未傳到他的耳中：「為父很高興！是皇帝親自賜予的嗎？」

「對。還可以是誰？」愛德華對父親的反應很是無言。就算想找些話題聊，也不該是這句吧？難道是我要求皇帝把領地給我的嗎？

「冬鈴郡嗎……威菲路老伯爵上月中去世，葬禮前陣子才辦完，皇帝這麼快便決定好下任領主了。」基斯杜化說時，腦海中浮現出威菲路伯爵的外貌。生前他們有幸見過幾次面，他對伯爵的印象是一位和藹和親，又有著聰明商業頭腦的老人。「兩星期前都還未決定呢。」

兩星期。這詞一出，立刻令愛德華收起直到剛才為止仍然較為輕鬆的態度。

「兩星期前，皇帝召見你了吧？」愛德華發問的聲音稍微沉下來，似是努力壓抑著心裏的某些感情。

「對。」只憑一句，基斯杜化便大概猜到兒子接下來想問甚麼，但他並沒有要阻攔的意思。

「我聽道森先生說了，你被封為伯爵，以及拿回大宅，都是被召見後發生的事吧。就連那個納特托爾被抓，也是被皇帝召見後才發生的吧。」

基斯杜化點頭。他本來想糾正一下愛德華，無論多不喜歡對方，最少都要在「納特托爾」的姓氏後加上「先生」的稱呼，是禮貌的表現，不過他知道現在並不是說這句話的適當時機。

「你是跟亞洛西斯……陛下交換了甚麼吧？對吧？」愛德華激動得差點直呼皇帝的名字，忘記加上稱謂。

「沒有交換甚麼，我當時只是被陛下召去面談而已。」基斯杜化以從容鎮定化解激動。

「那麼你們談了甚麼？」愛德華追問。

「就在『八劍之祭』開始的一個多星期後，我突然收到陛下的私人信件，信上說有些關於你爺爺生前職位的事宜需要討論，希望我盡快到皇宮去。怎知會面剛開始，陛下便表示要根據爺爺生前立下的功績，把我們家晉升為伯爵，還想授與我跟你爺爺生前相同的職位。無論我如何推卻，他就是不讓我拒絕，好不容易才推卻了騎士團長的任命，但硬是要封我為伯爵。而在談論中，他也有問及當年納特托爾……卡羅洛斯的事，但只是詢問事情發展及事後處理，並沒有特別說甚麼。直到我回家以後，才知道卡羅洛斯被逮捕的消息。」基斯杜化知道兒子想知道些甚麼，便一五一十把自己被亞洛西斯召見的過程說了出來。

卡羅洛斯是納特托爾的名字，直到現在基斯杜化仍然願意以名字稱呼這人。

聽到亞洛西斯是如何讓父親接受新爵位的時候，愛德華並不意外。他跟亞洛西斯見面時也是差不多的樣子，雖然父親沒有說明詳細，但他想像到過程一定是在推卻的時候，被亞洛西斯拉到第二個話題去，再很快被他拉回來，整個面談的走向都被亞洛西斯掌握在手上，沒有機會左右其想法吧。

但有一點愛德華十分在意，那就是祭典開始後的一個多星期，正是他和夏絲妲決鬥後的時候。如果亞洛西斯真的是想藉著給基斯杜化好處從而拉攏他，那麼用時間推斷，他是在祭典開始之時，便決定好要這樣做，還在眾人都以為自己已死的時候反其道而行。這決心，這前瞻眼光，確實非一般人能有。

當大家都以為自己是在某個時間點被亞洛西斯選中，成為他的棋子，其實他早就預視並安排好一切了。這人果然深不可測，愛德華自問沒法做到跟他一樣。

「但就算多麼難拒絕，也不是不可能的吧。你知道他想拉攏你，為甚麼你還是這麼容易答應了？」愛德華覺得，即使亞洛西斯多麼難推卻，只要鐵下心腸拒絕的話，他也不會強人所難的。

「作為臣子，服從主子是必然的，怎能輕易拒絕？」基斯杜化以常理反問。

「不……」愛德華明白父親的意思，但他有著別的想法：「明知是被當作棋子，也要甘心被利用嗎？」

雖然所有貴族的確都是皇帝的臣子，但他們同時也是擁有不同利害關係的個體。如果皇帝為了自己的利益而利用臣子，過程會令臣子利益受損，在這個情況下臣子也要繼續服從嗎？沒可能吧！愛德華心裏是這樣想的。

愛德華沒法說出確實的證據，但他的直覺總是覺得，被亞洛西斯拉攏是危險的。亞洛西斯這人喜怒不形於色，行事難以預測，就算今天他把一個人加入到自己的勢力之中，難保哪天會因為別的事而狠狠甩掉他。以他的手腕和能力，他敢做，就一定能做得到。

雖然愛德華知道自己並沒有隨意指責他人的資格，但他絕不會承認，因為不希望自己的事牽連家人，而對基斯杜化的決定發火。

「有時候，有些事，有太多說不清的困難。」基斯杜化似乎話中有話。

「你總是這樣！總是欣然接受別人安排的一切，不作反抗，這次陛下的事也是，當年納特托爾的事也是！為甚麼？為甚麼你就不會反抗？」基斯杜化的回應激發起愛德華的怒火。這句回應他聽過太多次了，以前每次他質問父親為何不嘗試改變現實時，他都會以同一句話回應。三年不見，他還是用同一句話去解釋。愛德華聽夠了，聽夠父親軟弱的藉口了。

面對兒子的質問，基斯杜化只是低下頭道歉：「卡羅洛斯的事，實在抱歉，是為父的過失，對不起。」

「對不起？現在才說有甚麼意思？」基斯杜化的道歉，對愛德華來說只是火上加油。從心深處燒起的怒火，引導他把多年來藏在心裏的，以及這次回來最想說的話一下子都說出來：「如果你早在肯尼斯死後願意接下騎士團長的職位，而不是要甚麼自尊繼續當男爵，那麼被納特托爾騙錢時也許未至於要連大宅也抵押掉。我們家所有人，就因為你，而捱了多少年的辛酸和屈辱！枉我從小一直相信你，一直把你當作榜樣，你卻狠狠地背叛我！有個如此懦弱的父親，我寧願……！」

「沒有你這個父親」，最後半句，愛德華差點要說出口，但在最後關頭打住了。

他沒法說出口，因為在恨的同時，他仍然愛他。他曾經多次想過寧願沒有這個父親，但他知道這些都是氣話。心裏會萌生出這句話，都是因為已經對他失望至極。

愛德華突兀地打住不說話後，基斯杜化只是抬頭，看著兒子那張憤怒得漲紅的臉，心裏很多思緒在流轉。他沒法反駁，兒子說的都是真話。

「我當年不接下騎士團長的職位，是有理由的，正如你對我有諸多想法一樣，我也對我的父親有很多不同的想法。」想了一會，基斯杜化決定對兒子坦白多年來未曾對人說過的心聲。「卡羅洛斯的事，確實是我的錯。現在道歉確實沒甚麼用，我也不是想得到任何人的諒解，但還是想向你說句對不起。」

「說……！說來有甚麼用……」見基斯杜化露出弱勢的一面，更少有地說出心聲，愛德華的火氣很快收了回去，態度軟化了一些：「我也不是為了讓你道歉而說出那些話的。」

「我明白，我都明白，」說完，基斯杜化站起來，輕拍愛德華的肩膀。

無論愛德華對他多番發怒，他都從不怪罪他，因為他清楚兒子心裏想些甚麼。

「那麼你告訴我，肯尼斯和你當年不接下騎士團長的職位有甚麼關係？」愛德華問。

基斯杜化先是一頓，再微笑地說：「說來話長，找天再說吧。快到夕陽，我想我還是不要打擾你練劍了。」

正當他說完，要轉身離去時，愛德華從後追問：「每次說到肯尼斯的事，你總是會找藉口離去，這次也一樣嗎？」

基斯杜化立刻停住腳步，卻沒有回頭。他此刻的心情很複雜，沒想到兒子居然把他看透徹了。

「總有一天，我會好好跟你說有關他的事。」

留下一句話後，他便頭也不回地離去。孤獨的身影，緩緩消失在黃昏的金光之中。

5

兩天後的晚上，愛德華獨自坐在庭園的大湖一旁，安靜地注視著湖水，若有所思。

今天正值滿月，天上無雲，令眾人得以欣賞月亮優美的身姿。她圓如太陽，卻又柔和如水，靜麗的身影雪白而皎潔，輕輕把月光的恩澤灑滿大地。正值午夜，玉盤高掛，舉目所見，整個庭園都被染上白銀，湖水波光粼粼，清澈地倒映著玉盤的美態；湖旁枯草上都有一層薄薄的冰霜，反射出的銀光一閃一閃，恍如天上星宿，閃亮非常。身處其中，便如同置身於夜空之中，夢幻又優美。

這就是詩人們頌讚月詠城的原因，但愛德華對眼前絕景毫不在意，他只是瑟縮著身子，注視水中那個總是能令自己靜下來的月亮倒影，繼續未完的思緒整理。

自從昨天跟基斯杜化激烈地吵了一架後，愛德華一直思考著他留下來的話語。他知道父親跟肯尼斯素來不和，但直到昨天才醒覺，正如他對父親有諸多不滿，會對父親的決定有所反抗，父親和肯尼斯之間也一定有類似的事，只是自己不知道而已。

但這又怎樣？就可以合理化他懦弱的性格，以及那些因懦弱而做錯的事嗎？

他沒法得出答案。

明早就要離去了，難道要帶著這份疑問離開嗎？

「這就是『被祝福的銀光』……很美啊！」

「諾娃？你怎麼……咦？」這時，諾娃的聲音突然從附近傳出，愛德華慣性地抬頭，正想問她為何這麼晚還走出來，怎知四周並無諾娃的身影。他心裏納悶，剛才確實聽到她的聲音，但人呢？

「小姑娘是第一次看的吧，怎樣，愛德華有帶你參觀月詠城嗎？」

就在這時，一把沒法再熟悉的低沉聲音在附近響起。愛德華皺著眉走往聲音傳出的方向——湖後的樹林，這才發現父親居然和諾娃一起走著。

只見諾娃身穿睡衣，外披斗篷，而基斯杜化同樣也穿著睡衣和外衣，二人一邊走一邊談天，看起來相處融洽。

父親和諾娃？在這個時間，他們在這裏做甚麼？

他決定不作聲色，從後暗中跟蹤二人。

「今早他帶我逛了一圈，果然如傳聞所說，是無論日夜都散發著月神光輝的美麗城市。」諾娃笑著回答說。「可以的話，我還想再看多一會呢。」

「是因為愛德華，所以不能參觀太久吧？」基斯杜化嘗試猜測。

「我不能因為自己的事，而打擾他的劍術練習時間。」諾娃答的時候毫無埋怨之色。

愛德華記起，今天中午他問諾娃不如多逛一會時，諾娃立刻表示要回去。明明他說了繼續陪她也沒有關係，亦留意到其實她是想留下的，但她就是堅決要回去，少有地固執。現在他終於明白是怎樣的一回事。

原來是為我著想啊……他心裏感激，也有點歉意。

「你很為他著想呢，愛德華有你這個同伴，是一種福份。」聽到兒子身邊有一位一心支持他的同伴，身為父親，基斯杜化總算放下心頭大石。他熟悉兒子的性格，知道他不能輕易與人融洽相處，並常常為這件事擔心著，但現在覺得總算可以放心了。但安心的同時，他又有個疑問：「小姑娘……諾娃對吧？你說你是愛德華在祭典中的同伴，但實際上是怎麼樣的同伴？」

「呃……怎樣說呢……」換著是以前，諾娃可以面不改容地解釋「人型劍鞘」的事，但自從記憶開始回復，她慢慢理解到這件事在一般人眼中是多麼的「異常」。而且愛德華曾經吩咐過她，不要輕易說出關於「虛空」的資料。可是現在問的並不是甚麼潛在敵人，而是愛德華的父親，所以透露一點應該也可以吧？「可能雷文先生會感到詫異，我其實是一把劍的劍鞘，而愛德華就是劍的主人。」

「有著人型的劍鞘？這還真是罕有呢……」聽畢，基斯杜化感到匪夷所思。

「雷文先生不會覺得這是謊話嗎？」諾娃對基斯杜化瞬間接受事實的反應略為驚訝。

「當然不會。世界這麼大，有龍和精靈，又有術式和行使它們的術式使、神官等人，有人型劍鞘也不出奇啊。」基斯杜化解釋。他一解釋完，諾娃立刻輕聲笑了起來。基斯杜化對她的反應不明所以，問：「諾娃小姐，有甚麼事嗎？」

「不好意思，失態了。」諾娃立刻停止笑聲，但笑容依然掛在臉上：「我只是覺得，你們父子果然很像呢。那時愛德華也是很快便接受了『人型劍鞘』的概念，之後我問他原因，他也是這樣回答我的。」

一說完，諾娃的腦海想像出假若愛德華在這裏聽到這句話，一定會激動地說「我怎麼可能說過」，就算她拋出確實證據，他也一定會矢口不認。一想到他的反應和表情，她又忍不住笑了兩聲。

有甚麼好笑的！想當然地，在二人附近藏匿著的愛德華清楚聽到諾娃的話，以及看到她的笑容。

我怎麼可能說過這句話！……慢著，好像真的說過。

他頓時無奈地托額，心裏不禁責備自己：我真不該說的……

「雷文先生，你這麼晚找我出來，其實所為何事？」收起笑容後，諾娃問。

約莫半小時前，當諾娃正要上床睡覺之際，基斯杜化突然前來敲門，邀請她一起外出散步，但就一直沒有說明背後的目的。

「啊，對不起，這幾天一直沒有機會跟你說上話，而我知道你們明天要離開，所以就這麼唐突來找你，希望你不會介意。」說完，基斯杜化收起慣性的笑容，換上一副若有所思的樣子：「其實我是想跟你談談愛德華的事。」

「愛德華？」諾娃有點不解。

「他這些日子過得好嗎？」基斯杜化問。

「甚麼？」諾娃有點驚奇。本來她以為基斯杜化打算問甚麼重要的問題，怎知居然是問愛德華的近況？這個問題，他直接問愛德華不就可以嗎？為甚麼要這麼祕密，要瞞著愛德華似的，特意問自己？

「他總是說自己過得還好，但實際上應該不容易吧。地位一落千丈的貴族子弟，一定會在學院被人欺負得很慘。而且現在他是舞者，每天都有被敵人找上門的風險，這種每天提心吊膽的日子，不會過得好吧。」見諾娃露出驚奇的反應，基斯杜化立刻解釋這樣做的原因。

如同天下間所有慈父，基斯杜化總在擔憂兒子的生活；但他也太熟悉自己的兒子了，知道兒子甚麼都會自己一個人扛下來，這一點讓他更為擔心。同時，他又知道要是兒子有甚麼不想說的，是絕對不會說出口，所以他唯有找諾娃，想從她的口中得知更多關於愛德華的事。「我不打算過問詳細，但他真的跟『薔薇姬』對決了吧？之後發生甚麼事了？」

諾娃點頭肯定：「二人對決的事是真的，愛德華也在期間受了不輕的傷。事後的事，詳細的我不能說，但總之他一直在一個安全的地方生活，在時機成熟後，才再次在人們的眼前出現。這些日子我都在他的身邊，雷文先生不用再擔心了。」

聽完諾娃的話，基斯杜化總算放下另一顆心頭大石，呼了一口氣：「那麼看來，那些日子對他有很大的啟發吧。」

「為甚麼這樣說？」諾娃問。

「要是他聽到這句話的話，應該會發脾氣吧，但闊別三年再次相見，我覺得他改變了不少。」基斯杜化說出他作為父親的觀察。「人變得沉穩了，也比以前開朗了不少。想必是遇到了一個能夠指點他前路的人吧。」

那人就是「薔薇姬」啊——諾娃當然沒有告訴他。

「而且脾氣也好了。」基斯杜化補上一句。

「關於這點，我一直想問雷文先生，愛德華對你發火，你都不介意的嗎？」諾娃問。「你不會覺得他對待父親的態度有點過火了嗎？」

基斯杜化搖頭：「我知道他在想甚麼，他是在否定我。」

「否定？」諾娃不明白基斯杜化的意思：「但就算知道，也該在適當的時候阻止一下吧。」

「太過火的話會的，別看他這樣，其實是有分寸的。」基斯杜化笑著搖頭，並說：「而且我在等。」

「等甚麼？」諾娃不解。

「等他自行選擇。」基斯杜化回答。

「選擇……繼續否定，還是接受這個父親嗎？」諾娃嘗試猜測，但她心裏卻不太明白答案背後的原因。

「大概是這樣吧，」基斯杜化以微笑肯定諾娃的答案，並接著以父親的口吻解釋：「人一生總是會經過認識、否認，再接受的過程。在小時候，我們從身邊一切獲得對世界的認知，並以此構築自我，但這份認知只是片面的。到年輕時那份認知得以再擴闊，並會知悉它其實只是很片面的事實。我們想要進步，討厭片面，因此選擇了否定過去，嘗試重新構築，但往往到年齡再大一點的時候，因為經歷了不少事，便令我們理解到一開始構築的認知裏有些元素其實是不需被否定的，相反，它們是正確，是應該被保留的。他現在仍處於否認的階段，所以只需等待某天他做好選擇便可，而我一直就在等。」

「那即是反叛期？」聽完解釋，諾娃腦內想到只有一個詞語的意思跟基斯杜化的解釋吻合。

沒想到諾娃居然直接說出，基斯杜化高興地笑了兩聲：「所言甚是。你覺得有辦法能令叛逆期的小孩不再反抗嗎？尤其是他那種倔強的性格。」

「哈哈。」諾娃也忍不住掩嘴輕笑。「倔強」二字實在太適合他了！她心想。

「我是知道的。他對我的憎惡，源自仰慕。喜歡和討厭，愛與恨，本是同體。而且，我有欠他的事。」基斯杜化一語道出愛德華對他的感情，而且似乎有別的話想說。

「雷文先生指的是？」聽到最後一句，諾娃有點疑惑。

「他對我如此憤怒是對的，我確實不是一個好父親。」說時，基斯杜化臉上的微笑由剛才的開朗，轉為有些微內疚。

「才不是的！如此關心兒子的安危，雷文先生怎會不是好父親！」別因為愛德華對你的態度而覺得自己不好！諾娃很想把這句也說出口。

「謝謝你，諾娃小姐，但我知道自己到底都做了些甚麼。」基斯杜化看穿了諾娃的心思，向她道謝，但並沒有改變自己主張的意思：「他說得我很對，我才不是甚麼厲害的人。大家都說我溫柔，但那些其實都只是懦弱的假象罷了。」

諾娃倒抽了一口氣。她不懂得該如何回應。

「昨天愛德華對我說了，每次當我提到肯……父親的事，就總是會逃避。他沒有說錯，直到現在人都死了，我還是會下意識地逃避。」基斯杜化本想依照平時自己的習慣，直呼肯尼斯的名字，但覺得在諾娃面前這樣做不太好，便急忙改回尊稱。「我不知道他在你面前會否避開不說我的事，希望不會吧。」

諾娃大力搖頭。愛德華會表現得有些彆扭，但還是會平心靜氣地說，她心裏回應他。

看到諾娃的回應，基斯杜化心裏安心了。他輕輕一笑，並說：「這些話我從未跟愛德華說過，但可能是否因為今晚的月色美麗吧，令我難得有心情想對人說一下這些心底話。希望諾娃小姐願意奉陪一下我這老頭，聽我自言自語些廢話。」

「請不要介意，我不會告訴愛德華的。」諾娃立刻同意。

基斯杜化感激一笑，他把諾娃帶到圓頂亭前的階級坐下後，便開始坦白深藏心裏的一些回憶。

「正如愛德華想反抗我一樣，我也一樣反抗過我的父親。我從小就討厭他如此專橫，討厭他行事不擇手段，皆以自己利益為先，所以我要活得跟他完全不一樣。他吝嗇，我就慷慨；他心胸狹窄，我就對一切包容；他覺得把他人趕盡殺盡，只有自己站在高峰上的才是強者，那我就用行動證明，精神上強大才是真正的強者。我行事處處與他對抗，是反抗，同時又是為自己尋求別的出路。父親越是輕看我，我越是覺得自己正確；別人越是喜歡拿父親當反面例子來跟我比較時，我的心就更堅定相信自己所選擇走的路。一直以來，我都以為自己是對的，但卡羅洛斯一事發生後，愛德華的行動向我證明，我也終於察覺到，其實我一直只是在自我滿足。」

每次看著愛德華責罵自己時，基斯杜化都在他身上看到以前自己的影子，正確來說是以前自己所期望的模樣。小時候的他，一直都想嘗試像愛德華一樣，直接在肯尼斯面前訴諸不滿，但他沒有勇氣，所以只敢間接地以性格、行為差異去表達自己的不滿。雖然這樣想一定會被說奇怪，但他心裏有時候很羨慕這個兒子，因為他做到自己所做不到的事。

「我不敢與父親正面交鋒，不敢正面否定他，因為知道一定沒辦法贏他，所以我在那時候才選擇了如此間接的方式否定他這個人。我恨他，也怕他，也許還有一點愛，但只是一丁點的父子情分，沒有更多。看不出吧，大家都說我不會對人有惡意，但其實只是被包裝起來，難以看見而已。」

諾娃愣了一會，才勉強明白似的點頭。她心裏感到意外，但又覺得合理。世上怎會有沒有恨意、惡意，絕對純真的人？沒有可能。

基斯杜化繼續坦承心聲：「很多人都問我，為何父親死後不接下他生前的騎士團長職位，為何不趁機向皇帝要求被封為伯爵。我的原因只有一個，因為恨，所以不想繼承他的東西。領地，世代都是雷文家族的，未來是要交給愛德華的，所以我不能捨棄。但最少騎士團長一職還可以拒絕，這是懦弱的我唯一能做出的，賭氣的無意義小報復。」

「卡羅洛斯一事也源於我自己的問題。我總是希望相信自己身邊有真正的朋友，希望維繫大家眼中這個『好好先生』的形象，所以朋友有事必會出手幫忙。但現在回想，那不過是長不大的小孩在努力維繫自我價值觀的愚蠢方法而已。就因為自私的願望，我令家人陪我一起受罪，更差點糟蹋了兒子的未來。我常常覺得肯尼斯是個不合格的父親，但到頭來自己也走上他的後路。」說完，基斯杜化自嘲一笑。

「我可以問一下，為甚麼你沒有對愛德華提及過自己對肯尼斯先生的感受？」思考一會後，諾娃小心翼翼地問。

「我對他的恨是我自己的事，不想因為我而影響到愛德華的想法。」基斯杜化毫不猶疑地回應。回答完，他望向明月，嘆了一口氣：「兒子沒有理由要繼承父親心裏的恨意。」

諾娃心裏不禁感到佩服。也許基斯杜化在一些事上的表現是軟弱沒錯，但在兒子的事上，他是個不折不扣的盡責父親。

「我已經是這個樣子，但愛德華還有屬於他的未來。雖然還有很多進步的空間，但他已經是一個獨當一面的少年了。」說完，基斯杜化望向諾娃，神色認真：「他未來會遇上更多危險的事吧，也許會因此而沒法回頭。作為父親，我當然不想看到兒子受傷，只希望他一切平安，但這是他所選擇的道路，我不能因為自己的想法而阻止他前進。所以諾娃小姐，我，不，這也是我妻子的請求，可以拜託你，替我們看顧愛德華嗎？」

「呃，這個……」突如其來的沉重拜託，令諾娃一時反應不過來。她雙眼不停向左右轉動，不敢直視基斯杜化。她不敢輕易答應，因為很多事她都不能控制。

「請不要覺得有負擔，只要繼續陪著他，便可以的了。」見諾娃面有難色，基斯杜化立刻補上較為輕鬆的一句。

諾娃這時終於敢於望向基斯杜化，一看，她心裏又是驚呆又是感動。那雙與愛德華幾乎一樣的漆黑雙瞳，此刻流露著的是無比的堅定和渴望。而在堅定之中，內含的是一位父親對兒子的關懷和愛，這份感情幾乎要從雙瞳裏滿溢而出。

她一笑，心裏想道：能有一個這樣的父親，愛德華真是幸福啊。

「我會努力的，雷文先生。」她終於答應。

聽畢，基斯杜化似乎放下了最後一顆心頭大石，嘴角愉快起向上勾。而在二人背後的樹林偷聽到一切的愛德華心情十分複雜，他悄悄地離去，腦內思緒如萬馬奔馳。

這麼多年了，他還是頭一遭知道父親那些不曾對別人訴說的難言之隱。有時候他頂撞父親，為了不過是希望父親能跟自己多坦白一些心聲，而他對父親的憤怒，或許也夾雜了「為何你不願說」的原因。

他素來知道父親與肯尼斯不和，但直到今天才知道，父親的那份和善溫柔，不是偽善也不是不問世事，背後是有理由的。

他有很多批評的說話想說，但現在卻沒法責怪父親。這刻他不得不承認，二人其實多麼的相似。而換著是他，面對肯尼斯，或許也未必有勇氣與之正面對抗。

只是現在知道了父親的想法，之後該怎麼樣？

「否定，然後接受嗎，」愛德華小聲地呢喃剛才基斯杜化對諾娃說的其中一句話。就在這時，他突然想起夏絲妲曾經對他說過的話：

「與其去否認，不如嘗試接受吧。」

「你的原動力源於否定，但一味否定是成不了大事的。是接受自己的初衷，還是絕望的現實，都沒所謂。只需要記住：『選擇，且不後悔』。」

她這樣說過。

此刻愛德華再次切身體會到，身邊的人都把他的性格行為看得很透徹。對於父親的事，其實剛才偷聽的時候，他的心裏早已有了一個初步答案，只是一直因為自尊而猶疑。而夏絲姐的話，消除了他心中最後一道陰霾。

別忘了自己是為了甚麼而回家的！愛德華在心裏提醒自己。

既然疑問已經解開，那麼不留後悔的選擇就只有一個。

他握緊拳頭，大步堅定地踏過地上閃爍著的銀草；他的嘴角上揚，那是自信的微笑。

決定好了，我不會後悔的。

⚔

翌日早上，愛德華一家難得聚在一起在飯廳吃早餐。而早餐過後，就是愛德華和諾娃要離去的時間。

屋內眾人無一心裏不捨，大家都希望時間流逝得慢一點，還因此故意在早餐時不停聊天，又放慢進食以及走路速度。只是要來的終需要來，事實是沒法改變的。

愛德華心裏也有不捨，他知道這一走，就有可能沒法再回來。他曾經有過後悔的念頭，為何當初不決定多留一兩天，但又清楚自己必須決斷，不能因感情而誤了正事。

回房間整理一下儀容，並再次檢查行李，確保沒有遺漏後，愛德華和諾娃便來到大堂，在嘉勒鸞大屋的大門前向家裏的各位道別。家裏的僕人們不是忙著替二人把行李放到馬車上，就是有別的家務要忙，所以在場送別的就只有基斯杜化、愛德華的母親羅蘭、以及艾芙蕾三人而已。

「難得一見，這麼快就走了，下次再見會是何時啊……」擁有一頭金髮的羅蘭說時眼泛淚光。她用手帕遮蓋著臉孔，又不停地偷偷用手帕一角抹去眼角的淚珠，儘管努力裝作沒事，但其顫抖的聲音仍然把她的擔憂之心表露無遺。

愛德華心裏滿是內疚。他與父親之間素來不和，但與母親則沒有隔膜。母親於他，是全心全意把自己的愛投放到獨子身上的慈母。他總是讓她擔心，卻又沒法回報，以前如是，現在也如是。尤其當他留意到母親的金髮裏夾雜了幾條不明顯的銀髮絲後，內疚感頓時倍增。

「母親，真的很對不起。我們之後一定會再見的。」這句話可能是句謊言，但他仍然希望能夠為母親帶來一點安慰。

「冬鈴城那麼冷，而你又總是一投入做某件事之後就廢寢忘食，不顧自己的身體，我真的很怕你會冷病，好像小時候一樣……」羅蘭繼續忍著淚說。她仍然沒法忘記愛德華小時候有幾次因為不聽勸，午夜勤讀，以及大雨大雪時仍然堅持外出練劍，而差點患上大病的往事。她太熟悉兒子的性格，生怕他成為領主後，工作繁複，就會全心投入工作，忘了照顧自己。

在諾娃面前被提起自己的往事，愛德華有點不好意思，但他明白母親的苦心，並回應：「我會照顧好自己的，母親請不用擔心。」

「雷文夫人請放心，我會好好看顧著他的。」這時，旁邊的諾娃插話，並向羅蘭投向一笑。

「沒錯，有諾娃小姐在，羅蘭你就儘管放心吧。」基斯杜化也在此時出口安慰羅蘭。他輕拍妻子的肩膀，著她放心。

「也是，」聽完丈夫和諾娃的話後，羅蘭總算放心一點了。她抹去餘下的淚珠，並上前緊緊握著諾娃的手，眼前認真地看著她說：「那麼諾娃小姐，愛德拜託你了。」

「我會努力的，雷文夫人，只是……這件斗篷我真的可以收下嗎？」說完，諾娃一碰身上那件新的斗篷，不好意思地問。

斗篷長及腳祼，把諾娃整個人包裹著，深藍的絨毛和領口的灰白狼毛除了看起來很溫暖外，還能在簡約的設計中看到華貴之色。昨天羅蘭曾經邀請諾娃進自己的睡房聊天，就是在那個時候把斗篷送給她的。

羅蘭搖頭，表示不用介意：「沒關係的，那是我年輕時穿過的，現在已經不合身了。北面那麼冷，要是諾娃小姐也冷病了，那該怎麼辦？而且……」

「愛德華表哥！我求你了，不如你還是留下吧！」這時，一直站在一旁沒說話的艾芙蕾突然打斷了羅蘭和諾娃的對話。她衝上前緊緊抱著愛德華，作勢不讓他走。

「艾芙蕾……」愛德華欲言又止。

「我會很掛念你！所以不如留下吧。我知道你有要務在身，那麼不如一天，不，多留一個星期吧！」說完，艾芙蕾抬頭，眼泛淚光又懇切地看著愛德華，心裏祈求他能答應自己。

「謝謝你，艾芙蕾，但領主履新的事不能再耽誤了，」但愛德華輕輕移開艾芙蕾的雙手，並搖頭。「有機會的話，在祭典過後來冬鈴城找我吧，表哥一定會帶你去吃最好的。」

他用手輕輕抹去艾芙蕾臉上的眼淚，就像以前他安慰艾芙蕾一樣。看見表哥堅定的眼神，艾芙蕾知道他是不會改變想法的了。她低下頭，認命似的點頭，再沒有撒嬌。此刻，她真的明白愛德華只把她當作表妹看待，心裏的那份感情也就無疾而終・她接受了，只是眼角餘光看到諾娃時，還是忍不住對她扮了個鬼臉。

既然話都已經說完，那就真的要離別了。愛德華罕有地放開平日拘謹的性情，主動給羅蘭和艾芙蕾一個擁抱。二人都依依不捨地放開雙手後，愛德華走到基斯杜化面前。二人四目相投，眼內彷彿都流竄著想向對方說的話，但他們都好像在等對方先開口，沒有一句話從思緒化為聲音。

「愛德華，你佩帶著的這個……」良久，是基斯杜化打破這個奇怪的氣氛。他輕輕指向愛德華的袖扣，金黃的袖扣上刻有一隻飛翔的渡鴉。那是基斯杜化以前送給愛德華的禮物，也是雷文家的家傳之物之一。只是愛德華似乎不太喜歡這個袖扣，他一直把它藏在抽屜深處，三年前離家就學時也沒有帶上它，但今天他卻帶在身上了。

「今天剛巧覺得它很合襯，才帶上的，別想太多。」愛德華裝著冷靜，否認自己是特意佩戴這個意義特別的袖扣的。

「果然很適合你。」基斯杜化一笑，他心裏猜出了理由，但不打算說出口。

「嗯，那麼我走了。」

諾娃見愛德華居然不打算向自己的父親好好道別才走，她嘗試輕聲叫住他，但他好像沒有聽見。愛德華甚麼也沒說，轉身急促走出大門。正當諾娃打算再次叫住他時，快要走出門口的他在雙腳碰到門框前的一瞬間，停下了。

「父親，我有些話想對你說。」他小聲說。

「昨晚你跟諾娃說的話，我都聽到了。」

屋外風聲呼嘯，馬伕達維斯正忙著為馬匹們進行最後檢查，諾娃已經早一步先到馬車上等待，就只有愛德華和基斯杜化二人站在門外，互相看著對方。

基斯杜化一聽，登時露出驚訝之色。他沒想到原來兒子昨晚也在庭園裏。

「為甚麼你不一早對我說？我已經不再是小孩子，懂得分辨對錯的。」愛德華把想了一整個晚上的問題拋出，並質問之。說是質問，但更像是在表達不滿。

「那些說話很難開口啊，你知道為父不擅長的。」基斯杜化神情有點難為情，他好像想再說多一些，但又說不下去，於是就此打住。

那是因為我們都很相似，不擅長直接表達吧。其實愛德華心裏早就明白了，只是他需要父親親口回答他。

「哼，那只是你的事！」明白了，也接受了，但他依然嘴硬，以責備代為掩飾自己此刻的真實想法。

「那麼……」基斯杜化欲言又止。既然兒子知道他的難言之隱了，那麼他的想法會有所改變嗎？

「無論如何，你還是我的父親。」沉默了一會後，愛德華小聲地回應。

他沒有再說更多，但基斯杜化依然明白箇中含義。他釋然一笑，心裏感激。

「要去冬鈴城了呢，那裏很冷，小心著涼。」放下心頭大石後，基斯杜化便認真地叮囑愛德華，又替他拉直大衣和領口。

「我自己會看著辦的。倒是你，看這天氣，過幾天便會下雪吧，穿這麼少走出來，小心感冒！」愛德華以責備的語氣回應父親的囉嗦。換著是以前，他一定會立刻甩開他的手，不讓他碰自己，但今天他卻甚麼都沒有做。

基斯杜化知道兒子是真心擔心他，他回以一個微笑：「會小心的。」

「那麼，我真的要走了。」愛德華說。

「一路順風，盡情做自己想做的事吧。」基斯杜化心裏有萬般不捨，但他依然擠出笑容，囑咐兒子。

他伸出手，要跟愛德華握手。握手過後，愛德華立刻轉身要走上馬車車廂，但他剛踩上腳踏，腳步又停了下來。

「一直以來，對不起，還有謝謝你。」愛德華略為回頭，但沒有正面望向基斯杜化。他有點吞吐地說：「我……我會再回來的。」

一說完，未等基斯杜化回應，他便立刻跳上車廂，頭也不回地關上了門。

雖然愛德華剛才的說話小聲得如同自言自語，二人又有一段距離，但基斯杜化卻仍然聽得一清二楚。他先是露出些微驚訝的表情，隨後漸漸轉為滿意的微笑。

「發生甚麼事了？」正在車上發呆的諾娃見到愛德華突然進來，差點被他嚇到。她湊近一看，愛德華的臉頰略為紅潤，似是做了甚麼難為情的事。

「沒有甚麼！走了！」

愛德華別過頭去，不願回答諾娃。他一敲車廂頂部，馬車就開始慢慢駛離嘉勒鸞大屋。

目送愛德華的馬車逐漸遠去，基斯杜化不禁輕笑。

果然我們兩父子都是一個樣呢，總是沒法直率地表達自己的情感想法。

願天保佑你在新天地一切平安，能夠繼續尋覓屬於自己的目標。

6

從月詠城出發，日夜趕路，用了足足兩天，愛德華一行三人終於在第三天的早上到達冬鈴郡的郡治——冬鈴城。

他們首先回到蒂莉絲莎璃郡，再經由以郡治蒂莉絲莎璃作起點，貫穿安納黎南北的唯一大道「安娜納蘭大道」，穿越蒂莉絲莎璃郡以北的精靈之森和安凡琳郡。離開安凡琳郡後，他們便行走在雪森郡和霍夫曼郡的邊界之間，一直長驅直進，冬鈴郡。

其實冬鈴郡就在霍夫曼郡的上方，經由霍夫曼郡前進的話可以節省四分之一的時間，但愛德華顧慮到在祭典一開始就失去了家族成員的霍夫曼家未必會歡迎屬於舞者的自己，而且有傳言說他們打算暗中僱人暗殺舞者，所以還是安全為妙，繞遠路更好。

馬車才剛進入冬鈴城的城門，愛德華就不禁感嘆安納黎南北之不一樣。

整個冬鈴郡位處海拔五百多米的高原上，毗鄰全國最北和最長的白鳥山脈，而郡治冬鈴城則是位處海拔八百米之上。冬鈴郡因為該地為處北部，天氣寒冷，加上郡地範圍酷似銅鐘，因此得名。而郡治冬鈴城（Svernacarola）的名字則是「冬鈴（Winterbell）」的當地古語讀法。全郡盛產銅鐘、鐘錶和鈴鐺，而冬鈴城更是滙聚了全國最好的製鐘工匠。愛德華甫入城，就已經在冬鈴大道上看到不同由工匠們開設的銅鐘和鐘錶店鋪，每一間店鋪裏都有不同來自全國各地，甚至外地的商人在議價，令他瞬間切身體會到這個將要由自己管理的郡的經濟實力有多穩健。而在建築風格上，跟南方喜愛使用石灰岩不同，冬鈴城的建築主要採用堅固的花崗岩，而在外觀設計上也較為簡潔。比起華麗的裝飾，更著重實用性。看慣了阿娜理建築的繽紛華美，愛德華突然有點不習慣北方的純樸。

不過多住一會，很快便會習慣的了。他看了看諾娃，只見她一反常態，神色緊張，沒有興奮地依偎在窗邊欣賞風景。自從離開月詠城之後，她就一直是這個樣子，愛德華關心過數次，但她只是說沒事。

可能是要面對新環境，所以有點緊張吧。他沒有想太多。

穿越冬鈴大道，也就等於離開了冬鈴城的中心。很快，馬車面前出現了一條大河，而過了橋後不久，愛德華的新住處——冬鈴城堡便映入二人的眼簾。

雖然名字上有「城堡」一詞，但比起堡壘，冬鈴城堡私的樣貌跟鄉間別墅更為相似。整座建築樓高兩層，中間是主樓，而其餘兩翼則從主樓的左側、右側伸延開去。城堡如其名，潔白如雪，最先興建的主樓使用花崗岩建造，而後期加建的新翼則用上在北方來說價值不菲的石灰岩建成。它佔地巨大，從左翼到右翼約有五百米長，而主樓後方的兩翼也有約二百米長，更不要提城堡後的花園有多大了，其宏偉程度，足以展現以前的管理此地的家族到底有多富有。

愛德華未曾見過如此大而美的城堡，不敢想像這裏已經屬於自己。他再看，發現城堡的瓦頂居然是他喜歡的海藍色，這為他帶來一點莫名的安心。

馬車穿過城堡的大門柵欄，在主樓大門前緩緩停下。一離開車廂，愛德華就看到有一整隊的僕人正站在門的兩邊。他們有男有女，都低著頭，歡迎二人的到來。

他手持經過雪森郡時特意訂製的手杖，杖柄刻成渡鴉的模樣，代表了他的家族。而他的肩上則披著一件深藍大毛斗篷，與其高挺的身材相襯之下，顯得威嚴非常。

「歡迎來到冬鈴城堡，冬鈴伯爵。」站在隊列最前的男士走上前，恭敬地向愛德華低頭敬禮。「我是休斯，查理斯・休斯，曾經是冬鈴城堡的管家。」

男士看上去年過五十，雖然頭上滿是白髮，但他精神飽滿，腰板挺直，說起話來聲如洪鐘，甚有威嚴。他說話的口音是阿娜理一帶的口音，看來是在南方出生的，並不是本地人。

「先前收到皇帝陛下的通知，請我召集之前因大宅被收回而遣散的僕人們，為閣下服務。」休斯說明。

愛德華點頭，表示明白。他轉身望向諾娃，對休斯以及眾人介紹說：「這位是諾娃小姐，她也會住在這個城堡裏。」

「請伯爵跟我到城堡裏來，讓我帶你們參觀。」休斯沒有對諾娃的存在感到意外，伸手便帶二人進到城堡去。

說完，愛德華便跟著休斯走進城堡。不少僕人在第一眼看到愛德華時都略為驚訝。他們本來以為從車廂走出來的只會是一介入世未深的少爺，沒想到眼前人無論在衣著、行走時都充滿自信和氣勢。

雖然其臉上還有幾分稚氣，但從他身上散發出的氣息無一不讓眾人順服，他的一舉一動彷彿都在說「我就是這座城堡的新主人」。

穿過大門後，愛德華等人來到的是一個以白和紅為主調的橢圓形大廳。一位年輕的金髮男僕走上前，接過愛德華的斗篷和手杖。

「他是？」愛德華把斗篷和手杖交給他，同時問休斯。

「他是班尼迪・米勒，將會是閣下的貼身男僕。」休斯一一介紹完，班尼迪便有禮地點頭，之後才悄悄離去。

「他以前也是威菲路伯爵的貼身男僕？」愛德華問。

「沒錯，閣下。」休斯肯定地答。說完，他便帶領二人走到大廳左邊的走廊，開始參觀城堡各房間。

「冬鈴城堡歷經兩次擴建，第一次擴建時擴大了花園的面積，而第二次擴建則新建的兩邊新翼，稱之為『新樓』。整座城堡有超過一百所房間和大廳。剛才的大廳——『銀大廳』是整座建築的中心，大廳的左右兩邊是男女主人的生活空間。以往的做法是，男主人的房間都在左邊，而女主人的房間都在右邊。而左右兩邊都有大小圖書室、以及不同的宴會廳等。」

為愛德華和諾娃展示不同房間的同時，休斯也為二人介紹城堡的歷史。作為一個在城堡裏工作超過三十年的老管家，他所敘述的資料十分詳盡，無疑對新來的二人有莫大幫助。從書房，到浴室、客廳、宴會廳，休斯都一一為二人詳細介紹來歷及裝潢特色。兩個多小時後，參觀總算完結，休斯依照愛德華的指示，帶二人到一樓的客廳休息。客廳的家具跟其他房間一樣，仍然用布袋包著，還未解封，只是二人實在太累了，便決定不作計較，直接坐在用布袋包著的沙發上稍作休息。
「請問閣下希望住在城堡的左，或右邊，以及希望住在地下還是一樓的房間？」剛坐下不久，休斯便問。
「諾娃，你有沒有比較喜歡住在哪一邊？」愛德華立刻轉身望向坐在身旁的諾娃，問。
「我沒有所謂，哪一邊都可以。」她搖頭回答。
「那麼我就住在左邊，諾娃小姐住在右邊。」說完，愛德華再看一次諾娃，她點頭回應表示同意後，他繼續說：「我希望自己的起居處都集中在一樓。地下的房間可用作正式見面之用，而一樓則是私人空間。」
很多貴族都會把應酬空間和私人空間都設在同一層，例如會把邀請關係不太熟絡的客人進入的客廳和作為私人空間的睡房設為鄰房。但既然冬鈴城堡那麼大，有很多空房間，愛德華便索性決定把公事和私人空間區隔開來，給自己多留一些空間。
「明白了，我將會再作安排。」休斯回應道。
「另外，我希望可以縮減人手。」這時，愛德華提出了另一個要求。
「請問是否有僕人讓閣下感到不快？」休斯不明白愛德華此舉的背後理由，以為是哪位僕人在剛才迎接時的態度令愛德華感到不快，還在心裏打算之後要好好訓示所有人一次。
「不是，只是考慮到時勢情況，我不太希望城堡裏有太多人。剛才我留意到除了管家、貼身僕人外，好像有最少七名男僕，七名女僕。可以只留下一名男僕和女僕嗎？」愛德華解釋。這些僕人他都不認識，可能當中有別的舞者的眼線，又或是其他對自己心懷不軌的人的同伴。這個想法是多疑，但卻又無可厚非。

「閣下，正如你所見，冬鈴城堡面積十分巨大，需要多人協助管理，如果只留下幾名僕人服侍，恐怕工作量會超越他們所能及的。我建議，既然閣下希望減少人手，不如在管家、貼身僕人、第一男僕和女僕長以外，多留一名男僕和女僕，這個人數應該可以剛好應付城堡每日的工作量。」休斯解釋他們的難處，並立刻提出一個替代方案。其實真的要說的話，每日清潔上百所房間，最少需要五名女僕，但既然現在住在城堡裏的主人只有兩位，有很多房間都會用不著，如果主人同意空房只需偶然清掃的話，四名男女僕是剛好足夠的。

「好的。那麼廚娘、馬伕、園丁也一樣吧，長級和下屬合共最多只留二人。」愛德華十分滿意休斯的建議。

「好的。」看到主子願意接受自己的建議，休斯頓時放下心頭大石。

「那麼，還有沒有別的事情需要商討？」愛德華問。

「還有關於公文的事。不過現在快將到達午飯時間，我需要到廚房幫忙打點。」休斯說的公文，是指作為冬鈴伯爵每天要處理的公事文件。但現在他的心都在廚房那裏，心裏害怕那班久未工作的下人們會否已經手忙腳亂，不停做錯事，需要他去整理好一切。

愛德華一眺牆上的壁鐘，發現原來不經不覺便快到十二時了。「也是，那麼你先去忙別的吧，謝謝。」

休斯微微鞠躬後，便離開了房間。關上門後，整個客廳就只剩下愛德華和諾娃二人。見再沒有外人在，愛德華頓時癱軟在沙發上，抱怨道：「很累啊。」

「你剛才很厲害，每一句話都很有威嚴，氣勢跟那些老領主一模一樣。」諾娃感嘆道。她知道愛德華素來性格認真，但未曾見過這一面的他。

「那都是努力裝出來的而已，」愛德華此時聲線軟弱了不少，無力地道出真相。「沒有氣勢，以後就會被當小鬼耍。這裏的眾人都知道我是亞洛西斯陛下指立的，那麼就更加要樹立形象。」

「你不是討厭這些事的嗎？」諾娃問。

「討厭啊，但沒有辦法。」愛德華說得無奈。他嘆了一口氣，再說：「終於知道陛下送我領地的目的了。」

「是想拉攏你吧？」諾娃說時心裏有點疑惑。這個理由不是早就知道了嗎？還會有別的？

「不，不只是拉攏那麼簡單，他是想測試我。」愛德華搖頭。

「測試？」諾娃一臉疑惑。

「他是想看看，到底我這個人是否真的有實力？我是否能夠同時兼顧公務和祭典的事？」說的同時，愛德華慢慢坐正，認真起來：「還有他也想測試我的個人願望為何。如果我的願望是權力，現在他已經賜給我了，那麼我就無需要再奮鬥。而且身為沒落貴族之弟的我，經歷過家族突然變卦，都會偏向會對權力和金錢有一定渴望。我在一夜得到權力之後，是否會醜態盡現，開始濫用身邊的一切？如果我的願望不是跟權力有關，那麼到底是想做甚麼？他就是想試驗這些問題的答案。」

諾娃默想了一會，明白地點頭：「但他在未得到問題的答案前已經先把領地交給你，即是他不會有損失？」

「沒錯。」愛德華回答時有點不服氣。

「如果你是一個有實力的人，那麼他就賺了一個人才；如果你只是庸才，那麼他之後用別的理由把你拉下來便是。」諾娃嘗試用愛德華的思路猜測。

「對，而如果我是庸才，就會很難在汰弱留強的『八劍之祭』中活下去。要是我死了，他就省去之後要把人從領主之位拉下來的心機。真是的，想必他現在一定是坐在書桌旁看著窗外偷笑著，愉快地估算著事情到底會朝哪一個方向進發吧。真討厭。」說完，愛德華忍不住哼了一聲，消極地發洩他對亞洛西斯的不滿。

「既然如此，那麼在這裏居住的日子，我們要儘量小心吧？」諾娃心想，如果事情真的是這樣，那麼亞洛西斯一定會派人監視著他們的一舉一動吧？

「倒又不用，像平常一樣最好，」愛德華搖頭。「不過我們商量對策時還是要在沒有人的地方說會比較好。例如，不要讓休斯聽到。」

「他是陛下的人？」諾娃有點嚇到。

「不確定，但有那個機會。既然是陛下通知他回來這個宅第並召集僕人，那嫌疑是不會少的了。但除了他以外，天知道這裏還藏了甚麼人。」說完，他一捏緊皺著的眉頭，重重地嘆了一口氣。

「別給自己太大壓力，冬鈴伯爵。」諾娃輕輕勸說，並調皮地用頭銜稱呼他。

「你也是，有甚麼事記緊要說出來，我們一起想辦法，諾娃女士。」愛德華也不甘示弱地回以尊稱。說完，他輕輕把手疊在她的手上，像以前幾次說同樣的話的時候一樣。他的手碰到諾娃時，她的手微微抖了一下，但他並不覺得有甚麼異樣。

但正當他要收回手時，諾娃卻竟然反握著他的手，不願放開。

「諾娃？」愛德華感覺有點奇怪。

此時諾娃的頭低垂著，她抿緊嘴唇，緊張地說：「我、我有些事情想問你。」

「又想起了甚麼嗎？」愛德華換上了一副溫柔的口吻問。他回想起諾娃這兩天一直神不守舍的模樣，以為她是否又記起了甚麼。

「都是零碎的普通回憶……但我不是想說這個！」諾娃說到後半突然激動起來。

難得看見諾娃反應如此激烈，愛德華心裏覺得一定是些重要事。他端正坐姿，並神色認真地對她說：「你慢慢說。」

「我們訂立契約的時候，不是說過『你的勝利將與我同在，而我的性命則永隨你旁』嗎？」諾娃問。

「對……」愛德華一時抓不著頭腦。為甚麼突然間會提到契約的事？

「那時我是以一介契約物的立場提出的，但當記憶逐漸恢復，縱使不能再算是個『人』，但我還是用人的角度仔細思考了一次契約的內容。」諾娃說的時候很緊張，愛德華從她微微抖動的手感應到。

「所以……」愛德華心裏突然有點害怕。她是想反悔嗎？他知道她不會，但還是有一瞬間閃過害怕。

「我還是願意為你見證到最後一刻，陪伴你到最後。」深了幾口呼吸後，諾娃努力鎮定地說出自己連日來思考後得出的結論。

「但……之前不是說好了？」但愛德華還是不明白事情的脈絡。他們不是早就約好了嗎？為甚麼現在又要說一次？

「不只是指契約物的部分，也是指『人』的部分。」諾娃越說越小聲。

這時，愛德華終於恍然大悟，明白她為甚麼會突然說這些話。他輕輕一笑：「你不用因為艾芙蕾的話而受影響的。」

「她說完那些話之後，我想了很多。」但諾娃仍然沒有把頭抬起。

愛德華一聽，頓時緊張起來。

她用沒有握著愛德華的那隻手捏緊心口：「可能我從未經歷過，也可能未記起，但、我想這份心情是肯定的。」

說完，她終於願意抬頭定睛望向愛德華。她的臉紅潤如蘋果，愛德華的臉也漸漸泛起微紅。二人的距離不知不覺間已經近得能夠清楚聽見對方的呼吸聲，但他們都不願放開對手的手。

愛德華定睛看著諾娃紅如寶石的雙瞳，視線不敢移開，心跳快得要喘不過氣來。

最初遇上她時，他覺得她是個麻煩；但不經不覺間，只要有她在，他就會莫名地感到安心。只要她在身邊，他就能了然地面對挑戰；她出了甚麼事，他便會立刻緊張到不得了。

二人從一開始的不合拍，慢慢變得很熟悉對方，雖然偶然還會爭吵，但只要把心裏的話說出來，總是能夠互相理解，互相扶持。

愛德華心裏不禁感嘆道。起初，我會懷疑她會背叛我，但現在，就算她只是離開自己一天，我也會立刻感到不習慣。

感情，就在不為意的時候慢慢成長了。

「我、我只是想告訴你而已！沒甚麼的！」見愛德華一直盯著自己又不說話，諾娃感到越來越難為情。她收起了手，正要起來急忙離開時，愛德華立刻站起來，抓住她的手腕。
諾娃驚訝地回頭，只見愛德華牢牢抓住她的手，他的臉頰雖紅，但眼神堅定。
「諾娃！」他開口了。「別走，我有話想說。」
諾娃把身轉過來，緊張又安靜地注視著他。
「記得我們訂立契約之後，我說過不習慣取劍方法的原因嗎？」愛德華提起舊事。
諾娃輕輕點頭。他說過，接吻本是男女之間表達愛意的方式，因此他接受不到跟甚麼都不是的自己行此事。
「最近我發現，原來已經習慣了。也許……是因為我也有那份心意吧。」他補上一句。
要不是艾芙蕾點破，我也不會發現，愛德華心裏說。
諾娃一聽，登時害羞地低下頭。
「我仍然有很多事都不清楚，但現在唯一清楚的是這份心情。」
說完，他放開諾娃的手腕，再輕輕握著她的雙手。
於他，夏絲妲是仰慕憧憬的對象，而諾娃則是一起同步走過難關的同伴。他心裏還有很多未整理好的思緒，但至少他清楚，自己是想與諾娃一起走下去的。
自己的行動、自己的決定，代表自己的心。
決定好了，就不要後悔。
「一起前往願望實現之所吧。」
說完，他輕輕地諾娃的唇上吻了一下。

曾經，接吻在二人之間是契約行使的證明，現今，則多了一重約定的意義。

他們都不知道將來有甚麼在等待著，但深信只要二人在一起，便一定能夠走到最後。

⚔

某天早上，愛德華正在書房裏專心處理文件。用玫瑰木製作的精美書桌上放滿大小公文。這些文件上至地方貴族們的每季生產報告，下至郡內的人口報告，甚麼類型都有。它們都等待著新冬鈴伯爵批閱，只要愛德華一簽名在文件上，也就等於批核了。

他仔細查閱著每一份文件，期間，手上一份文件提及到的一個地方名稱引起了他的注意。

那是一份關於冬鈴郡過去一季貿易的調查報告，上面寫上不同有跟冬鈴郡的工匠和店鋪們進行交易的別郡名字，當中就出現了「威芬娜海姆」一詞。愛德華眼角一瞄到，立刻湊近查看，確認不是自己看錯，然後若有所思地輕笑了一聲。

這個地方名稱他熟悉得很，一看到，他頓時想起路易斯。那個不可一世金髮傢伙的神氣樣子立刻浮現在他眼前，他登時一怒，忍不住捏緊手上的公文，過了幾秒後才醒覺自己到底都做了些甚麼。

居然是那傢伙的家……不過威芬娜海姆郡是全國最大的郡，會出現在表上也很正常吧。愛德華一邊連忙按平被他弄皺的紙張，一邊在想。

說起來，那傢伙這刻在做些甚麼？

對上一次見到路易斯，已經是一個多月前的事，愛德華突然覺得時間過得很快。

上次的對決，他一定很不服氣吧？

他沒有忘記那天在禮堂裏，路易斯親口承認落敗時，他那副一臉是灰的挫敗樣子。愛德華等了三年，終於能夠用自己的力量令那個囂張至極的路易斯跪在自己面前，沮喪地說出「是我輸了」四字。相隔一個月再回想起當時的情景，他仍能清楚感覺到當時心裏感受到的那份興奮和舒暢，但同時也知道事情還未完結。二人當時未完全分清楚勝負，那麼終有一日就要再次對決。

應該要我去找他嗎？還是等他來找上門？

對了，現在我當了冬鈴郡的領主，路易斯不就知道我的行蹤了嗎？愛德華突然想起。

路易斯那個手腳先於頭腦的行動派，依照他那死不認輸的性格，要是知道我在冬鈴城，應該恨不得馬上衝過來尋人吧。

那麼……

「閣下，有客人來訪。」就在愛德華沉思的同時，休斯突然急速進來，向他報告。

「客人？是誰？」愛德華立刻回過神來，一臉疑惑。今天明明沒有任何客人預定前來拜訪啊？

「是威芬娜海姆公爵，他剛剛來到城堡門外，說是要見閣下。」休斯一五一十說出。

愛德華一聽是路易斯，立刻微微一笑。

哼，我才剛在想你會否前來，怎知人真的就來了，真是易懂呢。

「明白了。我需要裝扮一下，請叫米勒過來。另外，也請你代為通知諾娃小姐，讓她到大廳去。」

等休斯走後，愛德華走到窗前，望著城堡後的花園，狠狠握著拳頭。

今天我一定要了斷這段孽緣，愛德華心裏決定。
這次我不會再心軟，一定要徹徹底底地除去這個人。

第十三迴－Dreizehn－

迷林－FOREST－

1

在愛德華回到家的同一天，路易斯和彼得森也到達安凡琳郡了。

同樣的路程，同樣的景色，就連迎接的土精靈也同樣是說話不饒人的凱姆，讓路易斯有種回到過去的錯覺。今天安凡琳天氣不錯，適逢中午過後，陽光穿透樹葉，緩緩灑進樹木茂密的精靈之森裏，閃亮的綠葉與空中地上飛舞著的仙子們相映成趣，整片景色美輪美奐，比上次來到森林時所看的更美。只是，一直愣住注視著窗外的路易斯，卻似乎完全提不起勁。

自踏出家門的一刻，有幾條問題就一直在他的腦海裏盤繞著。縱使那本關於精靈歷史的書十分可疑，但他還是沒法忘記那天在書上所讀到的內容。他低頭一望，布倫希爾德寄給她的親筆書信就在膝上。再一眺，她那脫俗的美貌頓時在眼前浮現，同時心裏那些對她的質疑頓時又立刻在耳邊迴響。

照著書上所說，水精靈女王萊茵娜當初接近人類，是為了通過結合而獲得靈魂，那麼布倫希爾德接近他的理由又是甚麼？也是為了靈魂嗎？

不，她是萊茵娜的後代，那麼應該在出生時就有靈魂了。那麼會是為了別的原因嗎？

不只是為了結盟，以及他擁有的領地，還有為了其他的目的，例如齊格飛家族的血裏所埋藏的，控制龍火的力量？但這種力量對於稱霸四大元素的水精靈來說有意義嗎？

有目的是必然的，畢竟大家都是公爵家，是權力鬥爭的對手，這些日子路易斯終於明白這個道理。但他一直在想，她是何時開始預謀這一切的呢？

「少爺，你看看外面的景色？剛才凱姆先生說了，今天是近期難得一見的晴天。」這時，坐在對面的彼得森開展了話題，打斷了路易斯的思緒。

「嗯。」路易斯回應得十分敷衍，他現在沒有心神和興致去管甚麼難得的大晴天。

「少爺，提起精神吧！我知道已經坐了很久的車，但很快便會到安凡琳城堡的了！」正當路易斯要把心神帶回到剛才思考到一半的問題時，彼得森的聲音又再打斷了他。見主人眉頭仍然緊繃，心情沒有要放鬆的意思，彼得森便嘗試再用另一句話引起他的注意。

「別吵我！你以為我留意不到嗎？」一而再，再而三被打斷思考，路易斯一時間忍不住脾氣，斥責彼得森。但話一出口，他便立刻意識到自己的失態：「對不起，我不是有意的。」

突然被罵，彼得森先是嚇得驚呆，但很快便回復過來：「不要緊，我有甚麼能夠幫上忙的嗎？」

路易斯搖頭，再次托頭依傍在窗旁：「讓我一個人靜一靜便可以了。」

「但是……」

「讓我靜一靜，拜託你了。」

見主人的樣子甚是認真，彼得森也不好意思再打擾他。他一直想不明白，為何主人自從收到安凡琳公爵的信後，就一直擺出一副悶悶不樂的樣子。他熟悉的主人，是一個有甚麼煩惱就會忍不住立刻說出口，很少會把問題收在心裏的人。他想幫助他，但既然主人說不要，那他也只能在一旁看著。

而路易斯在得到安寧後，很快便回到自己的思考世界裏。他繼續思考，布倫希爾德到底是在何時開始預謀要認識自己的呢？

在起始儀式的舞會上遇到自己時？得知自己將會代表齊格飛家參加「八劍之祭」的時候？得知二哥失蹤，齊格飛家的繼承人幾乎會是我的時候？還是七歲時偷偷溜到我家來，與我碰面的時候？

他回想起舞會當天，一切的相遇在當時看來是偶然，但細想，其實可以是一連串的安排。故意染黑髮讓路易斯一直找不到人，跳完一次舞後立刻消失，讓他牽腸掛肚，然後在適時出現，引導他的情緒達至興奮的高峰。這一切看起來都是正常的引導手段，但現在路易斯不禁懷疑，當中會否有人用了手段控制自己的思想？

水精靈能操控四大元素，那麼也包括人的精神和記憶嗎？布倫希爾德曾說，她不記得自己和路易斯在十二年前曾在齊格飛家見過面，但這段記憶確實存在他內心深處，並成為他想追求她的原動力之一。那麼這段記憶會是虛假的嗎？是溫蒂娜一族為了讓我自行上釣，而用了甚麼方法改寫我的記憶嗎？

不，這樣懷疑太沒有根據了。路易斯記得奈特說過，不停的懷疑只會徒增焦慮，甚至會讓腦袋編寫出不存在的事實，這樣只會害自己作出錯誤決定。對事情抱有懷疑是對的，但一切都要有根據，沒有根據的推論務必要多加注意，不要讓自己陷入無盡的惡性循環當中。

那段記憶不是假的，自己七歲時的日記本可以作證。別因為懷疑而誤導了自己……但這樣一來，路易斯不禁問自己一條一直都不敢問的問題：

布倫希爾德到底是個怎樣的人？

這樣一問，他才發現自己對她的認知其實很少。小時候相遇時所看見的天真開朗，在舞會時展現的不羈，在上次約會時那副略為悲觀的措辭，在書信的字裏行間流露出的溫柔，他認知的就是這麼多。為何她說話有時候這麼悲觀？為甚麼她平日看起來很安靜，但又會有截然不同的瀟灑一面？最重要的是，在她眼中的，自己到底是個怎樣的人？

以前，他都被自己對她的愛意蒙蔽了雙眼；現在愛意仍在，只是他終於察覺了問題所在。

路易斯往前一看，只見馬車正在霧中行駛，地下沒有道路，想必已經在萊茵娜湖中央了。隨著馬車緩緩前進，濃霧漸散，熟悉的灰白石牆和寶藍高塔便慢慢映入眼簾。

時間到了，他知道馬車已經進入安凡琳城堡的範圍，意味著很快便要見到布倫希爾德。

這次安凡琳之行，是要來確認書上所寫的真偽，以及她是一個怎樣的人。時間無多，路易斯再次提醒自己，別讓自己忘記此行的目的是甚麼。

趁訂婚之前，一切還來得及。

⚔

駛進安凡琳城堡的內庭後，跟上次來訪時一樣，路易斯的馬車依照凱姆的指示，停泊在布倫希爾德所住的溫蒂娜宮門外。

一下車，路易斯便慣性地抬頭仰望天空。此時已是下午三時，距離日落只差一個多小時，萬里無雲的藍天上鋪了一層薄薄的金色。他想起上次到訪時，幾乎沒有看過晴天，最多只看過間中有陽光的陰天。這樣看來，今天真的是「難得一見的晴天」。看著雪白的溫蒂娜宮外牆，他不禁猜想，待會黃昏時，夕陽的紅霞會把外牆染成一片橙紅嗎？

不，他連忙叫醒自己。現在不是幻想這些小事的時候。

他緩緩穿過大門，不同於上次，這次布倫希爾德居然不是站在大廳的樓梯上，而是站在門旁等待。

「午安，路易斯先生，歡迎再次來到安凡琳城堡。」她身穿一條簡便的淡藍長裙，若隱若現的絲綢給人一種清涼的感覺，讓人不禁懷疑站在如此寒風中，她會否因此冷病。與上次見面比較，她看起來清瘦了一些，面容看起來也有些許蒼白，但人還是精神的。她微微一笑，雖然仍然輕淡，但看起來比之前自然了少許。

「呃，嗯，午安，布倫希爾德小姐，很久不見。」路易斯有點遲疑，他好不容易才忍住下意識想後退一步的衝動，但僵硬的身體和飄忽的眼神還是出賣了他。

「有甚麼事嗎？」見路易斯一反常態地顯得冷淡，布倫希爾德有點疑惑，心裏還有點害怕，是不是自己做了甚麼事令他反感。

「呃，沒有，只是……車程太久，有點累而已。」意識到自己的失態，路易斯連忙編了個理由搪塞過去。他可不能讓眼前人察覺到自己心裏那些懷疑。

「是這樣啊，一路前來，辛苦你了，」見路易斯臉上確實有點疲態，布倫希爾德便總算相信。她轉身吩咐身旁的僕人莉諾蕾婭：「莉諾蕾婭，請帶威芬娜海姆公爵一行人到他們的客房去休息一下吧。」

二人就在大廳的樓梯上分道揚鑣，莉諾蕾婭一言不發，安靜地為二人引路，帶他們到上次到訪時所居住的客房。

上次來的時候，客房裝潢的主色調是代表溫蒂娜家的水藍色。從床舖，到衣櫃、書桌，無一不是依照精靈的審美觀而製造的物件，主客之意清楚無比。但現在客房的裝潢卻換成以鮮紅和金黃為主的華麗風格。桃木做的書桌、有著繁複雕飾的松木床舖，以及以錦緞為基礎而製成的緋紅牆紙，無一不是符合人類貴族的審美觀，以及根據齊格飛家的代表色而特意安排的家具。主從二人無一不驚訝，並開始各自思索溫蒂娜家這一舉動的背後用意。

「這些家具都是小姐特意安排的，說是希望公爵住在這裏時能夠舒適一些。」莉諾蕾婭適時開口解釋，消除了二人心中的疑惑。

確認二人安頓好後，莉諾蕾婭就離開房間了。路易斯疲憊地坐在床沿，他多麼想就這樣躺下，但覺得這樣會對不起正在忙碌整理行李的彼得森，所以才忍住。

「少爺，這個房間……」彼得森一邊整理著行李，一邊小聲地向路易斯提出自己的心裏疑惑。他故意壓下聲音，生怕隔牆有耳。

「別說了，我都知道，」縱使精神疲累，但路易斯的腦袋仍是清醒的。特意為自己開設一間專用的客房，還花費不菲，準備了很多精靈界罕有的東西，可能是善意，也可能有別的陰謀。但猜測太多實在無謂。「現在先當作是溫蒂娜家的一番好意吧。」

彼得森點頭表示同意。就在這時，門口傳來輕輕的敲門聲，二人朝同一方向看，發現來者竟是布倫希爾德。她沒有帶上莉諾蕾婭或卡莉雅納莎兩位女僕，是獨自一人前來的。

「布倫希爾德小姐，你怎麼來了？」路易斯無視身體的疲態，立刻站起來，走到門旁，在距離布倫希爾德幾步之遙的地方停下。

「沒有打擾你們吧？我只是想來看看，路易斯先生會否喜歡這個房間。」似是沒有留意到路易斯的拘謹異樣，布倫希爾德對他輕輕一笑。她環看四周，檢查房間有沒有問題，當然也看到站在衣櫃前整個人僵硬不動的彼得森。

「沒有打擾，房間很好，感謝布倫希爾德小姐的用心。」感受到布倫希爾德的善意，路易斯也報以微笑，這是他來到安凡琳後露出的第一個笑容。

「我想對你單獨說些話，可以借個地方嗎？」終於看到路易斯的笑容，布倫希爾德頓時安心了許多。她立刻道明自己前來的用意。

路易斯立刻回頭向彼得森打了個眼色，讓他出去一陣子。彼得森回應的眼神帶有憂慮之色，但路易斯只是微微搖頭，並堅定地斜眺門外，要他出去。

他走後，房間就只剩下路易斯和布倫希爾德二人。路易斯請她進到房間裏，二人一起坐在窗旁的沙發上。

「不知道有甚麼事呢？」路易斯問。

距離突然間變得那麼近，布倫希爾德瞬間有點不習慣。在今天之前，她對路易斯的記憶都有點模糊，但明明應是陌生，卻又有一種莫名的安全感。尤其當她看到他的笑容時，心裏都會有種解釋不到的感覺。她沉默了半晌，慢慢習慣這個距離，心情總算冷靜下來了。

「明早我打算讓路易斯先生與其餘精靈的族長們見面，互相認識一下，不知道路易斯先生方便嗎？」布倫希爾德問。

「族長嗎？」路易斯一嚇。我本來以為前來是見你而已，現在居然要在素未謀面的三大精靈族長面前露面，那麼突然？

「抱歉有點突然，因為路易斯先生即將要成為家族的一分子，三大精靈的族長們都表示想見你一面，了解一下你的為人。見面不會太長，只是打個招呼便可以的了，路易斯先生會介意嗎？」留意到路易斯不自然的反應，布倫希爾德仔細解釋。這場見面在她寫信邀請路易斯前來時便已經計畫好，只是沒想到他似乎不太情願。要是路易斯說不希望前往見面，她會立刻改變主意，布倫希爾德已在心中決定好。

「原來如此……」經布倫希爾德一說，路易斯時明白了。他認為她的想法是沒有錯的，身為外人，而且是人類的自己，要成為精靈女王的丈夫，想必一定要先得到其他精靈族長的許可，至少要令他們看到自己是個甚麼樣的人。經此機會，他也可以更認識精靈界，也許會對他查探布倫希爾德的目的帶來幫助。

「沒有問題，勞煩布倫希爾德安排了。」思考片刻，他決定同意。

「那就好，」布倫希爾德鬆了一口氣，然後換上一副更溫柔的聲音輕聲地問：「還有的是，明天路易斯先生會有興趣……一起去精靈之森看看嗎？」

「精靈之森？我……可以去嗎？」路易斯聽到這個提議，很是驚訝。精靈之森不是不讓人類踏足的嗎？尤其是我這個精靈眼中的敵人，可以去嗎？

「當然。」布倫希爾德肯定地點頭，但這並沒有讓路易斯減輕疑惑。

「為甚麼布倫希爾德小姐會想去精靈之森？」路易斯嘗試探尋真意。

「我希望讓路易斯先生見識一下精靈的神景，讓你多認識我們的世界。」布倫希爾德耐心解釋，聽起來不像是說謊。說到一半，她突然想到為何路易斯會表現得卻步，補上一句：「我會一直帶路，所以不會迷失的。」

「這樣啊……」布倫希爾德的回應直中他的疑慮。傳說中精靈之森終日被濃霧圍繞，有傳那些霧會把來訪的人類都吞噬掉，能夠活著回來的只有極少數。但如果有精靈女王帶路，應該就不會有問題了。

只是她真的只是想帶我去精靈的世界參觀嗎？路易斯的直覺告訴他，不會那麼簡單。

「不知道你有興趣嗎？」見路易斯一直沉思著不回應，布倫希爾德輕聲再問。

「沒問題，那麼到時候就請布倫希爾德小姐帶路了。」他思索了一會，決定答應。

聽見路易斯答應，布倫希爾德臉上便更有神彩。「今天時間已經晚了，我們明早跟其他族長見面後，便再出發吧。」她說。

路易斯輕輕點頭：「沒問題，一切依照布倫希爾德小姐的意思。」

布倫希爾德點頭同意。「那麼請路易斯先生現在先休息一會吧。待會快要到晚飯時間時，卡莉雅納莎會前來通知的。」

既然要說的話都說完了，布倫希爾德就站起來，輕輕叮囑一句後，便轉身緩緩離去。

路易斯站著送別，但就算她走了，他仍然凝視著門外，一動也不動。

換著是上次，他呆站著一定是因為依依不捨；但這次，他是在整理思緒。

剛才他之所以答應布倫希爾德的提議，是因為無法拒絕。要是他拒絕，那麼就一定要拿出一個合理又不會讓人懷疑的理由，但他當時所能想出的理由，不是病倒這些容易看破的爛理由，就是一些有機會影響到二人現時關係的理由。

既然拒絕不了，那麼就順著她的意願行事，反正他也有事情想問她。

就在明天，路易斯心中暗暗決定。他決定要趁明天問個清楚。

2

翌日，早餐過後，依照安排，路易斯和布倫希爾德前往溫蒂娜宮右前方的兀兒肯大廳，在那裏會見四大精靈的其他族長。

門一打開，路易斯便看到有兩個身影在寬闊的大廳盡頭等待他們。其中一個身影高瘦，看起來跟布倫希爾德的身高相若。她看起來二十出頭，全身都是橙紅——長髮橙紅如火，髮尾像是燃燒的火舌；她身穿像是用火構成的橙黃長裙，而在長裙底下，能夠看見一條長滿金黃鱗皮，像是蜥蜴尾巴的鮮紅巨尾。而另一個身影則十分嬌小，只有橙紅身影的三分之二身高。雖然相貌年輕，但可能是因為墨綠如藤的頭髮，加上她身穿像是由枯葉織成的褐色長裙，令其看起來更為成熟老練，只憑外表，路易斯已經感覺到她一定最少有上百歲。

「路易斯先生，讓我向你介紹，這位是火精靈的族長，史卡蕾亞・莎羅曼達，而這位則是土精靈的族長，緹拉婭・諾姆。」走到二人面前後，布倫希爾德有禮地向路易斯介紹兩位精靈的身分，先是橙紅精靈，後是褐色精靈。

「兩位你好，我是路易斯・基巴特・J.・齊格飛，」路易斯向兩位有禮地點頭。他沒有說出自己的頭銜，生怕精靈不喜歡聽到。「是布倫希爾德小姐的婚約者，幸會。」

「這位便是傳聞中的火龍之子麼？」史卡蕾亞的語氣毫不客氣，她上前一步，仔細打量路易斯，後者隱約感覺到她身上微微散發著熱力，像是一直有火在她身上燃燒似的。打量完後，她後退，托著下巴地評價：「嗯，一般吧。」

感覺她好像不太喜歡我似的？路易斯心裏納悶，但也不是不能理解，始終精靈就是出了名不喜歡人類的。

「幸會，歡迎來到精靈之鄉，我聽凱姆提及過你，你應該不是第一次前來精靈國境吧？」不同於史卡蕾亞，緹拉婭的態度較為溫和。路易斯覺得她說話的方式就像一位慈祥的老人，感覺較易親近，不太能感覺到敵意。

聽見凱姆的名字，再一看緹拉婭的樣貌，路易斯頓時露出驚訝之色。「諾姆小姐，我確實與凱姆有過兩面之緣。請恕我好奇，為何你的樣貌跟凱姆好像不太一樣？」

雖然身高相若，但比起有著稀疏頭髮，雙眼大得像珍珠的矮人外貌，緹拉婭的樣貌更接近人類一些，五官端正，也有一雙精靈尖耳。要不是布倫希爾德在介紹時提及她是土精靈族長，路易斯完全不會猜到她跟凱姆是同族關係。

「我們土精靈跟其餘三大種族有些差別，年齡越大，相貌會更貼近精靈的模樣。」緹拉婭毫不介意解釋給路易斯聽，對此路易斯表示感激，但他在眼角餘光看到史卡蕾亞那不滿的神情，似是不想他知道那麼多。

「三大種族……那麼風精靈的族長呢？」路易斯故意問。他沒有忘記《溫蒂娜史詩》一書裏提及，風精靈的現況，但他想確認，而且這樣做也可以令眾精靈對他留下「不懂族內事的外人」形象。

「西爾芙族長她……」

「她今天身體抱恙，因此沒有前來。」史卡蕾亞正要說明，但說到一半便被布倫希爾德打斷。

「是嗎，」路易斯察覺到奇怪，但知道這不是能夠深究的時刻，所以沒有裝傻問下去。

「正如之前我向兩位所提及的，我和路易斯先生已是婚約者關係，將在兩星期後正式訂婚。」這時，布倫希爾德向史卡蕾亞和緹拉婭再次宣明她和路易斯的關係。她的目的很明顯，就是不想再在風精靈的話題上繼續打轉，以一句話把大家拉回正題。說完訂婚的日子後，知道另外兩位精靈想知道甚麼，她立刻補上一句：「結婚的日子則未定，應該是在『八劍之祭』完結之後吧。」

「火龍小子，你們人類到底想在精靈的土地上做些甚麼？」未等路易斯把話說下去，史卡蕾亞首先開口質問。

「莎羅曼達小姐是甚麼意思？」路易斯有點嚇住，氣勢退了一步。

「我們火精靈未曾忘記，昔日與多加貢王國的土地之爭。那些在守衛家園的戰爭中去世的同袍名字，我們都未曾忘記。現在你要公然踏進我們的土地，到底有甚麼意圖？」史卡蕾亞一針見血地將火精靈和齊格飛一家多年在威芬娜海姆郡北部土地的擁有權爭論擺上枱面，把路易斯說成藉著婚約而繼續搶佔土地的惡人樣子，逼使他給予答案的同時也在試驗他的能耐。

熟習了精靈歷史，路易斯頓時知道史卡蕾亞所指的是甚麼事。對於平均壽命有數百年的精靈來說，千年間的紛爭，想必都像是在昨天發生一樣吧。既然她擔心的是領地管理的問題，那麼我就抓住這點回答吧。

「以往的事，我沒法為先祖辯解。我向布倫希爾德小姐提出婚約，是基於愛的關係，也已經決定在婚後會繼續各自管理家族的領地，因此不會干涉精靈之鄉的一舉一動。也許此刻比較難接受，但時間會證明一切。」思考片刻後，路易斯用自己懂得的最圓滑方式回應。

沒想到這小子居然懂得抓住精靈最著緊的「時間」概念回駁，史卡蕾亞心裏一笑，但不打算在態度上退讓，毫不客氣地批評：「哼，時間呢，區區人類怎會懂得時間是甚……」

「史卡蕾亞，別單靠自己的認知判斷他人。」史卡蕾亞說到一半，便被緹拉婭沉穩的一句勸說打斷。

「但……緹拉婭大人！」沒想到自己會被「智者」緹拉婭勸止，史卡蕾亞心裏有想反駁的話，但都說不出口。

緹拉婭是活了五百年的高齡者，整個精靈界大概沒有比她更長壽的。縱使她是來自勢力最弱的土精靈一族，但因其歷練之久，精靈界裏幾乎無一精靈不對她心存敬畏，這也是她被稱為「智者」的原因。

「我們雖然壽命比人類長，但也不過是在時間齒輪上行走的一小存在而已。在這方面的本質上，我們與人類無異。」見史卡蕾亞不明白，緹拉婭徐徐提醒她，精靈和人類其實差別不大。

精靈常常自詡比人類優越，但並不是永恆的存在，到頭來也是被時間限制的物種而已。

「但是！」活了百多年，史卡蕾亞怎會不明白緹拉婭剛才所說的道理。

但現在站在我們面前的是敵人，怎能對他友善？史卡蕾亞在心裏質問。

「正如齊格飛先生所說，時間會證明一切，」緹拉婭沒有理會史卡蕾亞的質疑，選擇相信路易斯。她轉身望向布倫希爾德，表示：「我相信女王的判斷，也期待時間能證明齊格飛先生所說的話的真確。」

「感謝諾姆小姐，我會證明的。」收到緹拉婭肯定的話語，路易斯的心頓時安穩了些。他帶著謝意向緹拉婭點頭，心裏同時感謝她願意為自己解圍。

「既然兩位都見過路易斯先生，那麼我作為精靈之國的女王，四大種族之首，在此希望再次確認，你們會繼續支持溫蒂娜家，我們以後的方針嗎？」見史卡蕾亞沒再說甚麼，布倫希爾德便拋出今天見面的最重要問題——效忠。

「諾姆一族由古到今都是溫蒂娜家的盟友，這份約定將持久下去，我，緹拉婭・諾姆，僅此承諾。」緹拉婭不假思索，立刻代表諾姆一族再次重申與溫蒂娜家的盟約。

「莎羅曼達一族也會繼續依照約定支持溫蒂娜家的行動。我，史卡蕾亞・莎羅曼達，代表莎羅曼達一族在此承諾。」史卡蕾亞也沒有反對，以言語承諾。

承諾、約定在精靈的世界裏有著相當重要的作用。就算是口頭承諾，也帶著相當的重量。要是輕易打破約定，違反者將會承受沉重的代價。

「謝謝兩位，」見兩位都同意她和路易斯的結合，布倫希爾德總算安心了。她帶著威嚴宣布：「那麼今天的見面就到此為止。」

見面結束，路易斯頓時鬆了一口氣。布倫希爾德和緹拉婭走到一邊，似是有些私事商量，而路易斯只能站著不動，目送不願久留，連道別也不說一聲的史卡蕾亞轉身離去。但令他意外的是，史卡蕾亞走到一半卻突然回頭，一副若有所思的樣子走到他身邊。

「莎羅曼達小姐？有甚麼事？」路易斯頓時警戒起來。難道她要趁布倫希爾德和緹拉婭未能顧及之時給自己一個下馬威？

「你有心理準備承受溫蒂娜家的一切嗎？」怎知，史卡蕾亞卻附在他耳邊，輕聲問了一條頗有深意的問題。

路易斯一驚。他立刻想起《溫蒂娜史詩》裏的內容，頓時對眼前人的問題大感驚訝。

「這是甚麼意……」

路易斯正要追問，但此時史卡蕾亞已經縮回身子，頭也不回地離開了大廳。

目送她離去的身影，路易斯心裏滿是疑惑。

這條問題乍看之下似是想確認路易斯對布倫希爾德的真心和承擔，但史卡蕾亞剛才一直表現出一副看不起路易斯的模樣，那麼她怎會特意私下確認他的真心？

她到底想說甚麼？

抱著一肚的疑惑，路易斯一直呆站著，直到緹拉婭離去，仍然得不出答案。

⚔

離開兀兒肯大廳後，路易斯便和布倫希爾德一同出發到精靈之森參觀。

本來的安排是和上次約會一樣，由路易斯駕駛馬車，二人獨自出遊的。但因為路易斯表示自己不懂得前往精靈之森的道路，堅持認為自己不適合駕駛馬車，經過一番討論後，最後決定改由二人各騎一匹馬，由布倫希爾德引路，前往精靈之森。

其實上一次在城堡外庭的約會，路易斯也是事前不懂路的，當時他是根據莉諾蕾婭的指引慢慢摸索出路來。他的態度改變大家都看在眼內，甚至連布倫希爾德的另一位貼身女僕卡莉雅納莎也直言指出，但布倫希爾德不知是否忘記了，還是不在意，全程甚麼都沒說，順著路易斯的意思行事。

就這樣，二人騎著一白一黑的駿馬出發了。他們緩緩離開城堡外庭，走過連接內外城門的陡峭磚路，穿越將城堡和世間隔絕開去的湖上濃霧，很快便到達常被詩人稱讚為「神景」的精靈之森。

踏進森林的範圍後，布倫希爾德並沒有要停下的意思。她輕輕對白馬的耳邊說了兩句話後，牠便像聽懂似地由慢跑變為飛奔。見她快要消失在自己眼前，路易斯急忙一鞭，讓自己的黑馬趕緊跟上。

現在明明是冬日，但微風擦過，迎面而來的濕氣讓路易斯有一瞬間錯誤以為自己在春日的平原上奔馳。吹來的風雖然冰涼，卻又有清爽的濕潤，閉上眼睛靜心感受，彷彿能從風聲中聽見仙子和靈體們的讚歌。歌裏似是在表達對萬物的欣悅和祝福，也像是在歡迎罕見的人類之子。

二人的策騎速度時而一致，時而差別。路易斯有幾次差點超越布倫希爾德，但每次他都會悄悄把速度減慢，退到她的馬後，不會搶奪她的領頭位置。他在飛奔的同時也一直在暗中觀察周圍的環境，並嘗試記住一些顯眼的東西，例如某棵罕見的紫紅花卉，以大概記住自己的方位。

在森林裏左穿右插，跑了約莫半個小時後，布倫希爾德終於停下了。她下了馬，把白馬安置在一棵樹旁，路易斯也緊隨把馬停在她的馬旁邊。下了馬，他第一時間仰望天空。森林的樹都受到精靈的祝福，葉子茂盛得能把天空遮蓋，樹幹高得似能到達天際。他勉強從樹葉間的空隙看到微微的天藍與白，那是穹蒼與白雲的顏色。

「今天也是難得的晴天呢。」說時，路易斯心想，罕有的晴天會持續兩天的嗎？

「路易斯先生喜歡晴天嗎？」看見路易斯臉上的笑容，布倫希爾德問。

「看著太陽，無論當時的心情如何，都會變好。」他點頭回答，並轉頭問：「布倫希爾德小姐呢？」

「我……還好吧，但不喜歡萬里無雲的藍天。」想了想，布倫希爾德略有所思地回答。
「因為太陽太光亮嗎？」路易斯隨意猜了個理由。
「有雲遮蓋著陽光，感覺會舒服一點。」出乎他的意料之外，布倫希爾德居然點頭了。見路易斯沒有回應，她立刻轉了個話題：「不如我們散個步吧。」
「請問這裏是甚麼地方？」布倫希爾德首先起行，路易斯緊隨其後。他在走的同時四處張望，舉目所見，四處都是松林，毫無任何能夠提示身處之地的標誌物件。
「這裏是溫蒂娜一族的領地範圍。」布倫希爾德回應。她指向遠處，並說：「在安凡琳以南，從這裏以東三公里到西邊普加利珍海的海邊，都是溫蒂娜一族的領地，而東南面則是土精靈諾姆一族的領地。火精靈莎羅曼達的領地在安凡琳西北方，而風精靈西爾芙一族的領地則在莎羅曼達領地的東方。」
在看似沒有盡頭的密林中談及方向和範圍，這些描述對路易斯來說都很抽象。但她提及了四大精靈，路易斯頓時記起那本來歷不明的書上有提及到風精靈的領地被水精靈嚴格看管——
「四大精靈的領地從以前到現在都沒有改變過嗎？」他問。
「大致上沒有改變過，本來萊茵娜湖附近的精靈之森地帶屬於西爾芙一族，但後來萊茵娜大人統一精靈之國後，該地便交由溫蒂娜一族管理。」
「那麼風精靈們現在都住在東北方？」路易斯試探地問，他特意使用「風精靈們」這一詞。
「……嗯。」布倫希爾德遲疑了一會，才略為吞吐地回答。這個反應被路易斯清楚看在眼內。
「對了，我一直對精靈的元素術式很感興趣。不知道書上所說，元素術式能夠操縱、改寫世上一切是真的嗎？」二人再走了一會，天氣仍然放晴，看著在樹林裏自由飛舞的靈體與仙子，路易斯忽然又有發問的靈感。

「雖然有點籠統，但大致的方向上是沒錯的。」布倫希爾德心裏好奇，為何路易斯今天好像對精靈的事那麼有興趣的？不過她沒有太在意，倒是耐心地解說：「我們精靈知曉世上一切，而元素術式就是這些知識的彰顯。」

「那麼除了水、土、風、火這四大元素，元素術式還能改寫其他東西嗎？」路易斯想了想，再問：「例如時間、空間，或者記憶？」

「路易斯先生為甚麼會想知道？」布倫希爾德第一次遇上問這條問題的人，她有點疑惑。

「我只是想知道小時候所讀的童話書是否在騙人，還是有跡可尋。」路易斯編了個自然的理由去掩飾。他當然不是想確認童話書的內容那麼簡單，而是要知道自己的記憶有否被更改過。

「時間、空間，又或記憶，那些都是屬於第五元素『以太』掌管的。能夠使用『以太』的就只有以太精靈一族，但他們在幾千年前就已經滅絕了。」怎知，布倫希爾德回答了一個讓他意外的答案。

路易斯未曾聽說過「以太精靈」，也未曾得悉有第五元素的存在。他對元素術式的認識，只停留在童話書所述的自然元素程度。

「其餘的四大種族皆不能使用『以太』元素術式嗎？」他還未放棄，並追問。

「不能，就算可以，也要有觸碰禁忌的心理準備。」說時，布倫希爾德默默緊握手腕，並微微低下頭，似是想起了甚麼。

「會怎麼樣嗎？」路易斯沒有留意到她的異樣，並追問。

「術式講求等價交換，不惜一切觸碰禁忌，獻上的便是自己擁有的一切，例如性命。」布倫希爾德嘴上說得平淡，但雙手其實在輕微顫抖。

「萊茵娜女王也一樣嗎……」聽畢，路易斯突然想起萊茵娜的故事，並小聲呢喃。

「路易斯先生？」但他的話被布倫希爾德聽見了。一聽見萊茵娜女王的名字，她頓時警覺起來。

「啊，不，我只是想起從前在書上看過，萊茵娜女王當年就是不惜一切觸碰禁忌，換取靈魂，才得以成為精靈女王。」見自己似乎引起她的懷疑，路易斯連忙解釋。「她當時獻上的是自己全族的壽命長短吧。」

「原來外界有書記載過如此久遠的事。不過它有一點不對，萊茵娜大人獲得靈魂的代價是她本人的壽命縮短，只是這個代價後來經由血脈流傳下去，令她的後人變成一樣的壽命長度。」布倫希爾德很快相信路易斯的說法，這樣令他有點內疚。

他是從那本來歷不明的書上得知的，人類世界的書都只提及過萊茵娜女王統一精靈王國的事，沒有一本提及過統一的整個過程。

「即是說，不是所有水精靈生來就有靈魂？」路易斯找到機會，問另一條想知道的問題。

「只有屬於萊茵娜大人後代的我們從出生開始便擁有靈魂，其餘的都沒有。」看來眼前人在這些日子努力學習了很多關於精靈的知識，布倫希爾德心想。

聽見布倫希爾德一出生便有靈魂，路易斯頓時鬆了一口氣。即是說她不會是為了得到靈魂而利用自己了，他想。

「莉諾蕾婭和卡莉雅納莎兩位女僕也有靈魂？」他好奇地問，也是想更準確地確認。

「卡莉雅納莎沒有，但莉諾蕾婭的情況比較特別。」布倫希爾德思考了一會，才答：「她擁有水精靈和風精靈的血脈，所以一出生便擁有靈魂。」

「混血？精靈不是講求血統純正的嗎？」一聽，路易斯大驚。從第一眼看見莉諾蕾婭開始，路易斯就覺得她的綠藍髮色跟其他水精靈十分不同，但沒有想到原來她是兩族混血的後代。他聽彼得森說過，精靈跟貴族一樣十分注重血統純正，沒想到女王身邊就有一個混血的存在。

「兩族之間的混血時有發生，只是不知道路易斯先生有否聽聞，水風精靈兩族素有不和，所以她的家族一直不受兩族待見。」布倫希爾德沒有被路易斯的驚訝嚇倒。她耐心地解釋，希望他明白。

「但你卻讓她成為你的貼身女僕。」路易斯回應。

如果真的照那本神祕的書上所說，整個精靈之國長久以來只有一位風精靈，當她長大後與大地之母所生的另一位風精靈結合生子後，便會被雙雙殺害，只留下遺孤，那麼根本就不會有其他風精靈。既然如此，那麼莉諾蕾婭的風精靈先祖到底是誰？他有沒打算追問此事，只是不明白為何布倫希爾德會讓這個兩邊不討好的人成為自己的貼身女僕。不會怕她對自己不忠嗎？

「我並不介意她的身分。」布倫希爾德搖頭，回答得堅定。「她也許是水精靈和風精靈的混血，被兩族人都視為罪人的存在，但在我眼中，她只是發誓效忠於我的莉諾蕾婭，僅此而已。」

布倫希爾德沒有想過會把這番一直藏在心裏的話告訴眼前這個說是親密但又有點陌生的人，但不知為何，她的心卻希望他明白自己的想法。也許這是因為她希望路易斯看到的是她這個人，而不是她的身分？她也不清楚。

「那麼精靈和人之間的混血，又會被允許嗎？」這時，路易斯停下了腳步，並問。

「世界總是在變更，有時候我們需要改變一下既有的想法。」布倫希爾德也停下了腳步，她頓時明白路易斯為何會對混血一事如此關心。「我們是精靈，但既然已經歸順了你們人類，那麼總有一日要接受你們。」

這只是她一時間想出來的解答，並不是真實。精靈的戒律哪裏有這麼容易改變的。她知道要是自己真的和他結合，他只會因為是火龍之子而有機會撿回一條命。但若果結合後誕生了後代呢？那後代大概逃不出被殺的命運。

「但這樣就會違反禁忌，值得嗎？」路易斯倒是急了，他揪著心口，激動地問：「我值得你這樣做嗎？」

就算真的如布倫希爾德所說，精靈需要改變想法，但精靈的戒律應該跟人類不同，也有不可改變的部分吧？精靈與人類結合是禁忌，那麼布倫希爾德要是與他結合，又會付上甚麼代價？

路易斯明明是想藉此知道布倫希爾德想從他身上得到甚麼，但他一想到她剛才所說，關於觸犯禁忌的代價，就控制不住情緒。他不想她因為自己而犧牲一切。說到底，縱使心中有懷疑之事，他對她的愛仍然沒有變。

看見路易斯如此激動，布倫希爾德愣住了。她本來想隨便編個理由，騙他說他有這個價值，但這刻她卻猶疑了。那些在他雙眼裏打轉的關心和焦急都是出自真誠，感情都是給她的，沒有絲毫虛假。

路易斯愛她，她再次感受到這份感情，那麼她自己呢？不知道。

她對他的認識，只有他的身分，以及曾經約會過的回憶，其他的都不記得，對她來說他就如同陌生人一樣。但每次想到他，她心裏都會有一份無法解釋的安全感，並希望接近他。

這樣的一個人，我應該騙他嗎？

「我不知道，」沉默了良久，布倫希爾德終於低聲說出自己心裏的真實想法。「也許值得吧，但現在的我沒法回答。」

路易斯心裏頓時有點失落，但同時又放鬆了。他希望得到的是真誠的答案，而他終於能夠聽見她的真心了。她說了「也許值得」，那麼就是心中有他，只是有些心意未確定而已吧，他心想。

「不要緊，那麼以後再回答我吧。」路易斯對布倫希爾德相視一笑，那副沒有混雜任何東西的燦爛笑容，令布倫希爾德頓時想起最近常在夢中和思緒中出現的柔和金色。她握緊自己手腕，又再低頭，似是想起了甚麼。

「我有一條問題，一直想問路易斯先生。」正當路易斯打算繼續散步時，布倫希爾德的一問叫住了他。

「其實不用敬稱的，叫我路易斯便可以。」路易斯這時已經完全放下心防，換回平時那個從容開朗的態度。

「路易斯，世界真的美麗嗎？」布倫希爾德遲疑了一會，問。

「為甚麼這樣問？」見布倫希爾德神色凝重，路易斯感覺到是認真的問題，他走到她身邊，溫柔地問。

「上次在外庭，你說過『這個世界真是美麗』，我之後一直在想，但都不明白，為甚麼你會這樣認為？」

這條問題倒是考起了路易斯，他回想了一會，才記起上次在湖邊時自己的確說過這句話。他記得當時布倫希爾德的回應是說世界其實很殘酷，他一直以為自己的話令她不開心，沒想到她居然一直放在心上。

「那時候我只是看著風景有感而發，沒有甚麼特別意思……」他試圖讓沉重的氣氛變得輕鬆一點。但他才說到一半，布倫希爾德便打住了他：「世界明明有許多不如意的事，為甚麼你還會覺得它美麗，這不是天真嗎？」

積聚在心中多日的疑惑和煩惱在一瞬間爆發，她已經無法守住一貫的淡然，只想為心中的疑問獲得一個答案。

路易斯呆住了，他一時不懂得如何回答。與奈特一起生活的日子，已令他慢慢察覺到自己一直以來的天真，只是他沒有想到會被自己的心上人一語道中。雖然沒有說出來，但從她的激動語氣和複雜表情可以看出，那些話裏盛載了不少負面的想法和記憶，相比之下，他那句輕飄飄的回應確實過於天真。

「你的母親很早已經去世，父親總是責備你，對你要好的兄長們都已經不在家，經歷了這些，為甚麼你還可以相信世界是好的？」布倫希爾德問。

說時，那些無論在夢裏，在現實裏也會不停重複浮現的痛苦回憶頓時湧上她的心頭。一直以來，她的世界就只有被要求達成不同的事，以及因做不到而被夫人狠狠懲罰的生活。睜眼，安凡琳如夢似幻的仙境讓她痛苦；閉眼，生不如死的痛楚又會立刻浮現。她沒法用「美麗」二字去欣賞這一切，它們都是讓她喘不過氣來的元兇。

夫人一鞭一鞭打在她身上的回憶浮現的同時，現實中的她居然也感覺到酸麻的痛楚。她頓時捂住手臂，瞇起雙眼，垂下頭，不讓路易斯看到她痛苦的模樣。

「布倫希爾德小姐？是不是哪裏受傷了？」見她痛苦的模樣，路易斯急忙問。

「呃，沒有事的。」這一問喚醒了她，她立刻深呼吸讓自己穩定下來，但額間的冷汗卻出賣了她。

「才不會沒事！是不是剛才走過草叢時被割傷了？讓我看看。」路易斯仍然焦急，他不顧儀態，搶過布倫希爾德的手，揭開袖口，這才看到白皙的手臂上光滑如雪，甚麼傷痕都沒有。

「精靈都擁有自癒能力，受了傷也會立刻癒合，沒有事的。」仔細檢查沒有傷痕後，路易斯這才放心地鬆開了手。他一放手，布倫希爾德便立刻連忙拉下袖口，並收起了手。

「啊！對不起！剛才一時衝動，冒犯了……」見布倫希爾德一臉不好意思，路易斯這才意識到自己都做了些甚麼。

「不要緊，我不介意。」她低下頭，但臉上的不再是憂傷痛苦，而是淡淡的微笑。她緊握著他剛才握著的位置，心裏百味雜陳。

「可能是天真吧，」想了一會，路易斯回應她剛才的問題。「世界確有殘缺，但我依然相信會有好事發生。只要相信，便會有機會。」

說完，他對布倫希爾德相視一笑。同樣是燦爛的笑容，這刻卻多了幾分堅定。

布倫希爾德清楚，她會問，是因為心裏某部分的自己想要相信。但她可以相信嗎？不會因此而再次受傷嗎？

她在自問的同時不自覺地碰到腰間，才發現有重要的東西不見了。

「糟糕！」她的表情一瞬間變得驚恐，並不停摸兩邊腰側，發現東西真的不在身上：「我似乎跌了甚麼。」

「跌了甚麼東西嗎？」路易斯急忙關心地問。

「是……我的日記本，我一直帶在身上，但好像不知道跌到哪裏去了。」她四處踱步，看來很是焦急。「可能是在散步的途中掉下的……我要回去找找！」

路易斯想起上次約會時，布倫希爾德也有隨手帶著那本日記本，似乎它對她來說十分重要。那麼重要的東西不見了，就一定要找回來才行。

「不如我陪你一起去吧！」路易斯提議，他在這裏人生路不熟，可不能離開她的身邊。

「不！」怎知布倫希爾德一口拒絕。看見自己嚇到路易斯，她立刻改用柔和一點的語氣道歉：「呃，抱歉，一時激動了。可能日記本是掉在叢林裏，我怕找的時候會走散，不如這樣吧，你在這裏等我，我在半小時內會回來的，可以嗎？」

「那麼好吧，我在這裏等你。」路易斯心想，如果布倫希爾德會回來，那麼應該不會有甚麼危險吧？反正他在散步時一直有認住周圍的路，有甚麼事也能回去找到馬的。

路易斯因此決定依照她的意見，原地等待。

目送布倫希爾德急步離開後，路易斯就一直依照約定在樹下等待。但過了十五、三十分鐘，她還是沒有回來。

是不是還未找到？可能掉在很隱蔽的地方？

他再靜心等了三十分鐘，但還是沒有見到布倫希爾德的身影，這才察覺到有甚麼不妥。四周一個生物的影子都沒有，他嘗試依照記憶，原路折返，看看在途中能否遇上布倫希爾德。

明明記得從下馬的位置走到剛才的樹下是一條劃好的直路，理應不會走錯路的，但一直往回走，走了快十五分鐘，照道理應該差不多回到下馬附近的地方，他卻一直找不到自己的馬。路易斯開始有點害怕，但仍然鼓起勇氣，小心地繼續尋找回去的路。

慢慢地，森林的空氣開始瀰漫著一層薄霧。路易斯一看，心知不妙。起霧了，他沒有忘記精靈之森的濃霧傳說。

「布倫希爾德小姐！你在哪裏？」他顧不得打破森林的寧靜，高聲呼叫。白霧慢慢變得越來越濃，他的心也隨之更為焦急。但無論他如何呼叫，都沒有得到任何回應。

他不停奔跑，又不斷呼叫布倫希爾德的名字，漸漸地，四周開始多了聲音，但都是仙子和靈體的警告。

「可恨的人類之子，快離開這裏……」

「這不是你應該來的地方，快點消失！」

「白霧是最後的警告，快離去，不然你將會喪命於此……」

「我知道！但我找不到路！」湧進耳中、成千上萬的聲音令他感到煩躁。他忍不住回應，但似乎靈體們都聽不懂他的話，只是繼續重複著警告。

我要命喪在此嗎？一個可怕的想法在路易斯的腦內冒出。

不！要找辦法回到安凡琳城堡！一定還有辦法的！

就在這時，他身後撞上一個身影。還未看清對方，背後立刻被插了甚麼，未等他反應過來，一陣昏睡感頓時襲來。

「你到底是誰……」他咬著唇角，努力保持清醒。

「你逃不掉的了，可恨的火龍後裔，乖乖地沉睡吧。」在耳邊響起的妙美聲音如同溫柔的搖籃曲，慢慢把他引向甜美的睡眠。路易斯想反抗，但身體不聽使喚，眼皮越來越重。

他用盡力氣推開那身影並轉身，但視線越來越模糊，根本無法聚焦。那身影全身都是白色的，但在頭的附近卻能看到一點閃耀的翠綠。

「……」他還想說些甚麼，但意識已經陷入黑暗之中。

3

「甚麼？路易斯大人不見了？」

彼得森驚訝的叫聲響徹整條走廊，甚至整個溫蒂娜宮。走廊上沒有精靈不被他嚇倒，尤其是在他身邊，剛才把信息傳達給他的莉諾蕾婭。

「我明白你的心情，但請冷靜一點，彼得森先生。」莉諾蕾婭雖然被嚇到，但仍然用平穩的語氣回應，希望藉此讓彼得森冷靜下來。「他應該還在精靈之森，我們正派人到處尋找。只要威芬娜海姆公爵仍在森林裏，就一定能找回來的。」

不久之前，布倫希爾德單獨回來，第一時間便把路易斯失蹤的消息告知莉諾蕾婭。莉諾蕾婭本來提議先不要把消息告知彼得森，如果日落前仍未找到路易斯，才把事情告訴他。但布倫希爾德堅持不得隱瞞，要盡早把消息告訴他，莉諾蕾婭才截住正提著洗好的衣服在走廊上走著的彼得森，將這個驚天的消息告訴他。

「但已經過去兩小時了！但還未找到他……為甚麼會不見了的？」彼得森焦急非常，他剛才一聽到消息，嚇得雙手立刻一鬆，把剛洗好的衣服全都掉到地上。他一邊問，一邊把衣服拾起，但他雙手不停顫動著，拾起的衣服往往又再掉到地上，不停重複。

「可能是在散步的時候，看到甚麼而走開了——」

「沒可能！路易斯大人沒可能會私自離開安凡琳公爵身邊，獨自在森林遊逛的！」未等莉諾蕾婭說完，彼得森立刻激動地反駁。今早出門散步前，路易斯已經多次向彼得森承諾不會離開布倫希爾德身邊半步，而他當時也說過，自己知道精靈之森的危險之處，會加倍小心。

他家主人也許天真，也許沒有足夠危機感，但絕對不會在知道危險的情況下還肆意行動，當中一定有甚麼古怪。

「彼得森先生，現在我們還在掌握狀況，或者……」莉諾蕾婭再次嘗試向彼得森解釋。

「我明白了，這一定是你們——！」明白了甚麼似的彼得森，後退一步並激動地要指責，但說了一半，看到莉諾蕾婭的髮色，又立刻打住。

「彼得森先生？」見彼得森欲言又止，莉諾蕾婭有點疑惑。

「咳，沒有甚麼事。」他清了清喉，逼使自己鎮定下來。「剛才一時激動，失態了。」

就算心裏覺得是她們的計謀，但現在毫無證據地指責的話，非但會惹對方不滿，更只會令情況變得更糟糕！彼得森在心裏不停提醒自己，並責怪自己的一時衝動差點壞了大事。

他為路易斯的行蹤而憂慮，但也清楚不能因此而魯莽衝動。

「不要緊，我明白的。要是我家小姐出了甚麼事，我也一定會變得像你的樣子。」莉諾蕾婭一笑。她大概猜到彼得森剛才想說的是甚麼，但她沒有道破，反而明白他的心境。在心裏，她欣賞彼得森對主人的忠心。

莉諾蕾婭的微笑令彼得森放鬆了一點：「剛才真的抱歉，但真的一點消息也沒有嗎？」

「照小姐所說，她已經找遍了二人去過的地方，但都遍尋不果，才回來尋求協助的。現在濃霧正籠罩著精靈之森，搜查方面會困難許多，但我們不會放棄的。」

一聽到「精靈之森」和「濃霧」二詞，彼得森又急起來了：「再、再等下去，不行……我要出去找！」

「不可以！彼得森先生！」彼得森忍不住了，正當他打算跑出去時，莉諾蕾婭立刻拉住他，大聲勸止：「你一個人到森林裏去，會被精靈們視作敵人的！」

「但我不可以坐在這裏甚麼都不做！」彼得森立刻甩開她的手，怒呼：「不見了的可是我家主人！」

「但你現在出去真的甚麼都做不到！」他正要轉身，但莉諾蕾婭簡潔的一句頓時令他停住。她握緊掌頭，思索了幾秒再高聲說：「要是你的主人回來了，但你卻丟掉性命，你想讓他感到內疚嗎？」

彼得森一聽，愣住了。他回頭，莉諾蕾婭的雙眼牢牢地定睛在自己身上，眼內流露著的憤怒彷彿都在叱責著自己。

她說得很對，精靈之森那麼危險，要是路易斯大人能夠成功回來，但我卻因為魯莽而喪命，那麼要大人一直內疚嗎？

雖然不清楚路易斯大人的失蹤是否精靈們的計謀，但現在確實只能靠她們才會有機會找到他。而莉諾蕾婭看似都在說真話。她剛才的最後一句，是只有對主人忠心耿耿的僕人才能說得出的。

「謝謝你，你說得很對。」彼得森平定了心中的焦慮，點頭向莉諾蕾婭致歉。「十分抱歉。」

「總之，我們會盡全力幫你找到威芬娜海姆公爵，彼得森先生請耐心等待，可以嗎？你的主人一定會沒事的。」莉諾蕾婭沒有介意。她把彼得森掉到地上的衣服遞給他，再一次向他保證。目送他回到客房後，她才安心地離開，回到布倫希爾德的房間。但出乎她的意料之外，一踏進房間，她看到布倫希爾德正在更衣，似乎準備外出。

「小姐！你要去哪裏？」剛剛回來後沒過半小時，又要外出？莉諾蕾婭猜到布倫希爾德要去哪裏，打算阻止她。

「我要去精靈之森！再不找，機會便會越來越渺茫！」布倫希爾德一臉焦急，來回踱步，坐立不安。她急忙穿上一件披肩後，正要衝出房間，但被莉諾蕾婭急忙攔下。

「小姐可以告訴我，到底剛才在精靈之森發生了甚麼事嗎？」她語氣堅定，眼神裏卻又有幾分溫柔。在莉諾蕾婭的引導下，布倫希爾德總算願意坐到床沿，但其心情依舊焦慮。

「剛才發生了甚麼事？」莉諾蕾婭問。

「我們本來在森林散步，之後我依照之前計畫好的，隨便編個理由把他丟下，自行離開森林。但走到一半，我決定回頭，只是回到他本來應該在等我的樹下時，卻不見人影了……」布倫希爾德說時低著頭，聲音以至雙手都略為顫抖。

「那不就依然是在計畫之內嗎？人讓其他水精靈去找便可以了。」莉諾蕾婭有點不明白。這樣說，結果不是達成了嗎？為甚麼主人還要那麼焦慮？

「不！」布倫希爾德立刻抬頭反駁。莉諾蕾婭這才發現，布倫希爾德的雙眼有點濕潤。「這不是對的，我不想看到他被其他精靈殺害，所以才回頭的……我已經找遍所有能找的地方了，但還是找不到他！之後我想，他會否已經自行回到城堡，我才回來一看的。」

「這……」莉諾蕾婭終於明白發生甚麼事了——她的主人還是下不了手。

整個計畫她是知情的。原本的計畫是，二人到精靈之森散步，途中布倫希爾德用理由與路易斯分開，留他獨自一人在森林裏。他既是人類，也是齊格飛家的後人，在森林的精靈們一定會把他解決。而且就算不解決，濃霧一起，看不清路，掉進仙子的陷阱又或巨大食人花的口中也不是甚麼新奇事。他們先裝作有努力搜索過，事後以「在林中失蹤」作為理由公開便可。

本來是這樣的，但現在計畫的執行人卻後悔了。莉諾蕾婭沒有要責怪的意思，本來整個計畫就不是甚麼好東西，只是她不明白主人會反悔的原因。

「現在已經是下午，再不找就要到黃昏了！」布倫希爾德等不住了。把事情的前後都交代完畢後，她便站起來，欲離開房間。

「但小姐要是出去尋找，那麼夫人的意思該怎麼辦？」但當她走到門前，莉諾蕾婭的一句叫住了她。莉諾蕾婭提醒：「她的命令是不能違抗的。」

她擔心布倫希爾德。上次在湖邊約會時刺殺的計畫失敗後，布倫希爾德已經受了一次懲罰，差點丟掉性命。如果這次也失敗了，夫人一定不會罷休的。

她只是不想再看到主人受到折磨。

「我不是想這樣的，並不想害他。」布倫希爾德何嘗不明白。那些被虐打、被刺傷又治癒，生不如死的記憶在這幾小時內一直在她的腦海裏打轉。她怕，但依然要違抗。她也沒法解釋自己此刻的衝動，但肯定的是，她不想殺路易斯。

「但夫人……」莉諾蕾婭遲疑。

「沒關係！之後的後果我會承擔！總之我要再出去找一次！」丟下堅定的命令後，布倫希爾德走了兩步，又停了下來，回頭問：「莉諾蕾婭，可以陪我一趟嗎？」

「當然。」莉諾蕾婭恭敬地點頭。

她不想看到主人受傷，但無論如何，她都會尊重主人的決定。

⚔

「嗯……這裏是……」

依循微弱燈光的引導，路易斯慢慢從沉睡中睜開眼睛。他覺得自己好像睡了很久，視線模糊，全身無力，意識飄浮不定，記憶有點混亂，不太記得之前發生了甚麼事。

「終於醒來了嗎？懶睡鬼。」這時，一把清脆的女聲在他的面前響起。她低頭俯視著路易斯，確認他醒來後，才站到一邊去。

「你……是……！」路易斯努力把視線集中到聲音所屬的身影上。起初，他的視線仍然模糊，難以聚焦；但慢慢地，事物的輪廓和色彩開始變得越來越清晰。一看到身影頭上的翠綠，以及身上的雪白，他頓時完全醒過來。

是在精靈之森裏從後刺中自己的白色身影！他頃刻記起自己昏倒前發生了甚麼事。

「是你！你是想殺我嗎？」路易斯嚇得差點彈起來。他縮到一角，警戒地問。

「才不是！要是沒有我，你早就被森林裏的精靈殺死了！」怎知，身影卻叉著腰否認，她不滿意路易斯的指控。「早知你是這種人，就不救你了！人類都是不懂得知恩圖報的嗎？」

「諾凡蘭卡，不可以對別人這麼無禮。」這時，旁邊有另一把年輕但又沉穩的聲音冒出。被稱為「諾凡蘭卡」的身影一聽，鼓腮抗議，但似乎無效。

「你們是？」另一把聲音的出現，路易斯這才發現這個空間不是他跟綠白身影二人。他放眼望去，只見自己身處在一所木製小屋裏。屋裏除了他，還有兩位女性。他仔細打量眼前的綠白身影，現在的她沒有像在森林遇見時那樣被白色——被雪白的全身斗篷包裹著，而是披著一件半透明的薄紗。在隱隱若現的薄紗下所穿的是一條翠綠長裙，長裙從胸前長至腳踝，貼身的剪裁把她美麗的身段勾勒出來，簡潔的設計給人一種清爽的感覺。路易斯再抬頭看，這才發現她無論是頭髮和雙眼都跟祖母綠一樣顏色，隨意散在兩肩旁的曲髮飄逸如風——那不是單純的感覺，而是頭髮看起來像是帶有翠綠之色的微風一樣。

「風精靈？」路易斯只是憑藉自己在書上所看的知識猜測。他很希望自己猜錯，但有著翠綠之色的精靈，他只能想到風精靈。

「那麼快便猜到，看來你還不算笨的。」諾凡蘭卡一笑，肯定了他的猜測，同時也滿意他的思考

「重心稍微再傾前一些……對，就是這樣，把右手放到左邊，劍尖指向我，手不要伸太出。對，你很快便明白了呢。」

基斯杜化放下劍，上前仔細糾正愛德華的站姿和握劍姿勢。見他明白了，才回到本來的位置，再次舉劍面向他。

「那麼我們要開始了，開心嗎？」開始之前，基斯杜化掛著微笑問道。

「開心！」愛德華笑得很燦爛，十分期待今天的課堂。

「今天是第一天，先讓你感受一下揮劍的感覺，所以你隨意對我揮劍吧，不用想動作對錯與否，做就對了。」

見愛德華準備好，基斯杜化便下達他身爲劍術老師的第一個指示——隨心玩吧。

——人物故事-Charaktergeschichte-〈基斯杜化-CHRISTOPHER-〉

SWORD CHRONICLE

Author: Setsuna
FB: facebook.com/swordchronicle
Illustration: 羊尾柑香茶
FB: facebook.com/YoumiCitrusTea

速度。

「你不是被關在領地的嗎？」路易斯忍不住驚呼。把他用不知甚麼方法弄昏，並帶到這裏的，居然是全世界只有一位，理應受到監視，不能離開自己領地的風精靈？這怎麼可能？

「你這人真失禮！這裏就是我家！還有別叫『風精靈』、『風精靈』的，我可是有『諾凡蘭卡‧西爾芙』這個名字的！」一聽路易斯的話，諾凡蘭卡頓時又焦躁起來，她還順勢自報了全名。

「甚……」「西爾芙」……那真的是風精靈無誤了。路易斯張大了嘴，不敢置信。

「好了，別再胡鬧了。」這時，一旁的橙紅女性打斷了二人的對話，諾凡蘭卡這才沒好氣地坐到一旁。

路易斯把目光投向坐在自己身前的木桌旁的橙紅身影，頓時嚇了一跳，驚呼：「莎羅曼達小姐？」

「看來腦袋很清醒呢，火龍之子。」橙紅身影——史卡蕾亞輕輕一笑，肯定了路易斯的想法。

「你怎會在這裏的？」路易斯很是驚訝。為甚麼史卡蕾亞會跟風精靈在一起的？

「是我們把在林中迷路的你救回來的，當然會在這裏了。」不同於今早一臉不屑的態度，史卡蕾亞說得有禮，但沒有向路易斯點頭，而是以帶有威嚴的語氣平述。

「別騙我了，我明明是被刺中然後昏迷的。」路易斯冷靜地說出事實，不讓她們隨意瞞騙自己。他質問：「為甚麼要抓我？」

「也許你不理解我們的手段，但的確是救了你。」史卡蕾亞回應。她的說話語氣穩重，有種令人覺得她說的話就是事實的魔力。

「謝謝你們，那麼我是時候要回去了。」但路易斯意志堅定，沒有被輕易影響。雖然不知道詳細，可能自己真的是被救起，但這就算了。他不想糾纏更多，決定離去，向二人點頭後便走到門前，但正要打開門時，卻被史卡蕾亞一句攔下。

「你不能離去。」史卡蕾亞說。

「為甚麼？」路易斯回頭問。

「因為纏在你身上的危機仍未解除。」史卡蕾亞解釋。

「甚麼危機？我已經醒來，又沒有受傷。時間不早，我是時候要回去找你們的女王了。」路易斯卻不明白。就算他在森林將要遇上危險，但現在都已經沒事，何來的危機呢？他想到布倫希爾德在此時一定正在到處找他，他要第一時間趕回去，不能讓她憂心。路易斯連道歉的話也想好了。

「但我們可是從她手上救了你啊？」這時，諾凡蘭卡的一問讓路易斯完全忘了剛才腦中所想。

「甚麼意思？」路易斯心裏疑惑，又有對諾凡蘭卡的質疑。

「她本來就是想殺了你，才把你獨自丟在森林裏的。」諾凡蘭卡單刀直入說出，說得整件事好像理所當然，沒有察覺的路易斯是笨蛋一樣。

「她說過會回來找我的！」路易斯不相信。布倫希爾德向他承諾時的語氣是多麼的真誠，她怎麼會騙人？

「那麼她有回來嗎？」史卡蕾亞插話反問。

路易斯頓時沒法反駁，因為史卡蕾亞說的都是事實。他本來正要衝出門口，但史卡蕾亞話音一落，他握住門柄的手頓時定格，整個人像是僵硬了一樣，頓住在門前不動。

「外面已是黑夜，現在回去並不安全，不如留在這裏一夜，陪我們聊聊天吧。」抓住他猶疑的瞬間，史卡蕾亞以較溫和的語調向他提出建議。一改剛才的反抗態度，路易斯想了一會，便依照她的意思，回到他剛才睡的地方——靠在木屋牆邊的圓木床沿坐下，神情有點低落。

「你應該有很多事想問我們吧？」史卡蕾亞一直神色泰然自若，見路易斯久久不作聲，她喝了一口茶，問。

「為甚麼你們覺得布倫希爾德小姐想殺了我？」沉默了半晌，路易斯低聲地問。

「這是溫蒂娜家的特質。」史卡蕾亞簡潔地回應，說得好像是絕對事實一樣。

「一個人的事不能拉到整個家族吧？」路易斯提出質疑。他不認同家族其中一人的決定等於整個家族的看法。

「特質是會遺傳的，」但是史卡蕾亞卻絲毫不動搖，她一字一句都讓聽者感受到年紀所積聚的經驗，縱使她看起來很年輕。「看看萊茵娜當年如何對待與他結合的人類便知道。」

「她真的在生下孩子之後便把他殺害了嗎？」路易斯想起那本奇怪的書上說，萊茵娜女王當年在與人類結合後，便把他殺害的事。

「不只，她把自己所生的孩子也一同殺害了。」這時，史卡蕾亞道出更為驚人的事實。

「甚麼？」路易斯禁不住心中的驚訝驚呼。

在旁的諾凡蘭卡頓時嘲笑：「她可是手刃了整個西爾芙一族，區區自己的骨肉會不敢下手嗎？」

「也不用這麼驚訝吧，半精靈本來就是雜種，活不長的。」史卡蕾亞穩重地插話，不讓路易斯回應諾凡蘭卡，也阻止諾凡蘭卡繼續激動。「就算在精靈界的規條中，半精靈在成長後會被要求選擇成為人類還是精靈，但他們天生的血統，早就注定在兩族間都沒法生存。」

「但精靈跟人類認識了那麼久，不應該改變一下想法嗎？」路易斯想起布倫希爾德說過，精靈是時候要改變自己一些既有的想法，包括混血。

「人類之子，有些想法是可以改變沒錯，但也有些事是原則，是不能改變的。」他以為史卡蕾亞會同意，怎知她卻嚴詞反對，並補上意味深長的解釋：「事物需要被分別開去，才能保持各自純潔。一旦混在一起，就算只有一瞬間，也不能再被分開。要是我們不守住對血統的堅持，隨意與人類或其他種族結合，時移世易，不只是血統，我們一貫的價值觀、生活習慣等也會慢慢被同化、減退。你們人類不也會下意識地排斥混血之子嗎？那是一樣的道理。」

路易斯沒法反駁。不知怎的，他想起自己的二哥，二哥就是因為被父親認定為母親在外與人所生的私生子，是個污衊了齊格飛家的存在，而一直不受待見。他聽見布倫希爾德那番話時，還一心以為自己會被精靈們接受，怎知原來一切仍然沒有改變，他依舊是個外人。

或者說，她的那番話是騙人的？

「但如果照你所說，精靈不得混血，那麼為甚麼唯獨只有水精靈要與人交合才能獲得靈魂？既然他們在被創造時就被這樣設計，那一定有甚麼特別的意義嗎？」思考了一會，路易斯突然想到一點反駁。

「要得到所付予框架以外的力量，就要打破禁忌，犧牲自己，就是這樣而已。」但這一反駁同樣被史卡蕾亞輕易化解。「在精靈的世界，一切都是等價交換的。」

「但說了那麼多，講到底都是你的推斷而已，不代表布倫希爾德小姐真的想殺了我吧？」在血統的事上沒法說贏史卡蕾亞，路易斯想了想，突然發現，剛剛說的都跟他最初問的沒甚麼關係啊？他便把問題轉回最初的起端。

「我知道她想這樣做，因為她曾經對我提及過。」史卡蕾亞說得好像事不關己一樣，但她沒有對路易斯說，自己曾經向布倫希爾德暗示過要殺死他。

路易斯表情頓時僵硬。在閱讀《溫蒂娜史詩》時，他心裏雖然抱有懷疑，但仍然是想相信布倫希爾德，但聽完史卡蕾亞道出的真相後，他開始動搖。

他的心裏有上十種感情同時在翻滾，百味雜陳，但主要是感到被背叛。

史卡蕾亞輕輕一笑，再喝了一口茶。她向諾凡蘭卡拋向一個眼神，後者頓時問：「說起來，你知道得蠻多的，是從女王的口中聽回來的嗎？」

「我都是從一本奇怪的書上看回來的。」路易斯筆直說出事實，現在的他已經沒甚麼心情再理會別的事。

「那本是不是叫『溫蒂娜史詩』？」這時，諾凡蘭卡居然說出了書的名字。

路易斯大吃一驚，差點從床沿彈起來：「你怎麼會知道？」

「那本書我們當然清楚。」史卡蕾亞掛著一個看透一切的笑容回答。

「因為那本書是我們創造出來的！」諾凡蘭卡補上一句。

「甚麼意思？」突如其來的展開，路易斯的腦袋完全跟不上。

「你還聽不明白？那本書是我們故意讓你看到的。」諾凡蘭卡忍不住搖頭，同時嘲笑路易斯：「你就沒有想過，這世上哪裏會有書能夠如此詳盡記載大部分人類都不知道的精靈往事？如此重要的書籍居然藏在一直與精靈敵對的火龍家裏，這不奇怪嗎？」

路易斯沒有正面回應她的嘲笑：「你們是怎樣做到的？」

「我們能夠干涉、改寫一切，造出一本書，讓在遠方的你看到並不是甚麼難事。」史卡蕾亞的平淡語氣，說得好像整件事根本不需花費吹灰之力便能達成。

「但那本書是怎樣來到我家的？你們不可能潛得進威芬娜海姆郡！」路易斯再次陷入激動，恐懼令他的情緒再度起伏。

「一定要親身潛進你家，再把書放進來的嗎？你的想像力也太狹窄了吧？哈哈！」諾凡蘭卡又忍不住嘲笑路易斯。她自信地說：「遠距離干涉，對我們來說根本是小事一件！」

「那麼你們把書給我看，一定有意思吧？」路易斯看得出諾凡蘭卡看不起他，但他並沒有在意此事，而是繼續聚焦在集中在二人把書給他看的目的上。「把精靈的祕密洩漏給我知道，到底是為了甚麼！」

「別太激動，我們只是想讓你在訂婚前知道對方的真面目而已。」面對路易斯的質問，史卡蕾亞不慌不忙地回應，還不忘在話裏示好。

「事到如今就別裝吧，哪會有這麼簡單。」但這一次，路易斯卻不相信了：「先是把溫蒂娜家的事告訴我，然後很巧妙地在森林救起我，又讓我遇上理應被關在領地裏的風精靈遺孤。說吧，你們到底想在我身上得到甚麼？」

「別用『得到』這個詞，火龍之子。我們想要的並不是你，別把自己想得太重要。」一聽見路易斯的問法，史卡蕾亞立刻換上冷酷的臉孔，劃清界線，要眼前的小子知道自己的斤兩。

「或者我換個問法吧，理應監視風精靈的火精靈族長，以及理應被監視的風精靈，你們為何會在一起？」見史卡蕾亞不願回答，路易斯改了個問法，順便指出一個他從醒來便很在意的點。

史卡蕾亞似乎很滿意路易斯如此更改問法。她笑了笑，而諾凡蘭卡則回答：「為了反抗溫蒂娜一家。」

路易斯聽後愣住了，他心裏很是震驚，良久才能勉強反應過來，問：「為甚麼？」

「看過『溫蒂娜史詩』的你，應該不難猜到原因吧？」諾凡蘭卡只是回她一句反問。

「因為要報復溫蒂娜家殺害你的同族嗎？」他問，但眼神卻滿是懷疑、不敢相信和不解。

「當然！就因為世仇，就因為當時的風精靈族長殺了她的父親，萊茵娜就殺死所有風精靈報復，還故意留一個遺孤，等她長大，生下後代後便殺害，這種殘酷的事是對的嗎？」諾凡蘭卡說得很是激動。

「那是真的嗎？」路易斯腦袋的思緒很亂，都不知道自己問了些甚麼。

「真的，而我可以告訴你，這件事很快便會臨到諾凡蘭卡身上。」這時，史卡蕾亞插話。她語氣平靜，彷彿只是在平述事實：「她現在三十歲，雖然距離精靈的成年年齡還有一段距離，但很快就會到達適合生育的年齡。當大地之母再創造一位風精靈時，她就會被要求與之結合，產下後代，並在生出後代的同一天被水精靈女王親手處死。」

「這麼多年來，我們都是這樣被逼與父母分離，就因為萊茵娜遺留下來的惡毒恨意！」一聽完史卡蕾亞的話，諾凡蘭卡又再激動地說。她腦海裏全都是自己在屋裏生下兒女後，還未趕及可以見一眼，便被水精靈族人拉到布倫希爾德面前，被她一刀斬首的畫面。自從在十年前在史卡蕾亞口中得知自己將會被處死的事實後，她無一天不會想到這個畫面。尤其當她想到自己素未謀面的父母、祖父母、其他族人都是這樣被處死時，憤怒感油然而生。

這個惡毒的循環不應該繼續，而她決定要做改變循環的那個存在。

「西爾芙小姐的理由大致上明白了，那麼莎羅曼達小姐呢？」路易斯的腦海想像到的畫面跟諾凡蘭卡的差不多，只是他多了一層詫異，心裏依然不敢相信一直在他眼中是純潔象徵的水精靈，背地裏居然這麼殘忍。諾凡蘭卡要反抗的原因不難理解，但他卻猜不出史卡蕾亞也要參一腳的原因。「你的族人沒有被滅吧？」

「叫我史卡蕾亞就好，人類。精靈之間本以姓名相稱，姓氏是萊茵娜從人類那邊引來的習慣而已。」史卡蕾亞連忙糾正他。她當然知道路易斯以姓氏相稱是怕無禮，但聽了他叫幾次之後，決定是時候提醒一下。「被滅的，是我的姑祖母——要用人類的方式解釋關係的話。」

「四百年前的內戰……」經她一說，路易斯頓時想起書中有提及四百年前精靈之國的內戰。

「當時我們一族掀起內戰，試圖反抗溫蒂娜家，但結果是族長在所有精靈面前被處刑。就是你想的那樣，站在木台上，被當時的女王亞絲特蕾亞用『精靈髓液』一劍殺死。二人明明是摯友，但她下手時很乾脆，沒有半點猶疑。」史卡蕾亞解釋，還不忘詳細描述時任族長夏妮莎被處刑時的殘酷畫面，讓路易斯想像。

「但火精靈不是向水精靈效忠的嗎？」路易斯有點疑惑。「你今早明明還在布倫希爾德小姐身邊，說過會支持她的一切決定。」

「那只是表面上而已，」史卡蕾亞一邊說一邊搖頭。「只要她們一天還擁有『精靈髓液』，就沒有精靈能夠反抗。」

「『精靈髓液』這把劍就是用那本書上提及，能夠號令精靈的神石『精靈之冠』製作而成。只要用者有意，一提起劍並作出命令，所有精靈均須聽令，沒有反抗能力。」見路易斯聽不明白，諾凡蘭卡立刻補充。「可怕的東西，真不明白當初以太精靈是抱著甚麼心態弄出『精靈之冠』的，要滅亡的話就應該連這個也一起帶走嘛。」

「諾凡蘭卡。」史卡蕾亞凝重地喝住諾凡蘭卡，後者這才發現自己不小心失言，說多了，頓時閉上嘴巴。

「如果強行反抗會怎麼樣？」路易斯沒有太在意以太精靈的事，更想確認關於『精靈髓液』的事。

「身體會承受莫大痛苦，輕則失去部分力量，又或削命，重則當場死亡。『精靈之冠』是大地之母賜予，絕對權力的象徵，在王面前，任何存在都必須聽令。」史卡蕾亞答。她之後再補上一句，精靈世界裏的上下關係是分明的，不少規條也是絕對的，跟人類世界不一樣。

「所以你們打算趁『八劍之祭』這段時候反抗嗎？」聽畢，路易斯思索了一會，嘗試猜出她們的用意說：「趁溫蒂娜家最忙不過來的時候。」

以及趁身為獨生女的女王最有機會被除去的時期——他沒有把這句說出，只留在心裏。

二人一同滿意一笑，並點頭。

「但這些都不關我的事吧？」路易斯問。他知道眼前的二人想要反抗了，但為甚麼要告訴他這個異族？他想不明白。

「要成功，還需要多一個因素，那就是你。」史卡蕾亞說時指著路易斯。

「有興趣與我們一起合作嗎？」諾凡蘭卡湊近問，距離近得令路易斯能清楚看到她的雙胸。

「我？」路易斯有點嚇倒，但不為所動，全副心神都在對話上。

「知道了溫蒂娜家多年來的惡行後，你不會覺得她們是個危險嗎？」見路易斯對自己剛才的行為不感興趣，諾凡蘭卡這時居然溫柔地握著他的手，誠懇地提議：「那麼不如跟我們合作吧。」

直到剛才為止一直表現直率，似乎看不起路易斯的諾凡蘭卡，突然一改態度，主動地誘惑路易斯。握著他的手時，路易斯便更加明白她的意圖了。但他對諾凡蘭卡的身材，或是樣貌都沒有意思，立刻縮回了手，戒備著二人。

「你和布倫希爾德本來都是舞者，是對立的存在，終有一日要除去對方的。她差點殺了你，你還要相信她嗎？」正當諾凡蘭卡因為自己的計謀不成功而一臉氣呼呼，在同一時間，史卡蕾亞在旁插話說道。

「你們不覺得矛盾的嗎？嘴上說我是火龍之子，又有敵我之分，但又想在敵人身上尋求合作？」雖然史卡蕾亞的話令路易斯一時頓住，但他依然努力尋求反駁的理由。二人的話聽上去很有道理，但他的直覺仍舊覺得她們很可疑，不能盡信。

「只有你能夠不受『精靈髓液』的能力影響，也只有你能夠接近她又不受懷疑。」史卡蕾亞沒有被路易斯的話裏所影響。

聽到這裏，路易斯明白了。二人想做的是說服他除去布倫希爾德，然後她們就可以趁權力真空期一舉推翻溫蒂娜家的統治。溫蒂娜家現在只剩布倫希爾德這個繼承人，她離去，溫蒂娜家的統治歷史也就結束。就算還有水精靈，但他們都沒有靈魂，沒可能贏過其他精靈。

「但要是我們真的合作，你們要怎樣幫助我？都是我一個人在忙，然後你們撿好處吧？」路易斯越想越不對勁，他乾脆直接問。

沒想到這小子居然不怕冒犯，如此直接把心想的說出來，史卡蕾亞忍不住滿意開懷地笑了數聲，再說：「合作不一定要互相幫助才行的，只要我們互不相爭，各自達成自己的目標，又站在同一陣線，不就行了？」

你是火龍之子，是精靈的敵人，也是火精靈多年來在土地問題上的對手，只是保你一命，就已經算是合作了——路易斯聽得出史卡蕾亞的言外之音。

「我們救了你，還告訴了你許多溫蒂娜家絕對不會告訴你的真相，這也算是一種幫忙吧。」諾凡蘭卡收起氣呼呼的樣子，認真回答。

路易斯沒有回應，他沉思著，在腦海裏努力盤算著事情的利弊。

此時，一道微光從木屋門頂的窗戶灑進屋內，提示屋內眾人黎明時分已至。二位精靈似乎感應到甚麼，同時站起來，對路易斯說：「天已亮，你是時候回去了。」

「剛才我想走就攔住我，現在把話說完就讓我走？」路易斯拋開禮儀，毫不客氣地問。

「你的女王已經再次來到森林找你，再不讓你走，恐怕她會到別的領地找人，到時候這個地方便有機會被發現。」史卡蕾亞回答，「她不能知道這裏，也不能讓她對我們有一絲懷疑。」

聽見布倫希爾德來找他，路易斯心裏一喜，但這份喜樂在下一瞬間便變成懷疑。也許她只是在看人是不是真的死了。他不想這樣懷疑她，但又阻止不到自己這樣想。

路易斯明白了似的點了點頭，史卡蕾亞便讓他打開木門，但正當他要踏出木門時，諾凡蘭卡卻把他叫住，並要求他閉上眼睛。他感到有一道微風從後而來，自己彷彿被吹起來，但雙腳又有著確實的觸地感。當他被允許張開雙眼後，發現自己居然回到昨天跟布倫希爾德約定等待的那棵樹下。

「這、這是怎樣做到的？」路易斯不敢相信，轉身驚奇地問，這時發現直到剛才為止還穿著清涼的諾凡蘭卡已披上一件遮蓋全身的雪白斗篷——正是他昨天昏倒看到的那一件。從頭到腳，她無一部分暴露在陽光下，只能從帽和臉的夾縫間勉強窺見一些綠髮。

「我不能被人見到我離開領地，所以外出時都要穿斗篷。」看穿路易斯驚訝的神色，諾凡蘭卡立刻解釋。「至於怎樣做到啊……」她在手上輕輕吹了一口氣，再投以一個似是別有含義的笑容，就沒有解釋更多了。

「好了，火龍之子，往前走吧，女王就在前方。」看來時間不多，史卡蕾亞語氣裏帶點催促。

「但……」這麼快就走，合作的事不是要回答嗎？路易斯心裏納悶，但又想不到該怎樣表達。

「你不用急著現在就回答我們，考慮一下，再決定也可。」史卡蕾亞一眼看穿他的心思，在他仍在猶疑之時便出口回答。

「但我考慮完之後，要怎樣通知你們？」路易斯心裏的疑惑並未解開。他未打算答應，只是想知道如果的情況。

「我們會有辦法在適當時候找到你的。」史卡蕾亞一笑，「正如讓你看到那本書一樣。」

路易斯忍不住微微發抖，他感覺自己的一舉一動早就被二人監視著。

「最後一個問題，」見說話已經交代完，兩位精靈也就打算離去。但路易斯卻叫住了她們，拋出一個從他看到《溫蒂娜史詩》內容的一刻就一直想不明白的問題：「精靈不是知道世界的一切嗎？為甚麼還會有紛爭？」

「因為知識跟智慧是兩回事，」史卡蕾亞彷彿不需要思考，立刻回應：「全知並不等於全善。」

說完，史卡蕾亞想起幾星期前布倫希爾德也曾說過類似的話，心感有趣地輕輕笑了起來。

「再見了，火龍之子，好好思考我們說的話吧。」

諾凡蘭卡話音一落，路易斯一眨眼，二人的蹤影便消失在他的眼前。

他依照二位的話，一直往前走。清晨的林間有一層薄霧穿插著，貌似薄紗般輕盈，又若隱若現。昨天看到霧時，他會怕；但現在，他似是無視了它們一樣，平靜地繼續走。

在無人的路上走了一會，不遠處慢慢有一個黑影接近。只見身影起初移動得很慢，四處張望，之後似是看到甚麼的，飛快地衝向他所在的方向。路易斯停止前進，在原地等待，他猜到來者是誰。

未幾，身影漸漸清晰，路易斯深了一口呼吸，準備好心情迎接來者——不是別人，正是布倫希爾德。

她跑得匆忙，如水般的頭髮都凌亂不堪，樣子看起來有點憔悴，似是徹夜未眠。雙眼確認到眼前的人正是自己找了一整天的路易斯後，布倫希爾德頓時露出感動的笑容。她恨不得自己跑快一點，但人又在距離他三步之遙的地方停下，從上而下打量著他，彷彿不相信自己真的找到人了。

「終於、終於找到你了……」布倫希爾德確信眼前人是路易斯後，忍不住流露心中的感動。從臉容到語調，她的感情都極為明顯，跟平日總是把情感收起來的她截然不同。「我找了你一整天，南方的森林都找遍了，但都找不到你，很怕你出了甚麼事……」

「我沒事。」路易斯努力擠出微笑回應。「要你擔心了。」

「我昨天不應該自己一個人去找日記的……」看到路易斯的笑容，布倫希爾德頓時心裏愧疚。她想道歉，她不應該依從夫人的計畫行事的。幸好現在找到他了，不然她會一輩子不安心。

「不要緊，日記本找到了就最好。」路易斯一笑，但他卻覺得此刻的自己很醜陋，虛偽得很。

「路易斯昨天是在起霧時躲到哪裏去嗎？」這時，布倫希爾德問。「人類在那些霧裏應該不容易存活下來……」

「我、我也不太記得了，」路易斯頓時警覺起來。他知道不能和盤托出是被史卡蕾亞和諾凡蘭卡帶走了。他一邊摸頭一邊傻笑，裝作不記得：「只記得自己一直在尋路，回過神來就在這裏了。對不起呢。」

布倫希爾德心裏有點疑惑，但沒有再追問下去。找到路易斯，對她來說已經很足夠。

「不要緊，只要你沒事便足夠了。」她溫柔地握起路易斯的手，笑著看著他。「我們回去吧，回安凡琳。」

「嗯，回去吧。」路易斯掛著微笑，點頭回應。

路易斯讓布倫希爾德牽著他的手，任由她引領他前進。只是這次，從手掌傳來的溫度，感覺明明是溫暖的，他卻覺得冰冷無比。

4

「彼得森先生，我們尋回威芬娜海姆公爵了！」

一收到布倫希爾德藉風傳來的快訊，莉諾蕾婭第一時間想到的是通知彼得森。她一反平常的鎮定，急忙衝到路易斯的客房去。一進去，只見房間昏暗非常，沒有打開窗簾讓陽光進來，也沒有點蠟燭。而莉諾蕾婭憑著蠟燭的長度猜出，他應該整晚都沒有點蠟燭照亮房間，一直獨自一人留在黑暗的房間裏。彼得森正呆坐在床邊的木椅上，雙手抱頭，對莉諾蕾婭的消息毫無反應。

「彼得森先生？」

莉諾蕾婭再次呼喚他，他才緩緩抬起頭來。莉諾蕾婭輕微嚇了一跳，彼得森的雙眼下掛著明顯的黑眼圈，雙目無神，頭髮散亂，沒了平時精神抖擻的樣子。他疲憊的雙眼對上莉諾蕾婭的綠瞳，一直看著，沒有反應，過了一會才稍微回過神來。

「莉諾蕾婭小姐？有甚麼事？」他的聲音也很無力，心裏以為莉諾蕾婭只是又來告訴他主人仍然失蹤。

「我說，剛剛主人告訴我，威芬娜海姆公爵已在森林被尋回，二人正在啟程回歸，很快便會回到城堡裏。」莉諾蕾婭告知。

彼得森一聽，先是一愣，雙眼慢慢睜大，慢慢地，他的眼神開始回復神彩，而眼角也慢慢冒出淚珠。

「是、是真的嗎？」他聲音顫抖，內心的感動在臉和聲音上完全流露。

「真的。」莉諾蕾婭回以一個肯定的微笑，以及堅定的點頭。

彼得森不敢置信，他整夜坐在床邊，腦內除了反覆幻想路易斯突然從門外出現，以一貫的燦爛笑容告知自己平安的情景外，也開始忍不住思考要如何向歌蘭交代路易斯失蹤的事。他心裏一直不希望最壞的預想發生，但當現在人真的要回來時，他反而又覺得很不真實。

「那、我要到門前迎接他！」他完全忘了自己要抹去眼角的淚珠，倏地站起，要衝出房間，但被莉諾蕾婭一手拉住。

「距離二人到達還有一點時間，你先整理一下自己的儀容吧，可不能讓主人看到你這副憔悴樣子。」說完，莉諾蕾婭把前臂上掛著的毛巾遞給彼得森，以眼神示意他快用這條毛巾梳洗。彼得森認得，這條毛巾打從她第一次呼喚自己時，就已經在她的手臂上。「這樣只會令他擔心。」

「為甚麼？我們不是對立的嗎？」彼得森有點吃驚。一邊是人，一邊是精靈，她又不能在自己身上尋求甚麼好處，大可以交代完消息便離去的啊？為甚麼這麼好心提醒自己？

「在立場上，是對立沒錯；但我們都是忠心為主人著想，以主人的安危為最優先事項的人，在這一點上我們是一樣的。」莉諾蕾婭笑著回應。

彼得森一笑，她說的確實沒錯。他理解地接下她遞過來的毛巾，神清氣爽，快步走到梳洗間梳洗。

⚔

正如莉諾蕾婭所說，路易斯和布倫希爾德真的很快便回到溫蒂娜宮。

路易斯全身上下毫無外傷，跟昨天出門時的樣子幾乎一樣，這樣令彼得森放心不少。只是他的樣子有點疲憊，跟平時比較起來較為無神，這讓彼得森在心中暗暗決定，待會要為他沖一杯溫暖的茶去除疲勞。

現在已是早上，理應要去進食早餐，但路易斯一回來便表示，自己有點疲累，需要休息，恐怕沒法和布倫希爾德共晉早餐了。布倫希爾德甚麼都沒有說，只是表示理解，並堅持要送他回房休息。就這樣，主從一共四人，便經由溫蒂娜宮大廳的大樓梯步上三樓，再轉行另一條小樓梯到四樓的客房去。

「路易斯，實在很抱歉，昨天實在是疏忽……」步上四樓的同時，布倫希爾德再次向路易斯道歉。從在森林重遇後到現在，她已經不下十次向他表達歉意。

「不要緊的，沒關係。」而路易斯如剛才的十多次一樣，繼續表示他不在意。只是說完這句之後，他就再沒有說話。

四樓的走廊已近在咫尺，正當四人只差數級樓梯便到達之時，上方不遠處傳來清脆的鞋跟聲，鞋跟聲越來越近，未幾，一個陌生的身影便出現在眾人面前。

路易斯抬頭一看，吃驚的心情都寫在臉上。來者有著清澈如水的淡藍長髮，又有一對如藍寶石般的閃亮雙眼。那如水般的頭髮幾乎跟布倫希爾德的一樣，只是顏色稍微深色了點，以及髮形有如波浪一樣起伏，而不是直髮。除了髮色和髮型的輕微差別，她無論在身高、五官，以至衣著，都跟布倫希爾德幾乎一模一樣，甚至比布倫希爾德更具女王氣質。她從上而下打量著仰望自己的四人，她先是略為驚訝，但很快便收回臉上的神色，改以有禮的微笑看著眾人。

「您好，這位身材高挺、一表人才的一定是威芬娜海姆公爵了。一直都沒有機會向您打招呼，實在抱歉。」她說話時流露著知性和成熟的味道，讓人在心中不禁萌生出敬佩的心情。但布倫希爾德看到她，只是臉色慘白，而莉諾蕾婭也立刻低頭，不敢作聲。

「你好，請問你是？」沒留意到布倫希爾德反應的路易斯有禮地詢問對方的身分。

「沒想到會在這裏遇上幾位，我差點都忘了自我介紹。我是希格德莉法・溫蒂娜，是布倫希爾德母親的姐姐。你稱呼我為溫蒂娜夫人便可以了。」希格德莉法——也就是布倫希爾德口中提到的「夫人」，掛著微笑自我介紹。早晨的陽光從後方照到她身上，背後的光線讓她看起來像女神般閃耀又高貴。

「溫蒂娜夫人，日安，幸會。在宅第打擾了這麼久，我卻從未曾向夫人問安，實在有失禮教，還請夫人見諒。」路易斯點頭道歉。他根本不知道希格德莉法的存在，自然不會知道要跟她打招呼，但現在遇上了人，客套話還是要說的。「這裏似乎不是談天的好地方，我們也不好意思打擾夫人的日程，不如就——」

「現在剛好是早餐時間，不知道威芬娜海姆公爵有興趣一起共餐嗎？」正當路易斯表示要離開時，希格德莉法打斷了她，並邀請二人一同進餐。她把目光轉向布倫希爾德，提議道：「布倫希爾德也一起吧。」

布倫希爾德沒有回話，只是捏緊裙擺，點頭如搗蒜。

「感謝夫人的提議，但我實在有點疲倦，可能下次才能接受夫人的好意了。」路易斯嘗試回絕，徹夜未眠，他真的有點累，很想快點回房睡一覺。

「精靈的早餐有去除疲勞的效果，比去除疲勞的茶更有功效，一定能替威芬娜海姆公爵去除疲勞。」希格德莉法一語猜出彼得森打算給路易斯喝茶，令後者心裏一驚。她嘗試繼續邀請路易斯：「難得機會，為何不賞面呢？我會讓下人準備最高等的早餐給你品嘗的。」

「既然夫人說到這個份上，我就恭敬不如從命。」路易斯在夫人的話中感覺到輕微的強制，似是如果他繼續婉拒，她就會說服他直到答應為止。如果他堅持拒絕，只會顯得自己無禮，既然又未至於疲倦到馬上要倒下，那麼就順她的意思吧。他點了點頭，再站到一旁，讓希格德莉法先行：「感謝夫人的好意。」

就這樣，四人跟隨希格德莉法再次回到大廳，並轉右走進飯廳。飯廳裝潢簡潔，兩邊整齊排列著一條又一條的雪白巨柱，柱頂的檐部雖然跟安納黎的一些類近建築的柱頂一樣刻有裝飾，但不同的是，此處所刻的都是精靈之森擁有的各種花草，以細節突顯精靈之國的特色。每條柱之間都以石拱連接著，組成一條長拱廊，石拱上畫有精靈之森四季的景色，而石拱的頂部則連接著天花板。在兩邊拱廊所包圍的中央放置了一張長木桌，正是三人將要使用的飯桌。

路易斯對飯廳並不陌生，但他是第一次與布倫希爾德和她的姑母一起進餐，突然要他與希格德莉法進餐讓他感到有點不自然。平時，他和布倫希爾德都是坐在長桌的兩邊進餐，但因為希格德莉法在，長桌其中一邊末端的位置要讓給她，而他又是客人，所以最後變成他和希格德莉法各坐桌的兩邊，而布倫希爾德則坐在他的旁邊。

路易斯的身後是彼得森，布倫希爾德的身後是莉諾蕾婭和不久前來到的卡莉雅納莎，而希格德莉法身後的則是她的兩位貼身女僕——水精靈帕諾佩和亞娜莎，除此之外就再沒有其他人。兩位水精靈都擁有一把亮麗的碧藍長髮，卡莉雅納莎也是，四人同場，反而更顯得擁有一把藍綠短髮的莉諾蕾婭是異類。

「雖然剛才說過要讓公爵品嘗精靈界最高等的早餐，但如果公爵更喜愛進食習慣的菜色，我也可以立刻請下人準備。」希格德莉法的聲音清楚從桌的另一邊傳來，也因為空曠而響遍整個飯廳。

「感謝夫人的顧慮，但既然將要成為精靈女王的丈夫，那麼我一定要理解精靈的飲食，才能服眾。我跟兩位吃一樣的便可，請不用介意。」路易斯以微笑回應。希格德莉法滿意一笑，轉身向帕諾佩交代了兩句，不過一會，帕諾佩便帶著幾位水精靈女僕，為眾人端上水精靈早餐裏不可或缺的果子和露滴璃餅，以及剛泡好、出產自精靈之森的罕有貴茶——黎明安凡琳。

「露滴璃餅都是利用當天清晨採收的晨露，加以食用者最愛的花果製作而成的。它有補充水份的效果，而依照加入的花果不同，也有消除疲勞、提升活力等效果。我剛才吩咐了下人在威芬娜海姆公爵的露滴璃餅裏加入茉莉花，以及此地才有的華雪果。華雪果跟茉莉花一樣，都有消除疲勞的功效，也有提神作用，想必公爵吃完後一定能夠立刻睡意全消。」

希格德莉法仔細向路易斯解釋水精靈獨有的菜色——露滴璃餅的製造方式和他面前露滴璃餅的特點。路易斯低頭看，名字裏雖然有個「餅」字，但眼前的露滴璃餅更像是一顆巨大又不會散掉的大水珠。它無色，裏面也是透明的，完全看不出加入了甚麼東西，但當路易斯湊近，他隱約聞到一陣清新的茉莉花香，一陣不熟悉又甜美的果香也同時飄進他鼻裏，想必就是希格德莉法所說的「華雪果」吧。

路易斯在以前就曾看過布倫希爾德吃露滴璃餅，但他自己卻從來未吃過。他嘗了一口，放進口的瞬間，璃餅就在他的口中融化開去。它們像水一樣立刻流到食道，但茉莉花和華雪果又為這道「水」增加了一些清甜，令它跟一般的水的感覺不一樣，易入口之餘又令人感覺舒暢。他連續吃了幾個露滴璃餅，慢慢感覺到身上的疲勞都漸漸消失，連同整個早上一直持續的頭痛也緩解了。露滴璃餅果然有消除疲勞的功效，他心裏暗暗驚訝。

「看來公爵對露滴璃餅很是喜歡，那我就安心了。」見路易斯吃得那麼高興，希格德莉法很是滿意。

「請問我可以問一個冒昧的問題嗎？」喝了一口同樣能消除疲勞的黎明安凡琳後，路易斯便提出他心裏的問題。一如以往，他都是把心裏想的直接問出：「夫人與布倫希爾德小姐如此相似，是否有甚麼原因？」

「精靈到達二十歲後，便不會再變老，而直系親屬之間的樣貌可以十分相似，甚至幾乎一樣。」希格德莉法解釋。

原來如此，怪不得史卡蕾亞和諾凡蘭卡感覺不像二十，但樣貌卻那麼年輕，路易斯這才恍然大悟。

「威芬娜海姆公爵？是否有甚麼事？」見他在沉思，希格德莉法詢問。

「啊，沒有！只是自己的事。」路易斯連忙裝著沒事。二人的事可不能說出口。

「你們二人在兩星期後便要訂婚了，心情準備好了嗎？」希格德莉法沒有在意路易斯的反應，問了另一條問題。

一聽到訂婚二字，路易斯心裏頓時一涼，但他依舊掛著燦爛的笑容回應：「不經不覺只差兩星期了，時間過得真快。」

「我一直看著布倫希爾德長大，看到她嫁人，少不免會有點感觸呢。」希格德莉法彷彿的語氣彷彿像是一位見證著亭亭玉立的女兒終於要成家立室，因而感動的母親。

「如果她的母親也能見證便好了……」路易斯低頭感慨地說，但他也同時藉著瀏海的掩蓋，偷瞄希格德莉法的反應。

「誰叫妹妹命薄，這麼突然便回歸大地之母的懷抱了。不過相信她的靈會祝福布倫希爾德的。」

希格德莉法的雙眼閃過一絲憂傷。路易斯本來想藉此試探《溫蒂娜史詩》上所說，布倫希爾德弒母的事，但現在看來，至少希格德莉法似乎並不知情，她眼中的悲傷是真實的。

希格德莉法輕輕抹去眼角的淚珠後，重拾剛才的溫柔神情，問：「對了，你們談過管理權的問題了嗎？」

「我們同意了在婚後各自管理自己的郡，原則上狀況和現在不會有分別。」路易斯說。事實是，布倫希爾德在書信上曾經就此事與路易斯相討，各自管理是她提出的，他一直未有回覆。但現在他趁希格德莉法問的同時給予回覆，並表示結論已定，那麼布倫希爾德和希格德莉法就都沒法說不。

之前一直未有回覆，是因為他猶疑，既然二人是夫妻，不是應該共同管理的嗎？但現在，他改觀了，還是分開的好，為了減少危機。

「那就好。雖然迎來一個火龍之子的王，在某些精靈之間確實有些意見，但只要是布倫希爾德的決定，我都會支持。」希格德莉法滿意地點了點頭。

「夫人會來觀看我們的訂婚典禮嗎？」路易斯問。

「我剛巧有些要事要辦，所以沒法去了，抱歉。」希格德莉法笑著婉拒，「但我會在遠處祝福你們的。」

「感謝夫人的心意。」路易斯點頭示意感謝。

「布倫希爾德雖然有點安靜，甚至可能有點冷淡，但她是個好女生，要好好待她。」此時，希格德莉法叮囑路易斯，就像人類的母親把女兒交託給別人時說的話一樣。原來精靈也會這樣的嗎？路易斯覺得神奇。

「我會的，夫人請不用擔心。」他以微笑讓夫人放心，但內心卻覺得自己此刻的虛偽無比醜陋。

「那麼既然時間也差不多，我還有要事要辦，就先退席了。」得到路易斯的確認後，希格德莉法似乎放鬆了。她以餐巾一抹嘴角後，便緩緩站起來，向二人表示離去之意。正當她要轉身離去之際，她望向布倫希爾德，似是話中有意地留下了一句話：「你們吃得開心點，布倫希爾德也要多吃點啊。」

說完，希格德莉法便在兩位女僕的陪同下離開飯廳。路易斯轉頭一看，這才發現布倫希爾德臉色慘白，冷汗直冒，雙手一直緊捏著裙擺不放。他再望向桌上，這才發現她完全沒碰過自己的早餐——路易斯這才想起，剛才一直只顧著跟希格德莉法談天，沒留意到布倫希爾德全程一句話也沒有說過。

「布倫希爾德小姐，你沒事嗎？」他立刻離座，走到布倫希爾德的身邊。她望向路易斯，連忙搖頭，但顫抖著的身體卻出賣了她。

「剛才我留意到你看見夫人後的反應……是發生了甚麼事嗎？」

路易斯回想起，好像自從剛才在樓梯上與希格德莉法碰面開始，布倫希爾德就一直一臉驚慌。平日得體大方的她頓時變成像受了驚的小鳥一樣，不敢反應，還不敢抬頭與希格德莉法互相對望，似是有甚麼內情。

布倫希爾德一聽到這句詢問，身子立刻顫抖了一下，捏緊裙腳的雙手也加緊力道，彷彿回想起甚麼不好的記憶一樣，直到路易斯輕輕把手搭在她的手上，人才回過神來。

「喔……嗯，也、也沒有甚麼，就有點……關係不好，」布倫希爾德回答時帶點吞吐，人也有點心不在焉。她努力調整呼吸，心中對自己默念，她已經不在。

「喝杯茶吧，應該會舒服一點。」路易斯不知道該如何幫助她，此時看到桌上泡著黎明安凡琳的茶壺，連忙親自為她倒了一杯茶，並交到她手中。

布倫希爾德雙眼閃過一絲驚訝，她雙手接過茶杯，緩緩把杯內的茶喝掉。喝完後，她只是雙手緊握著茶杯，繼續理順呼吸。不知是否茶的功效，很快地，她慢慢重拾對身體的控制。

「謝謝你。」完全鎮靜下來後，她放下茶杯，並向路易斯道謝。雖然話裏只有三隻字，但內含的感激之情卻不單薄。

「不用客氣，沒事就好。」確認布倫希爾德已回復平常，路易斯也就回到自己的座位去。

飯廳陷入沉默，二人都似乎若有所思，但又無人打開話題。過了一會，見布倫希爾德仍未有要作聲的意思，路易斯率先問：「正如剛才夫人所說，距離訂婚只剩下兩星期，我也需要回家花時間作準備，最快明天便要起程了，不知道可以嗎？」

需時準備是真的，但另一個理由是他要趁訂婚之前趕往冬鈴城去。

縱使這兩天的經歷起伏非常反覆，但他並沒有忘記愛德華的事。

布倫希爾德點頭同意，但沒有作聲。

「那麼我先回去休息一下，可以嗎？」既然要問的問完了，路易斯也就打算回房間休息。他站起來，要離開飯廳，怎知經過布倫希爾德的庭位時，卻被她拉著上衣的衣角，止住了腳步。

「布倫希爾德小姐？」他有點驚訝地回頭。

「我、我有點怕，可以陪我吃完早餐嗎？」布倫希爾德沒有放開手，她低著頭，小聲請求。

「當然可以。」他溫柔一聲，輕聲答應，並輕輕握著她抓住衣角的手，柔和地安慰：「沒事的，我在。」

布倫希爾德聽畢，放鬆一笑，在她的陪同下終於願意進食桌上的食物。此情此景理應浪漫，但路易斯卻心裏作嘔，不是因為她的反應，而是因為自己的行動。

剛才對她說的話，以及反應，有一半都是出於本能反應的，但他現在確切感覺到，還有要裝模作樣的另一半在。

米幾乎已成炊，訂婚是不可避的事實，現在才來取消只會惹來懷疑。他也許仍然愛她，但現在只想和她拉開一點距離，靜觀其變，但同時又要繼續利用這段關係，保持她對他的信任。

這三天的經歷，讓他明白了自己有多天真，還察覺到自己到底可以有多虛偽。

我會早日作個了斷，卸下這個面具的，路易斯心裏暗暗決定。但不是現在。

5

翌日早餐後，一如計畫，路易斯和彼得森就要離開安凡琳了。

九時仍未過去，天色卻早已昏暗，似是快將下雨似的。過往兩天的好天氣好像都是騙人的，天色似是在告訴眾人，如此陰晴不定的天氣才是精靈之地真正的模樣。

路易斯、布倫希爾德、莉諾蕾婭和卡莉雅納莎都站在溫蒂娜宮的門前。彼得森正忙著把帶來的行李逐一搬上馬車，而車伕也正在調整好馬匹的狀態，莉諾蕾婭和卡莉雅納莎在一旁沒甚麼好做的，就剩下路易斯和布倫希爾德二人互相注視著。

「下次見面便是兩週後了，」路易斯看著布倫希爾德的雙眼，並握著她的雙手，溫柔地說：「恨不得時間可以過快一點。」

「一眨眼便會過的，不用擔心。」布倫希爾德微微一笑，路易斯的話令她心裏暖暖的。她想起自己很快便要再次離開安凡琳，表示擔憂：「很久沒有離開過郡，有點緊張。」

「威芬娜海姆城堡一如以往，對你來說應該仍是熟悉的模樣。」路易斯回應，順便又一提布倫希爾德小時候來過威芬娜海姆城堡的事。

「呃……對呢，我還記得的。」布倫希爾德呆了一會才反應過來。確實好像有這麼一回事，她勉強記起。

「那麼時候不早，我先離去了。」路易斯似是從她的話和反應得到甚麼肯定似的，他沒有繼續話題，示意道別後，微微一笑，並在她的手上輕輕一吻。

之後他轉身，正當要走上馬車時，布倫希爾德突然從後面急忙叫住他：「路易斯！」

「有甚麼事？」路易斯回頭，略為疑惑地問。

「那個……謝謝你。」布倫希爾德欲言又止。她似是有很多話想說，但又未能整理，最後決定用三隻她很少說出口的字總結。

路易斯沒有說甚麼，只是回以會心一笑，二人對視數秒後，他點頭，便轉身進入車廂。甫坐下，他慢慢收起剛才為止一直掛在臉上的笑容，以眼神冷冷示意彼得森叫車伕出發。馬車緩緩駛離溫蒂娜宮，彼得森小心地看了看窗外，再疑惑地看著路易斯，小聲地問：「路易斯大人……」

路易斯似乎猜到他要問甚麼，連忙搖頭，並作出一個「噓」的手勢。

「甚麼都不要問，離開郡之後再說。」他一瞥車外的凱姆，再壓低聲音回應。

⚔

在森林裏緩緩行駛了約四十分鐘，路易斯的馬車終於要離開安凡琳郡的邊境。一路上主僕二人果真一句話都沒有說，跟平時總會有一個人說話的習慣大相逕庭，就連負責送他們出去的凱姆也感到奇怪，曾數次回頭看看二人到底發生了甚麼事，但他看到的都是閉眼養神的路易斯，以及欣賞著窗外風景的彼得森。每次看見此景後，他都是嘀咕兩句，呢喃這小子真奇怪後，便回頭繼續引路了。

馬車渡過蒂莉絲莎河，離開安凡琳郡，回到威芬娜海姆郡的範圍後，便立刻稍微加快速度，一路往北奔馳。聽到加速的聲音，路易斯立刻張開雙眼，鬼祟地左顧右盼，確保馬車確切身處自己的領地，附近再沒有任何精靈後，才放鬆下來。

他剛才其實是在裝睡，而目的不過是為了不讓凱姆起疑心。對於裝睡，他早就大有經驗，既然他可以在上課時騙倒老師以為自己沒有睡，自然可以反過來做。

「可以問了。」他立刻對彼得森說。後者一時反應不過來，思索了一會才記得剛才到底想問些甚麼。

「路易斯大人在這幾天的態度有點奇怪，是有甚麼事嗎？」彼得森問。

「你說的話果然是對的，要拉開距離，以前的我太蠢了。」路易斯難得直接承認自己的錯誤，彼得森甚是詫異。

「甚麼意思？」彼得森問。

「你以前不是一直要我小心溫蒂娜家嗎？訂婚一事是我衝動了，但已經沒法改變，唯有讓事情快點過去便好……你為甚麼一副驚訝的樣子？」路易斯解釋，但說到一半，他才發現彼得森正張著嘴，一臉驚訝地看著自己，好像見到甚麼奇珍異物似的。他心裏頓時有點不爽。

「怎麼大人的想法跟以前不一樣了？」彼得森好不容易才回過神來，收起驚訝神情，並問。

「我可是在精靈之森差點被殺掉啊！因為她的計謀！怎麼可能會不改變想法啊？」路易斯沒好氣地回答。

這不是很明顯嗎？你這傢伙今天是睡不夠嗎？他差點便把這些罵人的話都說出口。

「那一晚，路易斯大人到底在哪裏？」路易斯以為彼得森會附和他的話，怎知他卻疑惑地問路易斯那一晚在森林的行蹤。

「……我不能說，但總之是在安全的地方。」路易斯頓住了。諾凡蘭卡和史卡蕾亞吩咐過他絕對不能說出去，即使彼得森是自己的僕人，應該不會說出去，也不擔保她們二人會否對他做些甚麼。他不想彼得森陷入無謂的危機去，所以決定不會告知他真相。但說完，他覺得彼得森的問法有點奇怪：

「慢著，平時你不是第一個跳出來質疑溫蒂娜家族的嗎？為甚麼今天變了？」

「我也不知道……但安凡琳女公爵似乎是真的在擔心你的。」以前的彼得森大概也想不到自己會有說這句話的一天。

「哪有？她把我丟下，第二天才來，是想來確認人死了沒吧？」一聽到「擔心」二字，路易斯突然激動起來。

「她那天與你失散後，在森林裏找了一會後，便焦急地衝回城堡，想看看會不會有你先行回到城堡的奇蹟發生。回到城堡不久，她很快又外出親自尋找，直到黃昏也不回來，最後是莉諾蕾婭強行到森林把她帶回來的。」彼得森嘗試說明自己當天所看到的真實。有些內容其實是經由莉諾蕾婭得知的，並不是他第一人身見證，但他沒有打算詳細說明。「然後第二天天還未亮，她就已經衝出城堡繼續找你了。如果是為了掩飾自己殺人的計謀，而裝著努力找人，這樣也未免裝得太落力了。」

「你怎麼知道那麼清楚？」路易斯不禁質疑。態度變化那麼大，彼得森是被洗腦還是被灌藥了嗎？

「因為我都看到！我還聽見安凡琳女公爵和莉諾蕾婭——就是那個藍綠髮的女僕——吵了一大架，要是莉諾蕾婭沒有勸著女公爵，她可是打算整個晚上不眠不休地尋找，完全不顧自己的身體和安危！我不是反對路易斯大人的看法，也不是沒有懷疑過，但她的行為和反應真的不像是在騙人的。」見路易斯不相信自己的話，彼得森把自己在當天晚上正要尋找莉諾蕾婭時，偷偷聽到的話誠實告知。

經彼得森一說，路易斯回想起，那天清晨在森林再次遇見布倫希爾德時，她那憔悴的樣貌和凌亂的頭髮。舉止在何時何刻都優雅高貴的她，理應不會讓自己如此失禮的一面呈現在他人面前。而且她當時看到他的反應，那感動的眼神是真誠的，其雙眼流露的色彩可不能輕易騙人。

但難道諾凡蘭卡和史卡蕾亞說的話就是假的嗎？布倫希爾德把自己拋在危險的精靈之森裏是不爭的事實，要是諾凡蘭卡沒有出現，他可能真的被大霧吞噬了！

那麼真相到底是甚麼？知道得越多，他反而越來越迷惘。

「路易斯大人？」見路易斯一直沉思，眉頭越皺越深，彼得森抱著疑惑，試圖把他喚回來。

「別吵我！我會自己決定的！」以為彼得森是在催促自己決定，路易斯忍不住發脾氣。話衝出口之後，他才醒覺自己都做了甚麼好事，又不想道歉，便把視線移開，硬生生轉換話題：「話說到冬鈴城還要有多久？」

「我們首先要回到威根市，之後一路北上，繞過寧芙米亞山脈，再往西繞過霍夫曼郡，穿過雪森郡，才能到達冬鈴郡和冬鈴城。」彼得森沒有在意路易斯的話題轉換，立刻專業地為主人詳細解釋。

「最快也要六天的時間才能到達冬鈴城。」

「如果能夠用安娜納蘭大道便能節省點時間，真麻煩，不過算了。」彼得森本來怕路易斯會抱怨時間之長，怎知路易斯只是嘆氣。因為他理解問題的原因在哪裏。

如果是經由安凡琳郡西邊的安娜納蘭大道穿過森林直接北上，大概可以省掉三天的時間。但精靈們應該不允許人類的馬車在森林裏行駛如此長的距離，而最重要的是，他沒有跟布倫希爾德提過要去找愛德華，也不想告訴她。如果直接詢問她，他們能否跨過森林再使用大道，定必會引起不必要的懷疑。雖然要多花接近一倍的時間，但這是沒辦法中的辦法。

「還有六天，六天後便能打敗那傢伙，多花了時間也是值得的。」路易斯呢喃道。

「路易斯大人，你真的決定要前往冬鈴城嗎？」這時，彼得森問。

「當然，早就決定好了，你為甚麼現在才問？」路易斯一臉不耐煩。

「距離訂婚典禮只剩下約兩週的時間，現在我們還要花六天時間到冬鈴城，一來一回，最少要八到九天後才能回到威芬娜海姆，只剩下幾天準備典禮。先別說準備時間變得緊迫，如果路易斯大人在對決過程受傷，那些傷勢一定會影響你參加典禮。這場訂婚典禮，大人可是期待已久，那麼現在不應該先回到威芬娜海姆準備典禮，訂婚過後才再找愛德華對決嗎？」彼得森將自己一個多星期以來抱有的疑惑一口氣說出。他之前也問過同樣的問題，但今天他決定一定要搞清楚。

彼得森明白路易斯一直想再跟愛德華對決，但現在和安凡琳女公爵的訂婚典禮就近在眼前，不應該先等典禮完結，再去冬鈴城提出對決，才比較合理嗎？

他在提問時故意避重就輕，不提及路易斯會在對決中喪命的可能性。

「不，我一定要現在前往。」路易斯雙手抱胸，意志堅定。

「為甚麼要那麼急促？」彼得森焦急地問道。他不明白主人為何要急於一時：「反正『八劍之祭』還有兩個多月的時間……」

「現在不打敗他，我就沒法繼續前進！」不等彼得森說完，路易斯立刻激動地打斷他的話。

「路易斯大人，這是甚麼意……」

「我之前已經在『八劍之祭』輸了給他一次，那時本來以為他已死，沒想到這傢伙居然真的回來，還當了領主，」路易斯說的同時，雙手大力抱緊胸口，眉頭也更為緊皺，看來憤怒快要到達頂點。「要是我現在不打敗他，扳回之前的恥辱，我哪有面子在眾人面前露面，也沒有心情繼續參加祭典！」

一聯想到在訂婚典禮上，各路貴族看見他出現時都會竊竊私語，談論打敗過他的愛德華再次露面，並再次取笑自己為家族丟架的場面，再回想起歌蘭在得知自己敗在愛德華劍下後怒罵他侮辱了齊格飛家的威嚴，以及狠狠掌摑了自己兩記耳光的回憶，路易斯心裏的怒火便越燒越旺。這些嘲笑，這些恥辱，都是愛德華帶給他的，要是愛德華一早不存在，他就不用遭受這一切。

所以他一定要打敗愛德華，不勝過他，就沒法再前進下去。

未等彼得森回話，路易斯便閉上雙眼。但他不是休息，而是專心在腦內想像和愛德華對決的畫面，以及模擬自己要出怎麼樣的招數把他打到落花流水。
這次，我不會再輸的了，他在心裏暗暗決定。

⚔

花了差不多一個星期，日夜趕路，路易斯和彼得森終於到達冬鈴城。從遠處看到冬鈴城城牆的一刻，路易斯和彼得森心裏都不禁萌生出一絲感動，終於不用再坐到屁股疼了。
冬鈴城不愧是北方的重要城鎮，現在不過是早上十時，就已經有不少車輛等著進城。等了五分鐘左右，路易斯的馬車終於到達城門口了。
「請問冬鈴伯爵今天在嗎？」彼得森把頭探出馬車，詢問其中一位守門的士兵。
「伯爵今天沒有離開冬鈴城。」士兵回答。
「想確認一下，伯爵的名字是愛德華・基斯杜化・雷文嗎？」彼得森再問。
「是這樣沒錯……」士兵對彼得森的問題有點不明所以。
「果然是在這裏。」在車廂裏的路易斯頓時嘀咕，語調裏混含著些微怒氣。
士兵仔細打量馬車，這才看到車身上的齊格飛家徽。「啊，失禮了！不知道威芬娜海姆公爵遠道前來冬鈴城，是想拜訪冬鈴伯爵嗎？請問需要通傳嗎？」
「不用了，我們是相識，會主動到他家拜訪的。請問可以告訴我該怎樣走嗎？」彼得森代車內的路易斯問。

士兵恭敬又清晰地指明道路後，不一會，他們便到達冬鈴城堡。在管家的引領下到大廳等待一會後，一個久久不見，卻依然無比熟悉的身影便緩緩從大廳的左邊出現。

「果然你還未死，真是命大。」一見到來者真的是愛德華，路易斯馬上刻薄地給他一句問好：「沒見一陣子，連領地都有了，真是威風。」

「倒是威芬娜海姆公爵，以及烏艾法先生，相隔一個多月不見，仍然跟以前差別不大，令人羨慕呢。」愛德華也不遑多讓，反擊一句，讓路易斯咬牙切齒。

「像以前在學校一樣，直呼名字不就好了？還以為你已經死在『薔薇姬』的劍下，世事真的奇怪。」明明心裏沒有尊敬之心，就不要用稱號稱呼我！路易斯就沒有想到這其實是愛德華的激將法。

「廢話少說，威芬娜海姆公爵，不，路易斯，今天千里迢迢來到訪，到底所為何事？」既然路易斯說得如此明白，愛德華就跟著他的說話做，這舉又令路易斯心裏氣呼呼的。愛德華沒有意思要和路易斯繼續站著寒暄下去，便打斷了話題，逼他說明來意。

「還用問的，當然是要打敗你，愛德華！」路易斯直截了當表示。

「已經輸了一次，還想要第二次嗎？」愛德華的話裏滿是刺。

「別神氣，這次我一定可以贏你的！怎麼了，怕了嗎？」被說中痛點，路易斯登時又有點激動。

「才不是，我也正有此意，正等著你來呢。」面對他的挑釁，愛德華只是氣定神閒地回應：「路易斯，我接受你的對決。」

「這次我一定會打敗你，了結我們之間的恩怨！」路易斯指著愛德華，高聲宣告。

愛德華一笑。等了足足一個月，他終於等到今天。

第十四迴－Vierzehn－

鏡映－REFLECTION－

1

「這次我一定會打敗你，了結我們之間的恩怨！」

諾娃剛從自己的房間來到大廳，第一句聽到的就是路易斯的激動宣言。她未見到人，就已經認得聲音的主人正是愛德華的死對頭——路易斯。心知不妙，她立刻加快腳步，走到愛德華身後。

愛德華見她到來，對她微笑點頭；路易斯看到諾娃，先是想起甚麼似的有點驚訝，過了幾秒才想起要打聲招呼：「日安，諾娃小姐，我還在想為甚麼看不到你呢。」

諾娃正思考該如何回應，愛德華這時插話道：「那麼，不知道路易斯想到於何處進行決鬥呢？」

「甚麼？」路易斯一時反應不過來。對決地點？為甚麼問我？

「城堡裏有兩個地方適合對決，分別是後花園，以及二樓的翠綠大廳，不知道路易斯比較喜歡哪一個地方？」見路易斯不明白，愛德華便解釋，還貼心地為他提議了兩個地方——一個室外、一個室內，供他選擇。

「你是此地的主人，地方應該是由你預備的吧？為甚麼要交由我選擇？是決定不到嗎？」路易斯終於明白愛德華是要他選擇地點，但同時他也發怒了。

無緣無故為甚麼要我決定？不是哪裏都可以嗎？還有決鬥一般不是由副手決定地點的嗎？

「如果路易斯對決鬥地點沒有特別喜好，我當然樂意請我的副手——諾娃作出決定。但我只是怕，要是由我們選的話，你輸了，就又有理由推卸而已。」見路易斯總是不明白，愛德華唯有直說了。但他沒有說的是兩個地方的好處與壞處。後花園的好處是佔地大，又有樹林，戰術選擇會增多，但昨天冬鈴城下過小雪，草地都結了一層薄薄的冰，抓地力和室外溫度將會為決鬥帶來額外的影響。翠綠大廳沒有溫度和抓地力的限制，但空間有限，戰術選擇自然便少了。

「……你想得美，我當然不會讓你選擇，讓你選一個對自己有利的地方！」愛德華的一句提醒，才讓路易斯發現自己差點喪失了勝利的良機。但他幾乎沒有仔細考慮，也沒有跟可以成為副手的彼得森商量，很快便下了決定：「翠綠大廳！就這樣定了！」

「好，那麼請到這裏來。」愛德華沒有表示甚麼，只是立刻為路易斯和彼得森引路。

在路上，他一聲不發，但又忍不住回頭偷眺一下路易斯那神氣的嘴臉。

雖然我把地點的選擇權讓給他，但他就沒有想過，既然那兩個地方是我提出的，那即是說我對它們有一定的把握，無論選哪裏我都是有利的啊？

他差點忍不住笑了出來，但很快又把嘲笑之心收回去。

這次不能再像上次一樣手下留情，行婦人之仁了。他在心中提醒自己。不可以再心軟，這次一定要徹底除去他。

⚔

一行人穿過大廳右邊的走廊，途中經過音樂廳、小圖書室、形式上劃給諾娃見客用的客廳等，再步上樓梯到二樓，很快便由主樓來到位處新樓一樓的翠綠大廳。

翠綠大廳本身是宴會廳，可容納上百人進餐及舉行舞會。每一幢牆，以至天花，都塗上了自然又淡雅的翠綠色，加上深褐色的木地板，陽光透進來時，空間的綠和褐予人一種身處樹林般的舒適感。牆上的金花雕飾猶如金光閃閃的樹藤，為優美增添華美之色，毫不做作，奢華都藏在優雅之中。

「這大廳還算美麗，算你有品味吧。但美又有怎麼用，都是亞洛……皇帝給你的，你才能擁有吧。」路易斯被大廳的裝潢震懾，不敢想像幾個月前每天還在省錢度日的窮鬼愛德華，現在居然擁有與自己家相等的財產。從錢財多寡再次認知道愛德華的身分轉變，他心裏很不是滋味，酸溜溜地揶揄了幾句。

「這座大廳是前任冬鈴伯爵留下的，我只是暫時託管而已，」面對路易斯的嘲笑，愛德華平心靜氣地回應，並暗暗反擊：「但你的財富，以及爵位，都是來自家父。追溯起來，不又是因陛下賞賜才能擁有嗎？」

「你……你不又是一樣嗎？」路易斯頓時語塞，好不容易才擠出一句反駁。

誰知愛德華只是嘆了口氣，淡然地說：「無謂在錢財上爭辯了，畢竟我們都不知道還有多久的命可以享。」

他再沒有要爭辯下去的意思。路易斯心裏有點驚奇。換著是以前，只要他提到家族資產多少的問題，愛德華一定會以冷諷的方式反擊，說到他沒法反駁為止。但現在愛德華居然首先放棄爭辯，還留下一句看透世事般的話。聽到話裏那絲自己所沒有的成熟，路易斯頓時感到自己被超越，心裏閃過一陣不爽。

二人站在大廳中央，面朝著對方，再往後踏十步拉開距離。

「這次決鬥的見證者就由我的管家休斯擔任，可以嗎？」愛德華問。

「沒問題。」路易斯同意，但其實他也沒有別的選擇。

「那麼閣下，我就失禮了，」得到雙方的同意，從剛才開始一直站在一旁的休斯便走上前來，站在二人中間。一反剛才的禮讓，他以雄厚的聲線宣告規則：「現在將會開始威芬娜海姆公爵，路易斯・基巴特・J・齊格飛，威芬娜海姆，和冬鈴伯爵，愛德華・基斯杜化・雷文的決鬥。這次決鬥將會依照『八劍之祭』的規則進行，而決鬥將會在一方受重傷或任何理由而無法繼續戰鬥時終止。我作為二人同意的見證者，擁有著見證決鬥結果的義務。決鬥期間必須堂堂正正，不得有背刺、朝對手扔劍等舉動。現在請決鬥雙方拿起您們的劍，在我發信號後開始決鬥。」

話音一落，路易斯便轉身，從彼得森手上接過耀眼又令人不禁肅然起敬的「神龍王焰」。而愛德華只是轉身，與諾娃四目交投，偷眺了一下周圍後，便托起她的下巴，在眾目睽睽之下親了她。

「甚、甚麼……」本來在調整心情的路易斯、正在觀察的彼得森，以及等待著的休斯都呆了。他在眾人注視下在做甚麼啊？三人心裏的想法都一致。

正當路易斯要出口質疑時，更驚人的一幕發生了。在三人的注視下，愛德華伸手插進諾娃的胸前，並從其體內取出一把長劍。路易斯和彼得森都認得，那把漆黑如夜的劍不是其他，正是「虛空」。

兩位少年都驚訝得下巴快要掉到地上了。二人都曾經從奈特和莫諾黑壠口中聽說過「人型劍鞘」的概念，但今天是他們第一次親眼見證「人型劍鞘」到底是怎樣運作的。這樣一來，他們都不禁聯想，奈特是否用同一方法從莫諾黑壠身上取劍的，更不禁想，這個羞恥的方法到底是誰想出來的。

但現在可不是思考這個的時候！「決鬥前不能讓任何一件事打擾自己的思緒」，路易斯這時想起奈特的教導，頓時把疑惑都拋諸腦後。
取出劍後，愛德華和諾娃也就拉開距離，二人的反應都很平靜，再沒有以前取劍後的害羞。正當愛德華要轉身時，諾娃小聲叫住他，問：「這次我能幫助你嗎？」
她問的是用術式輔助愛德華的事。
「不，」愛德華記得他對諾娃下過的承諾，但這次他的心意已決。「這次不要插手，在我未受致命傷前，甚麼都不要做。」
諾娃點頭，沒有反駁，只是安靜地退到一旁。她明白這場決鬥對愛德華有甚麼意義，所以會全力支持他的決定。
愛德華轉過身，這時路易斯已經擺好架式，正確地用雙手拿著「神龍王焰」，架在身前。愛德華也架好陣式，擺出幾乎一樣的架式，雙眼狠狠地睜著路易斯和他的劍，不放過任何一個動作。大廳寧靜得恐怖嚇人。不單是將要對決的二人，就連見證人們都屏著呼吸，生怕只是一丁點聲音，都會破壞這個異樣的平衡。
世界彷彿停頓了，每一秒都流逝得像一小時那麼久。握著劍的二人都不打算留意休斯何時宣布開始，全副心神都落在對方的動作上，靜心等待，並都打算在開始的瞬間搶得主攻的先機。
上一次對決，可以說是兩位入世未深的人之間的對決；但這次沒有那麼簡單了。二人都認真地想取對方性命，他們從對方的眼神就看得出；就算不用眼神，單憑多年來的恩怨去推算就知道。
想斷絕恩怨的心是一樣的，二人都沒法容得下對方的存在。只要一天活著，二人的存在對他們各自來說都是障礙，要活著，就要除去對方。

所以，不能敗。

「那麼，決鬥開始。」

2

休斯的一下掌聲，宣告了決鬥的開始。與上次對決時不同，雙方都沒有主動出擊，而是舉劍面向對方，並分別向左右兩邊踏步。二人都不敢放鬆對峙，靜待對方首先出手。

正當路易斯心想這場對峙還要持續多久時，愛德華抓準那一瞬間的鬆懈，一個前踏，快速從上而下砍向路易斯的左肩。路易斯急忙往右踏半步避開，並在踏步的同時改變拿劍姿勢，從右下往上揮斬——

愛德華在攻擊失敗的時候立刻捲劍往上，趕及以再一次的砍擊接下路易斯的揮斬。雖然愛德華在位置上有優勢，但雙手大劍的力量比單手劍更強。愛德華保持著同一接觸點並往前刺向路易斯的右上方，在他因閃避而卸開力量的同時，藉「虛空」護手和「神龍王焰」的劍刃碰撞，強行把路易斯推後，這才解開了麻煩的交纏狀態，還順勢在路易斯臉上留下一條小傷痕。

「切！」路易斯不甘心在對決一開始便受傷，愛德華以為他會因羞成怒而急忙追擊，怎知他只是一抹臉上的傷痕，就退後架起防禦陣式。

在短時間內學懂了沉著氣？愛德華有點驚奇。就看你有多少能耐。

雙方再次對峙了一會後，愛德華瞄準路易斯的頭顱連續刺去，速度之快，令路易斯一時招架不住，逼使他逐步後退。左右連刺數次後，愛德華連續往右刺兩次，路易斯都精準地避開，但在他閃開的同時，愛德華也往左刺去——

見情況不妙，路易斯急忙往前一斬，「神龍王焰」的劍身剛好架在「虛空」的護手上，愛德華才剛反應過來，路易斯便奮力把劍往前推，欲把愛德華推開。眼見焰型劍刃靠得越來越近，愛德華急忙往旁一縮，解開交纏，就在這時，路易斯提著劍，從下而上揮斬過來，而在揮斬的同時，劍刃上開始有些橙光在閃耀——

愛德華下意識往前揮劍擋下，兩劍相撞的一刻，他看到一些幼細的火苗在空中飄浮，很快便消失，猜到發生甚麼事的他立刻望向「神龍王焰」，只見如火焰般的劍身模樣依然沒變，但劍尖上卻仍然有些火舌殘留，在他望去的下一刻便消失在空氣中。沒有讓機會走漏，愛德華立刻往前推劍，把路易斯推開，自己也退後幾步防禦，眉頭深鎖，絲毫不敢放鬆。

「果然，這就是中和能力。」路易斯的語氣夾雜著憤怒。他沒有對剛才的事感到驚訝，相反，似是早已預料。他問：「上次在學校禮堂時，你也是用這招把『神龍王焰』的火焰弄消失的吧。」

正如路易斯所說，剛才他在揮斬的同時變出龍火，但火焰卻在兩劍交纏的一刻被「虛空」全數中和。愛德華所看到的火苗和火舌，正是龍火的殘留物。

「你是從哪裏聽回來的？」愛德華頓時警戒起來。路易斯是如何知道「虛空」的能力的？這個能力應該只有他和夏絲姐，以及奈特知道。難道是奈特告訴他的？他心裏只想到這個可能性。

「我從哪裏聽回來重要嗎？」路易斯沒有正面回答他的問題，只是回以一句反問。

「確實不重要，知道又如何，反正結果還是一樣。」愛德華一笑，說時還不忘給路易斯一個嘲笑的眼神。

「別那麼神氣，上次贏了並不代表甚麼，我跟以前不同的了！」說完，路易斯立刻踏前，舉劍斬向愛德華。愛德華先是冷靜地擋下攻擊，之後把劍抽走，轉向左邊，反手旋斬向路易斯的頭——

路易斯機警地察覺到愛德華的意圖，立刻舉劍橫揮，從側面鑽進「虛空」底下，擋下了攻擊。兩劍的交纏點在劍身前端，對雙方來說都不是容易用力的位置。在愛德華把劍推前再轉向刺去路易斯的手臂時，路易斯也抓緊時機，輕微把劍往左移解開交纏，欲刺向愛德華的右腰，同時在劍身變出龍火——

愛德華的前推因為交纏突然被解開而落空，見情況不妙，他急忙加快動作，要壓住「神龍王焰」，同時中和火焰，只是慢了一步，長劍被推開之前，其火焰連同劍刃已劃到愛德華的腰側，把大衣燒開一個小洞，也在其左腰劃出一條直長的傷痕。

「愛德華！」諾娃焦急的聲音從後方傳出。

「沒事！不要出手！」

就算不用四目對視，只憑聲音，愛德華也猜得到她的意思，並在掩著傷口的同時立刻叫止諾娃。他輕輕一摸，傷口不算太深，出血也不嚴重，雖然有些微灼痛，應該是燒傷導致的，但還可以繼續。

果然如同之前推斷的，當路易斯掌握了雙手大劍的正確用法，以及懂得使用龍火後，我的優勢便會減少很多。愛德華在心裏盤算。

退後防禦的同時，他想起幾星期前練劍時，夏絲妲對他說過的話。

「相信你也清楚，在雙手劍面前，而且是焰型雙手大劍面前，單手劍無論在攻擊範圍和力道都相差一段距離，是毫無優勢的。『虛空』的中和能力的確優秀，但只是被動能力，不能主動阻止龍火的發動。但有一點是你有利的——揮舞雙手劍的體力消耗較高，而我們現時並不清楚使用龍火會否也會消耗體力，但至少應該是不能持續使用的。因此你的移動速度要快，避開雙手劍攻擊的同時找機會接近，並近身攻擊，而且在保障自己不受重傷的前提下盡可能消耗那火龍小子的體力，這樣才會有勝算。」

她在練習的初期就已經對愛德華挑明雙方的優劣點，並指明愛德華如何才能扭轉劣勢。

他不怕雙手大劍，最麻煩的是預測不到路易斯到底會何時使出龍火。剛才路易斯兩次都是在確信自己的攻擊會成功的前一刻才變出龍火的，但對決才剛開始不久，還未敢肯定這是否他判斷使出龍火與否的唯一條件。針對龍火，愛德華現在唯一能夠想到的解決方法，就是不能讓他有任何獲得優勢的機會，但這個談何容易呢。

愛德華一個箭步衝前，正面斬向路易斯。他一擋，愛德華立刻奮力把大劍往左下方壓去，並趁機會捲劍往上並踏前，刺向路易斯的頸項。路易斯急忙一避，但頸側還是多了條淺傷痕。他接著一個反手從下往上揮舞大劍，逼使愛德華脫離其攻擊線以外的範圍。

路易斯沒有就此罷休，他立刻追上前，把劍舉至臉部高度，讓龍火纏繞劍身的同時從上斬下。愛德華正面回擊，但在兩劍快要相撞時卻突然改為橫斬，急速地砍向路易斯的手碗。「神龍王焰」的護手擋下了攻擊，但龍火也被「虛空」消去。愛德華沒有打算交纏下去，立刻一扭手腕，改變劍尖方向，計畫刺向路易斯的臉——

路易斯察覺情況有異，在愛德華改變劍尖方向的時候使力往「虛空」壓去，劍刃瞄準要切開愛德華的頸項。見狀，愛德華立刻抽劍並退後，在路易斯攻擊落空的同時在他腰上留下深長一刀。

路易斯放開一隻手掩著傷口，樣子甚是痛苦。愛德華立刻乘勝追擊，往路易斯的兩邊斬去，但都被他悉數擋開，並在第三次的斬擊成功推開愛德華的劍，拉開距離。身體看似沒有甚麼大礙，但路易斯感覺到自己的體力正在慢慢流失。

果然如奈特所說，愛德華在這場對決不會採取類似上次對決時以防守為主的策略，改以主動攻擊和快攻，以速度的優勢逐漸消耗他的體力。路易斯感嘆奈特一早就把一切看穿。

他還記得在劍術課的後期，奈特曾經多番提醒他愛德華會積極攻擊一事，還教導他何時該使出龍火。

「你有龍火，他有中和；他的能力不需要控制，也不需要額外耗力，但你卻要用意識控制能力的輸出，而且需要消耗體力。因為他知道單手劍在你面前會很不利，加上上次的對決也已經大概摸清你的底細了，所以未來的對決他將會採取主動攻擊，而且速度會快，目的就是為了消耗你的體力。你現在能夠控制龍火了，但未夠純熟，所以要在確保攻擊打中他之前的一瞬間才使出龍火，不要給他有反應的機會。而且你也不能讓他察覺到使出龍火的條件是甚麼，不然他便能穩住主攻權，不讓你有任何使出致命攻擊的機會。」

他所說的一切都應驗了，路易斯想不明白奈特為何能預測得這麼仔細，但現在也不由得他去想。愛德華砍來的每一劍，無論是攻擊、防守，都跟奈特與自己對打時的劍路十分相似。在格擋、攻擊、防禦之間，他甚至有幾個瞬間錯認愛德華手上的黑劍就是奈特的白劍。

然而，愛德華不又嘗有同一感覺。雖然不盡相同，但有時候路易斯的攻勢、劍路，都跟夏絲妲拿著大劍和他對打時十分相似。他有差點錯認過攻向自己的便是那把朝夕相對了三星期的灰銀大劍，但每次都是交纏時感覺到的重量差異，以及「神龍王焰」上刺眼的橙紅立刻喚醒他，令他重新集中在這場戰鬥上。

他們背後的協助者都替二人把對方的底細預測清楚，剩下的，就看二人的能力和發揮了。

絕對不能敗！二人心裏的想法都一樣。

見時間流逝，愛德華漸漸加快了攻擊速度。他往前斬去，被擋下的瞬間立刻舉劍解開交纏，往左踏並砍去。察覺到他意圖的路易斯再次及時擋下攻擊，但愛德華並沒有驚訝，他立刻抽劍換邊，打算斬向路易斯的左臉——

路易斯快速把劍往左壓，再次擋住攻擊，正當他以為愛德華會再抽劍並攻擊右邊時，他居然迅速捲劍刺向路易斯的脖頸。路易斯嚇得急忙一縮，並趕快大力往左反手壓下愛德華的劍，只是慢了一步，頸上還是掛了彩，多了一條傷痕。愛德華才剛抽劍後退，路易斯便把劍高舉過頭，從上往愛德華的肩頸斬去。愛德華連忙反手橫架長劍，勉強擋下，但大劍依然繼續往他的右邊壓過來。見無論是用蠻力硬推回去，或是改變用力點反擊都來不及，愛德華急忙在抽劍的同時往左避開，但儘管他閃得多麼快，「神龍王焰」還是略勝一籌，結果愛德華的右肩被狠狠地劃下一刀，流出的血瞬間把大衣的一角染紅。

「——！」似乎感覺不到痛楚，愛德華立刻抽回右手，往路易斯毫無妨備的左腰狠狠插進一刀，傷口頓時血流如注。

兩邊腰側都受傷，路易斯不得不忍痛後退。這時愛德華改用左手握著「虛空」，上前不停向路易斯斬去，不給他有休息的空間。疼痛分散了注意力，路易斯只能忍著痛，被動地防禦。雖然他努力閃避，但在愛德華的連續攻擊下，在節節後退的同時，手臂、臉頰、肩膀也多了不少傷痕。眼見自己快要被壓到牆邊，路易斯心知不妙，用盡全力往前一砍，大力架開愛德華的斬擊。

「嗄——！」愛德華還未站穩，路易斯已經舉劍，連續從左右下方往上揮舞大劍，重奪主攻權。龍火一直在他的劍上纏繞，隨著劍的揮動而起舞，而路易斯的揮劍速度之快令愛德華不得不連忙後退。傷口失血，連續揮舞大劍，已令路易斯氣喘連連。他清楚這並不是用龍火的好時機，這樣連續使用也只會加速體力消耗，但只有這樣，才能反守為攻。

再這樣下去不行！愛德華一直閃避，但小腿和前腰都有被燒傷或割傷。他咬緊牙關，在路易斯從上斬下的同時把劍瞬速交回右手，並從右側擋下他的攻擊。

不顧肩上和手腕傳來的痛楚，愛德華奮力將「神龍王焰」往左壓下，並迅速把「虛空」抵向路易斯的頸項，同時右腳一踏，踩在他的腳後跟，同時用抵著頸項的劍刃把他往後扳倒。

路易斯整個人被絆倒在地上，還往後滑了幾步距離。因為衝擊，他的劍也掉到地上，只能眼睜睜看著愛德華衝上前，往他的心臟刺去——

「你覺得我會這麼容易敗在這裏嗎！」

伴隨著從心底裏發出的吶喊，路易斯拾起手旁的大劍，用盡全力往上揮去。愛德華閃避不及，劍尖在他的左大腿和前腹劃出一條深長傷口，鮮血不停流出，大衣和裏面的襯衫都變得鮮紅一片。愛德華連忙一拐一拐地掩著傷口後退，路易斯趁此空隙，以『神龍王焰』借力，搖晃地站起來。

「哼……好像是第一次見你露出這般醜態呢，真是活該。」身上的傷口仍然疼痛非常，但路易斯仍然勉強擠出一個笑容，嘲笑地說道。

「有……你的。」疼痛影響了一貫的思考模式，愛德華決定不再忍耐。都到了生死關頭，管甚麼禮儀，直接把心裏的話都說出口吧。同時，他努力調整呼吸，嘗試把自己的注意力帶離傷口，不過一會便不太覺得痛了。

和夏絲妲對決的那一夜所感受到的，毒與疼痛混合起來的麻痺和痛楚依然歷歷在目。愛德華深深覺得，比起那次所受的痛楚，現在他所受的完全比不上，因此這些痛楚還不足以令他倒下。

而且，對決還未完結，他還不能倒。

「我勸你不如現在投降吧？傷口深成這樣，結果早就定了。」路易斯試探地問。他心想，愛德華的傷比他更重，大局已定，無謂再打下去。

「定了？我們雙方還未有人倒下，對決仍未完結，你憑甚麼決定結果？你以為現在還是在學院裏，甚麼都是你說了算嗎？」出乎他的意料之外，愛德華不但一口拒絕投降，還狠狠地回嗆一句。

「你……！」路易斯被氣到說不出話來。

「輸了一次，還學不懂嗎？還是那麼的天真愚蠢嗎？」愛德華的回應毫不客氣。

「甚麼……！」路易斯再次被駁得啞口無言。他一氣，好不容易麻痺了的傷口痛楚又再湧現，痛得他頓時面容扭曲。

愛德華的話刺中路易斯最不願面對的一點。他一直在學院裏我行我素，仗著家裏的權勢，想怎樣做就怎樣來。他偶然知道這是不對的，但不論老師和學長，都沒有人敢提出一句意見，所以不太覺得有甚麼問題。但每次，就只有愛德華一人不會屈服。

他的每一次反抗，無論是直接的——例如路易斯主動挑釁時會嘲諷他的行為，還是間接的——例如路易斯把他的劍弄爛，他就立刻換一把新的，每刻每秒的不屈彷彿都在嘲笑路易斯，也在提醒他，他的一切都是個裝模作樣的笑話。

路易斯一直不願意承認這個事實，要令自己所希望的成為事實，那麼就把反對的聲音壓下去就可以了——他無意中領悟了這個道理。他利用自己的家勢和權力，成功地讓愛德華乖乖聽話。他以為自己贏了，但直到「八劍之祭」的到來，因為祭典規例而帶來的地位改變，這個現實狠狠地打了他一臉。

他從來都沒有讓愛德華屈服。他知道自己在愛德華眼中，他依然是一個恃勢凌人的天真小鬼而已。他敗了一次，重新修煉，心想這次定能贏愛德華了，但愛德華的一句再次賞了他一巴。

愛德華仍然站在自己前頭，無情地批判他。就算這次他終於能讓愛德華受重傷了，讓他在自己面前第一次露出虛弱的樣子了，那又怎樣，他還是沒法駁斥愛德華，他和愛德華之間的距離依然沒有變短。

——這不是真的。他不願接受這個事實。

「我不容許你這樣侮辱我家主人，雷文勳爵，不，愛德華，請你收回——」這時，在旁的彼得森忍不住插嘴。

「我建議你不要插嘴，這是我和這傢伙之間的事。」彼得森還未說完，愛德華便打斷了他的話，冷冷地警告他。

「對，不用插手，這是我們之間的事，今天一定要解決。」路易斯也同意，他向彼得森微微搖頭，示意他不要動，彼得森這才一臉擔憂地退後。

「要解決？那就來啊，別站在那裏不動的。」說完，愛德華冷笑一聲，暗示他猜準路易斯是不會上前的。

「別那麼神氣，你也好不到哪裏去吧。」路易斯心想，他才不會那麼蠢，中愛德華的激將法。但從剛才開始愛德華說的話，讓他一直藏在心裏的憤怒慢慢浮現。他問，但更像是宣洩：「總是裝作一副對一切都看不起的樣子，覺得這樣可以讓自己看起來很強嗎？」

「我只是做自己而已。你覺得我看不起你，是因為你覺得自己不如我吧？」愛德華冷冷地回應，但心裏卻有一團怒火在燃燒。他左手掩著傷口，右手緊握「虛空」，準備隨時出手。

「嗄？你在說甚麼夢話？」路易斯頓時反駁，但心裏卻煩躁得很，又被愛德華說中了。他討厭這樣，討厭這種被看不起的煩躁感覺。他想解決，但想不出辦法。

對，像以前那樣，讓他閉嘴，問題就可以解決了。

思緒還未跟上，身體就已經先行動了。路易斯一步衝前，從上大力往下砍，當他回過神來，愛德華已經拿劍擋住他的攻擊。見力氣硬鬥不過，愛德華立刻抽劍並閃到一旁，趁路易斯往前跌時立刻往他的手臂刺去。路易斯急忙一避，但他的手臂還是被劃下了一刀。

「怎樣了？說不過就出手，跟你在學院時一模一樣呢！」愛德華嘲諷。

「閉嘴！你不又一樣？表面鬥不過我就暗地裏使勁，有種就不要現在才來正面挑釁啊？」為了不讓愛德華有休息的機會，路易斯忍著痛立刻再往前斬，同時激動地反駁愛德華的話。他的攻擊再次被愛德華擋下，一時火起，便加重往下壓的力道。愛德華本想與路易斯比力氣，但無奈接下大劍時的交纏點不利用力，他欲閃避，但慢了一步，左前肩被劃下一刀，連衣服也劃破了。

「你這個天真少爺！你……我最討厭你這個人了，每天都恨不得想你死！」愛德華掩著傷口後退，喘氣的同時反駁。他駁不過路易斯的說話，忍不住把藏在心中很久的那句話說出口。

二人的體力都剩下不多，因此都有要盡快分出勝負的想法。愛德華一說完便一個箭步衝前，正面刺向路易斯的左頸側。劍被擋下後，他立刻捲劍刺向其右頸側，趁路易斯往右擋時立刻使勁，用空出的左手一拳擊出其中門大開的前腹，把路易斯打飛後十步。

「哼，難得我們意見一致，我何嘗不是！」被愛德華的話和自己被擊中的事實激怒，路易斯立刻衝前，變出龍火，從愛德華的頭頂狠狠斬下。「第一眼見到你時，已經恨不得想殺了你！」

愛德華俐落地一跳避開，路易斯的攻擊打到地板上，力道重得讓木板都裂開，火還燒到一部分碎木。未等他再次舉劍，愛德華已從側邊閃出並前刺，為路易斯的右腰多加一刀傷痕。待他大力往右橫斬時，愛德華已經從後閃到他的左邊。

「因為整個學院只有我一個人不服你嗎？」刺向路易斯右腰的同時，愛德華質問。

二人現在無論是劍，或是言語，已經不只是集中在「八劍之祭」的對決上。比起單純的決鬥，更是長年交惡的二人，藉對決為多年來一直積聚的恩怨找個出口，找個句號。

「在家裏我甚麼都不是，本來在學院很好的，就因為你的出現，我又變得甚麼都不是！」伴隨著激憤，路易斯用盡全身的力橫斬向左邊的愛德華，怎知被他輕易擋下。「你討厭我，一定是因為無論如何都鬥不過我吧？」

「閉嘴！」愛德華頓時推劍往上，用護手狠狠撞開「神龍王焰」。趁路易斯仍未穩定姿態，他立刻抽劍，並一腳狠狠把他踢到後方的牆上。因為手臂的傷和強烈的衝擊，路易斯的手一鬆，劍就在被踢飛的同時掉落。愛德華再一個箭步追上去，劍尖畢直瞄準路易斯的頸項刺去——

「就是你那種有天生實力，卻不懂得運用；凡事都太天真愚蠢，那種不合情理地欣然相信一切，並以之為傲的態度……就是因為這樣，我才那麼討厭你！」

就在劍尖要插進路易斯頸項的那一瞬間，愛德華突然停住了動作。

這、這不就是我自己嗎？他驚訝於自己剛才衝口而出的心底話。

「虛空」的劍仍然抵在路易斯的頸上，劍尖稍微插進他的皮膚，正流出幼細如絲的鮮血。愛德華沒有把劍繼續插進去，也沒有將其拔出，整個人愣著似的，站在原地不動。

大廳頓時陷入可怕的寧靜，所有旁觀者的雙眼都落在愛德華和「虛空」上。路易斯想反抗，但無奈大劍不在手，頸項又被抵住，愛德華還跨站在他的身上，毫無反抗的空隙。而且因為剛才一撞，他的頭腦有點迷糊，思考不太清晰，只能呆滯地靜待愛德華的下一步。

縱使愛德華的雙眼瞪著手上的「虛空」，但思緒卻不在那。他想起那個之前在決鬥時，明明可以取路易斯性命，但因為不敢殺人而收手的自己；他再想起每次夏絲姐說他的目標是沒有意義時，他心中的怒火和當時強烈的反駁；他又想起每次回想起小時候天真地相信父親的所有一切時，心中都會燃起的那一股怒火。

那些憤怒，那些怒火，都跟他每次看到路易斯時，心中燃起的莫名怒火一模一樣。

「人一生最討厭的對象，往往不是因為單純的憎恨，更可能是因為在他身上看到自己。」

這時，夏絲妲曾經對他說過的話，突然在腦海中響起。愛德華一直以為這句話只是她針對他對父親的感情而說的，但到這一刻他才切身理解到，不只是這麼簡單。

我這麼討厭路易斯，是因為我在他身上看到自己嗎？他在心中質問自己。

那個表面裝著冷酷，但內心卻天真地相信抽象的目標，愚蠢地相信過人心，最令人討厭的自己。他感觸地嘆道，我對他的厭惡，除了是對得不到事物的妒忌外，更多的是對自己憎恨的映照啊。

愛德華抬頭望向路易斯，一刻前，眼前的仍是他最討厭的臉孔；但現在醒覺了多年來無名怒火的原因，他頓時移開眼神，似是無法面對眼前人身上，那個自己的倒影。

他想把劍繼續往前刺，但無論腦袋如何命令，手就是不肯動。他望向那顫抖著的右手，頓時明白了，不是不能刺，而是不願刺。

既然醒覺了我對他的怒火是源於自己，殺死他，也就等於殺死自己。

沒錯，他是舞者，是敵人，但我沒法殺死自己，也沒法藉殺死他而否定自己。

真是軟弱呢，他在心中感嘆。為甚麼要到現在才發現？

沒法殺死他，那麼現在該怎樣做？又要像上次那樣，放他走嗎？

「……原來我們那麼相似啊。」愛德華低聲呢喃。

「……甚麼？」路易斯遲疑又小聲地問。

愛德華沒有回應，只是把劍抽離路易斯的頸項，再狠狠刺進他的大腿。

「啊——！」鮮血如同決堤的河流，頓時染滿路易斯的褲袋和周圍的地板。路易斯痛得大聲尖叫，眼淚直流。愛德華沒有理會他的尖叫，頓時把劍拔出，再用劍尖托起路易斯的頭，逼他看著自己。

「如你所願，這次我們就到此打住吧！」愛德華勉強擠出一個高傲的眼神宣告。「這一刀就當作是我取了你的命。這次對決我當沒發生過，在更多人看見你之前，快給我離開！諾娃，替他療傷，到不會丟掉性命，勉強能走的程度便可。」

「這樣真的好嗎？」連一向支持愛德華所有決定的諾娃也遲疑了。她沒有聽從愛德華的指令，只是站在原地疑惑地問。

「我說做就做！」愛德華高聲喝令。諾娃嚇了一跳，決定不再過問，立刻上前用術式為路易斯療傷。

「你這是為了甚麼……憐憫我嗎？我、我才不用你的施捨！」經過諾娃精密又有效率的療傷，不到十分鐘，路易斯身上的大小傷口皆已止血，大腿的刺傷也修復了七成，能夠勉強行走又不會留下後遺症。意識稍微清醒了一點的路易斯被彼得森扶起後，無視身體的虛弱，用盡全身的力氣質問愛德華。

「一次又一次接受對決，又不殺我，是想為我帶來多重的侮辱嗎？那麼我寧願你在這裏殺了我便算！來啊！」說完，他推開彼得森，大力拍打胸口，要愛德華在此取他的命。

他進冬鈴城的事，城內的大家都看得到，家裏的人都知道。如果被人知道他兩次對決，兩次戰敗，隨之而來的羞辱跟死亡毫無分別！那不如現在就把事情了結算了！

「不要讓我說第二次，剛才的一刀算是取你命了。如果你覺得是憐憫的話，那就用拾回來的命，用在有意義的地方上！」衝口而出的一句，看似是對路易斯說，但愛德華總覺得好像又是對自己說。

「祭典現在才到一半，如果之後我們都有運氣的話，定會再見的。但短期內我不想見到你！給我走！休斯，送二人走！」

愛德華舉起「虛空」，筆直指著大廳門口，絲毫不動，不給任何人有任何提出異議的機會。見他意志堅定，在場所有人都沒有打算再駁斥，彼得森連忙上前攙扶起路易斯，由休斯帶領，安靜地離開大廳。

目送三人身影慢慢消失在走廊的盡頭，突然一聲清脆的金屬掉落聲，把諾娃的思緒喚回現實。她低頭一看，只見直到剛才還被愛德華緊握著的「虛空」掉到地上，她這才發現整地都是血，全都是從愛德華身上流出的。

「愛德華？」她急忙抬頭，只見愛德華身子左右搖晃不定，突然身子一軟，正要往後跌倒。她連忙伸手抱著他，並順著他的跌勢慢慢跪坐到地上。

「愛德華！你沒事吧？」她把他的頭放著她的肩膀上，連忙運用術式為他止血。她在心裏不停怪責自己，剛才只顧著依照愛德華的指令為那火龍小子療傷，怎麼就忘記了同樣受了重傷的愛德華一直強撐著，站在一旁不動的事？

愛德華此時的臉色蒼白如紙，他彷彿用盡了全身的力氣，一動也不動。他的雙眼只是微睜，瞳孔失去了一向的光彩；其呼吸微弱，但嘴裏好像說著幾句呢喃。

「對不起……」諾娃把頭靠近，這才聽得見愛德華在說些甚麼。

「不，我沒有介意……」諾娃連忙解釋，她以為愛德華正為剛才的喝令道歉，怎知愛德華只是微微搖頭。

「不……對不起……對不起……」

在迷糊之中，他已經分不清那句話到底是對諾娃說的，還是對自己的道歉。

3

時間回到一星期前。當愛德華啟程前往冬鈴城，當路易斯出發離開安凡琳，在同一天，有一個神祕的身影來到安納黎北面，雪森群的史威登市。

時值中午，史威登市的中央大街兩邊販賣不同物品的店鋪都已經開門。大街上人流絡繹不絕，大家都趁今天陽光普照，出門採購生活所需。從肉店、水果店，到木匠、維修店，都擠滿住在附近的人。但在喧囂聲之中，卻有一個異樣的漆黑身影，正穿插在人群之中。

那身影披著一件遮蓋全身的黑色斗篷，旁人無法看清他的樣貌，連斗篷下的衣著類型也無法看清。溫煦的陽光照亮街上的每一個角落，但在陽光之中，黑壓壓的他就像是個異類，與周遭一切毫不合襯。

他獨自安靜地走著，穿過人群，經過許多店鋪，最後在一所裝潢十分平凡的蔬菜攤檔前停下腳步。

「要買甚麼嗎？」坐在攤檔門口的中年大叔雙手抱胸，以粗魯的語氣問。

身影只是微微揭開斗篷，並低聲答：「巴赫斯島的麝香蘋果。」

攤檔放滿的都是各種蔬菜，別說是並不存在世上的麝香蘋果，就連一個蘋果也沒有。但中年大叔聽畢，非但沒有感到奇怪，而是像是明白了甚麼似的，咧嘴而笑：「是老顧客呢，很久不見，最近都不見你，又去了旅行嗎？」

身影一聽，緩緩脫下斗篷的帽子，其亮麗奪目的緋紅長髮頓時展露在陽光底下：「才不是，現在不是有『八劍之祭』嗎？我去了阿娜理一趟。」

那不是他人，正是夏絲妲。她微笑地回應。

「八劍……對啊，你是舞者之一，」中年大叔想起前陣子聽說過的「八劍之祭」舞者名單，他記得當時有聽到夏絲妲的名字，但沒怎麼在意。「不過算了。」

「好歹也是國家大事，你就理會一下吧？」夏絲妲說得像責怪，但其實只是隨便寒暄兩句而已。

「會影響到我甚麼嗎？我只會關心身邊這些菜，你也知道的。」大叔指著身邊的菜，對夏絲妲的話沒甚麼感覺。

認識了大叔——萊頓快六年了，夏絲妲早就知道他只會對自己覺得有意義的事感興趣，其他的會全部忽略。她搖了搖頭，嘆了口氣，並轉換話題：「好了，話說巴頓在嗎？」

萊頓沒有回應，只是輕輕點頭，並眺望店內，示意她走進去。

「謝了。」明白箇中意思的夏絲妲沒有覺得疑惑，只是畢直走進店裏。她絲毫沒有猶疑地走到店內盡頭的一道木門前，甚麼也沒說，便直接打開大門。

「對了，」夏絲妲正要走進去時，萊頓在遠處的攤檔門口叫住她。「你最好小心點，最近很多人盯上你。」

「哪天不是啊？」沒有在意萊頓的叮囑，夏絲妲嘻笑兩句搪塞過去後，便告別萊頓，關上木門。

⚔

木門連接著的不是後巷，而是一條往下延伸的木樓梯。

依照樓梯旁的火燈帶領，夏絲妲慢慢往下走，不消一會，便走到樓梯的盡頭，一個巨大的地下空間頓時映入她的眼簾。

這個地下空間面積十分大，驟眼看去，應該最少有萊頓的蔬菜攤檔的二十倍。而依照樓梯前進的方向推算，這個空間應該是位處史威登市中央大道的地下。以泥石作牆所堆砌成的空間沒有陽光透進，要依靠微弱的火燈才能勉強照亮每個角落。放眼望去，很多不同的人正身處這個寬闊的空間裏，有的三五成群坐在木桌旁大喝啤酒，有的正圍著不遠處的櫃檯小姐搭訕聊天，也有人正站在一塊告示版前，仔細研究貼在上面的大小委託資料，也有些人完全不融入任何圈子，只是坐在一角獨自發呆。但無論他們性別、樣貌、所做的事如何不同，他們都有一個共通點——身上都帶有不同種類的武器。

在安納黎全國有很多公會，專門接下不同類型的委託，並充當平台，轉介給以接委託為生的劍士、賞金獵人和傭兵處理。在很多年前，公會是可以公開運作的，但自從亞洛西斯登基後，為了集中管理權，也為了削弱地方公會的勢力，他下令禁止所有公會的運作。很多小型公會就此消失，而大型公會都紛紛轉為地下公會，從此消失在大眾眼中，只有相熟的人才能得知他們的存在，並進出。

夏絲妲現在身處的，是以前曾被稱為「北境三大公會」之一的「諾法斯蒂公會」會址。它是安納黎現時碩果僅存的十個地下公會裏，規模最大的一個，也是安納黎北方現時唯二的公會，而公會的唯一出入口就是萊頓的蔬菜攤檔。他表面上是一位普通的菜販，實際上卻是負責審查每位要進入諾法斯蒂公會的守門者。而身分的識別，除了靠萊頓的認知，就是暗號「巴赫斯島的麝香蘋果」。

她畢直走到公會一角，一個酒吧的吧桌面前坐下，那裏有一位身材健碩、光頭但留有濃密鬍子的男士正在清潔酒杯，看來是這裏的酒保。

「巴頓，很久不見。」她輕鬆地打招呼，像是跟一位老朋友示好一樣。

「又來了啊？夏絲妲。」一名為巴頓的男士頓時認出這把熟悉的聲音，他連杯也沒有放下，立刻回頭，眼神有點驚訝。「相隔接近兩個月沒見，祭典進展還順利嗎？」

「還好吧，你看我活得很好的，」夏絲妲說時舉起雙手，示意她一點傷都沒有，跟上次來的時候一模一樣。

「阿娜理的食物好吃嗎？租金是不是很貴呢？」巴頓問。明明夏絲妲沒有告訴過他她過往一個月的行蹤，他卻能準確說出。

「始終是國家首都，食物質素不會差到哪裏去的。租金就還好吧，還是北方的房子比較好住。」夏絲妲卻一點也不驚訝於巴頓的洞悉，率直地給予肯定。巴頓是她認識多年的情報販子，他的線眼遍佈全國，所以知道夏絲妲在阿娜理逗留了一段時間也不出奇。但夏絲妲聽得出，巴頓似乎不知道她曾經化名雪妮，在蘭弗利附近住了一段時間，只是以為她一直待在阿娜理一帶。這讓她安心了一些。

「要喝一杯嗎？」巴頓舉起手上的酒杯，問道。

夏絲妲搖頭拒絕：「今天不了，之後有別的事要做。」

「難得我最近釀製了新一批的啤酒，質素奇高，真的不試一杯嗎？我請你的。」巴頓一邊說，一邊走到酒桶旁，作勢要倒一杯給她。

「真的不了，最近不太想喝酒。下次再有機會吧。」但夏絲妲仍然婉拒，見她這麼堅持，巴頓心裏雖然覺得奇怪，但也沒有繼續問下去。

平時的夏絲妲雖然不是經常喝酒，但對酒是來者不拒的；但自從半個月前和愛德華去過酒館後，她就一改習慣，滴酒不沾。

錯誤犯一次便好，她不想再有第二次。

「既然你不是來喝酒，那是為了甚麼？」放下酒杯後，巴頓走到吧桌前，認真地問。

「半個月前我不是寫了信來，要買一些情報的嗎？今天我是來取貨的。」夏絲妲回答。

「啊，那個……」經夏絲妲這樣一說，巴頓立刻記起來了。他還記得當時收到她的信時覺得奇怪，因為她平時不會寫信要求情報，都會直接過來問的。他猜想，看來是時間緊迫，所以她想儘量善用時間吧。「資料我都有了，一直就等你來問啊。」

「哼，那個不就是常常在懸賞板上看到的『薔薇姫』？」就在這時，不遠處的一句話傳進二人的耳朵。夏絲妲依循聲音傳來的方位望去，只見不遠處的木桌旁，正有數個打扮粗獷的男人向她投來目光，似乎是在談論她，而剛才說話的，是一個頭戴布帽，身材壯碩的男人。

「就是她？不是吧，這麼瘦弱的女人就是那個人人都怕的通緝犯？」布帽男人身旁，一位穿著盔甲的大叔一眺夏絲妲的體型，感到不可置信。他嘲笑道：「別說笑吧，這樣的人能打嗎？而且是女人？」

「這班人好像是新來的……」巴頓無奈地壓下聲線告訴夏絲妲。能夠在這一帶，尤其這一個公會裏不知道夏絲妲實力，還敢大言不慚的人，大概只有從別的地方來的新成員了。

「甚麼最強的女劍士，甚麼『薔薇姫』，根本只是其他人胡亂傳的吧。我看如果我們四個人一起上，用鎚子打，十秒就可以打爆她！」另一個上身赤裸，滿是肌肉的男人說時舉起他身旁的大鎚，大力打向桌面，把木桌打崩了一個角，看來對自己的實力很有自信。

「姿色那麼好，我看她本來是妓女吧？乾脆贏了之後來一發，這種女人，只要讓本大爺上一次之後就會乖乖聽話！就像昨晚那個紅髮女一樣，哈哈！」不知道是否因為酒精的影響，數人的對話內容很快變得具挑釁性。他們絲毫不介意夏絲妲會聽到似的，越說越大聲。盔甲大叔旁邊一個拿著流星錘的光頭男人還公然揶揄夏絲妲，拿她和昨晚服侍過自己的妓女相比。「妓女的女兒，做甚麼女劍士！」

「不要太在意，他們不過是虛……夏絲妲？」巴頓覺得他們的話十分過份，但不過是因為自我膨脹而說出的吹噓話而已。他本想安撫一下夏絲妲，以為她不會在意，沒想到她居然在自己開口的同時已經走上前去，要找那幾個人。

「幾位，似乎對我很有興趣啊。」夏絲妲走到數人面前，微笑地打招呼。

「怎樣了？我們說中了嗎？」光頭男人粗魯地問。

「我才不在意你們說了甚麼，只是想，既然你們說可以十秒內贏我，不如就索性在這裏證明一次吧。」夏絲妲依然笑著，同時揭開斗篷，露出掛在腰旁的「荒野薔薇」，示意決鬥。見他們呆著不動，她再問：「怎樣？怕了嗎？」

「哼，自大的女人，輸了的話就別怨天尤人！」夏絲妲的反問挑起數人的憤怒。他們都立刻站起來，拿起武器，兇神惡煞地瞪著矮他們半個頭的夏絲妲。但夏絲妲依然處之泰然，她指著遠方的擂台，說：「就到那裏打吧。你們可以四個人一起上，規則是只要任何一方先受傷，勝利就屬於另一方，沒問題吧？」

「贏了輸了會怎樣？」滿是肌肉的男人問，他問的時候還故意挺了一下胸膛，似是想炫耀身材和力氣。

「要是我贏了，我不會做些甚麼；要是我輸了，我可以答應你們完成一件事。」夏絲妲回答。

「一言為定！輸了，今晚你就是我們的！」光頭男人揮動手上的流星錘，一副志在必得的樣子。

「夏絲妲！」巴頓忍不住出聲想制止夏絲妲。

但夏絲妲只是回頭輕輕一笑，一臉自信，然後轉身往擂台走去。

聽見有人要決鬥，其中一方還要是夏絲妲，整個公會的人頓時都興奮起來。他們頓時聚集在擂台四周，情緒高漲，不停高聲討論勝者將會是誰，有些人更開了賭盤，下注賭誰輸誰贏。這裏有很多人都認識夏絲妲，不少人都賭四人會輸，還不停叫囂，勸他們快點放棄決鬥；也有些人覺得就算夏絲妲有多厲害，也沒有可能勝過四個身材高大的健士，畢竟四人是這一帶少有名氣的賞金獵人隊伍，所以勝負難料。

四人都挺直胸膛，自信滿滿地踏上擂台，每一下腳步都重得快要把擂台震爛；而夏絲妲只是輕輕把斗篷脫下放到一旁，並從腰旁拔出「荒野薔薇」。劍鞘沒有立刻變成藤鞭，而是繼續以一個普通劍鞘的模樣示人。她用左手握劍，雙手垂下，完全不擺架式，看起來很輕鬆的樣子。

「婊子，說好了的，我們贏了的話，你就是我們的！」光頭男人說完還要一舔嘴唇，眼神流露出一絲淫穢，已經開始期待腦海裏的下流想像成真的一刻。

「沒問題啊，來吧。」但夏絲妲依然泰然自若，絲毫沒有在意那人的意淫。

「之後再站不起來就別怪我們！」在話音落下的同時，滿是肌肉的男人舉起他的大鎚，大力揮向夏絲妲。她立刻向右閃避，但這時布帽男人的鎚子正要從她的側面揮來——

她一個滑步，俐落地閃到布帽男人的右側的同時，在他的右腰劃下一刀。未等他反應過來，夏絲妲便一腳把他踢到擂台一角。

見同伴瞬間敗下陣來，剩餘的三人頓時都憤怒了。剛才一直站在一角，沒怎樣作聲的盔甲男人一個箭步衝前，單手高舉布滿鐵刺的大鎚，向夏絲妲的頭頂揮去。同時光頭男人從她的背後接近，不停揮動他的流星錘，打算和盔甲男人一起夾擊，合力把夏絲妲打成肉醬。

夏絲妲絲毫不動，在二人的攻擊快要打中她時，突然彎下身閃到一旁。趕不及改變攻擊方向，鐵刺大鎚筆直打中光頭男人的手臂，而流星錘也狠狠擊中盔甲男人的腰側，二人都痛得忍不住低吼。未等所有人反應過來，夏絲妲已經站起來，閃到盔甲男人身後的肌肉男人面前。明明不久前還在炫耀身材，但現在肌肉男人嚇得完全不敢動，夏絲妲毫無阻擋地在他的腰側劃下一刀，快速結束了這場對決。

「完了，說好的十秒呢？」最後能夠全身無傷站在擂台上的，只有夏絲妲一人，其餘四人都掩著傷口跪在地上，樣子十分痛苦。「這個程度，連熱身也稱不上。」

那四位賞金獵人本來想用十秒打倒夏絲妲，但結果卻是夏絲妲只用十多秒便把他們全數打敗。台下的觀眾們大多都預計到這個結果，只是沒想到這麼快便分出勝負，紛紛再次為夏絲妲的強大而感到驚訝。

夏絲妲用劍指著最先受傷的布帽男人，對四人說：「本來說好的規則是只要任何一方先受傷，勝利就屬於另一方，在這傢伙被刺中的一刻，對決就已經分出勝負，但這些小事我就不計較了。沒甚麼想說了吧？」

「婊子……」其餘幾人都像洩了氣的氣球，沒有作聲，但只有光頭男人卻依然倔強。他悄悄拿起流星錘，看準時機，突然衝前並憤怒地揮舞錘子，要偷襲夏絲妲。「只是一個婊子，別那麼囂張！」

「喔，是嗎？」流星錘的鐵鏈牢牢綁著「荒野薔薇」，光頭男人以為這樣她就沒法攻擊，怎知夏絲妲手一揮，她腰旁的劍鞘立刻化為藤鞭，像矛一樣刺穿男人的腰腹。瞬間的劇痛令他的腦海變得空白，到他再有意識時，便發現夏絲妲已經把劍架在他的頸上。劍身的雪白銀光在其眼底下閃耀著，令他不禁顫抖。

「你這個……」他想動，但頸項頓時傳來冰冷的觸感，令他頓時僵住。

「聽不到我說嗎？剛才的對決已經結束了，還是你想再來一場？」夏絲妲附在他的耳邊詢問。她的語調聽上去輕鬆，他看不到她的表情，但感覺到她應該是笑著，這令他覺得更恐怖。

「我十分樂意奉陪，只是到時候可是要賭上生死的了。」她笑著說。

聽畢，光頭男人無力地垂下手，讓手上的流星錘滑落到地上。眼前這個女人是認真的，先頭的對決，以及剛才的攻擊，他都察覺到她仍未用盡全力。要是真的認真對決，恐怕他在兩分鐘內便會丟失性命。至此，他終於切身明白眾人口中「薔薇姫」的恐怖所言非虛。

見他已有降意，夏絲妲沒有說甚麼，只是輕輕收起劍，一言不發地離開擂台，回到巴頓的吧桌前。

「抱歉，比預計多花了點時間，我們繼續談剛才在說的事吧。」她輕鬆地地向巴頓道歉，彷彿剛才的對決只是一件阻礙對話的私人小事。

「你……最近心情不好嗎？」巴頓遞上一杯水時，有點凝重地問。

剛才的對決他有認真看，要是在平時，夏絲妲不會主動提出對決，而她在對決場上也喜歡先放水一陣子，待對方鬆懈後再快速反擊；但今天她卻在對決一開始便快速打敗對方，完全不留機會給他們。他從她的劍技中感覺到，她似乎是被四人激怒了。

「只是你的錯覺吧，我的心情和平日一樣。」夏絲妲臉上的笑容不變，但巴頓隱約感覺到她的怒氣仍在。

「別騙人吧，你平時哪會因為別人兩三句便主動提出對決的？」相識多年，巴頓在這裏聽過更多更糟糕的侮辱，但夏絲妲每次都很冷靜應對，不像今天那麼衝動。

「可能是參加『八劍之祭』習慣了，不行嗎？」夏絲妲的語氣開始有點不耐煩。

果然是怒了，巴頓更加肯定。刺激到她的字句是甚麼？紅髮？妓女？他猜不到，但也不打算深究。直覺告訴他要是再問下去，一不小心便可能成為那把可怕薔薇劍下的亡魂。看完剛才夏絲妲的對決，如果還有誰敢惹她的，一定是個沒長眼睛走路的呆子吧。

夏絲妲只是安靜地喝水，巴頓則望向不遠處。只見輸得一敗糊塗的四人正被公會的其他人輪番取笑。四人的臉色如灰，只能默不作聲地包紮傷口，一句話也說不出。

「那四人看來以後都沒法在這裏混下去吧……」巴頓感嘆，同時也是對夏絲妲說的。

「哼，誰管它們。」夏絲妲沒有對自己所做的感到後悔。她一口氣喝完剩下的水後，把身子壓前，壓下聲音，認真地問：「說正經的。你替我查到奈特的出身了嗎？」

「我已經用盡所有的情報網調查，但可惜查不出甚麼，」見夏絲妲要認真起來，巴頓馬上捋捋下巴上的鬍子，壓下聲線透露：「銀長髮、身邊帶著一位黑白髮少女的少年，我能夠打聽到符合這些條件的人的最早行蹤，就是兩個多月前，在蓉希郡一帶。」

「這樣啊……」夏絲妲聽畢陷入沉思。

兩個多月前，也就是「八劍之祭」開始前一個月左右。

她本來就覺得奈特這人很神祕，但沒想到連巴頓也找不到關於他的情報。聽完巴頓的話，她覺得這個人彷彿一直不存在於這個世界上，直到數月前才突然出現在眾人眼中，感覺十分奇怪。

「他是『吸血鬼』的傳聞也是從那時候傳出的？」她問。

「大概差不多同一時間。」巴頓肯定地回答。「我的線眼也是直到起始儀式那天才知道，奈特就是傳聞中的『吸血鬼』本人。」

即是說，之前一直沒有人知道奈特的名字和身分，或者說，其他人只知道「吸血鬼」，但不知道是那人是他。難道他換了名字、換了樣貌嗎？夏絲妲猜想。

要是猜測正確，那麼奈特就是直到祭典前一個月才換名換貌，出現在世人面前。夏絲妲怎麼想都覺得這些行動跟「八劍之祭」有關。她思索著，時間這麼湊巧，就好像……一早準備好參加祭典，並為此準備好新身分一樣。

從來沒有人知道神選擇「舞者」的標準是甚麼，不知道標準，那麼要怎樣準備？

突然，夏絲妲想起「黑白」。

「還是查不到『黑白』的製造者身分嗎？」夏絲妲問。同一個情報，她在很久之前就已經拜託巴頓去調查，只是一直苦無結果。他想起愛德華身邊有諾娃，而奈特身邊則有「黑白」，兩位擁有人型劍鞘的人都被選上成為舞者，這一定不是巧合。

「太難查了，還是沒有辦法呢，」自稱「全國最強情報販子」的巴頓在這時也不得不投降，無論是「虛空」，或是「黑白」，相關的情報都幾乎沒有。就連得知這兩把劍名字的人也寥寥無幾，更何況是製造它們的人？

「這樣啊……不過你真的肯定，『黑白』的劍身是黑白相間的？」夏絲妲對沒法得知製造者身分一事沒有感到低落，她早就預料到了，只是以防萬一多問一句而已。但有一個信息，她需要向巴頓確認。

「根據我聽回來的，沒錯。」巴頓也是從一個喜愛研究古籍的旅人劍士那裏聽回來的。當時那人說「有書記載，『黑白』劍身黑白相間，黑裏是白，白裏是黑，護手頂部鑲有一顆鑽石」，而他都一字不漏地把這些都告訴一年前來購買「虛空」和「黑白」情報的夏絲妲。他有點納悶，為甚麼她要再問一次？

「只是想確認一下，沒事了。」夏絲妲還清楚記得之前巴頓對她所說的描述。但無論在起始儀式上，或是上星期和奈特對打時，她見到的「黑白」都只是「白裏有黑」——白色劍身加上漆黑血槽，稱不上是「黑白相間」。在巴頓那裏買下情報之前，她早就在別的地方聽說過類似的描述，難道是傳言出錯？她的直覺告訴她，一定有別的理由。

「那麼在信上我提及過的舞者名字，你能查到他們是甚麼人，現在又在做甚麼嗎？」時間無多，夏絲妲決定之後再一個人慢慢思索奈特和「黑白」的問題，現在首先要盡快在巴頓手上獲得自己想要的所有情報。

「你想得到的是波利亞理斯．利歐斯和霧……霧繪千鶴的情報吧。」巴頓確認，他說千鶴的名字是猶疑了一下，畢竟是外族的名字，他不太懂得拼音。「波利亞理斯出身於霍夫曼郡雷夫特市，年僅三十歲便成為霍夫曼堡大學的副教授，後來更升職成為教授。他一直在學院進行研究，直到幾年前才

不過對你來說，『沒有詳細消息』也

因為身體原因而退休。」

「那麼你知道他退休後去了哪裏嗎？還有他在大學時都做些甚麼研究？」夏絲妲接著問。

霍夫曼堡大學是全國著名的學府之一，有甚麼人在那裏工作過，一查便知，所以這個履歷大概不是假的。夏絲妲在起始儀式時便留意到，波利亞理斯不像是與武器共生的人，但前大學教授為甚麼會被選上成為舞者？她想不明白。

「有消息說有人在哥莉莎郡見過他，但確實情況並不太清楚，」哥莉莎郡在霍夫曼郡上方，雪森郡和冬鈴郡的東方，夏絲妲聽後有點驚訝，沒想到那麼近。「至於研究內容，他起初是研究古代歷史的，但在辭職前幾年則在研究某種古代文字。」

「古代文字？」夏絲妲嗅到奇怪的氣味。

「只有他一個人在研究，沒有人知道他在幹甚麼，走的時候一點資料也沒有留下，所以詳情不清楚。」巴頓解釋。

「明白了，」行事那麼小心，一定有古怪，夏絲妲心想。搞定波利亞理斯的情報後，她便追問下一位舞者的情報：「那麼霧繪千鶴呢？」

「只知道她是來自東方的人，一直旅居各地，詳細的都不清楚。」巴頓回答。

「沒辦法知道她是何時來到這個國家的，或者一直都在做甚麼工作嗎？」夏絲妲追問。

「我很努力派人追查了，只知道她不時會在大小酒館表演東方獨有的劍舞，也以舞女自稱，在某些群體之中也小有名氣，但具體的就不知道了。」巴頓搖頭。「不過對你來說，『沒有詳細消息』也是有用的情報吧。」

「沒錯，」夏絲妲肯定一笑，隨即陷入沉思。為甚麼舞女會被選上成為舞者？旅居各地……總覺得有點奇怪。

「你有否聽說過在我們這類人裏，有類似她一樣，從東方來的女性，樣貌也相似的嗎？」夏絲妲想了想，覺得這個千鶴可能會到公會接任務也不定，所以這樣問。

「樣貌我就不肯定，只是如果說到東方來的女劍士的話，我倒是聽過一個名字。」巴頓回答。

「是誰？」夏絲妲立刻追問。

「代號『菲特琳』，是位暗殺者，」巴頓回答完，卻有點猶疑：「只是，她是五十年前的人……」

「『玻璃』嗎，」夏絲妲認識，「菲特琳」是安納黎南部「玻璃」一詞的古語。「謝了，知道在五十多年前就有人從東方來到安納黎，也是有用的，搞不好千鶴就是那個『玻璃』的女兒呢？」

她記得當天在起始儀式上看過千鶴的樣子。她看起來只有二十多歲，實在不像是五十多年前已經開始在江湖行走的人，因此輕快地隨意說了個推論。

她的劍舞，也許是母親教她的吧，夏絲妲猜測。

「可能呢，」這時，巴頓想起了一件事。「啊對了，你上次來買的那個雷文家小子的情報，他幾天前得到冬鈴郡的管理權，要去那裏當領主了。」

「啊，是嗎。」夏絲妲看來沒有很在意，但她的聲線明顯沉了一些。她從大衣的口袋中取出一個布袋，從中取中數枚金幣，把它們推到巴頓面前：「這裏是這次情報的報酬，價錢是這個沒問題吧？」

「嘩，是皇家發行的金幣呢，」驚訝於桌上金幣的耀光，巴頓忍不住立刻拿起來仔細觀看，一看，才發現它不只是金幣，還要是擁有「皇帝發行」標記的金幣，這個版本的金幣只可以從皇帝手上取得，十分稀有，不是一般人隨便能夠得到的。

「那只是在起始儀式時取得的，沒甚麼大不了，」夏絲妲所言非虛，那些都是起始儀式完結後，作為亞洛西斯賞賜的獎金而收下的錢。她並不在意其稀有度，對於居所不定的她來說，無論是甚麼人發行的錢幣，只要能用，都是一樣的。

見巴頓收下金幣，她也就打算離開。但巴頓卻叫住了她：「對了，作為收了那麼多酬勞的謝禮，我就免費告訴你一個情報吧。」

「是甚麼？」夏絲妲停下腳步，背著他問。

「有傳言說霍夫曼家僱了殺手想殺你，聽說是個厲害貨色。」巴頓回答。

「知道是誰嗎？」夏絲妲問。

「不確認，但聽說是個女的，大家都叫她『斐爾』。」巴頓毫不吝嗇地回答。「我知道你不會輸，但還是小心點好。」

「謝了，有機會我會再來的。」夏絲妲思考了一會，但沒有再問下去。她揮手向巴頓道別，但走了幾步路後，又折返回吧桌。

「最後一個問題，那個奈特有沒有來過這裏，買過我的情報？」她問。

「沒有啊，為甚麼這樣問？」巴頓不明所以。

「沒事了，忘了它吧。」不給巴頓追問的機會，夏絲妲似乎想明白了甚麼事，瀟灑地離開了吧桌，以及諾法斯蒂公會。

4

兩天後的下午，夏絲妲在史威登市附近的一個森林裏獨自走著。

兩天前離開諾法斯蒂公會後，她就一直留在史威登市，不是在市內各處散步，就是在下榻的旅館休息。看起來似是普通的閒逛，沒有特別的目的，但其實從散步的路線，到下榻旅館的選擇，她都有層層的考量。

——她要找出那個跟蹤她的人。

夏絲妲在離開公會後不久便開始感覺到，有人在跟蹤她。起初她以為只是自己的錯覺，但無論她走到哪裏，都感覺到有一道氣息在她的背後，這令她坐實了自己被跟蹤的想法。她曾經數次嘗試反跟蹤，但那人的氣息飄忽，時而出現，時而消失，因此她都失敗了。當時她覺得最大嫌疑的跟蹤者身分，應該是巴頓提及過的那位受僱於霍夫曼家，要刺殺她的「斐爾」，但不敢肯定。

觀察了幾天，她有了些想法，便決定一改路線，到平日無人問津的森林去。

抬頭看著高聳入雲、屹立不倒的松木，低頭俯視隨風搖曳、斑駁陸離的樹影，眼前的景象令她突然回想起直到上星期前還在居住的木屋附近，修奈斐山上的風景。

唉，夏絲妲不禁在心裏嘆氣，還是忘不掉呢。

幾天的閒逛，除了是為了找出跟蹤者，也是為了給自己思考的時間。

巴頓問她最近心情是否不好，當時她否認了，但其實他是對的。夏絲妲確實是在煩惱，煩惱自己繼續舞劍的目的。

她早以為自己已經擺脫了艾溫的影響，但愛德華卻清楚點醒了她，她一直都活在他的陰影裏，從她繼承「荒野薔薇」的一刻，直到現在，沒有改變。

也許陰影不是一個正確的說法。被點醒自己對艾溫的愛與恨後，她看清了自己的心結，也就沒有像以前那樣恨他了。但這樣一來，她反而開始懷疑自己一直以來所做的，所希望尋找的，是否都沒有意義。

這些年來，她藉著劍，藉著一場又一場的生死對決，試圖在當中尋找一條深藏心底的問題的解答，而那條問題正是跟艾溫有關係的。有時候她會懷疑，比起精進劍道，她更在意藉著劍去尋找答案。自己不是單純因為喜歡劍術而走到今天，劍只是被她利用來尋找答案的道具而已。她不是沒有想過放棄繼續耍劍，只是一直以來都未有那份決心而已。

既然現在想通了，那麼還要繼續一個人堅持尋找的道路嗎？我到底還想尋找些甚麼？

但如果我捨棄了這個目標，又能做些甚麼？

突然，夏絲妲在樹林中停下了腳步。

「我知道你一直都跟著我，出來吧，『斐爾』——不，『菲特琳』霧繪千鶴。」她對空無一人的樹林大聲說。

話音剛落，未幾，夏絲妲身後不遠處有一個身影從樹後緩緩走出。她一轉身，發現那人正是「八劍之祭」的舞者之一，霧繪千鶴。

與起始儀式那天象見時一樣，看起來二十出頭的千鶴留有一頭淺棕色的長髮，全數用百花頭飾束成髮髻並綁在頭後。她身上所穿的服裝款式獨特，有點像把一塊大布稍作剪裁，並利用腹部的長布緊密地包裹在身上。外衣的顏色如同夏日穹蒼，上面繡有似乎只有在東方才能一見的粉色花朵，在領口位置可以看到內裏還穿了一件淡橙單衣。雖然這件衣服跟她在起始儀式時所穿的那件不一樣——沒有那件百花外衣那麼華麗，雙袖的長度也短了一半以上，但在夏絲妲眼中，兩者款式差距不大，兩袖依然寬闊得能充當口袋使用。而跟安納黎大多數女性不同，她的腳裸並沒有蓋在外衣之下，而是暴露在空氣之中，只用一雙白襪遮蓋之。腳上所穿的是一對木造的鞋，同樣是安納黎沒有的鞋子類型。

「真厲害，為甚麼你會發現的？」千鶴以優雅的步伐走近夏絲妲，並笑著問，似乎對於被發現一事很是好奇。她指的發現，不只是她的行蹤，更似是指向夏絲妲剛才所提及的兩個稱號。

「你的代號都離不開『玻璃』，那是指你的劍『璃霞』吧？」夏絲妲問。

夏絲妲在外旅行時，曾經到過安納黎東方的不同國家。雖然沒有到過千鶴的國度，但在旅途中曾經遇上過那個國家的人，並偶然得知「璃」是當地語言裏「玻璃」的其中一隻字。但她只聽過那字的拼音，千鶴的劍名也是從其拼音認識，所以她大半是依靠直覺猜測的。

「我的劍的確是叫『璃霞』，但又跟你所說的代號有甚麼關係？」千鶴用闊袖半掩著臉，疑惑地問。

「我打聽過了，五十年前這個國家有一個來自東方，代號『菲特琳』的女暗殺手。她擅長用劍，武器名字是『Rika』，和你的『璃霞』一模一樣讀法。」夏絲妲解釋。她今早再回去找巴頓問了一遍，就是在那時候得知「菲特琳」所擁有的劍名。天下間沒有那麼多的巧合，她才不相信兩者只是剛巧讀音一樣。「安納黎每年雖然有不少異國人來訪，但來自遠東的卻少之又少，更何況是在這裏定居，以刀劍為生的遠東人，只要稍微打探便能輕易查出。」

「但你不會覺得我有可能是『菲特琳』的女兒？」面對夏絲妲的推斷，千鶴沒有給予肯定，而是拋出另一條問題質疑。她依然優雅地笑著，笑起來像是無辜又無知。

「如果你是『菲特琳』的女兒，那麼你就是『斐爾』吧。但女兒為甚麼要起一個跟母親意思一樣的代號？」夏絲妲早就料到她會如此反駁，便繼續解釋自己的理據。「『菲特琳』和『斐爾』都是安納黎裏「玻璃」的古語，差別只在『菲特琳』來自南方古語，而『斐爾』則來自北雪之地一帶的古語。而且雖然見面時間短暫，但我在起始儀式上觀察過你，從一舉一動看就知道這人不是一個沒碰過劍技，只會耍劍表演的舞女。我調查過『斐爾』和你的行蹤，發現凡是你去過表演的地方，都一定會有『斐爾』暗殺的記錄。但正如我剛才所說，為甚麼女兒偏偏要跟母親起一個意思一樣，但用字不同的代號？如果是想讓人把自己誤認為母親，大可使用同一個代號。如此有意為之，不會是為了掩飾自己是『菲特琳』的事實吧？為了不讓世人知道你有不老的容顏，因此要更改代號和行事習慣，只是你取代號的習慣出賣了你。我不知道你是怎樣保存樣貌的，但你也應該知道，在擁有精靈、龍和術式的安納黎，不老容顏並不是甚麼意外新奇事。」

其實夏絲妲甚至拜託過巴頓調查被「菲特琳」和「斐爾」殺死的人是否有共通點，只是資料太稀疏，到今早為止都未能趕及取得足夠資料用以比較。

「哈哈，」聽完夏絲妲認真詳細的論述，千鶴忍不住掩嘴輕笑。「不愧是『薔薇姬』，這麼快便看穿，果然是我相中的美麗之人。」

面對千鶴的肯定，夏絲妲並沒有驚訝。對於千鶴的稱讚，她毫不在乎，手依然放在劍柄上不動，問：「那麼你現在想怎樣？要替霍夫曼家取我性命嗎？你也是舞者，接下本為敵對關係的貴族家的委託，腦袋沒有問題嗎？」

「既然霍夫曼家給出優厚的酬勞，那麼當然要接下啊。而且這個委託只是順便，可以讓我找到你，製造一個可以與你一戰的機會，」千鶴輕輕一笑，並從袖中取出「璃霞」，握在手上。「不知道你願意奉陪嗎？」

夏絲妲仔細打量，「璃霞」是把短劍，長度比一般單手劍短約四分之一。其劍身閃耀著水藍之色，看似柔和，但劍身中央卻有一條深長血槽，給人巨大的反差。其護手是一整塊如大海般深邃，又如夜空繁星般閃爍的青金石，劍柄被兩條黑色粗布帶交叉包裹著，而劍柄末端則鑲有一顆大珍珠。比起重視功能的暗殺用兵器，夏絲妲覺得這把劍更像那些貴族喜愛的儀式武器，只能用作裝飾而不能打，但既然這把劍已經陪伴她幾十年，那就一定有其特別之處。

她往後一踏，用左手拔出「荒野薔薇」，劍鞘在劍被拔出後頓時化為藤鞭，掉到地上。

「我想拒絕也不行吧——！」不給千鶴準備的機會，夏絲妲立刻一個箭步衝上前，瞄準千鶴的前腹反手斬去——

千鶴輕易便把「荒野薔薇」架住。正當夏絲妲要捲劍向上攻擊時，一道怪風吹過，劃破她的臉頰。那是甚麼？夏絲妲下意識回頭察看，但千鶴立刻趁機推劍反攻。夏絲妲急忙抽劍並往前刺，逼使千鶴後退，但這時另一道怪風在她的右小腿劃下一刀。

這一刺卻沒有影響夏絲妲的攻勢，彷彿感受不到痛楚一樣，她往右一踏並往前一斬，千鶴沒料到有這樣一著，閃避不及，其前腹被尖銳的劍尖狠狠割開，但外衣和單衣布料之厚免去她被劃傷。正當夏絲妲要反手往千鶴的胸前追斬時，又一道怪風要從她的身後吹來。夏絲妲急忙往側一踏避開，但千鶴此時卻抓住機會往前一刺，在夏絲妲的左腰側留下一刀。

有你的！夏絲妲心裏咒罵。她深感不妙，那些怪風一定跟千鶴有關。先前兩次被刺傷時，她的皮膚都能隱約感覺到，那是被硬器劃破的感覺，但又看不見任何實體，無從推斷。

見夏絲妲開始後退，千鶴乘機步步進攻。她飛快地往前揮劍，又是前刺又是揮斬，每一下步伐都優美得像跳舞一樣。夏絲妲數次嘗試搶奪主攻權，但每次當她要擊中千鶴時，不知名的怪風都會出現阻礙她的腳步。她曾驅使藤鞭嘗試抓住怪風，但每次未抓到目標，千鶴就已經攻過來，令她沒法分散心神控制。漸漸地，夏絲妲只能步步後退。眼見自己能夠輕易逼使鼎鼎大名的夏絲妲露出弱勢，千鶴臉上的笑容就更為燦爛。

見自己快要被逼到樹幹前，夏絲妲在接下千鶴從上而來的揮斬同時轉身飛踢，把她踢後十數步。未等千鶴重整姿勢，怪風再次吹來，夏絲妲似是想到了甚麼，往空無一物的上方揮斬——

「鏘」。

響亮的金屬撞擊聲傳出。

怪風沒能攻擊到她，她滿意一笑，正當打算要往前攻擊之際，連續數道怪風從她的前面吹來。似乎感應到風的方向似的，她立刻以交叉步法往後閃避，退到一棵樹前時立刻轉到樹後並跑開，其身影就這樣消失在千鶴面前。

千鶴輕輕一笑，沒有追上，而是站在原地，環望四周，似是在尋找夏絲妲的蹤影。而在樹林間穿梭的夏絲妲飛快地跑著，怪風一直追趕並前後夾擊她，時而插進她身前的亂草擋住腳步，時而從後瞄準她的肩腰進行偷襲。

跟起初時的被動不同，怪風的攻擊都被她悉數精準彈開。她就像是跟無形的空氣對打，卻看得見空氣的走向。而每次彈開攻擊時，她都能聽見無比熟識的鏗鏘聲。

是劍，夏絲妲十分肯定。所謂的怪風，是千鶴不知道用了甚麼方法隱藏了模樣的劍，而它們都歸屬她本人控制。

她的攻擊模式實在太明顯——每次自己要被擊中時，怪風都會現身防禦，而她就會在同一時間趁機重奪主攻權。夏絲妲心裏納悶，這不就等於向敵人說明怪風是她所使出的奇招嗎？

這樣的話，也就等於她不介意被人知道。

那些劍會跟她手上的那一把一樣嗎？她猜測。可惡，沒法得知她是用甚麼方式把劍變成隱形的，如果是「虛空」，在觸碰到這些隱劍的一刻便能使它現形吧。

但我依然有我的辦法，她心裏頓時浮起興奮的感覺。才不需要靠「虛空」，這種小伎倆，自己破解才是最有趣！

她不停跑遠，儘量跟千鶴拉開距離。慢慢地，隱劍們失去了原有的精準度，從衝著夏絲妲而來，變成在樹林間隨意攻擊，甚至不再攻擊她了。夏絲妲站在一枝樹幹上，遠眺千鶴所在的方向，滿意一笑：果然，看不到的地方就沒法攻擊呢。

閉上雙眼，夏絲妲聽到隱劍們都在樹林間穿插，到處尋找她的位置，她甚至能夠從劍劃破空氣的速度，隱約聽見千鶴心裏的焦急。她一笑，手一揮，「荒野薔薇」的藤鞭一部分立刻從樹林另一邊的土中竄出。不消兩秒，數下清脆的草割聲在同一時間傳進她的耳裏，這坐實了她的猜測。

只是她有一點疑惑：為甚麼隱劍們的軌跡跟舞步那麼像？跟千鶴耍劍的方式差不多？

「同時使用多過一把劍，公然違反『八劍之祭』的規矩呢。」不知跑到樹林哪裏去的夏絲妲從遠方向千鶴提出質疑，同時試探。

她起初以為隱劍只有一把，只是移動速動快得讓人以為有兩把劍的錯覺而已。但很快便發覺到只有多過一把劍，才能合理地解釋它們的移動軌跡。她猜不出千鶴到底有多少把隱劍，但根據感覺推算，最少有十把吧。

「不，它們都是一把劍啊，」千鶴對於久未現身的夏絲妲居然主動搭話，臉上露出些微驚訝的神色。她雙眼一眨，幾把隱劍立刻依循其意念追蹤夏絲妲，但可惜都沒有猜中她的正確位置。同時，她輕輕撫摸手上的那把「璃霞」，柔和地回答：「它們擁有千百分身，但同時也屬於一個個體。」

「哼，就像碎裂鏡子裏的倒影一樣嗎。但沒有實體的劍也是違規吧？」夏絲妲無聲地跳到另一枝樹幹上後，繼續質問。

「它們都有實體，只是你看不見而已。」千鶴解釋。確實如她所說，「璃霞」所分裂出的每一把劍都有實體，之所以能夠隱形，是因為其劍鞘是水蒸氣，可以令所有劍的分身在空氣中隱形，甚至在攻擊時依然能夠隱藏身姿。「沒想到『薔薇姬』居然是如此重視規矩之人，那麼你會怎樣做，告發嗎？」

「才不會，甚麼規矩都是裝飾而已，鬼才理會。」夏絲妲不屑地一笑，如果她重視規矩，那麼就不會有今天的「薔薇姬」了！但這個不是重點，重點是千鶴居然主動把「璃霞」的能力說出，那麼事情便易辨了。

她想起那些被「斐爾」暗殺的人，情報說他們都是突然倒地，事後才被發現中了致命劍傷，但從來沒有人看到是誰動手的。之所以知道是「斐爾」幹的，是因為在進行暗殺的地方附近都一定能夠看見他的身影。這時夏絲妲明白了，千鶴的暗殺法是利用隱型的「璃霞」分身在無人留意到的情況下殺死目標，但缺點是攻擊範圍只限於其視線範圍內，超過範圍的話就只能用猜的，所以她一定要在距離現場一定範圍的地方操控隱劍們。

她心裏一笑，看來這位老婆婆只是外貌年輕，眼睛卻不太好使呢。

「我倒是好奇，你為甚麼要保持外貌年輕？」發問的同時，夏絲妲又再轉了位置，她在樹幹之間跳躍，慢慢接近千鶴。

「我還以為你會明白，當然是因為美！」千鶴回答，同時指揮隱劍飛向聲音所在的方位。

「美？」夏絲妲有點疑惑。她跳下樹幹，就在這時，兩把隱劍要刺向她的雙肩。她俐落把雙劍擋下的同時，兩條幼細藤鞭從下方衝出，把劍牢牢綁住，動彈不得。

知道劍都有實體後，解決起來便容易了！夏絲妲立刻跳到另一棵樹上，同時控制藤鞭的另一端在地下流竄，暗中接近千鶴——

「世上一切都因為美才有意義。優美就是一切，只有美麗的事物才有存在的意義。」千鶴解釋，同時說出她心裏對美的看法。

「是嗎？徒具表面的美，我可不敢苟同。」說的同時，藤鞭趁千鶴不留神，快速劃破她的小腿。她低頭一看，被割開位置的附近都染成一片紅，但她只是一笑。

「你的『荒野薔薇』也很美啊，以毒汁給予對象絕望的顏色，那種麻痺與痛楚簡直是生命之美的極至！」隨著夏絲妲拉近距離，她的氣息對千鶴來說越來越明顯。千鶴頭一轉，又有數把「璃霞」從她身邊飛出，加入攻擊夏絲妲的行列。

「你是這樣理解的嗎。」夏絲妲心裏驚訝，她居然知道「荒野薔薇」的特性？

四把短劍同時從前後兩方往她襲來，她先是往側一避，讓前方刺來的兩把劍插到身後的樹上，同時一個轉身，把劍交到右手上，飛快地擊開本來打算從後插穿其肩膀的兩把劍。兩把劍正要追上時，幼藤鞭再次竄出，把它們都緊緊綁住，動彈不得。

她特意跑到一處比較空曠的地方，果不其然，又有四把短劍跟來了。她輕輕一笑，彷彿猜到劍路似的，在原地轉圈的同時悉數打飛一把又一把的劍，又是橫斬又是往上揮斬，看起來就像是在舞蹈。每一把劍被擊飛後，下一秒都會立刻被藤鞭綁住。

四把劍被綁後，又來了八把。夏絲妲自信一笑，加快舞蹈的步速。除了不慎讓最後一把劍擦破她的左肩外，其餘的都被俐落擊飛並綁緊。

比起攻擊，「璃霞」們更注重軌跡上的美，夏絲妲慢慢察覺到。

它們總是以雙數前後夾攻，比起畢直飛快的路線，更喜歡以弧線飛行，既然如此，那就把所有劍都引到一個地方，俐落地反擊，再用藤鞭綁住。「璃霞」可以分裂，但夏絲妲就不信它們可以無限分裂下去。

很快地，她成功用同一方式綁住上十把「璃霞」分身。千鶴這時終於留意到自己的「眷屬」少了很多。她收起了笑容，緊握手上的「璃霞」主體，靜待夏絲妲出現在自己眼前的一刻。這時，距離她約五十米的地方又響起四下清脆的金屬撞擊聲，她頓時知道自己又少了四把劍。

正當千鶴警戒地環顧四周時，夏絲妲居然在其眼前不遠的樹上跳下來，提著劍衝向她。千鶴的頭髮早就因為到處跑跳而變得蓬亂，大衣和靴上都沾有枯葉泥巴，跟仍然光鮮亮麗的千鶴成了很大對比。夏絲妲舉劍往前一揮，畢直斬向千鶴的胸口——

千鶴連忙用「璃霞」架住攻擊。不給對方留任何一秒，夏絲妲立刻捲劍向上並刺向千鶴的左肩。沒有分身的協助，後者的外衣便輕易被自己傷口所流出的鮮血染紅一片。千鶴頓時煩躁，左手大力一揮，兩把分身立刻往夏絲妲的兩邊腰側刺去，但夏絲妲卻輕鬆把兩者擊飛，並交給藤鞭封住其行動，同時還不忘分裂多一條藤鞭，為千鶴白皙的臉上留下一條血痕。

「你……」居然斗膽毀她的容顏，千鶴氣得不得了。她帶著憤怒往前衝去，欲從左下往上揮斬，但被夏絲妲正面擋住。

「徒具表面的美是沒有用的，你看，你的美並沒有用途。」夏絲妲冷淡地說。她才不喜歡甚麼「美是一切」的說法，對她來說，只追求外表，沒有內涵，是沒有意義的。

「你不也是一樣嗎？」解除交纏並後退的同時，千鶴反問。

「甚麼？」夏絲妲有點吃驚。

「我調查過你，你在對決時不是喜歡放水讓步，待對方鬆懈時搭配毒素，給予致命一擊嗎？如此追求形式的你，與我所追求的美的方向又有何不同？」千鶴質問。

「別把我的事跟你的混為一談。」夏絲妲冷言否認，但心裏的感情卻翻滾著。

我的不只是追求形式，是有意思的！

她喜歡藉著對決，觀賞人類由希望墮入絕望的瞬間，以及他們從絕望爬起來反抗的身影；但同時她藉著對決，希望令自己再次陷入同一局面——當年她與艾溫的最後對決，從手握十分近的希望，到一瞬間墮入絕望的局面。

她想知道，絕望的盡頭到底有些甚麼。只有絕望嗎？還是會有希望嗎？她當年的反抗，以及勝出之後所得到的虛無，會是唯一的正確解答嗎？

想到這裏，她突然醒覺，某程度上自己真的跟千鶴有點像。她也是藉著一些形式上的行為，追求一個答案。

「徒具外表又如何？追求自己喜歡的不就行了嗎？」千鶴質疑，並往前揮斬。縱使心裏正在動搖，但夏絲妲的劍路依然不變，她再次一劍擋下，並大力往上推至劍尖，利用衝擊力把千鶴推開。

這是她的反抗，夏絲妲心裏對自己說。她多年來想做的，就是要推翻艾溫留下的話。她想證明，他所認為的「最強者只能擁抱孤獨和虛無」想法並不一定正確。

多年以來，她經歷了多場對決，也曾陷入差點被殺死的危險場面，但都沒法尋得問題的答案。每次差點被殺死，她都會憑著不屈的意志成功反勝，但事後她又覺得，那些反擊過程期間的感受並不適合成為問題的答案。

既然現在她已經看清事實，那條問題源於對艾溫的執著，而問題的答案在多年間的經歷已經有個大概的總結——就算得到了希望，最後也將化為虛無，那麼她也就再沒有意義要繼續尋覓下去吧？

「但你那種耍劍的形式，只是為了滿足自己的美觀，忽略了劍的美學，根本是污染了劍術！」抽劍解開交纏後，夏絲妲從下往千鶴的前胸砍去。乘著心中的憤怒，以及從心而發的一句話，她奮力撞開「璃霞」，尖銳的劍尖劃破兩層外衣，留下血痕。被大力推開的千鶴正要重整姿勢時，藤鞭又再竄出，狠狠地刺穿她的左腳踝。夏絲妲大喊：「拿劍不揮劍，是對劍的侮辱！」

「原來你在意這種事的嗎？」跌坐到地上，腳踝鮮血淋漓，額頭冷汗直冒的千鶴忍著痛反問。

我剛才，說了甚麼？

千鶴的一句，令夏絲妲突然醒過來。她略為驚訝地一碰自己的口，沒法想像自己居然會說出這番話。臉上的驚訝，很快轉為釋然的微笑。

原來我還是有對劍術的堅持啊，她感嘆道。低頭注視正指著千鶴頸項的「荒野薔薇」，她頓時感到茅塞頓開。

多年來她確實是朝著一個虛無縹緲的目標而行動，但過程中也獲得不少其他的收穫，例如從不同人身上所學的劍技，又或旅途時獲取的知識，那些收穫對自己來說都是有意義的，不能因為一記答案而被全數否定價值。

這時，她的腦海突然閃過愛德華在林中練劍的身影。

她不是評價過，雖然這小子追求的事物確實虛無縹緲，但他為其付出的努力是真確的，而這一切也定能為他帶來某些成果，因此不能把其行為說是「無意義」嗎？那麼這番說話也能套用到我身上啊？

她感觸地一笑，原先是她冷酷地否定了這小子，但結果居然是他點醒了她。

結果無意義又如何，正如面前這個女士所說，追求自己喜歡的不就行了？

我可是無人能夠控制，出了名我行我素的「薔薇姬」。既然如此，依從己心，放開過去，依自己想做的去做便可！

在前一個夢中醒來了，那麼就決定一個新的目標，不就可以了嗎？

我真是愚蠢，夏絲妲忍不住笑了一聲。居然為了這些答案顯而易見的小事煩惱了這麼久。

「那麼現在你想怎樣做？要等到我毒發，你再取我性命嗎？」這時，在地上完全不敢動的千鶴忍著疼痛，問。「來吧！這正是我期望的，將那絕望的美帶給我吧！」

夏絲妲環視一周，接著手一揮，藤鞭立刻回到她的腰側重新化為劍鞘。墨綠的劍鞘上多了近十個快將盛開的花蕾，但夏絲妲似乎沒有在意。千鶴驚覺自己的「璃霞」分身們都被釋放，吃驚地問：「為甚麼？」

「我改變主意了，」未等千鶴反應過來，夏絲妲一刀刺進千鶴的腹腔，不但鮮血把她的華美外衣添上一朵大紅花，她也因為劇痛而沒法作聲。「你不配被它送予絕望。剛才的一劍是送你的，我不會殺你，你就在這裏自生自滅吧。」

「『薔薇姬』……你，在可憐人嗎？」千鶴咬牙切齒，掩著傷口坐起來，好不容易才擠出幾隻字。

「別誤會，我最討厭你這種人，就這樣而已。」夏絲妲冷冷地說，並一揮「荒野薔薇」，把劍上的血都潑到地上。她不屑地說：「真正的美是從心而發，單憑表面是不會得到甚麼東西的。」

不給千鶴反駁的機會，夏絲妲收起了劍，就此大步離去。

既然決定了從今起一切隨心，那麼她就只會做自己想做的事。夏絲妲不屑把平時的那種絕望帶給這個虛偽的舞女，她沒有那個讓自己觀察的價值，連再多看她一眼也不想。既然如此，那麼就不必再繼續勉強自己忍受了。反正那個傷勢放任不管就會死的，沒有後患，也就沒有問題了。

她心裏輕鬆一笑，很久未嘗過這種放下心頭大石，一片清爽的感覺了。

那麼，之後要到哪裏去好呢？

她望向冬鈴郡的方向，心裏暗暗有了決定。

人物故事－Charaktergeschichte－

基斯杜化－CHRISTOPHER－

1

基斯杜化經常覺得，自己生在這個家庭，一定是搞錯了甚麼。

先是有一個獨行獨斷、蠻不講理、專橫霸道的父親，然後旁邊有一個對父親的暴行逆來順受，毫不反抗的母親，更不要說家裏其他對父親惡行啞忍的人了。夾在這些人的中間，基斯杜化覺得自己就像在兇猛大海中隨波逐流的浮木，不停被從四方而來的波浪夾推，不屬於任何一邊，又被四邊同時拉扯著，沒有可以去的地方。

旁人都說他為人慷慨、溫柔、樂於助人，妻子評價他為絲毫沒有惡意的人，唯一的兒子甚至曾經視他為世上最厲害的人，把他當作目標前進。這些評價，基斯杜化都一一認同，但只有他自己知道，在美麗的外殼下包裹著的，是多麼骯髒不堪的真相。

他的溫柔，是對父親吝嗇的抗議；他的和善，是用來證明父親邪惡的鏡子；他對他人的愛，其實是用來證明給父親看，不用趕盡殺絕也能得到人心的方法。他的一切，都是為了否定父親而生的。

人們都認為基斯杜化是這個悠久的騎士家族中最沒有戰意的人，大家都覺得他性格與世無爭，一定與鬥爭無緣，甚至不懂得戰鬥的滋味。每次聽到這些話，基斯杜化都會輕輕一笑帶過。

也許他不比他人更懂得在戰場上殺戮的感覺，但談及戰鬥的感覺，他大概比任何人都清楚，因為他的人生就是由抗爭所組成的。

每天每刻，基斯杜化都與自己的父親爭戰著。

從他出生的那一刻起，直到父親死後，這場戰鬥一直持續著，從未停止。

他的人生，就是一場和父親的長久戰爭。

2

在肯尼斯眼中，基斯杜化是個徹頭徹尾的失敗品。

他沒有跟自己一樣的果斷，也沒有能與自己匹敵的行動力，雖然在劍術上少有天賦，但整體能力只是一般。總體來說，他不是肯尼斯所希冀，雷文家的理想繼承人。

肯尼斯要求的繼承人，是要跟他一模一樣的複製品。他自己想當然能力出眾，而妻子也是經他本人嚴選的不凡之人，但他卻沒料到懷有自己基因的兒子居然無論在個性和能力上都跟自己相差十萬八千里。這對他來說，是整輩子最大的敗筆之一。

唯一的兒子沒法達到自己對繼承人的要求，貴族通常在這個時候都會考慮多生幾個兒女，肯尼斯想當然也不例外。他不是沒想過要多生一個兒子代替基斯杜化，但奈何當他確認基斯杜化朽木不可雕時，基斯杜化已是七歲，那時妻子年歲已高，不再適合生育，所以才沒有成事。肯尼斯也考慮過另娶妻子並生育兒女的可能性，但因為他覺得身為偉大騎士家族的後人，一生人只能娶一位妻子，不得輕易另娶，因此很快便打消這個念頭。

其實還有一個理由，就是當初肯尼斯是認定妻子能力不凡才娶她入門的，要是他現在要另覓女性再生繼承人，豈不是等於承認自己當時選妻的目光有錯嗎？他從來都不會出錯，所行的事都是正確的，所以想當然地不必去補救錯誤，毋需再找一個妻子。

就因為肯尼斯奇怪的固執，基斯杜化幸運地免於被他放棄，但也因為這樣，他沒有任何兄弟姊妹，長年只能單獨面對肯尼斯無窮無盡的憤怒，以及他那些無理的要求。

但基斯杜化真的那麼一事無成嗎？在外人眼中，他是雷文家的天之驕子，是值得期待的「南方黑鴉」繼承者，跟「一事無成」一詞完全拉不上關係。基斯杜化的能力和潛力無不令人想起肯尼斯，除了性格，他的一切都能與其父親相提並論，有時候甚至會搶走父親的光芒。覺得他是失敗品的，就只有肯尼斯一人。

基斯杜化第一次出現在眾貴族的眼中，是他第一次參加全國劍術大賽的時候。當時他以八歲之齡，擊敗十五歲、衛冕冠軍的霍夫曼家長子格雷・霍夫曼，在眾人意外的目光下奪冠。起初大家都不看好基斯杜化，認為就算是著名「黑鴉騎士」肯尼斯的獨子，一位八歲的小朋友，而且是第一次參加比賽的，怎能在這個全國高手雲集，參賽者平均年齡十歲以上的比賽裏獲得勝利呢？但基斯杜化卻做到了。

他從分組賽，以全勝之姿一直贏到決賽，以飛快移動速度和敏捷動作的配合，把比他高四分之一的格雷打倒在地，勝出比賽。在場的人不是每一個都見識過肯尼斯的劍術，沒見識過的，都會驚訝於肯尼斯居然教出這麼一個厲害的兒子，而見識過的，則佩服於基斯杜化年紀輕輕，已經能夠使出父親功力的七成，而且知道自己能力的優劣點，並藉此調整適合自己的劍術。

他不只在劍術上有過人天賦，就連在文學上也頗有修為。很多人認為，基斯杜化能力出眾，定是肯尼斯教導有方，但雷文家上下都知道，就連肯尼斯自己也開口承認過，不關他的事。

這個廢物兒子所做的一切都與他無關，這是肯尼斯心裏認定的一句話。

肯尼斯是個工作狂，每天都埋首工作，面對公文的時間比陪伴妻兒的時間多超過一倍，彷彿公文才是他的伴侶，妻兒只是擺設。自從他在兩年前成為安納黎的其中一位騎士團長，並在樞密院得到一席位後，肯尼斯更是長期留在首都阿娜理，幾乎整年都不回月詠城。要不是他在新年和夏末節等重要節日一定會回家一趟，也不時會寫信回家要求眾人報告近況，全家上下可能早已忘掉這位家主的存在。而既然肯尼斯整天只顧工作，又長年在外，想當然的，他不會在基斯杜化的教育裏佔多大比重。

肯尼斯不願花時間親自教導基斯杜化的原因有三。一，雷文家的人都要靠自己爬上高處，他當年也是被父親放養，一切靠自己學習，所以他的兒子也要一樣。二，兒子和工作，當然是工作較為重要。只要他得到更多功績，便能爬上更高的位置，站在眾人之上傲視同儕，憑甚麼要把這些寶貴的時間投放在他人身上？而最重要的是第三個理由，既然他已認定基斯杜化是平庸資質，沒法成為自己理想中的繼承人，那麼就更不應該投放時間在他身上，一點也不能。

之所以認定基斯杜化能力差劣不可教，是因為肯尼斯覺得基斯杜化總是沒法完成他交代的任務。他曾經要求五歲的基斯杜化每天揮劍三百下，但當基斯杜化完成後，又說為何不多做二百下，並為此責罵基斯杜化得過且過，毫無上進心，留意不到兒子纖細的手腕已經因為過度操練而腫脹。他也曾經要求七歲的基斯杜化在半年內背熟一本家傳劍術書內的所有內容——那本書長達四百多頁，用字艱深，是給十歲以上的人看的，而且絕對沒法在半年內全數背好。基斯杜化每天挑燈夜讀，好不容易把書上所寫的招式都牢記於心，卻因為在肯尼斯測試時搞錯了其中一個招式的格擋次序，就被他痛罵毫不用功，沒有鬥爭心態，半年的努力就這樣被否定。

在肯尼斯眼中，他覺得自己要求的事情都簡單到不得了，不明白為何基斯杜化就是做不好；但他忘記了，自己在五歲時不曾握劍，在十一歲時才熟背那本劍術書。他的一切認知都由自己出發，他認為基斯杜化能做到的，基斯杜化就一定要做到，要是他做不到，那就是能力差強人意，從來不察覺問題其實出於自己。

肯尼斯在心中已經放棄基斯杜化，但礙於基斯杜化仍是自己的兒子，所以學習進度等還是要顧的。每次他回家，都一定會質問基斯杜化其學習進度——也就是責罵他不長進的時間。

「所以呢？你這一年到底做了些甚麼？」這一年的新年前夕也不例外。肯尼斯一如以往，在新年的前一天才回到家。一到步，他不由分說，立刻把基斯杜化叫到自己的房間裏，要他交代這一年到底都做過些甚麼。他的口氣很不耐煩，彷彿是被逼去做這件事的，但明明提出的是他自己。

「前陣子依照劍術老師的建議，參加了全國劍術大賽……」八歲的基斯杜化在父親面前完全抬不起頭來。他已經不是第一次經歷這種質問了，但還是會覺得害怕。

他閃閃縮縮，小聲交代了自己參加過劍術大賽的事。但他不敢說的是，當時劍術老師是因為肯尼斯的要求而要基斯杜化去報名的。

「呵，居然，沒想到你居然那麼有膽量要去挑戰呢，」肯尼斯說得像是完全忘記了自己有份提議過要基斯杜化參賽似的。他甚至對兒子的賽果予以嘲諷：「那麼結果呢？參加完分組賽便回家了吧？」

「不，我拿到了冠軍。」基斯杜化對肯尼斯顯而易見的惡意好像完全無感，甚麼反應都沒有，只是平淡地交代賽果。

「甚麼？」肯尼斯嚇了一跳，這是他意料之外的答案。他很快用憤怒掩飾驚訝：「你最好不要騙我，你知道被我揭穿謊言的下場是怎樣的！」

「不，父親，我真的贏了……」基斯杜化一聽，心裏有些受傷。肯尼斯沒有去看他比賽，他已經夠傷心的了，現在自己辛苦贏來的結果竟然被父親訓斥為謊言，就算已經習慣了他的惡言，心裏還是會痛的。

基斯杜化戰戰兢兢地把手上的一張獎狀遞給肯尼斯看，證明自己沒有說謊：「這裏是皇帝頒贈給冠軍的獎狀，請你看看。」

「呵……還真的拿了啊。」肯尼斯看了看，獎狀上的簽名確實是皇帝利奧波德二世的手筆。他總算願意相信兒子的話，但仍然擺出一副鄙視的態度。

「所以我真的有在努力的，父親。」一見肯尼斯的眼神軟化，基斯杜化小心地補上一句。他想要的不是其他，只是肯尼斯的一句肯定而已。

「哼，只是一個劍術大賽冠軍而已，你這樣就自滿了嗎？要是為父我當年有一樣的比賽，我在六歲時已經可以奪冠了！用得著八歲？」但肯尼斯就是不願意給予基斯杜化認同。

要讓肯尼斯改變對一個人的想法，首先要達成他所有的要求，並做得比他更好。這個目標聽起來並非不可能，只要加把勁就可以，但問題在於肯尼斯覺得自己是最強的，沒有人能超越他，若果有他不認同的人在其自信的領域超越了他，他就會立刻改變準則，無論如何都會令自己立在不敗之地，絕不承認落敗。

在這個矛盾下，無論基斯杜化投放多少努力，他都不能超越肯尼斯。肯尼斯已經認定了基斯杜化是廢物，那麼無論基斯杜化做甚麼，都不會改變到他的想法。肯尼斯會繼續視他為失敗品，一生都得不到改變評價的機會。

「我沒有自滿……對不起……」基斯杜化垂下頭道歉，在父親的怒氣前，他只想到這個應對方法。

「我說你沒有，你就全部聽進去嗎？就不會反思一下的？」怎知基斯杜化的認錯激起了肯尼斯的另一番怒火。他就是看不順眼兒子的軟爛，每次他開口責罵，基斯杜化都只會道歉，從不反駁，一點男人的堅持都沒有。

基斯杜化在心裏嘆了一口氣。他不是沒試過反駁肯尼斯的話，但他知道當自己反駁，肯尼斯定會責難自己居然敢違抗父親的話。

無論他做甚麼，肯尼斯一定都能挑出一些毛病來批評。

「對不起……」既然做甚麼都會出錯，那麼現在可以做的就只有道歉，儘量不惹起肯尼斯的怒火，基斯杜化對這些應對已經十分熟稔。

「唉，」見基斯杜化仍然低著頭，肯尼斯嘆了一口氣，再沒有說下去。「那麼論文呢？寫好了嗎？」

「嗯，老師已經批改好了，在這裏。」一聽肯尼斯提起論文一詞，基斯杜化的眼神頓時一亮，把一直握著的一疊紙張交給父親。

那份論文是肯尼斯半年前回家時，交給基斯杜化的功課。他當時要求基斯杜化在半年內依照他決定的題目——安納黎的軍事力量分析，完成一篇二千字的論文，並且要在老師手上拿到最少九十分。基斯杜化花了半年時間搜集和整理資料，終於在上星期完成論文，趕及在肯尼斯回來前交給老師並取得評分。

「九十分，得過且過吧。」肯尼斯隨便翻了翻，有點敷衍地回應。

見肯尼斯沒有發怒，基斯杜化心想是時機，立刻鼓起勇氣問：「父親，你之前不是說過，如果我在這篇論文得到九十分以上，你就會送我一把新的劍……」

「我哪裏說過了？沒有這回事！」怎知他未說完，肯尼斯便立刻兇悍地打斷。

「但明明上次你是這樣對我說的……」基斯杜化心裏很委屈。肯尼斯把論文題目交給他時，確實承諾過如果他能拿到九十分，就會收到一份新的劍作為獎勵。基斯杜化就是衝著這份禮物而努力寫好論文的，但沒想到現在父親居然反口否認。

「我沒有說過！你別以為我會忘記！」肯尼斯一口咬定自己沒有承諾過這樣的事，還反罵基斯杜化。

「怎麼可以這樣……」基斯杜化想反駁，但又拿不出甚麼證據。這時，他的目光掃到站在肯尼斯旁邊的母親，頓時眼前一亮，望向她問道：「當時母親也在的，你也聽見了吧？」

但基斯杜化的母親只是輕輕搖頭，嘆了一口氣：「聽你父親的話。」

果然是這樣，他的母親只會順著肯尼斯的意思行事，絕不反抗，基斯杜化早就習慣了。

基斯杜化鼓起勇氣，向肯尼斯提出質疑：「父親，你明明教導過我，做人要言而有信，說過的話要做得到，現在呢？」

自基斯杜化懂事以來，他見證過肯尼斯不知多少次因為決定有變而臨時反口。肯尼斯總是要他誠實，一旦被發現說謊便會遭受毒打，但明明最常說謊的就是他本人。

他不明白，為甚麼父親可以臉不改容地出爾反爾，還要誣蔑是自己的錯？平時他都可以忍耐，但今天為了那把期待已久的劍，他想嘗試爭取一下。

「基斯杜化，你別得寸進尺，我教過甚麼不用你提！放點尊重！」果不其然，被廢物兒子出言質疑，肯尼斯頓時怒火中燒。

就憑你？是沒把我這個父親看在眼內吧！肯尼斯差點把這句心聲罵出口。

「但是父親……」基斯杜化被嚇怕了，但他還是想爭取。

「閉嘴！」未等基斯杜化說完，肯尼斯立刻掌了他一記耳光。「我難得回家一趟，打算看看你有甚麼成長，沒想到還是老樣子！令我太失望了！」

「對不起……我不是有心的……」被打到地上的基斯杜化用手輕撫著被打的位置，那裏腫起了一個包，疼痛得很。他想哭，但哭的話一定又會被肯尼斯罵，所以只能強忍，讓眼淚在心裏流。

「算了！你跟我出去！」不想再見到這個沒出息的兒子，肯尼斯二話不說，把基斯杜化趕了出房間。

回到自己的房間，基斯杜化立刻把自己藏在被窩裏，低聲哭泣。

他不明白，為甚麼無論自己如何努力，都不能得到父親的認同。他渴求的不是一把新的劍，也不是甚麼全國冠軍，他想要的，只是肯尼斯的一句「你做得很好」而已。

自己真的有那麼差劣，以至父親完全不想看自己一眼嗎？

這條問題一直到他十多歲，對世界有更多認識後，才明白真相。

長大後的基斯杜化，對肯尼斯的態度可說是一百八十度大轉變。

小時候，無論如何被肯尼斯辱罵，基斯杜化都會盡力達成父親的要求，為求他能正面看自己一眼，但隨著成長，他漸漸明白到肯尼斯的那份惡意是不會改變的，不是他完美地達成其要求就可以扭轉的簡單問題。

基斯杜化終於清楚，肯尼斯因為一早認定自己沒有才華，所以事無大小都在挑剔。這樣做一來可以令他自己更相信基斯杜化是個笨蛋，二來是用來維護其自尊。肯尼斯的想法是不會改變的了，基斯杜化十分明瞭這個道理，所以他決定了不再強求。

雖然放棄了從肯尼斯身上得到認同，但基斯杜化並沒有選擇得過且過地渡過剩餘的人生。也許是因為固執吧，或者是對父親的恨，驅使他選擇了另一條也許比得到肯尼斯認同更為困難的路──與肯尼斯對抗。

長得越大，他越看不過眼肯尼斯那副朝令夕改，凡事自我中心囂張態度。尤其當他得知更多肯尼斯在外面的「威風」事蹟──例如以半賄賂半巴結的方式取得騎士團長的職位，以及藉著公開另一騎士團長的情色醜聞，奪走他的領兵權並取代之，再藉著出征打勝仗，而在皇帝面前要求得到整個希蕾妮亞郡的管理權，以及進入樞密院為獎勵等，便更加對這個所謂的父親感到厭惡。

這些事，雖然卑鄙，但其實在大人的世界裏並不罕見。身在權力和錢財的漩渦裏，每個人或多或少都會做過類似的事，又或有類似的念頭，而他們的分別只在於誰能夠更無恥、無視道德和自尊地掠奪他人所有，並化為自己所得的而已。基斯杜化明白這個道理，而他也清楚，肯尼斯其實不算是做得最過份的一個人，比他更無恥無底線的，大有人在。

雖然肯尼斯能夠為了目的而不擇手段，連不見得光的手段也會用上，但他也有一條底線的。所謂的底線，主要都跟他那套「身為偉大騎士家族的後人」而認為該做的事脫不了關係。例如他不會沾女色，不會命令自己的部下去引誘一個好男色的伯爵以套取勒索材料——因為他認為好男色一事是骯髒的，又或不會在對決場上刺傷要逃走的人，但大概就只有這些而已。肯尼斯甚麼都敢做，而且他每次都能為自己所做的事加上一個合理的理由解釋，就算是殺人放火，他也能搬出一個冠冕堂皇的理由來證明自己做得對，並且逼使他人認同。

基斯杜化最討厭肯尼斯的，莫過他「講一套做一套」的自相矛盾態度。他討厭肯尼斯從來不顧他人利益，甚麼都只想著自己；他也討厭肯尼斯那副一切都是自己說了算，用莫大的權力和手段把把別人強行壓倒並逼令服從；但他最討厭的，是肯尼斯明明教導他做人要誠實、要走在光明路上，不能在暗地裏耍手段，但自己卻一一做盡而不感到羞恥，標準任意搬的無恥態度。基斯杜化敢說，肯尼斯常常放在嘴上大言不慚的標準，他本人大概只能做到一半，剩下的一半是依靠用言語搬弄標準而勉強完成的。

他覺得，肯尼斯常常狗眼看人低，把自己說得那麼厲害，又是沒人能敵，最強騎士甚麼的，而且把自己看作一事無成的廢物，但其實肯尼斯所做的，不過是用權力和蠻力強行推砌出來的「強大」而已。肯尼斯用自己的力量強行壓倒他人，逼使他人臣服於他，但在心靈層面上卻從未真正得到他人的認同。真正的強大，就是不需任何威逼也能令他人心佩神服，以行動來獲得到他人認同，基斯杜化這樣認為。

在基斯杜化的眼中，一個強大的人應該擁有無限的包容力，一切以他人出發，對任何人都能釋出善意，溫柔、堅強卻不霸道。比起肉體和權力上的強大，基斯杜化認為精神上強大才是真正的強大。因此他討厭肯尼斯的一切，否定他的為人，並藉著活出自己所認為的「強大」，以證明肯尼斯是錯誤的。

無論對著甚麼人，基斯杜化都能掛上一副真誠的笑容面對；只要身邊有人需要幫忙，不論是貴族的朋友或是平民，他都會幫忙，並會用盡自己的一切能力為對方解決困難，從不計較自己的付出，就算要出錢幫忙也在所不辭。他就是要做肯尼斯的相反，肯尼斯越惡，他就越善。久而久之，這位雷文家的天之驕子，除了因為劍術出色而被記住，也因為他的慷慨包容而廣為人知。這樣溫柔的個性為他帶來不少相識，令他的朋友圈子廣闊，幾乎安納黎每一個郡裏都有他認識的人。

每當看見他人因為自己的協助而露出笑容，基斯杜化心裏都會感到滿足。他認為自己是在行善，而這些笑容都證明他正在正確的路上行走。在這些人身上，他尋覓到認同，也找到自己。他不再需要肯尼斯的愛，也不需要在肯尼斯的強威下低頭過活，只要有身邊這些他愛，也愛他的朋友在，他便能挺起胸膛走下去。

但，這不代表他成功擺脫了肯尼斯的陰影。肯尼斯仍然健在，也繼續視基斯杜化為沒用的廢物。每當見到基斯杜化又無償地幫助他人，或者對郡內的民眾做了甚麼慈善好事，肯尼斯都會大罵一頓，斥責基斯杜化這個蠢材為何要做這些毫無回報的事。但基斯杜化的反應跟小時候的他不同了，他不會為自己的行為解釋，不會反駁，而是會以笑容和緘默回應肯尼斯的怒火。每次看見肯尼斯因自己的反應大為光火，卻又沒法做些甚麼時，基斯杜化都覺得自己贏了一仗。他覺得要是自己成功讓父親語塞，令他沒法駁斥，那就等於自己做得對了，但他沒有察覺肯尼斯依然影響著他。

要用行為證明自己和肯尼斯的差別，就是仍然活在他陰影下的證明。

肯尼斯已經被基斯杜化的無能和愚蠢氣得無話可說，完全不想認這個兒子，可是由於名義上他是自己的兒子，也是雷文家未來的繼承人，所以還是要違反自己一貫的標準，浪費時間為一件廢物鋪設其未來的路。他會不時帶基斯杜化到一些應酬場合去，例如舞會，或者賽馬比賽，讓更多人認識自己的兒子，也會免為其難地幫基斯杜化聯繫一下關係。

雖然基斯杜化不太喜歡社交場合，不太想前往，但礙於肯尼斯的強求，他沒法反抗，只能硬著頭皮前往。而每次在應酬場合上的對話，都是父子間不同實力的拉鋸。

「雪森勳爵，讓我向你介紹，這是我的兒子，基斯杜化。」在一次打吡賽上，肯尼斯把十九歲的基斯杜化拉到他的同僚，時任雪森勳爵——喬治‧洛巴‧諾芬拿面前，要把基斯杜化介紹給喬治認識。

雖然心裏極不情願，也不喜歡這種關係巴結，但基斯杜化在表面上仍然掛著一副大方得體的笑容，裝作依從肯尼斯的說話行事。

「啊，原來是你！我聽說過你的事了，你跟父親真的很不同呢。」年近六十，留有一撮長鬍子的喬治一聽見基斯杜化的名字，立刻摸摸自己的鬍子，仔細打量基斯杜化。

「過獎了。」基斯杜化不太習慣被這樣注視，但他強行把不安感壓下去，仍然保持笑容。

「聽說你的劍術很厲害，在劍術比賽裏拿過五次全國冠軍對嗎？年紀輕輕已經是大師，跟父親不相伯仲呢。」喬治對基斯杜化讚賞有加，連他在這些年斷斷續續地在全國劍術比賽奪冠的事也知道，基斯杜化頓時感覺自己正被關注著，有點高興。

肯尼斯立刻用眼角瞄向基斯杜化，因為他完全不知道這件事。

「只是湊巧而已，我跟父親還差得遠呢。」基斯杜化故意無視肯尼斯，謙虛地回應。

一個外人居然比自己的父親更清楚自己的事，基斯杜化此刻感到有些唏噓，但他早就習慣了。他並不期待肯尼斯記得自己的事，沒有期待就沒有傷害。

說實話，基斯杜化並不想拿自己跟肯尼斯比較，但現在是在外人面前，要表現得體，不能隨便挑起事端，所以唯有忍耐。

聽見基斯杜化居然分得清楚二人的能力差距，肯尼斯在心裏輕輕笑了一聲。見二人提起劍術，他立刻抓住機會轉移話題：「說到劍術，雖然唐突，但我有一件事想拜託勳爵。」

「希蕾妮亞勳爵會拜託我，很少見呢。」喬治帶著笑容的一句話，任人都聽得出是帶刺的。

但這種簡單的嘲諷，在有事情想要達成的肯尼斯面前，簡直不值一提。他問道：「我兒已經十九歲，是時候讓他見見世面。既然勳爵欣賞他，不如就讓他進入你的騎士團，跟你學習吧？」

明明是拜託，而且是拜託比自己年長近十年的前輩，但肯尼斯的語氣卻完全不像是低下頭請求別人幫忙的，而是一副已經假定他人會幫忙的樣子。知悉肯尼斯脾氣的喬治沒有計較，只是問：「有這麼一個人才，我當然歡迎，但為甚麼不直接讓他去你的騎士團？」

「他雖然有些姿質，但經驗尚淺，一輩子在父親底下是沒法學到甚麼的，所以想他出去歷練一下。能夠拜託勳爵嗎？」肯尼斯編出了一個合理又漂亮的理由，但基斯杜化一聽，立刻猜到背後真正的原因。

肯尼斯一向對自己的騎士團十分自豪，嚴格訓練自己的團員，也視自己的騎士團為全國最強。這麼一個強勁的團隊，怎能讓一件廢物混進去？但要讓基斯杜化取得功績，進入騎士團是必要的，所以便一定要拜託別人了。

「既然希蕾妮亞勳爵願意割愛，我當然沒問題，那麼……」

「打擾兩位的對話實在抱歉，但關於這件事，我想先考慮一下再答覆。」正當喬治要點頭同意時，基斯杜化打斷二人的對話。

「基斯杜化，你在做……」肯尼斯察覺到氣氛不對，打算制止。

但基斯杜化不讓肯尼斯問完，繼續說下去：「感謝雪森勳爵對我的欣賞，但進入騎士團是影響一生的決定。我不肯定不才的自己是否能擔當重任，所以想從長計議，希望勳爵體諒。」

說完，他向喬治輕輕點了點頭，希望得到他的理解。

「當然可以，你決定好後便再告訴我吧。」喬治心想，這少年似乎對自己的實力不抱有很多自信呢。既然基斯杜化這樣說，他也不好意思挽留，留下一句話後，便點頭向二人道別。

看著逐漸遠去的喬治，肯尼斯二話不說，拉起基斯杜化的手就走，不容他反抗。

「你，跟我到一邊來！」

⚔

「你跟我解釋，為甚麼不想進騎士團？」

把基斯杜化拉到一個沒人的角落後，肯尼斯立刻露出本性，一來就是斥責。

「我沒說過想去，就算想進，也會靠自己的方式考進去，不想像你一樣依靠旁門左道。」基斯杜化沒有拐彎抹角，直接說出他剛才推卻的真正原因。

「你這是甚麼意思？」肯尼斯頓時暴怒，質問道。

基斯杜化鎮定地反駁：「就是字面意思。」

「你……」肯尼斯再次被氣得怒不可言。「其他的事我就算了，但今次你一定要依從，這是繼承家族必定要做的事，不得反抗！」

一聽見「繼承家族」四字，基斯杜化覺得是時候說清楚自己的想法：「我沒說過想繼承家族，那麼不一定要進騎士團吧？」

「你瘋了嗎？知道自己在說甚麼嗎？」肯尼斯一臉詫異，怔住一會才回過神來。

當個廢物便算了，居然不長進到不想繼承家族？放棄雷文家這麼多年來的基業？這傢伙到底是吃錯了甚麼藥？

「我應該表達得很清楚，就是我沒有意願繼承雷文家，」基斯杜化說得很認真，絕對不是一時的氣話。說完，他反問：「反正你也不想給我吧？那不是剛好嗎？」

「你這個廢柴！」肯尼斯頓時憤怒得賞了基斯杜化一扇耳光，把他整個人打倒在地。「對啊，我也不想給你！但這不是你能決定的事！」

又是耳光，每次基斯杜化的行事出乎肯尼斯的意料，前者一定落得如此下場。灼熱的疼痛感不停從臉頰傳來，但基斯杜化依然堅持不退讓：「總之我就是不想進騎士團，要進，我自己會決定！」

「自己決定？哼！」肯尼斯怒火衝天的同時忍不住嘲笑。「你以為自己長大了，就可以決定一切了嗎？別忘了我還在！」

再俯視基斯杜化一眼，這個跟年輕時期自己十分相像的臉容，此刻是多麼的礙眼。不想再見到這個眼中釘，肯尼斯不屑地「哼」了一聲，立刻拂袖而去，留下基斯杜化一人獨自坐在地上，沮喪地沉思。

剛才肯尼斯的話，狠狠地提醒了基斯杜化現實的模樣。

他確實是開始走屬於自己的路，但終究仍是被肯尼斯和家族牢牢地束縛著。只要肯尼斯一天仍在，他就依然要面對其怒火和惡意，不會得到完全的自由。

他想由自己決定自己的路，但看來距離這天成真的日子，還有很遠的時間。

4

遇上妻子羅蘭，對基斯杜化來說，是他一生裏最幸福的事。

一來是因為自己遇上一位能夠互相理解，並能攜手一同走過人生路的伴侶，而更重要的是，羅蘭是他親自選擇的人，由相識到結合，都是出於他的意志行事。她不是肯尼斯欽佩的對象，而二人的結合過程也沒有他的介入。

羅蘭原名羅蘭・伊莎貝拉・亞斯利，是蒂莉絲莎璃郡領主蒂莉絲莎璃伯爵的二女。二人是在一場舞會上認識的，當時基斯杜化二十五歲，羅蘭二十歲。

貴為面積巨大的蒂莉絲莎璃郡領主三女，羅蘭每逢出席社交場合，都一定有不少男性主動上前獻殷勤，想跟她拉上關係，加上她相貌清純優雅，容易吸引男性們的心，所以往往會成為場上的焦點。基斯杜化也是其中一個對羅蘭相貌傾心的人，每次他聽說自己有被邀請前往的舞會裏會有羅蘭出現，都會更有意欲前往，並精心打扮自己。縱使如此，他未曾和羅蘭說過一句話。原因不是因為羅蘭不搭理他，而是因為他不敢上前主動打招呼。

每次看見羅蘭與其他男士愉快地聊天，基斯杜化何嘗不想自己也是其中一份子，但內向的他不習慣寒暄式聊天，而且要在人群之中努力爭取曝光機會，對他來說是十分耗費精力的一件事。還有他覺得像羅蘭那麼美好的女性，一定會選擇更好的人，而不會留意到自己這麼平庸的普通人。所以他一直不敢上前，只敢遠遠地看著。

基斯杜化說自己普通，一來是因為自卑，二來是在平述他的現實——普通到不得了的年輕貴族一位。

在肯尼斯的威逼下，基斯杜化最後還是進了喬治的騎士團當士兵。他在團內努力積累經驗往上爬，在兩年後便成為了一個小隊的隊長。基斯杜化曾經跟隨軍隊與南方敵國亞美尼美斯作戰，並立下能夠獲勛的戰功，正當大家都以為他會繼續晉升時，基斯杜化居然在回國後毅然辭掉職位，放棄大好仕途。他說，他喜歡劍術，但不喜歡在戰場上殺戮。他已經盡了身為家族繼承人的責任，在騎士團工作四年時日，功勛也到手，該做的都已完成，那麼是時候離去，回到自己應有的生活了。

肯尼斯想當然被基斯杜化的決定氣死了，但基斯杜化已是成人，他無法左右其決定，也無閒再理會兒子的蠢決定；當時基斯杜化的決定也在貴族間引起了一陣熱論，但很快地便隨著話題熱度的消散而不了了之。基斯杜化不再是那個劍術的天之驕子，也不再是那個突然辭職的傻子，他回到家，安靜地在家過著休閒的日子，在社交季時偶然參加一些舞會，而他就是在舞會上遇見羅蘭的。

在喜歡的人面前，基斯杜化會感到自卑，不，自小活在肯尼斯的影子下，他習慣了小看自己，也害怕鼓起勇氣要做某件事時會落得失敗的下場。不一定要跟羅蘭結為伴侶，當個朋友也不錯，有好幾次他想逼自己踏出一步嘗試，但不是被他人阻礙，就是猶疑太久以致錯過時機，結果從未成功跟羅蘭說上一句話。

他以為自己的單戀應該會就此不了了之，沒想到天關了一道門，居然真的會打開一扇窗給他——羅蘭竟然主動跟他搭話。

「請問，你是雷文家的基斯杜化先生嗎？」

那是在某一次的舞會，正當基斯杜化站在飲品桌前思考想要氣泡酒還是紅茶的時候，羅蘭突然主動上前打招呼，嚇得基斯杜化差點跌倒在地。

「啊……！亞斯利小姐，你……認識我嗎？」一轉過頭，看見羅蘭姣美的容顏在自己面前出現，基斯杜化登時小鹿亂撞，臉頰變得紅潤，還下意識地後退半步。

他沒想過總是這麼近，那麼遠的女神居然會靠近自己，並主動跟她打招呼。嗯，這一定是甚麼誤會，或者只是單純的寒暄吧，他心想。

「我留意你很久了，每次都在遠方靜靜地看著我，但總是不會上前來。見你不過來，那麼唯有由我作主動了。」羅蘭沒有被基斯杜化的反應嚇到，她一邊解釋，一邊伸手到基斯杜化面前拿起一杯氣泡酒。基斯杜化對二人那幾乎碰到肌膚的距離嚇得完全不敢動，但羅蘭似乎沒甚麼感覺。

「你怎會知道我的名字？」基斯杜化不敢相信羅蘭的話的，又怕又期待地問。

「我之前問卡羅洛斯，他告訴我的。」羅蘭爽快地回答。基斯杜化聞言，立刻望向站在不遠處的多年好友，後者見狀立刻回以一個眨眼，示意要他加油。

「要你見怪了，希望你不會覺得我奇怪。」基斯杜化垂下頭，有些不好意思。被發現常常從遠方看著人，應該會她被當成奇怪的人看待吧，他心裏沮喪。

「不會，你是不太習慣在人群之中嗎？」出乎基斯杜化的意料之外，羅蘭居然這麼快看穿他總是待在一邊的原因。「我見你每次到舞會，都是獨自一人站在一角沉思著甚麼，你是被朋友拉來玩的嗎？」

「呃，算是吧。」真正的理由說來複雜，但大體上是對的，基斯杜化免得解釋太多，便選擇簡潔回答。

羅蘭一聽，好像找到知音似的笑了笑，坦白道：「這個我明白，說個小祕密，其實我也不太喜歡來這些場合的。」

基斯杜化有點吃驚：「真的嗎？我見亞斯利小姐總是很享受跟大家聊天，還以為……」

羅蘭頓時嘆了一口氣：「沒辦法啊，被家父家母要求一定要參加這些場合，就唯有努力順著氣氛行事了。可以的話，我其實想留在家裏，有一本小說本來想今天看完的……」

「哈哈，小說不會跑的，慢慢咀嚼內容才會更有樂趣啊。」沒想到羅蘭也喜歡看小說，基斯杜化似是找到了擅長的話題，整個人放鬆了些，開始敢於主動開展話題：「敢問亞斯利小姐，你最近在看甚麼小說？」

就這樣，理應沒有交錯點的二人就此相識。他們擁有相似的興趣，也同樣對父母和家庭教育抱有複雜的感情，在很多話題上都有同樣看法，猶如對方的知音。久而久之，二人日久生情，而基斯杜化在二人相識的三年後正式向羅蘭求婚，牽起她的手，擔當起丈夫的職責。

二人的結合，肯尼斯出奇地沒有提出反對，基斯杜化對此事感到有些驚訝。他本來以為肯尼斯定會自作主張為他挑選妻子，怎知沒有。不知道是因為他覺得羅蘭是鄰郡領主的女兒，門當戶對，所以沒有作聲，還是他已經完全放任自己，不想再花心神在廢物的爛事上，真相不得而知。總而言之，基斯杜化生來第一次能夠完全主宰自己的人生決定，與喜歡的人結合，這對他來說意義非常重大。

而在結婚後四年，二人終於喜得一子，也就是愛德華。

有一件事基斯杜化從來都沒有告訴過愛德華，就是他的出生得來不易。在成功懷上愛德華之前，羅蘭先後流產過兩次，當時醫生診斷說她能夠再懷孕的機率不高，就算有，也不太可能捱過頭三個月。二人當時已對此事近乎絕望，但不知道是否上天聽見羅蘭的祈求，還是祂有特別的安排，在羅蘭第三次懷孕時，她居然成功捱過首三個月的危險期，並誕下一個健康的男孩。

羅蘭從結婚開始，就一直想要一個小朋友，但對於生兒育女，基斯杜化起初是略為抗拒的。他對這個家族仍然抱有複雜的感情，仍未能決定是否願意繼承。年月過去，當年那份單純因為否定肯尼斯而不想繼承家族的輕率想法已經淡去，但他仍然不太希望在未來站在肯尼斯曾經擔當過的位置，做跟他一樣的事。既然他不希望家族持續下去，那麼為甚麼還要誕下後裔呢？而另一個原因，是他覺得自己沒資格，也沒有能力當好一個父親。

基斯杜化知道雖然自己一直努力擺脫肯尼斯的影響，但畢竟二人血脈相連，自己在不知不覺間也感染了一些肯尼斯的個性，例如他的固執和高要求，他害怕管教兒女時，自己會不小心用了肯尼斯那一套，而他不想把自己所受過的痛苦傳遞下去。這樣一個從來不敢正面與父親的惡意對抗，逃離過許多責任的懦弱之人，怎會有能力當一個好父親？

他把這番話告訴當時已經懷孕六個月的羅蘭，而羅蘭只是回他一句「傻瓜」。

「你是我認識的人當中，世上最有愛心的人，也是一個很清楚自己目標的男人。當你在懷疑自己的資格時，就已經說明你是有心想為兒女帶來最好的。相信自己，你可以的。」羅蘭當時安慰道。

得到妻子的鼓勵，基斯杜化心裏雖然仍有疑惑，但迷惘已經減少了許多。直到愛德華出生，看著在自己懷中睡得安穩的嬰孩，感受到屬於生命的溫暖，基斯杜化的決心頓時堅定了。他要盡全力把自己的所有都給這個兒子，讓他在愛與關懷中長大，也會保護他免受肯尼斯的影響，不會讓兒子重蹈自己的覆轍。

而第一步要免除肯尼斯對愛德華的影響，由其取名開始。

愛德華出生時，肯尼斯已經六十二歲，在安納黎來說已是高齡一族。雖然年老，身體機能大不如前，但肯尼斯的腦袋仍然轉得靈光。總是要在他人身上彰顯自己強大的他，當然不會放過把自己的痕跡留在雷文家的未來繼承人身上的機會，而做法，就像他當初為基斯杜化取名時所做的一樣，要把自己的名字放在愛德華的名字裏。

肯尼斯本來是想索性命令基斯杜化用自己的名字為孫子取名的，但無論是名字，還是中間名，都遭到基斯杜化堅決地反對。基斯杜化當然知道父親在打甚麼算盤，他絕對不會讓父親得逞。既然自己決定了不讓兒子遭受肯尼斯的影響，那麼就要堅持到底，絕不讓步。他和肯尼斯在此事上拉鋸長達半個月，大家各不相讓，最後為了令肯尼斯放棄，基斯杜化以一句「這是我的兒子，當然是我把名字放在他的名字裏，就像你當初做的一樣！」讓肯尼斯閉嘴，把自己的名字取為愛德華的中間名，這才成功阻止他的計畫。

基斯杜化本身並不想把自己的名字留在兒子的名字裏。他覺得父親把自己的名字留在兒子名字裏這一行為，是一種權力和影響力的展現，像是要向世人宣示「他確實是我的兒子，是我的意志繼承者」。他不需要，也不想用這種方法在兒子身上彰顯權力，但為了令肯尼斯願望落空，他沒有別的辦法，唯有屈就兒子了。

愛德華從一出生，就被基斯杜化和羅蘭夫婦當作至寶地呵愛，得到二人完全的愛。基斯杜化本來想再生一個兒子或女兒，讓愛德華有個可以一起成長的同伴，也能增加他的社交能力，但考慮到羅蘭身體欠佳，能夠平安誕下愛德華已經是奇蹟，所以決定還是不要勉強了。兒子的成長固然重要，但妻子的健康也同樣要緊，不能顧此失彼。

在愛德華身上，基斯杜化第一次感受到有人無條件尊敬自己的感覺。他在這輩子第一次感覺到被需要，也第一次明白被人仰慕是怎麼樣的感覺。明明他是一個平庸又軟弱的凡人，但兒子看他的眼神總是像在看天上的明星一樣，把他當作全世界最厲害的人看待。基斯杜化有好幾次說過，這只是因為愛德華年紀尚小，未見過世面，才會有此誤解，當他長大後就不會這樣想的了；但每次羅蘭都會糾正他，表示對此刻的愛德華來說，基斯杜化就是其世界的全部，就算將來愛德華見識世界的全貌再回望，他的心裏仍然會存有今天這份對父親的景仰，所以挺起胸膛，回應兒子期望，當一個稱職的父親吧。這兩位最愛的人的敬仰和鼓勵成為基斯杜化前進的最大動力，以前會從不同責任之間逃離的他，現在決心付起責任，做一個肯尼斯未曾擔當過，稱職的父親。

基斯杜化會親自指導愛德華的學習，每天都會抽時間陪他玩耍和閱讀，對兒子的能力和成長瞭如指掌。肯尼斯有時會對基斯杜化的教育說三道四，說這樣經常給予兒子注意只會教出軟弱之徒，但基斯杜化對他的話一概無視。只要是愛德華想要的，基斯杜化都會盡力滿足，但又不會溺愛放縱他。多年後的基斯杜化回想過去時才察覺，自己的教育方針其實也是否定肯尼斯的行動之一。

一直以來，愛德華要求的都是新的書本或玩具，但在他四歲生日時，他提出了一個讓基斯杜化感到驚訝的請求——請求基斯杜化教他劍術。

縱使已經沒有在騎士團擔當要職，基斯杜化仍然會在平日勤練劍術。於他，劍術是興趣，也是抒發壓力的方法之一。某次他參加一場對決時帶上當時三歲的愛德華，想趁機讓他見識外面的世界和多跟一些人交流，沒想到那次對決居然令愛德華迷上自己的劍術，並請求自己擔當師父。

基斯杜化的劍術曾經是為別人而練，現在是為自己而耍，他沒想過居然有一天會為了教導別人而揮舞。礙於愛德華年紀太小，加上自己未準備好，基斯杜化起初婉拒了兒子的請求，但愛德華不甘就此放棄，他一有機會就會請求基斯杜化，鍥而不捨，最終基斯杜化在愛德華五歲時終於鬆口，答應讓他一試。

這兒子的固執跟自己真的是一個樣呢，基斯杜化心想。為了達成目的而一直堅持，看來這個是雷文家的遺傳特質。

在某個夏日的下午，基斯杜化帶當時五歲的愛德華來到庭園的圓頂亭前。他平時就是在這裏練習劍術，而今天也選了這個能夠讓自己放鬆的地方，讓兒子感受握劍的實感。

「右手握緊劍，對，就是這樣。雖然是特製的，但還是有點重，如果手腕覺得痛，記得要說出口啊。」將一把練習劍交到愛德華手上後，基斯杜化仔細地教導他如何正確地握劍。他放開手的時候動作緩慢，生怕兒子一不小心手滑，劍掉到地上，扭到手腕就糟糕了。

「沒事！我可以的！」但愛德華似乎甚麼事都沒有。望向手上的銀劍，他笑得很開心，彷彿得到夢寐以求的玩具般高興。

市面上給小孩的練習劍，一般長度約為正式單手劍的四分之三，而且都是給六歲以上的小孩使用。那些劍的重量對一個五歲的小朋友來說略為偏重，容易對他們的手腕做成負擔，弄傷事小，影響骨骼生長事大，因此基斯杜化特意訂製了一把較輕的練習劍給愛德華使用，讓他能夠嘗試揮劍的同時，又不會輕易受傷。

見愛德華把劍握穩了，基斯杜化便拾起地上那把陪伴了自己至少十年的練習劍，走到兒子的對面，站穩架式。未等父親開口指導，愛德華便已經模仿了基斯杜化的站姿。右腳往前半屈，左腳踏在右腳踝後方，腳尖指向左側，而重心則稍微傾前。不需指導，他已經做對了七成。

基斯杜化心裏一笑，這兒子應該是偷看了很多次自己練劍，才對架式那麼熟稔吧。

「重心稍微再傾前一些……對，就是這樣，把右手放到左邊，劍尖指向我，手不要伸太出。對，你很快便明白了呢。」基斯杜化放下劍，上前仔細糾正愛德華的站姿和握劍姿勢。見他明白了，才回到本來的位置，再次舉劍面向他。

「那麼我們要開始了，開心嗎？」開始之前，基斯杜化掛著微笑問道。

「開心！」愛德華笑得很燦爛，十分期待今天的課堂。

「今天是第一天，先讓你感受一下揮劍的感覺，所以你隨意對我揮劍吧，不用想動作對錯與否，做就對了。」見愛德華準備好，基斯杜化便下達他身為劍術老師的第一個指示——隨心玩吧。

「要怎樣做？……這、這樣嗎？」突然被指示要隨意揮劍，愛德華一時有些遲疑。他努力回想起這些日子偷看父親練劍所看到的動作，嘗試模仿，舉起劍，用力從上從下斬——

「不錯！」基斯杜化輕輕擋下愛德華的劍，同時給予讚賞。剛才向下揮的時候，雖然手臂往側面偏移了些，但力度和動作都是對的。「再來！」

這次愛德華嘗試從左下方往上揮，基斯杜化讓劍被他擊開並後退，誘使愛德華往前刺。

「很棒啊！懂得刺的同時要往前踏半步。」因為身高差，愛德華的劍尖沒法碰到基斯杜化，但他仍然獲得稱讚。見愛德華的動作流暢，不像是亂揮的，基斯杜化有點好奇地問：「你是在哪裏學來的？」

「在書上看到的！」愛德華爽朗地回答。

「書？」基斯杜化一時反應不來。我們家裏有給小朋友看的劍術書嗎？他在腦海中搜尋相關的記憶，但片尋不果。

家裏有甚麼童書，他都瞭如指掌，一本書都不會忘記。劍術這麼易學難精的東西，沒有人會寫成兒童圖畫書給小朋友看吧……慢著。

基斯杜化這時想起，半年前的晚上，他到愛德華房間要為他讀睡眠故事時，一同帶上了當時自己正在重讀的家傳劍術書。當天他把書遺留在愛德華的房間，之後一直忘了取回，直到上個月才想起它。

難道愛德華看了那本書？

「我的那本劍術書嗎？」基斯杜化覺得沒甚麼可能。「但它那麼深奧，你看得明白嗎？」

怎知，愛德華大力點頭：「我請道森叔叔陪我一起看的，他有教我一些動作。」

「原來……」居然懂得去找道森幫忙，挺聰明的啊，基斯杜化在心裏感嘆。

道森在這時候已經是雷文家的管家，愛德華除了父母以外，最喜歡的就是黏著道森。他喜歡拉著道森，要道森陪他讀書，這些基斯杜化都知道，但沒想到愛德華居然會捧著自己遺留在房間的劍術書，去找道森幫忙。

基斯杜化知道道森以前有學習過劍術，所以看得明白是正常的。他並不介意道森看他的書，但畢竟書裏寫的是家傳絕學，就這樣被外人看了，心情仍然有些複雜。要是肯尼斯發現這件事的話，定會大發雷霆，但基斯杜化心裏輕嘲，誰會管他想甚麼。

「沒想到你已經開始跟道森學習劍術了。」基斯杜化跪下，輕撫愛德華的頭，笑著稱讚他：「很厲害呢。」

「不是的！不一樣的！」但愛德華卻立刻閃開，激動地否認。

「有甚麼不同？」基斯杜化不解。

「我跟道森叔叔只是玩耍，今天才是第一次握劍，正式跟父親學習。」愛德華解釋。

基斯杜化心裏納悶，都已經看過劍術書，還模仿動作了，那不就等於開始學習劍術了嗎？這時他想到另一件事：「既然道森也懂得劍術，你找他學也行喔？」

「不，我就是要父親你教我！」愛德華立刻氣呼呼地駁回基斯杜化的提議。

「為甚麼？」基斯杜化問道。

「因為我最喜歡父親了！」愛德華不假思索地表白。

基斯杜化嚇了一跳：「甚麼？」

「我最喜歡父親，和父親的劍法了。我就是看了父親的劍法後才想學劍術的，所以一定要你教我！別的人都不可以！」愛德華說得很固執。他的意思很清楚，自己的劍術老師，非父親不可。

基斯杜化驚呆了。愛德華說喜歡他已經不是第一天的事，但他還是第一次聽到有人說喜歡他的劍法。

到底喜歡他劍法的甚麼？速度嗎？攻擊力嗎？基斯杜化想搞清楚仔細，但他猜想愛德華應該答不出吧。他對自己的劍法沒有多大的感覺，雖然對自己的劍術實力頗有自信，但沒有說特別喜愛。他這輩子從未聽過有人對他的劍法說「非你不可」，今天是第一次。

基斯杜化望向愛德華，只見兒子那雙像極自己的漆黑雙瞳閃耀非常，像是瞳孔裏埋藏著一片星空一樣。那片星空裏照耀著的，是期待，是仰慕，也是深深的愛。

頃刻，他明白了羅蘭說過的話。他的劍術在自己眼中也許不是甚麼，但在其他人眼中，其意義可以很重大；他以為自己很緲小，但在愛德華的眼中，自己就是其世界的唯一。

他在小時候曾經也有過類似的感情，視肯尼斯為其世界的唯一，並希望他回應自己的感情，只是肯尼斯每次都狠狠地無視他；現在他面臨同一個選擇，把自己視為唯一的至親就在眼前，他要如何回應？

當然是回應兒子的期望，基斯杜化不假思索便決定好。當日肯尼斯沒做過的，成為自己遺憾的，他都不會讓愛德華承受。既然自己最愛的兒子視自己為唯一，那麼他也要回應，把自己所能給的全部都給他。

他既然要成為跟肯尼斯不一樣的人，也就等於要成為跟他截然不同的好父親。

「謝謝你，」基斯杜化輕聲道謝。

「父親？」愛德華一時跟不上，有點疑惑。

基斯杜化只是輕輕搖頭，溫柔地笑著說：「沒事，只是，謝謝你。」

謝謝你，能夠無私地把愛給予這樣平庸的我。

基斯杜化拾起地上的劍，再次走到愛德華的對面，並問道：「那麼，我們繼續練習了，好嗎？」

「嗯！」

5

肯尼斯的死來得很突然，基斯杜化完全反應不來。

前一晚還活生生地在房間批改公文，還大聲叱責家裏下人清潔速度太慢的暴躁老人，翌日便被發現在躺在床上一動也不動，在睡夢中去世。這個突然的消息，雷文家上下都被殺個措手不及。

肯尼斯當時已屬高齡，這種離去的方式雖然突然，但也是在情理之中。基斯杜化不是沒有過心理準備，只是當事情真的發生時，他還是愣住，不懂得反應。

那個肯尼斯，那個幾乎沒有盡到父親責任的人，那個總是視自己如廢物，影響了自己一生的陰影，就這樣，一句話也沒留下，一瞬間消失在世上了。完全的自由降臨在基斯杜化面前，從今以後他不用再面對肯尼斯的憤怒，不用再花心神與他在不同事上拉鋸。他終於可以完全自由地決定一切，這理應是他渴求許久的東西，但此刻，他卻感到害怕。

而隨著自由的來臨，另一個問題也逼使基斯杜化去面對——繼承家族。

基斯杜化曾在年輕時明言不想繼承雷文家，雖然這個想法隨著他的成長和遇上的人與事而淡化，但它從未消失，一直深藏基斯杜化的心底裏。基斯杜化在這些年間有好幾次覺得是時候決定好想法，但每次他都會猶疑不決，未敢下最終決定，一拖，就拖到現在。

在肯尼斯人生的最後幾年，基斯杜化開始協助他處理一些領地事務，也會在肯尼斯身體不適時代替他出席一些公開場合，他知道肯尼斯願意稍微放手公務，是為著繼承的事而鋪路，但他本人在處理這些工作時從未把自己視作未來的希蕾妮亞男爵，只覺得自己是肯尼斯的傳聲筒而已。

基斯杜化始終沒法喜歡肯尼斯，沒法喜歡這個家族，心裏終究有一份芥蒂。若果自己繼承了雷文家，那麼假以時日，自己會否成為跟肯尼斯一樣，只為了權力而生的可憐存在？而且繼承了家族，不就違背了自己說過，要活得比肯尼斯不一樣的誓言嗎？

他清楚知道繼承是自己應負的責任，不能逃避，但心裏的疑難一直困擾著他。他在平靜地處理肯尼斯的身後事的同時思考這條問題，但一直得不出答案。

「你將會繼承家族的，對吧？」

在肯尼斯的葬禮上，基斯杜化以前在騎士團工作時的同僚唐恩子爵，一位四十多歲的和藹大叔，一見到基斯杜化，便立刻問他。

「距離希蕾妮亞勳爵的死已過一年，聽說你還未到皇宮進行封爵的儀式，是出了甚麼事嗎？」唐恩子爵從以前開始就一直很關心比他年輕的基斯杜化，就算在基斯杜化離開騎士團後，也仍然與他保持書信聯絡，也不時會到月詠城探訪他。見基斯杜化直到現在仍未獲封希蕾妮亞男爵，唐恩子爵擔憂是否出了甚麼難搞的問題，心裏還已經決定，要是基斯杜化有需要，他願意立刻出手。

「呃，不，就是……有些忙碌，一直未能抽出時間。」基斯杜化頃刻感到難為情。他沒有遇上甚麼問題，只是自己一直逃避著繼承的事，拖著拖著，不知不覺居然就一年了。

唐恩子爵似是看穿了甚麼，提醒道：「也許家父的死突如其來得令你一時難以接受，但也差不多是時候要克服了。要記住，這個家族不只是你的，將來也會是你兒子的。」

唐恩子爵的一句點醒了基斯杜化。他俯視牽著自己左手的愛德華，頓時覺得自己這一年的猶疑十分愚蠢。

正如唐恩子爵所說的，雷文家不只是他一個人的。他恨的是肯尼斯，而這份恨意是他自己的事，他不能因為這份感情而自私地決定放棄家族，並影響到愛德華以後的人生。

對，他不太想當雷文家家主，也不太想成為希蕾妮亞郡的領主，但這些東西未來都是要留給愛德華的。他在現在要好好保留這一切，這樣才能在以後把家族完好無缺地交給兒子。

肯尼斯生前的騎士團長職位，他是絕對不會接下的，但為了愛德華，他願意繼承希蕾妮亞男爵的爵位，盡責地做好領主的職責，當一個人人都喜歡的雷文家家主。

他當時是這樣決定的，結果不過三年，卡羅洛斯的事便發生了。

基斯杜化當時十分後悔，自己到底都做了些甚麼？說好要完好無缺地把家族交給兒子，怎麼現在卻搞到差點家破人亡？

當卡羅洛斯哭著找基斯杜化向他求救，說自己家裏快要破產時，基斯杜化雖然意識到事情有些不對，但覺得自己平時就是那個不論身分伸出援手的好人，既然如此，那麼這次也應該要幫忙啊？每次卡羅洛斯前來求救，基斯杜化都會慷慨地把錢借出，不求回報，就算家裏的財政開始緊絀，也沒有停下來。結果當卡羅洛斯的惡行曝光時，雷文家的資產已經變賣了大半，連家族大宅也抵押了，他們全家剩下的就只有一間森林小屋、領地，以及爵位而已。

當時基斯杜化曾經向他的朋友們求救，但無論他怎樣問，都沒有一個人理會他。唯一理會他的是唐恩子爵，但那時候他們家裏也出現了一些問題，沒能幫到太多，所以最後只留下基斯杜化一人面對債台高築的狀況。

那一刻，基斯杜化終於醒過來了。他曾經確信的「行善」，其實不過是自己一廂情願的幼稚而已。他知道自己所相信「精神上強大」的道理是對的，只是他一直沒有看清自己行這些事，不過是為了自我滿足而已。

嘴上說當一個精神強大的人是為了否定肯尼斯，但其實基斯杜化不過是想滿足自己心裏那道「我比肯尼斯更好」的自大感而已。就因為這份自大，因為這份幼稚，他差點賠上了家族。要不是亞洛西斯皇帝表示不想在剛登基時處理領地權力者轉移的麻煩事，准許他留任希蕾妮亞男爵，基斯杜化就要把郡的管治權交還，到時候就真的會終結雷文家上百年在希蕾妮亞郡的統治。

因為卡羅洛斯的事，基斯杜化和愛德華從此交惡——正確來說是被愛德華討厭了。愛德華看他的眼神，從以前的期待，變成冷淡和憤怒。基斯杜化心裏痛苦，但也無可奈何，皆因這是他自己闖出來的禍所導致的後果。他不能怪責愛德華，也不能怨恨別人，就只能嘲笑自己。

到頭來，他跟肯尼斯仍是一樣，跟兒子相處不好，是個不合格的父親。雖然基斯杜化一直有努力想挽回和愛德華的關係，但這個跟他一樣固執，心思細膩又敏感的兒子就是不搭理。他明白的，自己狠狠地背叛了兒子的期望，他的作為摧毀了兒子世界的唯一。他不是沒想過跟愛德華剖白自己的所思所想，希望他明白自己的心情，但那些說話很難開口，而且他又不想愛德華聽完後繼承自己對肯尼斯的怒與厭，所以作罷。

基斯杜化一如以往，繼續為愛德華準備最好的，沒有因為愛德華的反叛而改變方針。愛德華說想要更多的書，他會努力張羅，愛德華想買新的劍練習劍術，基斯杜化都會滿足，而當愛德華說想要到路特維亞學院上學，就算學費有多貴，家裏環境難以完全負擔，基斯杜化都盡一切努力為兒子支付學費。

可以的話，基斯杜化是想幫愛德華支付學費和生活費等所有費用的，但無奈那幾年郡裏因為收成欠佳而稅收減少，能夠付足學費就已經很吃力的了。這件事也在他心中留下一絲內疚，要是自己當初沒有那麼愚蠢犯下錯誤的話，就不用讓愛德華受苦了。

基斯杜化還很記得，在愛德華要起程離開家裏，到首都阿娜理讀書的那個早上，自己心裏是多麼的不捨。他在不久前把家傳的渡鴉袖扣送給愛德華作禮物，希望這個袖扣能陪伴孤身一人在外地的他，但愛德華似乎不太喜歡，收下禮物的時候甚麼表情也沒有，而在離家時也沒有把袖扣帶上。愛德華離開的那個早上，基斯杜化和羅蘭絞盡腦汁想出不同的話題，希望跟愛德華多談話，但愛德華一副愛理不理的，沒有順著二人的意思多留一會，在走的時候也是完全不回頭的。夫婦二人只能眼睜睜目送獨子離去，一別，就是三年。

這些年間，愛德華間中會寫信回家，但主要都是簡短的近況報告，以及回信表示已經收到寄來的學費。基斯杜化和羅蘭某次因為公事而到訪阿娜理時，羅蘭提議過，不如順道到學院探望一下愛德華吧。但基斯杜化覺得，既然愛德華上學後從不回家，他應該是不想見到父母吧。如果現在不請自來地探訪，一定會做成他的困擾，還是靜候他自己回心轉意吧。

基斯杜化一直在等待，但他沒想到，等了三年，等到的居然是兒子已死的傳聞。

在這之前，他收到由皇室寄給全國所有貴族，「八劍之祭」起始儀式的邀請函。基斯杜化知道「八劍之祭」，是因為肯尼斯生前曾經抱怨過，要是自己生得及時，一定會想盡辦法參加「八劍之祭」，屆時便可以向世界證明「南方黑鴉」的厲害。基斯杜化對這個舉足輕重的大祭典沒甚麼興趣，他又不是祭典的參加者，也不認識這次祭典的「舞者」，而且又不是大貴族，這樣一個人去阿娜理參加起始儀式就跟去觀光一樣，沒甚麼大意義。反正當時郡內有一宗連環殺人案必須趕緊處理，所以基斯杜化便無視了邀請函，決定留在月詠城。

但在祭典開始的接近兩星期後，他突然從下人的口中得知，愛德華是這次「八劍之祭」的其中一位舞者，而傳聞說他在祭典開始後的一星期與那個人所共知的恐怖劍士「薔薇姬」對決，死了。

得知此消息時，基斯杜化頓時感到晴天霹靂，羅蘭還嚇得差點暈倒。基斯杜化不停怪責自己再次做錯決定，留下遺憾。要是當天他同意與羅蘭一起到學院探望愛德華，要是他認真地對待起始儀式的邀請函，那不就能夠多見到愛德華幾面，而不是像現在，三年不見，最後只得到他的死訊。

基斯杜化不敢，也不想相信愛德華真的已死。得知消息後，他派了不少人出外收集情報，想知道更多愛德華和「薔薇姬」對決一事的仔細，希望得出傳言是假的結果，同時，他也每天在家中禱告祈求。

基斯杜化並不是甚麼虔誠信徒，但這一刻在令人絕望的現實面前，他感到很無助。他甚麼都沒法做，只能向一切的未知力量祈求，向這個國家所信奉的神請求，求祂們保佑兒子的安全，不要讓他就此離去。

他渴求的並不多，只希望能夠再次見到兒子一面，僅此而已。就算見面後仍然沒法談上多過三句話，他也不介意。

但外面一直沒有好消息傳回。正當基斯杜化的心情開始平靜下來，漸漸接受愛德華可能真的已經不在時，那個朝思暮想的兒子，居然突然出現在自家家門前。

在開門時看見愛德華的那一瞬間，基斯杜化以為是自己臆想太嚴重因而看見幻覺，整個人怔住，作不出反應。聽見愛德華的聲音後，他才慢慢回過神來。當時他心裏的感情全都亂作一團。看見愛德華時的驚呆，得知他平安的感動，這些日子感受過的憂傷，這些年來背負的自責，都在一瞬間湧上心頭。基斯杜化的意志提醒他，愛德華不喜歡親密接觸，所以不要表現得太激動，但他就是忍不住，衝上前去緊緊擁抱著愛德華，還差點哭了出來。

太好了，這次的錯誤沒有變成一輩子的遺憾。他當時心裏感嘆。

察覺到兒子這些年來的轉變，無論是在劍術上的，或者是在為人處事上的，都令基斯杜化感到欣慰。身為父親，他為兒子要繼續在祭典上以性命作賭博感到擔憂，但也知道這不是自己能阻止的事。愛德華已經長大了，不再是十多年前的那個小孩子。既然他選擇了自己的路，那麼身為父親，可以做的就只有在旁看著，安靜地為他打氣加油。

基斯杜化相信愛德華的能力，而且現在他身邊還有一個可靠的夥伴一同前行。雖然至今他仍未明白「人型劍鞘」的概念，但在愛德華住在家中的幾天觀察所得，他跟這位名為諾娃的少女應該相處得不錯，而且挺合拍的。有一個能夠暢快交流又合拍的夥伴，相信一定能夠成為愛德華在追求自己目標路上的強大支撐吧。

從一開始，基斯杜化對愛德華只有一個期望，希望他能夠自由地做自己想做的事。現今他已經做到，基斯杜化也就放心了。

就算二人的不和沒有解開，他也沒有所謂。

正如他向上天祈求的一樣，能夠再見到愛德華一面，他就已經心滿意足了。

6

「愛德華跟你說了些甚麼嗎？」

目送愛德華和諾娃的馬車離去後，基斯杜化回到大屋裏，一進門，羅蘭便立刻關心地追問他。

「沒有，只是昨晚我跟諾娃小姐說的話被他聽見了。」基斯杜化說時笑得有些靦腆，像是做了甚麼蠢事被發現一樣。他自嘲道：「沒發現他也在庭園裏，我也上了年紀呢。」

羅蘭輕輕一笑，這丈夫就是愛開玩笑。她問道：「他還有說些甚麼嗎？」

「他說這裏快要下雪了，叫我多穿些衣服，小心著涼。」基斯杜化想了想，本來他想把這句話收在心底裏的，但最後還是決定告訴羅蘭。

羅蘭一聽，立刻笑顏逐開：「看來你們總算冰釋前嫌了呢。」

身為愛德華的母親，她知道兒子會開口關心基斯杜化，就是原諒他的意思。雖然她不清楚促使愛德華改變的契機是甚麼，但看見這對父子能夠再次互相理解，身為旁觀者的她也就放心了。

「也許吧，」基斯杜化若有所思地笑著。他不清楚是否真的完全冰釋前嫌，但也許已經踏出了第一步吧。「對了，他說以後會再回來。」

「是嗎？」聽見這句，羅蘭笑得更燦爛了。她感慨道：「這次回來，愛德華真的變了很多呢。」

「嗯，變得更加穩重了，」基斯杜化點頭。「但唯一不變的是，他仍然是我們的兒子。」

羅蘭也點頭同意。「待他在冬鈴城適應過後，我們寫封信過去關心一下吧。」

「也順便把莊園的收成寄過去吧，那裏那麼冷，我怕他不習慣。」基斯杜化提議。

「你不怕令他感到困擾嗎？」羅蘭半捉弄半認真地問。

「我只是不想再有遺憾了。」基斯杜化認真地回答。

難得幸運地失而復得，基斯杜化不想讓同樣的遺憾再次發生。

他這輩子犯過很多次錯誤，但同時也得到不少珍貴的無價寶藏。他的人生源起自對家人的恨，但支撐他走到今天的，也是他的家人。

他的人生確實是一場與肯尼斯的長久戰爭，但同時也是他和自己的爭戰。這場戰爭也許還會持續下去，但現在他已經釋懷了。

父親已離去，兒子已經長大成才，這兩個人生大願望都已經達成，基斯杜化也就沒有更多想求的。他現在唯一想祈求的，是希望兒子能在「八劍之祭」裏一切平安，能夠再次回到這所嘉勒鸞大屋裏，大家一起再聚，這樣他便滿足了。
希望願望能夠達成吧，基斯杜化在心裏祈願。願上天保佑愛德華未來的路，一切平安。

後記－Nachwort－　轉捩－TRANSITION－

不經不覺，已經是系列的第三本實體書了。

經過《劍舞輪迴》Vol. 2在情感和文戲上的鋪墊後，Vol. 3開始迎來不同類型的衝突。有奈特對愛德華的執著，諾娃和莫諾黑瓏之間的過去和衝突，亞洛西斯的如意算盤，精靈的陰謀以至路易斯和布倫希爾德的關係改變，以及最重要的，愛德華和路易斯的再次對決。要數算的話，Vol. 3只有三場主要的對決場面（夏絲妲和大叔們的那場不算），但檯底下的戰鬥也有不少，個人認為它們的精彩程度不輸檯面的戰鬥。

除了戰鬥，Vol. 3的另一個重點當然是角色間的感情和關係轉變。個人最喜歡的其中一段，是第十二迴愛德華回家的情節。我們在Vol. 1和Vol. 2裏不時會聽見愛德華提及他的父親，但直到第十二迴才終於能夠正式與基斯杜化見面，並認識他的為人。愛德華也在這一迴裏也終於正面面對父親和二人之間的愛恨，並冰釋前嫌。書寫這一迴的時候，我的心情是很複雜的。明明自己是在書寫愛德華的故事，但在過程中，那些文字也逼使我面對自己心中一些長年積聚的憤怒。看見愛德華能夠與基斯杜化和解，我心裏是感到高興的，而二人的故事也給予我一些前進的動力。所謂的故事與作者互相影響，大概就是這樣吧。

因為在網上連載Vol. 3時，我幾乎沒有寫過番外篇，因此本書並沒有收錄任何網上版的番外篇，取而代之的是收錄一個新系列「人物故事－Charaktergeschichte－」。顧名思義，這個系列是以一篇短篇故事的形式，講述那些在故事本篇裏沒法提及太多的角色故事。而作為實體書限定的人物故事第一篇，本書收錄了講述愛德華父親五十年人生的〈基斯杜化－CHRISTOPHER－〉。

之所以選擇基斯杜化作為主角，是因為我在書寫第十二迴時，發現他和肯尼斯的父子關係很值得深入探討，但奈何本篇篇幅所限，沒法提及太多，感到有些可惜；而且在本篇裏我們對基斯杜化的認識，很大部分是從愛德華視角出發的，很少能夠看見他的另一面。為了讓各位更認識基斯杜化這個「溫柔」、「軟弱」、「強大」的人的真貌，以及展示雷文家三代父子關係的對比，便寫了了這篇人物故事。第一次書寫一個角色從小時候到年輕氣盛，再由結婚到成為父親的過程，用僅僅二萬字講述這些內容，並且要展現基斯杜化在不同時期和肯尼斯關係的轉變，確實不容易。不知道各位看完後感覺如何？有沒有對基斯杜化這位慈父的認識更深？

本書以康茜緹塔家的代表色紫色為主調，而封面書名下方的標誌正是康茜緹塔家的家徽。因為是代表皇帝亞洛西斯，為了展現他身為皇帝的威嚴，所以在封面設計上便回歸類近Vol. 1封面的華麗和莊嚴。

隨著Vol. 3的完結，意味著故事已經走到一半。在故事裏，「八劍之祭」已經進行了一個半月，距離完結日只剩下兩個多月的時間。角色們都開始認真起來，所以劇情發展只會越來越緊張。

在和夏絲妲的對決落敗後，千鶴的下場會是怎樣？

經歷了在精靈之森的驚險迷路，又從風和火精靈口中得知水精靈的陰謀後，路易斯和布倫希爾德依然會訂婚嗎？在他們的訂婚典禮上，會發生甚麼事？
撕開心靈最脆弱一面的對決過後，愛德華和路易斯都會有怎麼樣的轉變？
奈特以及另一位一直潛伏的舞者，他們會有甚麼動作嗎？
以上問題，都會在Vol. 4得到解答。

這次的後記一如以往，會有設定後話。

1. 在最初開始書寫故事時，其實是沒有設定艾溫這個角色的，是後來我為了加深夏絲妲的行動目的描寫，而創造了艾溫。
2. 承上，所以本來並沒有設定艾溫是「荒野薔薇」的擁有者。順帶一提，「荒野薔薇」的最初擁有者直到現在仍然身分不明。
3. 雖然在文中沒有著墨許多，但我可以說的是，安德烈對艾溫的感情其實並不只是兄弟那麼簡單。對，就是你想的那種，在之後的故事劇情裏會更直白地解釋詳細的。
4. 第十迴（06）裏出現的洛克教授，源自二〇一九年初在Penana舉辦的「《劍舞輪迴》Vol. 1番外篇創作比賽」裏，參加者兀心設計的角色「大衛・柏克萊・洛克」。而文內提及關於他的情節，是來自兀心寫的番外〈SAFAFNIMEN〉。

5.冬鈴郡（Winterbella）的名字靈感源自《冰與火之歌》裏的冬臨城（Winterfell），原因是因為我常常把Winterfell差點看和讀錯作Winterbell，然後因為覺得Winterbell讀起來很動聽，便決定寫在故事裏了。

6.第十一迴（05）出現的梅樂蒂・諾頓，也是來自「《劍舞輪迴》Vol. 1番外篇創作比賽」裏，參加者知更//ALICE在〈被歷史遺忘的時間碎片〉裏提供的角色。

7.希蕾妮亞郡的名字Serenia，源自serene（平靜），以及serenade（小夜曲）。而月詠城（Lunacarola）的名字由來比較直接，就是由拉丁文的月亮（luna）和歌詠（carol）組合而成。之所以選擇月亮，是因為我本身十分喜歡月光，因此在書寫地理設定時，便決定要設計一個被月光祝福，可以看到美麗月光，充滿詩意的地方。

8.愛德華的新家「冬鈴城堡」設計原型來自德國的夏洛藤堡。兩者在外型設計是幾乎一樣的，只是顏色上有些差別，而冬鈴城堡的內部房間位置也部分參考了夏洛藤堡裏的裝潢。

9.在第十四迴裏，愛德華和路易斯對戰的翠綠大廳，原型參考夏洛藤堡的黃金畫廊。黃金畫廊是我到訪過的皇宮大廳裏，最令人難忘的大廳之一。

10.作為特典送出的兩張明信片，其中一張描繪了第十迴（03）夏絲妲營救被奈特襲擊的愛德華的場面，而第二張則是描繪〈基斯杜化－CHRISTOPHER－〉裏，小時候的愛德華和基斯杜化第一次練劍時的場景。在明信片背後的Q版插圖，是描繪假設夏絲妲找到這張照片後會有的反應。至於書背的皇座和大蛇，則是代表康茜緹塔家，以及寓意皇室和神的關係。

雖然在每一次的後記都會說類似的話，但我仍然想對在《劍舞輪迴》Vol. 3成書過程協助過的人們說聲感謝。首先我想感謝負責編輯校稿的筆言，感謝你百忙之中願意抽時間協助校稿，你的編輯意見讓我看到不少自己沒法留意到的盲點。另外，我也要感謝經手的秀威出版社芳琪編輯，謝謝你協助本書的設計、排版和發行等一切事宜。另外我想感謝封面插圖繪師Konayuki、插畫明信片繪師Deme和羊尾柑香茶，謝謝你們所畫的精美插圖，它們都令故事的場景活起來了。最後，我想感謝每一位支持此故事的讀者們，不只是在Penana訂閱了的讀者們，也包括每一位在網上閱讀過《劍舞輪迴》的讀者，以及握著這本書的你。沒有你們的支持，我大概不會走到今天這一步。

Vol. 4的實體書預定在二〇二二年末推出，而《劍舞輪迴》的網上版已經開始更新Vol. 5。所有內容都在Penana上首發更新，同時也在艾比索、原創星球這兩個平台上連載。如果想先睹為快，可以先到這些平台看網上版，再收藏實體書版本。另外，《劍舞輪迴》的臉書專頁「劍舞輪迴 Sword Chronicle」會定期更新關於故事的最新資訊，也會不時公開新的插畫和設定，有興趣的話可以追蹤看看。而正如在上面所說，我在Penana開展了訂閱計畫，如果大家有興趣每個月用一個下午茶的價錢支持我繼續創作，不如來我的Penana作者頁面訂閱我吧。

附上Penana的《劍舞輪迴》連結二維碼：

還有，我開設了讀者專用的Telegram和Line群組。如果各位讀完此書，希望跟我或者其他讀者交流一下內容，不妨加入以下的群組，一起聊天，互相交流心得吧。

以下是Telegram和Line群組的連結二維碼：

Telegram：Setsuna的茉莉茶室

Line：Setsuna的玫瑰茶室

不過是一年的時間，不論是書寫的空間，還是整個社會，都劇烈改變了。也許某一天我要被外在環境逼使放下筆桿，但在這件事發生之前，我會依舊一直書寫故事。

無論世事變改，我依然會堅持繼續用墨水把靈魂的碎片刻在紙上，化為故事，傳揚開去。

Setsuna，寫於二〇二一年十一月七日

國家圖書館出版品預行編目

劍舞輪迴 = Sword Chronicle / Setsuna著. --
臺北市：獵海人, 2021.12-
冊；　公分
ISBN 978-626-95130-6-2(第3冊：平裝)

857.7　　　　110019689

劍舞輪迴 Sword Chronicle Vol.3

作　　者／Setsuna
封面設計／Setsuna
編　　輯／筆言
出版策劃／獵海人
製作銷售／秀威資訊科技股份有限公司
114 台北市內湖區瑞光路76巷69號2樓
電話：+886-2-2796-3638
傳真：+886-2-2796-1377
網路訂購／秀威書店：https://store.showwe.tw
博客來網路書店：https://www.books.com.tw
三民網路書店：https://www.m.sanmin.com.tw
讀冊生活：https://www.taaze.tw

出版日期／2021年12月
定　　價／470元